返聘

俞慕 著

陕西新华出版
太白文艺出版社·西安

图书在版编目（CIP）数据

返聘 / 俞慕著. -- 西安：太白文艺出版社，2024.1

ISBN 978-7-5513-2382-6

Ⅰ.①返… Ⅱ.①俞… Ⅲ.①长篇小说—中国—当代 Ⅳ.①I247.5

中国国家版本馆CIP数据核字(2023)第161167号

返聘
FANPIN

作　　者	俞　慕
责任编辑	赵甲思
封面设计	寻　觅
版式设计	建明文化
出版发行	太白文艺出版社
经　　销	新华书店
印　　刷	西安市建明工贸有限责任公司
开　　本	787mm×1092mm　1/16
字　　数	350千字
印　　张	24.5
版　　次	2024年1月第1版
印　　次	2024年1月第1次印刷
书　　号	ISBN 978-7-5513-2382-6
定　　价	78.00元

版权所有　翻印必究

如有印装质量问题，可寄出版社印制部调换

联系电话：029-81206800

出版社地址：西安市曲江新区登高路1388号（邮编：710061）

营销中心电话：029-87277748　029-87217872

目录
CONTENTS

第一章	调解员	001
第二章	成就感	038
第三章	祸事连连	089
第四章	一波又起	138
第五章	各有各的难	188
第六章	三代人的纠葛	228
第七章	理解	270
第八章	钱	313
第九章	冰释前嫌	358

第一章　调解员

2012年春，江市。

早晨五点，天蒙蒙亮，王建国已经起来了。

独自吃完早饭，步行到公园里打太极拳，再跟邻居唠会儿嗑，然后去超市逛逛。经过水产区的时候，发现虾、鱼价格又贵了，忍不住叨叨："唉，贵了不少。"

他瞄了一眼就走了，心想等过几日价格降了再买。

他出生于1947年，在那个物资匮乏、条件艰苦的年代，吃饱穿暖都成问题，怎么敢乱花一分一毛？现在日子好了，退休金较为可观，只是……打小养成的习惯已深入骨髓，再也无法改变。

他从超市里出来，望着远处发呆：接下来该干什么打发时间呢？

"打发时间"，这是王建国这半年以来的生活状态。

每天都过着一样的日子，似乎一眼就能望到头。

他不知道自己为什么会过得浑浑噩噩，只晓得自打半年前妻子沈玉芬去世后，他做什么事都提不起劲。日复一日，得过且过，不知为何而活。没劲啊，真没劲！他望向远处，什么时候自己的人生能重来一次，活出不一样的姿态？

蓦地，他苦笑了一下。已到了这个年纪，还想那些没用的干什么？

又是重复的一天，王建国正在楼下锻炼。太极拳讲究的是以柔克刚、借力回力。正练到一半时，手机忽然响起。

来电是江市莲安区人民法院的民一庭庭长邱鸿。邱鸿和王建国关系极好，刚进法院的时候，就给王建国当书记员。在工作上，两人配合默契；在私生活上，两人无话不谈，十分投机。邱鸿的老婆也是王建国给介绍的。

邱鸿问王建国最近过得怎么样，两人从过去聊到现在，可开心了。

过了一会儿，邱鸿突然说："老王，我们法院现在缺一名调解员，你有兴趣返聘回来吗？"

调解员？

法院之前是会招一些退休干部回来做调解工作，只是没想到，这次他们会想到他……

王建国回想起在法院的时光，每日忙于工作，焦头烂额，但内心成就感满满。尤其是在解决了当事人的矛盾后，他会感到自己是个有用的人。

退休之后，虽然日子过得清闲，但总觉乏味。之前还有沈玉芬做伴，如今，他感觉自己像行尸走肉，只等着老死罢了。

或许对于很多人来说，清闲的日子值得追求。但对于王建国这种闲不下来的人来说，闲下来反倒是一种煎熬。

他自小忙于干农活儿，后来有幸读书，也是一边读一边干农活儿，日子过得极为艰苦。他认为劳动最光荣，"闲"反倒是一种不可思议的状态。

他那时已经习惯了整日进行头脑风暴，忙忙碌碌的生活让他感觉十分充实。

王建国手指不断敲击着手机屏，发出笃笃笃的声音。

只是……

法院工作现在越来越不好做了。他退休之前曾办理过一起民间借贷案件。当时案件证据确凿，只是被告不认可，对他恶言相向，甚至还偷偷扎破了他的自行车轮胎，行为极其恶劣。被告声称他收了原告的好处，四处信访，搞得他很烦躁。

第一章　调解员

人为财死,鸟为食亡,他可以理解。但如此颠倒黑白,他真没见过。

他是一个快退休的老头儿,本想安安稳稳地生活,没想到诸事不顺,也得不到当事人的理解。

虽然到最后那人没揪出他的一丁点毛病,但他心中总归是不高兴的,连着好几天都吃不下饭。

法院工作就是如此,得到双方当事人的认可,自己会成就感满满;只要有一方表示不满,自己就会产生挫败感。

"邱鸿,我年纪大了,不合适吧?"

"老王,若论一线经验,谁都没有你丰富,想起你当年办过的不少案件,到现在我还经常反思、学习和借鉴。你退休之后,我倍感失落,他们要返聘老同志,我首先就想到了你。"

王建国心中有些许得意,谁都喜欢听好话,他自然也免不了俗。论办案能力,他是有信心的,以前很多的疑难杂案都是请他做参谋。

"我怕现在回去不习惯。"

"老王,我记得你和我说过,你从二十八岁时进入法院工作,一直到退休,这辈子都跟法院紧紧联系在一起,怎么可能不习惯呢?可以这么说,法院就是你家啊,回家不可能不习惯的。但是……我也尊重你个人的选择,如果真的不行,也没关系。我打心眼里欣赏你的才华,所以才给你打了这个电话。"

王建国心中的天平左右摇摆,既想去,又不想去,最终也没能给邱鸿一个确定的答复,只说让他回家考虑考虑。

王建国回到家,问题并没有解决,反倒是越来越纠结。

王建国想找三个孩子商量,但一想到自己和孩子们的关系走进了死胡同,又感到很难开口。他和沈玉芬一共育有三个孩子,大儿子王君平、二女儿王君凝、小儿子王君安。沈玉芬去世之后的财产分割,让他夹在子女中间很不好过。

王建国虽然退休之前是基层法院的一名老法官,又极擅长处理纠纷,但对于自家的纠纷，却一筹莫展。

正所谓"清官难断家务事"，其实，清官更难断自家的事。

他将其归咎于大家过于熟悉。越在熟人面前，他越没有威严，他那法官身份，在他们眼中压根不算什么。

他谁都压不下去，谁也说服不了。

沈玉芬的父母在市中心有一套房，父母去世得早，去世之后就由沈玉芬继承下来。沈玉芬早早就写好了遗嘱，将这套房子留给两个儿子，两人一人一半。

市中心的学区房寸土寸金，价格不菲。

两个儿子别提多高兴了，个个像是捡到了宝，唯有女儿王君凝一脸愤怒。这事做得好像她是外人一般。现如今王君凝赚得多，嫁的老公也不错，不缺这套房，可母亲的这种行为无疑是在告诉她：你是个外人，你不属于这个家！

王建国劝说了王君凝两句，马上被王君凝怼了回来："爸，这些年你都没管过家里的事，现在怎么想起当好人了？"

王建国有苦难言，不敢多讲什么。

王君凝正在气头上，他越说人家越气，还不如不说。

王建国知道女儿心中有气，但他也无能为力。

案子办多了之后，他觉得人生最可贵的就是清静、家庭和睦。

和睦不容易做到，需要大家齐心协力。但清静是个人的事，只要心安，就能静，所求少，便不偏执。

王君平和王君安两人商量，刚好彼此经济都不宽裕，不如火速将房子卖了，钱一人一半，以解决各自的燃眉之急。

这下王建国气得不行，心想：这两个败家子！房子给他们，他毫无异议，可为贴补家用或乱七八糟的投资而卖房，这让王建国无法忍受！

王建国知道两个儿子的秉性：爱面子、花钱大手大脚、做事好高骛远，但能力不足。总之就是，兜里只有一块钱，非要装作有一百块钱，还

第一章　调解员

想干上万块钱的活儿。

他怎么劝说都没用，毕竟房子留给他们了。本来这事已经告一段落，可王君安又在王君凝面前显摆，这让王君凝暴跳如雷。

王君凝指责王建国：不好好教育儿子，一味放纵只会让他们误入歧途。王建国也是个爱面子的人，被女儿这么指责，自然不肯接受，于是说，这是他们兄弟俩的事情，与她无关。

这话一出口，王建国就后悔了。王君凝气坏了，不想再理会王建国。

王建国里外不是人，他虽然什么都没做，但所有矛盾都指向他。

他索性回避这件事。

儿孙自有儿孙福，他只希望大家能和和气气的。

这边沈玉芬的去世犹如晴天霹雳，那边孩子们之间的问题又仿佛成了一个永远解不开的结。王建国的生活陷入泥潭，没有希望，也没有生气。

一家人一起商量个事情都很难。

难。

晚上，王建国到大儿子王君平家吃饭，今天是孙子吱吱的生日。

吱吱是一个初中生，平时学业繁忙，成天补习功课，刚好今天是周六，不用补习，算是凑巧了。

王建国一过来，就看见吱吱在自己房间里打游戏，正玩得不亦乐乎。他喊了几声，吱吱回头，游戏被打断了，他只好老老实实地关掉游戏，走到王建国身边。

吱吱眉头微微一皱，有些不情愿地说："爷爷，来得这么早？"

王建国笑笑，问："你刚刚在玩什么？爸爸妈妈去哪儿了？"

吱吱帮王建国打开了电视，说："玩的是网络游戏，说了你也不懂。爸爸妈妈去超市了，待会儿回来。"

吱吱是王建国的第一个孙子，深受王建国宠爱。当年他对儿子女儿都没这么上心，这个孙子是他的心肝宝贝，所谓的"隔代亲"就是如此吧。

王建国捏了捏吱吱的脸蛋："爷爷不懂你就教我啊，爷爷也想玩这新玩意儿。"

吱吱一听，顿时眼睛一亮："爷爷你真想玩？"

王建国点点头。吱吱可高兴了，教王建国打开游戏，开始给他介绍。游戏界面令他眼花缭乱，他的心思根本不在这上面，只是应付性地嗯了几声。吱吱知道要王建国一下子学会挺难的，于是慢慢地教他。

王建国被吱吱的耐心劲逗笑了。

现在时代日新月异，无论生活的哪个方面，他都已经跟不上了。

王建国退休前好歹是民一庭庭长，大家见到他都很客气，经常咨询各种法律问题，对他也很尊敬，赞不绝口。退休之后，昨日的光环都成为过去，他瞬间变成了一个老头儿，与其他老人无异。

东西学得快那是应该的，东西学得慢就跟不上时代。

很多时候，你不知道别人尊重的是你还是你头上的光环。当你卸下光环，是否还能从容地做自己？

王建国一时茫然。

过了一会儿，王君平和赵晴回来了，身后跟着钟点工蔡姐。

赵晴出嫁前是个十指不沾阳春水的大小姐，出嫁后自然也不会干任何家务。她嫁过来之前，就跟王君平约法三章，表示不会像个老妈子一样操持家务。王君平接受了，毕竟自己母亲全权管家已让他苦不堪言，赵晴不管挺好。

只是王君平没想到，赵晴的"不管"却非常极端，她自己的工资自己花，不为家中出一分钱，一直热爱买买买，主张为自己而活。自己挣的花完不算，王君平的工资还时不时要拿出来供她买买买。王君平若是反抗，赵晴就会说："婚前说好你负责赚钱养家，我负责貌美如花。如今我还要挣钱，已经很亏了，你不让我花钱，是什么意思啊？这日子还过不过？怎么着，你要是不满意，我跟我爸妈说！"王君平不想节外生枝，闹到岳父岳母那里也不好看，于是赵晴说什么就是什么。

吱吱小的时候请的是住家保姆，现在找了个钟点工烧饭。

第一章　调解员

蔡姐正在厨房烧饭。王君平和赵晴陪着王建国在客厅聊天。实际一直是赵晴在讲话，王君平只是在一个劲地看手机。

父子俩话不多，要是没有赵晴在，可能一个字都懒得说。

赵晴喜欢夸儿子，说吱吱这个好、那个好，是个全面发展的人才。

王建国表示赞同："吱吱很厉害，刚刚还在教我打游戏呢。"

赵晴无语。

赵晴猛地推了下正沉浸在手机中的王君平，王君平如梦初醒："啊，怎么了？"

赵晴略显尴尬："爸，他也不总是玩游戏，偶尔，只是偶尔。"

王君平也说："是啊，爸，我儿子虽然成绩不如子音，但性格好啊！子音跟她妈一个德行，强势得要死，成天只盯着成绩。现在都提倡全面发展，成绩能当饭吃吗？"

王君平在赵晴的瞪视之下，声音越来越小。

现在成绩可不是能当饭吃，不然怎么会有那么多培训机构如雨后春笋一般钻出来？

王建国只是想夸一下吱吱，没想到王君平和赵晴误以为他在说吱吱不如子音。

子音是王君凝的女儿，性格强势，回回都考第一，出类拔萃。

他们家不想输给君凝家，无奈两个孩子无论是性子还是基础都相差太多，吱吱即便是补习也赶不上子音，他们只好对外说吱吱是追求全面发展。

王建国本是没话找话，并不想闹出什么口舌之争，于是一心看电视，只漫不经意地嗯两声。

晚餐很丰盛，蔡姐烧完饭就回去了。一大桌子菜，四个人吃显得有点多。王建国一个劲地给吱吱夹菜："多吃点。"

吱吱点头如捣蒜。

一顿饭下来，王建国和王君平没说几句话。主要是因为王君平和王君安兄弟俩违背他的意愿迫不及待想卖掉房子，这事让他大动肝火。

饭后，王建国纠结了许久，本不想说，但一琢磨，多一个人好商量，于是跟王君平去阳台上抽烟。

王建国吸了一口烟，缓缓地说："邱鸿给我打了个电话。"

王君安是知道邱鸿的："他找你有什么事？"

"也没什么事，就是……让我回去上班，当个调解员。"

王君平怔了一下。

"爸，妈才去世多久，你就想折腾？"

在王君平的认知里，现在老头子吃喝不愁，名下有一套房产，退休金可观，每天打打太极就好了，怎么会想回法院上班？老头子万一有个好歹，他们可折腾不起。

"折腾"一词让王建国微微蹙眉。他做调解工作也是为人民服务，怎么到了王君平嘴里，像是干坏事似的？

"我觉得回去当调解员挺好的。我一个人在家闲来无事，去法院动动脑子，就当是锻炼了。"

"爸，你想锻炼去公园，去什么法院呢？你当法院是健身娱乐的地方啊？那是人家打官司的地方，最复杂最难说话的人才去法院。你那是动脑子吗？你是在拿你的生命开玩笑！"

"胡扯！我这辈子都奉献给法院了，你说我在拿生命开玩笑，那你怎么不早阻止？"

王君平知道老头子固执，讲了也不听，但为人子女，总是盼望父母健健康康，不出任何状况。

他已经四十多岁了，自感身体状况远不如年轻时。虽说正值中年，但已然对生活感到失望，他可不想在这个时候又生事端。

"爸，那是你年轻的时候，你现在老了，跟当事人聊天，你精力不足，到时候记不清，岂不是会坏了一辈子的名声？"

王建国认为每天没事干，记忆力自然会下降。要是每天都有事做，要

第一章　调解员

记这个记那个，他肯定是不输年轻人的。

王建国没想到大儿子竟如此反对："平日里也没见你有主见，这时候倒是废话挺多。"

平日里老头子客客气气的，没想到争论起来他也是夹枪带棒的。

"就算我没主见，那你问问君安和君凝的意见。"

王建国顿时不吭声了。

三个孩子中就属王君平最没主见，这个没主见的都反应这么强烈，更别提那两个有主见的了。王君凝十有八九会反对，至于王君安，应该也不会同意。

王建国本来举棋不定，知道三个孩子都会反对，他反倒决定要去了。老人家需要的不是清静，而是生存感和价值感。这两样他现在都没有，只知道算着钱过日子，这日子真没劲！

王君平怕他记忆力下降、无法胜任工作，他却想证明自己挺好的，没有他们想象的那么差。他不想变成他们口中所说的打太极拳养老的老头子。

王建国挥了挥手："好了，我知道了，回头我会找他们说的。"

"爸，你就听我一句劝。"

"知道了，知道了！"

王建国很不耐烦，临走之前来到吱吱的房间，偷偷给孙子塞了一个红包，算是自己的心意。里面是一千块钱，他千叮咛万嘱咐吱吱不要让爸妈知道。

吱吱惊喜不已："谢谢爷爷！"

"乖，拿着这些钱去买些自己喜欢的东西。"

吱吱问："爷爷，你就不怕我去买一些乱七八糟的东西，跟学习无关的？爸爸妈妈都不喜欢我乱买东西。"

"孩子，你努力读书是为了什么？不就是为了能买自己喜欢的东西，然后过自己喜欢的生活？时常放纵是不应该，偶尔放松是可以的。人不能总是处于不满足的状态，否则会失去对生活的乐趣。为了成绩失去一切，没必要。"王建国摸了摸吱吱的脑袋："在爷爷眼里，你和子音一样好、一样厉害，你有你的优点，子音有子音的特长。你记住，人活在这个世界上要活得有价值，这个价值来源于对自己的肯定，比如你的爸爸、妈妈以及你自己对自己的肯定。如果前者达不到预期，你必须用后者去推动前者。"

王建国后面这话，不知是对吱吱说的，还是对自己说的，说完他沉默了。

吱吱听得一知半解："好，爷爷我听你的。"

实际上王建国没去找王君安和王君凝。

这两个孩子比王君平更难讲话，倒不如不讲，免得徒增烦恼。

三个孩子在沈玉芬的教育下，没有一个是按照王建国的心愿发展的，也没有一个跟他亲近。

沈玉芬在退休之前是区小学的一名语文老师，为人严厉、一丝不苟，她带的班回回都得拿第一，不然回到家中就暗自跟自己较劲。

王建国曾劝导她，万事要看开。可每回都遭到沈玉芬的强烈反对：看开什么？你这个看开那个看开，活着还有什么意思？

久而久之，王建国也就不想同她讲太多了，由于夫妻过于熟悉，很多话她已经听不进去，倒不如让她随意。

沈玉芬不仅将这种强制模式贯彻在王建国身上，同时还贯彻在三个孩子身上，即孩子们必须按照她安排的路走。

沈玉芬的教育模式是儿子以学业为重，女儿更注重音乐、美术的发展。她秉持一贯的老思想——男孩子更需要事业，女孩子嫁人更重要。

现实则恰恰相反。沈玉芬让王君凝出去玩，她不肯去；让她学习音乐、美术，她直接逃课。一门心思埋头苦读，立志要比哥哥弟弟强，也不知是哪儿来的要强劲儿。王君平和王君安在"高压政策"之下，心思根本不在学业上，反倒是想出去玩。王君平作为家中老大，每次都被当成典型，一不听话就被打手心，久而久之，王君平也就不敢造次了。他变得

第一章　调解员

越发胆小，竟迷上了诗歌，喜欢附庸风雅。王君安不仅没被吓到，性子相较于哥哥更为油滑，遇事总是一副不负责任的模样，王君凝叫他"死泥鳅"。

王建国平时事情格外多，由沈玉芬全权负责管家，他不用想太多，一心一意为工作而奔波。

王君平和王君凝的高考成绩都不错，唯有王君安，是扶不上墙的那个。

沈玉芬没辙，只好让王君安去西班牙打工。在他们这个地方，如果孩子成绩不好，出国打工、开店是一条出路。

王君平和王君凝各自上了大学。毕业之后，沈玉芬希望王君凝出国帮王君安开店，姐弟俩一起干，可以让她更安心。但王君凝拒绝了。平时对哥哥弟弟好也就算了，难道还要她用自己的未来去帮弟弟？她自是不肯的。沈玉芬说她没良心，她说沈玉芬偏心，母女俩的性子一模一样，谁都不让谁，一见面就吵架，跟仇人似的。

王君平在烟草公司上班，娶了同事赵晴。赵晴家境好，长得漂亮，十指不沾阳春水，娇滴滴的。沈玉芬逢人就夸王君平是家庭、事业双丰收，却绝口不谈为了娶这位大小姐，他们付出了多少。

令人没有想到的是，王君凝凭借自己那股子拼劲儿当上了上市集团的营销总监，工资是王君平的好几倍。沈玉芬嘴硬，绝口不提女儿的工作，因为一提就等于自己在打自己的脸。

在王君凝眼中，这又成了母亲偏爱儿子的一个证据。

不仅如此，沈玉芬做得更过分的，是想拿两个人的存款给王君安开店。因为王君安找了个小自己五岁的女朋友祝梓玉。祝梓玉一开始也没看上王君安，王君安就跟祝梓玉吹嘘，把自己说成了个妥妥的"官二代"，这才让祝梓玉高看一眼，两个人走到了一起。

走到一起之后，两个人花钱大手大脚，丝毫没有节制。眼看两个人都要结婚了，可一分钱存款都没有，怎么开店？

这不就打起了父母的主意。

沈玉芬和王建国都十分节俭，平日里都是把一块钱掰成好几块用……突然让他们出这么多钱，沈玉芬是真舍不得啊。但舍不得归舍不得，一想到儿子开不了店，儿媳可能会跑，再说儿子好不容易有点事业心，于是忍痛劝说王建国："我们俩都有退休金，不需要这些钱。"

然而，劝说只是走个过场，沈玉芬决定了的事情，从来就没有做不成的。

王建国从不管家里的事情，这事自然就全权交给了沈玉芬处理。

王君平性子懦弱，自是不敢说什么。王君凝知道后，又是一场大闹。她性子强硬，认为不合理的事情就要干涉。母女俩本来就相互看不顺眼，这回更是雪上加霜。

无论王君凝怎么不同意，父母的钱最终给了王君安。

只是王君安不争气，在西班牙开了一家店，连续好几年都不赚钱，最终决定回国做生意。沈玉芬觉得自己年纪大了，有孩子在身边总归是好的，于是同意了。

王君安在国内开了一家西餐厅，并没有想象中那么赚钱，时常需要二老的接济。

王君平过着四平八稳的生活，但赵晴是个大小姐，总希望自己的老公有所作为，看着王君平如此不争气，心中颇为不满，夫妻经常吵架，还时不时闹到父母那里去。唯有王君凝事业、家庭都不需要他们管，但王君凝时不时就指责他们做得不对。

纵观家中发生的大大小小的事情，全是由沈玉芬一手操办的，王建国从不插手，有时沈玉芬和三个孩子想把他拉进来，他就是不干。

掺和进去没什么好，倒不如眼不见为净。

沈玉芬一去世，他和三个孩子的关系变得越来越微妙。

为此返聘的事王建国也不好跟王君安和王君凝开口。他甚至想这是他自己的事情，与孩子们无关，他该有自己的生活和追求。

第一章　调解员

直到王君平又打电话过来催促，王建国只好说："我会跟他们讲的，你急什么！"

王君平躲在公司的卫生间里，小声说："爸，我当然急了，要是你背着我们偷偷去上班，我又知情，岂不是会被他们的唾沫星子给淹死？再说万一你有个好歹，所有责任都在我这儿，那我……那我……"

王君平最怕承担责任了，这事老头子只跟他一个人说了，他很是担忧。

"行，我知道了，到时候会跟他们说的。我这不是还没决定嘛！"

"爸，等你决定了，再说岂不是晚了？"

王建国三言两语把他打发了："我待会儿就打给他们，待会儿就打。"

王君平挂了电话，思来想去，觉得老头儿固执，和王君安、王君凝的关系也较为疏远，他的"待会儿"也不知道是什么时候，于是他直接打了王君安的电话，告知了老头子的情况。

至于王君凝，他觉得他们本来就关系不好，对老头子也未必上心，不说也罢。

王君安知道后可急了。老头子要去上班，这可不行。老太太刚走，老头子正是想不开的时候，这个时候去上班，万一出了事可怎么办？

王君安直接从西餐厅出来，急匆匆地往家赶。还给王君凝打了电话，语气极不和善："你现在是跟家里断绝往来了是吗？爸的事情都不管了？"

王君凝正在上海开会，见是王君安的电话，本来是不想接的。可想归想，她还是走出会议室接了电话，听到那头劈头盖脸一顿质问，心情更不好了。

"死泥鳅，你有什么资格说我？"

"爸说要去法院上班了，这事你管不管？"

王君凝冷淡地说："我现在不在江市，等回去说。"

"王君凝，这么说你是不管了？"

013

王君凝望着玻璃门，不屑地笑着说："你和君平是爸的好儿子，你们管不就行了吗？"

王君安砰的一声挂掉电话，气急败坏地冲着电话骂道："你这个女魔头！"

王君凝继续回去开会。约莫过了一个小时，会议结束，众人纷纷离开。她坐着没动，身边新来的小助理说："王总监，明天我们要去万鑫对接，是上午去还是下午去？"

她沉思了一会儿，随即说："万鑫，让小苗去帮我订一张回江市的机票。"

小助理露出惊讶的神色，但很快点头说："是。"

在小助理眼里，王君凝是个没有私事的人，向来以公事为重。上周，她女儿参加市里的奥数比赛，得了一等奖，她都没回去。就这么一个人，到底是什么事能让她置公事于不顾？和万鑫对接这事说大不大，说小不小，不过她一个小助理也不好多说什么。

王建国回到家，王君安已等候多时。他猛然想到，王君平肯定是按捺不住，跟王君安说了。

王建国原本对王君安心怀不满，卖房这事仅凭王君平一个人翻不起那么大的浪，肯定有王君安在背后谋划。

"爸，我都等你两个小时了，你这是去哪儿了？"

王建国打开电视："没去哪儿，随便逛逛。"

王君安转了转眼珠："爸，你最近身体怎么样？最近梓玉在吃一款酵素，你要不要试试？"

王君安的老婆祝梓玉最近迷上了一款酵素，声称对身体各方面都好，她不仅自己吃，还拉着身边的人一起吃。

王建国听多了这些东西，什么洗头膏、沐浴露及各种保健品，都是一种推销模式，曾经有许多人跟他推销过，他一概不理。他觉得自己好歹是个知识分子，怎么能被这些东西欺骗？却没想到，祝梓玉迷上了这些东西。但他也懒得说，毕竟是儿媳，说不得啊！

王建国坐正身子，准备给王君安科普一下酵素，话到嘴边，又咽了下去，摆了摆手说："不吃。"

王君安笑眯眯地说："爸，听说你要回法院上班？"

"嗯，怎么了？"

"爸，你要实在闲着没事干，可以出去旅游。你不是最喜欢旅游吗？干吗要回去上班呢？"

"旅游？前些年喜欢，现在觉得没多大意思。"

"爸，那你现在喜欢什么？可以尽情去做！年轻时的那些梦想都可以去实现。"

王建国沉思了一会儿，抬起头："我倒是有个梦想，需要你帮我实现。"

"什么梦想？"

"你少干些乌七八糟的事情，多赚钱。你说你，一心一意经营西餐厅不就好了吗？你非要KTV也占点股份，投资公司也占点股份，连按摩店都要占股份。这里占股份那里占股份，也没见你赚几个钱，说出去好听，人人都喊你大老板，实际几斤几两自己还不清楚吗？你说说你这些年赚了多少，亏了多少，我真是……"

王君安瞬间黑了脸，没想到老头子哪壶不开提哪壶。他哪是乱做生意，他这是把鸡蛋放到多个篮子里，减少风险。虽然现在没赚到钱，但假以时日定能……

"爸，你少说几句，我的事我心里有底。"

"我都懒得说你，你见我说过你吗？"

"那你就继续懒得说呗，反正我会做出一番成绩的。"

王建国心知王君安不是个做生意的料，但不做生意他又能干什么呢？他闭上了眼睛，觉得心烦。

"爸！"

"好了，我不说你，你也不要干涉我。"

"这可不行,我必须为你的身体着想,你去上班,万一有个好歹怎么办?"

"什么怎么办?为人民服务不是挺好吗?"

"爸,为人民服务那都是年轻人的事,你一个老头儿服务什么?"

王建国不想同王君安废话,直接抛出撒手锏:"上个月你从我这儿借走的一万,去年过年时你借走的两万,以及前年我们给你的两万,这些钱你准备什么时候拿回来?"

一时之间,气氛凝滞,电视里娱乐频道节目主持人的声音格外清晰。

王君安面露尴尬。他是从老头子这里借了钱,那不是做生意周转不开嘛,这会儿他也没钱:"爸,这钱我会还你的。"

"还?什么时候还?是今天、明天还是后天?"

"爸!瞧你说的……"

"君安,这事我可一直没让君平和君凝知道。你要是不阻止我,我不会让他们知道;你要是阻止我,那可就不好说了。"

王君安没想到老头子会说出这种话,一时之间不知道说什么好。

"爸……"

王建国瞥了他一眼:"我说到做到!"

王君安微微叹了一口气,不再与王建国多说,自知没有能力还这笔钱,也不想让哥哥姐姐看笑话。

没钱的日子真是不好过哪!

他自我感觉良好,认为自己聪明、善于交际,应该会赚不少钱。但事与愿违,他从未赚过所谓的大钱,小钱到手也是暂时的,过不了多久就都花出去了。他甚至还不如他那个胆小的大哥,大哥好歹工作安稳,富不起来但也饿不死。可他呢,空有一腔赚钱的热情,却缺少点运气。

王君安走出家门,刚想回头再说点什么,王建国猛地一下关了门,不想多加理会。

王君安心中恼火,心想老头子也是个嫌贫爱富的主儿,敢情是嫌弃

第一章 调解员

自己混得不好。以前老妈在世的时候，他还不至于这么过分，如今老妈一走，老头子就无所顾忌了。

他捏紧拳头，发誓一定要做出点成绩给老头子看看。

王建国起了个大早去菜市场买菜，回来时在门口碰见许久不见的王君凝。

自打上次分房子的事之后，王君凝就一直对他不冷不热，说话更是阴阳怪气。

王君凝一进门就直截了当地说："爸，你怎么又瞎折腾？你现在都多大岁数了还要回去上班？你还真当自己是十八岁的小伙子啊？"

王建国一下子回过神儿，孩子长大了，不是小孩子了。

他知道这个世界上没有不透风的墙，王君凝早晚会知道的。他抽了一支烟，不吭声。

王君凝苦口婆心地说："要是缺钱你跟我说，何必非要回法院上班？你返聘回去能挣多少钱？现在对你来说，身体是最重要的。"

王建国依旧不吭声。

王君凝憋不住了："爸，你到底在想什么？你这样做对得起我死去的妈吗？妈刚去世你就瞎折腾！"

过了许久，王建国掐灭了烟头。

"我追求我喜欢的生活就是瞎折腾？我知道自己在干什么，你就别劝了。"

王君凝看着眼前的王建国，心里一肚子火。老头子给人家做思想工作头头是道，怎么轮到自己头上就这么难说话？简直是个老顽固，跟他说什么都不听。

他该知道自己多大年纪了，已经把一辈子都奉献给了法院，怎么老了还要往那边跑？这不是存心给自己找事嘛！现在的调解工作可没那么好做，被人威胁、责骂也是有的。以前他年轻可以毫不畏惧，如今老了，哪里还经得起折腾！

王君凝从包里掏出两万块钱递给王建国："爸，我知道你背地里偷偷接济王君安那小子，我也不说什么了，这两万块钱你先用着。如果还缺钱就直接跟我说，只要你不去工作，一切都好说。"

王建国觉得王君凝把自己当成了小孩："乖，只要你听话，我给你买糖吃。"但王建国不缺钱，他尤为节约，平日里连退休金都花不完，怎么会看得上这些钱？

"你该知道我不缺钱。"

王君凝蹙眉道："爸，你也太节约了。平日里连件新衣服都舍不得买，大哥的穿旧了，你就去拿过来穿；鞋子也是，一双新鞋都舍不得买，专拣大哥穿剩的。像你这个年纪，不该吃吃喝喝、享受人生吗？你却四处淘旧东西，只图省钱。这些我也就不说什么了。如今你都想去上班了，你嫌前半辈子劳碌得还少吗？"

王建国不认为穿旧衣服丢人，勤俭节约不是美德吗？怎么到了女儿嘴里，反而成了十恶不赦的事情？

"好了，我不想跟你说太多。钱你拿回去，我不要，我不缺钱！淘旧货是我自己的事，与你无关！你大哥和我身材差不多，我穿他的旧衣服怎么了？去法院上班是因为我喜欢，我想去就去！"

王君凝觉得老头子实在顽固："你的身体不适合去上班了！"

王建国瞪大眼睛说："谁说的？我身体好着呢！经常锻炼，怎么可能不好！"

王君凝说："你都多少年没体检了？单位组织体检，你就是不去，每次都说自己身体好，不用去。到底好不好我们也不知道，反正你现在最重要的是养老。法院的工作自有年轻人去干，不用非指望你这把老骨头。"

王建国不是不想去体检，而是像他这个年纪，总会有些小毛病，去体检肯定就要吃药。他认为人只要保持愉悦，坚持锻炼，身体就不会有太大问题。他对自己的身体有信心。

第一章　调解员

王君凝见王建国不说话，以为她的话起到了作用："爸，我们不差钱，别去了，安心在家待着。你要是觉得无聊，我周末让子音过来陪你。"

"不需要，不需要。子音有子音的事情，你有你的事情，我也有我的事情。"王建国沉思了一会儿，随即说，"行，我这就去体检，要是体检结果没问题，我就去上班。"

老头子究竟懂不懂她的意思啊！

"爸，是你的身体，不是体检！"

王建国径自说："好了，我要出门了，这事就这么定了。"

王建国不想听王君凝继续说了，于是换了件外套就出门了，那走路姿势就像身后跟着鬼魅似的。

王君凝又生气又觉得好笑，没想到他一把年纪还如此任性。她看着被王建国丢在一旁的钱，深深地叹了口气，将钱拿到房间里，小心翼翼地放在他的枕头下。

在王君凝眼里，王建国是个复杂的人。说他不爱钱吧，他买菜都抠抠搜搜的，生活上舍不得买这个舍不得买那个，恨不得全拣便宜货；说他爱钱吧，他从不占任何人的便宜，平日里从不乱吃乱拿。邻居送来一棵菜，他必还一块肉。之前有个当事人从外地过来，没钱住宾馆，准备在大马路上凑合，老头子二话不说，给人家开了一间房。后来那人要还他钱，他见人家家境不好，一分都不肯收。

真是个让人又爱又恨的老头子。

刚走到门口，王君凝就接到王君安的电话。

王君安被王建国教训了一通之后，不敢再说什么，只能请王君凝出面。王君凝早就回来了，为的就是老头子的事情。但她故意不说，想让王君安着急，最后被王君安烦得没辙了，这才告诉他真相。

"爸说去体检。"

王君安顿时一怔，不明白地问："爸去体检做什么？"

"爸说体检后要是身体健康的话，他就去法院上班。"

"王君凝，你就是这么劝爸的？"

"这是爸的选择，你废话这么多干什么？我已经劝过了。"

"让你劝爸不要返聘了，你这算怎么回事？"

王君凝冷冷地说："你和王君平来劝还没我这个效果呢！有本事你们来啊！别以为我不知道你打的什么算盘，老头子现在还在接济你吧？他万一有个好歹，金山没了，你不得急死？"

"王君凝！有你这么说话的吗？我是那种人吗？"

"你是什么人我不知道，但你啃老是真，谁知道你是真情还是假意！"

"我对老头子一片赤……"

"忱"还没说出口，电话就啪的一声挂断了。

王君安气恼不已，直接把手机丢在了沙发上。

王建国雷厉风行，很快就去医院预约了三天后的B超。

王君安不死心，直接去了王君平家，说老头子绝对不能去上班，不然怎么对得起他们死去的母亲。弄得王君平心里很不是滋味，母亲去世时的那一幕仍历历在目，令他不禁悲从中来。

王君平连忙给王建国打了电话。

王建国那边吵吵嚷嚷，声音很模糊，隐约听到王建国扯着嗓子说："我去体检了，你们就不用劝了！"

王君平刚想说什么，那边就挂断了。

王君平和王君安无可奈何，老爷子倔强起来真不好讲话。一把年纪还要出去工作，这不知道的，还以为他们不赡养老人呢。

"该劝的我们也都劝了，连君凝都出马了，既然不管用，这事就先这样吧。回头把老头子的体检报告拿来看看，我就不信老头子每一项指标都合格，到时候我们就说某项指标不好，死活不让他去就行了。"

王君安若有所思地说："也只能这样了。"

王君平瞥了王君安一眼："上次卖房子的钱你都拿去做生意了？"

王君安笑了，他们兄弟是半斤八两，谁都不用笑话谁："那你呢，你又拿去做什么了？"

王君平本想跟王君安说，既然有了这些钱，以后就少跟爸要，但一想自己混得也没多好，这话一下就说不出来了。王君平的性子在某些方面和王建国相似，所以王建国和王君平最说得来。

"好了好了，我也不问了，大家好自为之。"

王君安笑道："少装！"

周五，邱鸿打电话过来，问王建国考虑得怎么样。王建国直接说："没问题，听从组织安排。"

王建国活到这把年纪，物质上的富足已经吸引不了他，他更看重精神上的成就感，调解工作能让他获得精神满足。

邱鸿又惊又喜："好，我这就去汇报！"

中午的时候，王建国来医院拿体检报告，他翻开报告之后，脸色阴沉。报告上的数据他看不太懂，但上面有提示，他需要去消化内科复查。

王建国有些后悔来医院体检了，肯定又要开一堆药回去。他决定到时候只象征性地开一些，他最近胃不是很舒服，不知道是吃撑了还是胀气。

轮到王建国的时候，医生仔细看了许久，然后开了一堆检查的单子，杂七杂八的，他也不是很懂。

王建国微微皱眉："有必要吗？"

医生没接话，只是说："先去查吧，出了结果直接来找我。"

在医生面前，王建国觉得自己像个小孩，所有事情都按他的指令乖乖去做就好。

谁知这一查就是一周，主要是要查的项目多，再加上王建国自己也不是很重视，拖拖拉拉弄了一周才把所有报告单都拿到。他拿着报告单嘴里嘀嘀咕咕："真浪费时间，不知道又会给我开些什么药……"

王建国是抱着开药的心态进门诊的，可当他出来的时候，连站都站不稳了，眼前的白炽灯晃眼，他仿佛置身于梦境。

他仔细回忆着医生刚刚说过的话：

"你这是胃癌晚期。"

这话犹如晴天霹雳，差点儿劈晕了他。

什么？

胃癌晚期？

他自认为身体健康，吃嘛嘛香，怎么可能会是胃癌晚期？

但看着医生严肃的表情，看起来像是真的。

医生说了许多，王建国听不太懂，只知道大概的意思：现在胃部已经全部被癌细胞覆盖，可以尝试化疗，但要吃苦头。让他回去和家人商量，如果可以，马上安排住院治疗。

他下意识地问："那……如果不治疗的话，会怎么样？"

"按照你的身体状况，可能最多能活一两年，这只是一个预估，毕竟每个人恶化的情况不一样。"

他一生多次与死神擦肩而过，最严重的那次是法院的车直接从山上掉下来，他们一群人被送到医院抢救，当时他觉得自己就要一命呜呼了，没想到福大命大，最终被救活了。

从此以后，王建国一直认为自己是个幸运的人，却没想到……

走出医院之前，王建国特意去住院部看了看。

他看着病房里的一个患者发呆，那人插着管，瘦骨嶙峋，躺在病床上，奄奄一息，身边有两个人照顾。

一想到自己将来也会这样，他顿觉毛骨悚然。

王建国看着人家病入膏肓，而自己依旧健健康康，他安慰自己，一切都是假的。

于是他又去另外两家权威的大医院检查，只是……结果都差不多，他确实是胃癌晚期，只是每个人的情况不一样，所以他看着还挺"正常"的。

他不想去医院化疗。他是癌症晚期，而且是难以治愈的那种，化疗、手术都治愈不了，只能活一年算一年。

第一章　调解员

对于王建国这样一个从来不去医院的人，如果以后的人生都要在医院里待着，他是接受不了的。

这天晚上，王建国做了一个梦，他梦见自己成了那个插着管子躺在病床上的人，身边没有子女，只有消毒水的味道，他连抬手都觉得累，远处还有医生做手术的声音。

王建国被惊醒了，冷汗涔涔，他迅速爬起来喝水压惊，却因为喝得太快被呛到了，不停地咳嗽。

去医院之前，他感觉自己哪儿哪儿都好，除了胃有一点点不舒服。去了医院之后，他觉得自己哪儿哪儿都不好了，浑身上下没一处舒服。

王建国不想和子女们说。跟他们说只有一个结果，就是直接把他送到医院去，那样他就一点选择的权利都没了。

接下来的日子，王建国早晨起来也不去打太极拳了，情绪十分低落。

路上碰到老赵，老赵笑问："听说你要返聘回法院了？"

王建国没想到这事传到了老赵的耳朵里。之前他身体健康时是打算去，如今他一个癌症晚期的病人，去法院做调解？他心生犹豫。

老赵不知道王建国的情况，见王建国不说话，以为是默认："那敢情好啊，反正你退休之后也没什么事，刚好可以回去发挥余热。老王啊，别人我不好说，但你啊，是真喜欢这份工作。你看，我一提起调解工作，你的精神头就来了。"

王建国刚开始还是愁容满面的，听老赵这么一说，不禁乐了："哈哈，你说得对！"

王建国和老赵聊完之后，就一个人坐在公园的石凳上思考：反正自己命不久矣，与其躺在病床上，还不如做一些自己喜欢的事情。毕竟生命的质量比长度更重要。

如果他这个病有一丝治愈的可能，他会选择治疗。如今看来，化疗有助于延长自己的生命，但前提是要承受痛苦。

依照他的脾气，宁愿选择保守治疗，在家吃药维持。

反正自己喜欢法院的工作，在剩下的日子里去法院做调解工作，也可以。

王建国打定主意回去上班，并且不打算跟孩子们讲自己得癌的事。

他想快乐地过完余生，而不是凄凄惨惨地去住院。他知道孩子们肯定不会理解，倒不如不告诉他们了。

至于体检结果，只要他说自己没问题，他们暂时是不会知道的。

以后的事情，以后再说。

邱鸿很快就通知他去上班。上班前一晚，王建国心情激动，仿佛又回到了刚上班的那会儿，对一切充满好奇。

这种感觉可以暂时压制住他心中的恐惧。

他也是个有血有肉的人哪，害怕、恐慌都是正常的，改变不了没关系，他可以不断地转移注意力，让自己开心起来。

清早，王建国起来穿衣服，发现自己瘦了不少，食欲下降，心中不禁一惊。他调整好心态，若无其事地系上皮带。

王建国来到法院门口，心中感慨万千。眼前的新法院大楼建成后，他就很少过来了，脑海中浮现的更多是旧法院大楼的模样。

他有很多与同事的合影，其中有些老领导、同事已经离世，每次拿起照片，心中总是五味杂陈，酸涩不已。

今早他又拿起来看了一遍，或许下一个要走的就是他了。

他会渐渐成为别人口中的回忆，直到再也没人提起……

王建国来到法院以后，许多老同事都跟他打招呼，大家聊得可开心了，往日的种种又涌上心头。

邱鸿热情地带着王建国来到立案庭的办公室："老王啊，真不知道叫你回来是好还是不好啊，本来你可以安心养老，又被我折腾回来了。"

调解工作和立案本来就是密不可分的，现在法院加上他一共两个调解员，另外一个叫柳军。

柳军比他年轻两岁，以前是法警大队的副大队长。

第一章　调解员

"我老了,也不知道自己行不行,做得不好,你可别怪我啊!"

"只要你出马,我相信绝对没问题!"

在王建国眼里,邱鸿是个智商情商双高的人。毕业于西南政法大学,学习成绩拔尖;工作上,他很懂得考虑当事人的感受,也能设身处地为当事人着想,是一名合格的法官。

一开始,王建国甚至萌生了让他当自己女婿的想法,只是他家这个女儿不会听父母的。对她来说,似乎更适合嫁给家境优越、没有野心的季永。

"哈哈,我就喜欢和你讲话。如果是别人叫我,我还不来呢!"

王君凝忙了一个早上。刚忙完,还没休息几分钟,内线电话响起,说楼下有个叫王君安的来找她。

王君凝一怔,心想,他跑这里来干吗?

"让他上来。"

王君凝刚拿起手机,看见有二十来个未接来电,全是刚刚开会时打来的。

这是王君安第一次来王君凝的办公室,位于十九楼,又大又气派。从上面俯视下方,只见车水马龙,有一览众山小之感,这种感觉真爽。

这会儿,王君安有些后悔自己当初没好好读书。王君凝也并不比自己强多少,不过是读书好罢了。

王君凝瞥了王君安一眼,心想:无事不登三宝殿,他来这里是做什么?

"爸已经去法院上班了,你知道吗?"王君安一屁股坐在沙发上,不客气地给自己冲了一杯咖啡。

办公室里弥漫着咖啡味。

"你是怎么知道的?"

"我有个同学在法院当司机,是他告诉我的。我这不刚知道,就马上过来跟你说了。"

王君凝冷淡地说:"跟我说?爸不是说了嘛,只要体检没什么问题,他就去上班,你着什么急?"

王君凝一开始也着急，但见老头子说不通，再加上季永说的也不无道理，心想不如睁一只眼闭一只眼随他去，老头子又不傻，累了他自己会回家的。

"爸是老人，老人就该在家养老。"

王君凝盯着王君安看了一会儿，忽然，不屑地笑了。

"哟，你还知道爸是老人啊，那你还让老人接济你？"

王君安自以为做得天衣无缝，不知道王君凝是怎么知道的，顿时有些窘迫："爸跟你说什么了？"

"爸能跟我说什么？爸从来不说你的事情，但我自有办法知道。"

王君安有些恼羞成怒，但顷刻便把情绪压了下去，正事比较重要："我今天找你除了爸的事，还有别的事情。"

王君凝就知道王君安不会专为爸的事情而来，爸只是去上班，又不是去干别的，不需要这么大动干戈。

再说王君安向来只会动嘴皮子，懒得要死，他要是真为爸这点事着急，那也不至于背着老人把老房子卖了。

王君凝站起来："说。"

"我的西餐厅就开在你们楼下，你知道吗？"

王君安的西餐厅就开在王君凝公司楼下，但因为两人关系不好，王君凝从没有去过王君安的店。

"那又怎样？"

"我知道你们食堂都是快餐，员工平日吃多了也会腻，你有没有想过给他们换换口味？比如说，可以到我的店来吃，实在不行的话，我家的意大利面和蔬菜沙拉什么的也可以用外卖盒装上，放在你们食堂供他们选择。"

"你的想法倒挺有创意。"

"是吧？不过这需要你的帮助。"

"我不管这块，你直接和老夏谈吧。"

第一章　调解员

　　老夏是他们公司食堂的总经理，王君安知道，但老夏权力不大，最多就是负责采购和饭菜质量，像这种事情，还需要上面的人同意，这不就需要关系嘛！

　　王君安并不想来找王君凝，这女人不讲人情。但祝梓玉频频跟他说，他们是亲姐弟，血浓于水，王君凝不可能不给他这个面子，非让他过来。

　　"你好歹是这家公司的营销总监，就不能帮我说说情吗？"

　　"你也知道我是营销总监，不管食堂。你直接和老夏对接，如果老夏觉得可以，自然会汇报上去，他们会讨论的。"

　　说来说去王君凝就是不想帮王君安。虽然他心里也清楚她不会帮他，但就这么赤裸裸地被拒绝，他脸都不知道往哪儿搁。

　　"好了，你还有别的事情吗？"

　　王君安恼羞成怒："王君凝，我早就知道你是个冷血的人！"

　　王君凝不想和王君安说太多，直接摆出一个请的手势："我现在有事，你要是没什么事就可以走了。"

　　王君安见王君凝态度决然，气得跳脚，却又无可奈何。

　　"我真是看透你了！难怪妈在世时一直不喜欢你！"

　　一提到沈玉芬，王君凝就气不打一处来，吼道："你给我滚！你没资格和我说这些！"

　　王君安知道王君凝最讨厌别人提沈玉芬。心想，她不让我好过，我也不会让她好过。

　　临走之前，他轻飘飘地说："就因为你自私、冷血，妈才没把你当家人。你活该！"

　　"你要是还不走，我就叫保安上来请你走！"

　　"走就走！"

　　王君安走后，王君凝靠在一旁的墙上，心跳加速，所有往事都涌上心头。沈玉芬是她永远的痛，一提起沈玉芬，她真是恨到极点，恨到浑身发抖。

她感觉头疼得不行，捂着脑袋蹲在地上。

这时，小助理杨清推门进来了，看到蹲在地上的王君凝，急忙扶起她："王总监，你怎么了？"

王君凝狠狠地指着一旁的柜子，手不停地颤抖。

杨清手忙脚乱地去柜子里拿出一瓶止痛药，王君凝倒出一片急忙吞下去，连水都没喝。

王君凝吃药之后，躺在沙发上，约莫过了十分钟才慢慢恢复正常。

杨清很害怕，她担忧地问："王总监，需要去医院吗？"

"不需要。"王君凝缓缓睁开眼睛，神态恢复正常。杨清要不是亲眼看到王君凝刚才那副模样，还以为自己在做梦。

"你帮我点一份外卖。"

现在快下午两点了，王君凝竟然还没吃午饭。杨清立马说："好好好，我马上去点。"

王建国是个爱交际的人，刚来两天就跟立案庭的小年轻们混熟了，几乎能喊出每个人的名字，并且对他们的性格也有了大概的了解。

他虽然年纪大了，但心态比较年轻，又喜欢新事物，善于倾听，很容易走进人家的心里。

这日，一起邻里纠纷需要王建国进行调解，他戴上老花镜仔细看了好几遍卷宗。

该纠纷发生在金鑫小区。这是本市的一个旧小区，大约在1990年建成，配套设施较为老旧。

但金鑫小区的房价不低，主要是因为小区隔壁就是市里最好的小学，多少人挤破头都想进去。

被告方李翠莲、陶建在前年买下了二幢三单元四〇一的房子，于去年动工装修，今年年初住了进来。可住进来没多久，主卧卫生间就漏水了，导致楼下三〇一的住户冯花、周国的房子墙面脱皮、吊顶剥落、家具变形、木地板损坏，等等。

第一章　调解员

冯花、周国找到李翠莲、陶建理论，一开始楼上的说好要赔偿他们，但冯花、周国声称自己买的是真皮沙发、价值上万元的蚕丝被以及从欧洲进口的多层实木地板，没有十来万是绝对下不来的。

李翠莲、陶建傻眼了，坚决不肯赔偿了，认定冯花、周国是狮子大开口，可笑至极。

从此以后，冯花、周国屡屡上门交涉，李翠莲、陶建坚决不开门，打电话也不接。

冯花、周国一怒之下将垃圾倒在李翠莲、陶建家门口，两家为此吵得不可开交。

社区居委会过来调解过，没有调解成功。之后双方使用的小招数越来越多，一会儿楼上的往楼下阳台丢东西，一会儿楼下的把楼上的门口堵得严严实实，人都出不来。

这时冯花、周国一纸诉状将李翠莲、陶建告上了法庭，经立案庭询问，原告愿意进行诉前调解，于是这个案子就到了王建国这里。

王建国和双方当事人约好时间，主动上门了解情况。他刚到楼下，就听到楼上在叽里呱啦地吵架，他加快了步伐。

四人均在三〇一，冯花和周国年纪较大，都是1950年生人，衣着讲究，两口子都戴着黑框眼镜，讲话用方言。李翠莲、陶建是八〇后，在这附近的一家民营企业上班，经济状况一般。

刚才王建国在楼下便利店打听了一番，原来李翠莲、陶建家还有一个小孩，即将上小学，估计是为了让孩子上这边的小学才在这里买房的。

李翠莲气急败坏地骂道："老不修，早上五点你就在家门口放音乐，让我们一家子怎么睡觉？我家小孩还小，需要充足的睡眠！"

冯花顶了回去："昨天晚上十二点你还在洗衣服，还用锤子一个劲地敲，敲得我心慌。你们家需要睡觉，我们就不需要睡觉了吗？"

陶建倒是虚心认错："冯阿姨，昨天晚上我们去参加朋友的生日派对，回来的时候满身酒气，阿莲有洁癖，所以才会大半夜洗衣服。这件事我们有错，跟您道个歉，下次不会这样了。"

"道歉？道歉有什么用？我昨天胸口难受死了！哎哟喂，不知道要不要去做心电图！"

"老太婆，又想讹人！"

李翠莲生气地撞了陶建一下："你跟她认什么错？她一大早就在我们家门口放音乐，这难道不是丧心病狂吗？我那是不小心，她这可是成心的！"

周国急了："你怎么说话呢！你大半夜吵人是真，我们没报警已经算客气的了！"

李翠莲一听又炸毛了："什么？报警？好啊，你报啊，让警察来评评理，到底是你有错还是我有错！"

王建国刚走到三楼，吵架声戛然而止——

他先做自我介绍："你们好，我是莲安区人民法院的调解员王建国，这次专门来调解你们的案件，你们可以叫我老王。"

冯花看了王建国一眼，见眼前的老大爷身材清瘦，看着年龄比自己都大，也不知道能不能调解成功。心想要是实在不行就告上去，让法官来裁决，现在的年轻人太不懂事了。

自打漏水事件发生以后，双方动不动就剑拔弩张。王建国意识到，这次的事情如果不能得到妥善解决，双方照这样闹下去，势必会出大问题。他之前在刑庭担任过法官，审理的一个案子就是因为一点小事，搞得双方大打出手，一方将另外一方打进医院，结果被判刑。

怒火中烧之际，谁都不知道自己会犯下什么错！

这两家人凑在一起就是一场混战，你一言我一语，到时候没问出什么，两家人倒是先吵起来了。

王建国说："本来我是想约你们双方去法院沟通的，但我想到现场看一下具体情况，所以让你们在家等着。我不着急，你们一家一家地说。现在我刚好在三楼，要不请三〇一先说，四〇一你们先回去，我待会儿去找你们？"

第一章　调解员

李翠莲有些不愿意,万一老头儿老太太先下手为强,岂不是……

王建国看出李翠莲的顾虑,笑眯眯地说:"我与你们两家既不相识也不是亲戚,你们放心,无论谁先说都没关系。后说的怕先说的先下手为强,先说的怕后说的找漏洞反驳。在我这里,无论哪一方都不用担心,我现在只是来了解一下情况,最终的调解结果还需要你们双方同意,放心!"

李翠莲见眼前的老大爷说得有理,看起来是个靠谱的人,也就同意了。

王建国先来到三〇一,看了下房子里的渗漏情况。见墙面脱皮,天花板、木地板均有不同程度的损坏,家具损坏较轻,沙发、被子不仔细看是看不出来的。

"你是不知道啊,我们出去旅游一趟,没想到回来家里漏得哪儿哪儿都是,真不知道楼上这年轻人是怎么装修的。现在搞得我这房子没法住了,我跟他们要十万都少了。要不是这边的房子有用,我们早就去住新房子了。"

王建国跟她拉起家常:"你们在别处还有房子哪?"

"我们在江滨还有一套,住在这儿是因为我们家小孙子在这边读小学。儿子儿媳平时忙,孙子上学由我们接送。如今发生这种事,我都不敢让小孙子过来了。我们活了半辈子,从没见过这么离谱的人!"

"你们家家境不错啊,子女肯定也都混得不错!"

冯花谈起子女,心中乐开了花:"也没有啦,我就一个儿子,现在在大学教书,混混日子而已。"

王建国笑笑:"一脉相承,孩子继承了你们的优秀基因。"

"你可真会讲话!"

"实话实说。现在江市的房价越来越贵了,你们能买得起房已经相当不错了。"

"哎哟,别的不说,主要是我这人精打细算。"

"呵呵,这点我要多跟你学习,我这人就不会理财。"

王建国这个人幽默、风趣,三言两语将冯花哄得乐开了花。

031

"跟你讲话还挺开心的！"

王建国看了周国一眼，周国的情绪没有冯花那么激动，他的思想工作相比于冯花好做，现在首要任务是安抚冯花。

三人坐在沙发上，王建国细细道来："你们这边的情况我大概知晓了，等于你们夫妻出去旅游了一个月，回来发现家里漏得哪儿哪儿都是，现在需要楼上赔偿十万块钱，是这样吗？这是所有矛盾的源头。"

冯花点头，随即又说："还有，他们家装修的时候特别吵，敲来敲去，震得我头晕。但在这件事上我从未跟他们计较，他们跟我说了一声，就动工了。在他们装修期间，我即使被吵得无法忍受，也没上门去找。我这个人是有一说一、有二说二，特别讲道理。"

王建国说："那是肯定的，谁都不会无缘无故找别人麻烦。"

冯花得到了王建国的认可，心里美滋滋的。又继续说："老王，我跟你说实话，我们家的家具都很贵。虽然住在这个不起眼的小区，但……我们夫妻很讲究生活质量。我也不怕你们去评估，东西都在这儿，他们肯定是要赔这些钱的。而且你看看他们那臭脾气，我们上门找他们理论，他们倒好，理都不理我们！以为我们讹钱。他们装修的时候也了解过家装市场，讹钱没讹钱他们心里清楚，他们就是不想赔罢了。我和老头儿这辈子清清白白，碰上这种人，我真是快被气死了！"

周国在一旁附和："是啊，他们家确实过分。尤其是那个女的，就跟母老虎一样，见到我们就咬，什么事都要跟我们对着干。我们究竟做了什么穷凶极恶的事情了？没有啊，还不是因为他们家出了问题，让我们家跟着一起遭殃，现在他们还气焰嚣张。我真是无话可说，活到这把年纪，头一回遇到这么不可理喻的一家子！"

王建国沉思："这件事，他们拒不赔偿，确实是过分了。"

冯花眼前一亮："是啊，你看你都这么说了，那家人真是不可理喻，我快被他们气得不行了！昨天晚上心脏怦怦直跳！你以为我想跟他们作对啊？不过是气得没办法啊！"

王建国知道冯花的心思，首先是气，其次才是事件本身，但两者是相辅相成的，没有事件也气不起来。

"我看他们小夫妻年纪不大，不一定能拿出那么多。"

冯花说："怎么拿不出？肯定拿得出。那女的妈妈前不久刚去世，听说留下一笔钱，那个女的跟人吹，说有个三四百万。"

王建国神色微微严肃起来："你听说的只是谣言，即便是真的，人家母亲给多少，和你的实际损失也没关系。不是说人家继承的财产越多，要赔的就越多。"

冯花眼见刚刚还和和气气的王建国话锋突转，有些不适应，又赶紧说："我不是这个意思，我的意思是她有钱，十万块钱肯定拿得出。"

"不过你们有句话说得对，如果这个赔偿双方一直无法协商一致，可以找评估公司进行评估。"

冯花说这话是为了撑场面，显得自己有见地。她之前和别人说了许多次，已经形成习惯了，忘了眼前这位是法院的调解员，他可能对评估一事了解得更为透彻。如果真找评估公司，肯定对她不利，她才不干。"可能也没必要那么麻烦，只需要你做做他们的思想工作，年轻人手上有钱，赔我们就行了……"

"我们要用事实说话。年轻人有钱那也是人家的，你不应该以人家有没有钱来衡量你应该得到多少。"王建国转头看了周国一眼："你说对吗？"

周国瞥了冯花一眼，他不知道该说什么。冯花笑了："我这个房子的折损肯定超过十万了，这已经便宜他们了。再者，我们这房子肯定是要重装的，也需要一大笔费用。"

王建国说："行，既然你这么说，那我去楼上看一看。如果你们双方一直意见不一致，可以交给评估公司评估。"

冯花不说好，也不说不好。说好，到时候真找评估公司怎么办？说不好，反落人口实，说是她不同意找评估公司的。

在纠纷中，怕这怕那的一方肯定最快倒下，她自认为是聪明人，不会干出如此愚蠢的事情。

王建国来到四〇一，主人已经开门等着了。

王建国跟着两人进去，让他们先说一下具体情况。李翠莲带着王建国来到卫生间门口："当时我和我老公出门两周，不知道怎么回事，主卧卫生间的水管爆裂了，估计是没装好。我们回来后第一时间作了处理，还跑到楼下找他们，想知道他们家有没有漏水，结果楼下一直没人。我们也没办法，既没他们的联系方式，也不知道他们在哪儿。等他们回来，上来就是一顿痛骂，我们才知道漏到楼下了。我们马上就商量怎么解决，结果他们狮子大开口，动辄十万。我们也不是不讲理的人，漏水我们有错，但十万也太多了。他们家你也去过了，全是旧装修，起码有十几年了。无论东西有多贵，可那都是旧货啊！就我们楼上这房子，也是十几年前装修的，卖房时都不好意思提装修，直接就报了房子本身的价格，可见十几年前的装修真不能算什么。她要一千来块钱，我可以接受。十万可不是小数目，我们这房子装修才花了多少钱，他们就敢觍着脸要十万！"

"你们的心情我可以理解，但这样你们就可以堂而皇之地拒绝赔偿吗？"

李翠莲瞪大眼睛："大爷，你说话可要凭良心，我们不是拒绝赔偿，我们赔，只是他们要价太高了。"

"那你们避而不见是什么意思？现在就更厉害了，双方还斗起来了……"

"我们没有避而不见，我们只是跟他们谈不拢价格，觉得大家应该冷静一下。"

"冷静？你们想冷静多久？从事情发生到现在已经两个多月了，你们一直拒绝沟通，两方甚至还互相搞起小动作，这就是你所谓的冷静？这样只怕会让战火越烧越烈，达不到你所谓冷静的效果。"

忽地，陶建点头说："大爷，你可说得太对了！之前我们两家也没什么矛盾，现在可好，每天都跟打仗一样，我真是烦得不行了！"

李翠莲破口骂道："你懂什么啊！那老太婆的心思你难道不知

道吗？"

王建国抓住关键字眼："你认为她的心思是什么？"

李翠莲本不想说，但王建国步步紧逼："你要是不说清楚，我怎么帮你？"

李翠莲纠结再三，说道："那老太婆认为我妈给我留了钱，所以才狮子大张口。但实际并没有。如果我真有那么多钱，早就把这套房子卖了，买旁边的电梯楼了。我当时只是跟邻居吹牛，没想到被那老太婆知道了。我妈临终就留给我几万块钱。我不是独生女，我妈一共有三个小孩，怎么可能留给我那么多？我不想跟那老太婆解释，人都是要脸的，我一解释，不就等于打自己的脸吗？她要是非要这样那样，那就僵着呗！"

"你妈留给你的钱，其实和这件事没太大关系。你妈留给你多少，那是你个人的私事。你们现在面临的关键问题是赔偿。对此国家法律都有相关规定，像你们用水、排水、通行、铺设管道等给邻居造成损害的，应当予以赔偿。如果打官司，对方胜诉的可能性更大。

"所以不管用哪种方式，这个钱是要赔的，不要心存侥幸，以为时间能冲淡一切。事实上，时间不能冲淡一切，反倒会让矛盾越来越深。我们换位思考一下，如果五楼漏水到你们家，导致你们的房子墙面脱皮、吊顶剥落、家具变形、木地板损坏，本来你们还可以继续住，这么一弄，就必须重新装修了，试问你们气不气？你们刚装修好房，知道装修需要多少钱，这肯定不是一笔小钱。"

两个人面面相觑，李翠莲咬唇，感觉王建国给他们分析的利弊很中肯。

对方的房子确实没法住了，这是真的，他们之所以没有重新装修，主要是为了保留证据。

她也找人咨询过，这事是他们的责任，确实是要赔偿的，即便人家的装修很旧。

李翠莲叹气道："大爷，可十万实在太多了。"

王建国沉思片刻，随即说："你们认为赔多少合理？我会帮你们调解，但不要说什么一千块钱了，一千块钱人家肯定不肯。楼下的情况你们都看过了，这渗漏程度算是较为严重的。你们都是年轻人，网上相关的案例也很多，你们可以了解一下，看有没有一千块钱解决问题的。楼下那家人，家里的装修确实价格不菲。你们两家这么闹，对小孩也不好，万一影响到孩子学习，岂不是损失更大？你们永远无法预料一个恼羞成怒的人会做出什么来。"

冯花对家里装修的价值是自信的，她怕的是使用年限，所以才不敢找评估公司。

李翠莲一想到自己的宝贝疙瘩，顿时为之动容。是啊，那老太婆成天找事，小孩也跟着受连累。

陶建说："大爷，那你说该怎么办？我是不想再拖了，赶紧赔钱了事，跟他们闹烦死了！"

王建国说："你们认为赔多少合适？"

李翠莲想了想说："我可以接受三万块钱。对于漏水，我们心存愧疚，但多了真拿不出。"

王建国点头，瞥了陶建一眼："你有什么意见吗？"

陶建说："我没有，如果三万块钱能买个清净，我同意。"

王建国说："好，我会去协调的。"

王建国又来到三〇一，说对方同意调解，赔偿三万块。冯花一听，脸色大变，嚷嚷道："才三万？光我这木地板多少钱，你知道吗？"

王建国上前端详木地板，说："这木地板起码也有十来年了，或许当时价格不菲，但现在就不好说了……再说，人家不是故意的，是他们出去度假时水管爆裂，人家回来也想到第一时间联系你们，只是没有联系方式。当然，如果你们对于这个赔偿不满，可以继续走诉讼程序或进行司法评估。不过我跟你们说，诉讼会需要很长时间，律师费也不低，费时费力，相信你们咨询过律师，不然怎么会同意调解？司法评估，我看你不想做，你我心中都有数。这个赔偿虽然不多，但总比一直僵着好。你们是宽宏大量的人，需要给晚辈一个改错的机会。

"收下这三万，麻利地重新装修，然后把你们的小孙子接回来。这是最好的结果。"

第二章　成就感

周国走到王建国身边："三万？就不能再多一点吗？"

冯花打断他："三万？呵，别的我也不说了，你跟楼上说一下，没有五万我是坚决不会同意的！得了那么多钱还斤斤计较，真没见过这种人！"

王建国严肃地说："基于法律，你只能主张你自己的权利，而不是觊觎人家的财产。人家分多少，跟这件事没有任何关系！"

王建国的脸一下子拉下来了，面色铁青。

冯花被镇住了，一时不知说什么好。来调解的人不少，但像王建国这样的，她是头一回见。

冯花忍不住小声嘀咕："对她来说，这不是什么大钱。"

王建国说："这是基于事情本身的赔偿，而不是她有多少钱！就算到了判决阶段，法官也不会因为她钱多就给你多判！"

冯花嘀嘀咕咕："那……"

王建国说："你仔细考虑一下。不过，万一人家改了主意，连三万都不给了，那你可能需要花更多的人力物力去要钱。你的小孙子不知道什么时候才能接回来，装修的事情更是遥遥无期。"

周国说："那……我们……"

"你闭嘴！"

冯花瞪了周国一眼。

第二章　成就感

王建国见这对夫妻还没想明白,便说:"今天我也了解得差不多了,暂时先这样,你们好好考虑一下。只是,要趁他们还没有改变心意,早做决定。"

冯花送王建国走到门口,欲言又止,最终什么也没说。

晚上,王君平找王君安一起吃烧烤,吐槽王君凝。随后回到家,孩子已经睡了,赵晴靠在沙发上,一边看电视一边敷面膜。

王君平想去卫生间洗漱,被赵晴喊过去了。

赵晴一边按压面膜一边问:"晚上跟君安喝酒去了?"

王君平点头。

赵晴噌地一下坐起来:"君安……虽说我们家跟君凝家关系一般,但你应该多跟君凝走动。你老跟君安走动,回头还要帮他还钱、垫钱。"

王君平和赵晴不一样,他没那么多心眼,兄弟姐妹之间走动走动还要看有没有好处,那活得多累?

"我和君凝合不来,没什么好说的。再说,君凝未必看得上我,为什么要和我一起喝酒?"

赵晴瞪大眼睛:"你和君凝是兄妹,你们有什么合不来的?"

王君平不喜欢赵晴这么势利眼,不想和她多说:"如果没别的事情,我去洗漱了。"

"你给我站住!"

"又有什么事?"

"升主任的事情你是不是该上上心了?我爸妈说了,你现在年纪还不算太大,应该在这件事上多用点心,老了才不至于后悔。"

王君平从大学毕业到现在一直在烟草公司干,还只是一个副主任,离主任的位置还很遥远。

赵晴眼看着那些比王君平读书差的人一个个混得风生水起,不是银行行长就是副县长,又或者在省里身居要职,做生意身价上千万的都有。

赵晴一开始也没在意,只是这些年眼看着之前她看不上的人一个比一个爬得快,心里别提多难受了。

王君平从上班到现在就没想过这些,只是……赵晴一个劲儿地把他往那儿推。

"这周,我爸妈约了一个省里的领导,到时候我们一起吃个饭?只要我们把劲儿用对地方,不怕你升不上去。"

王君平很冷淡,他对这种伎俩深恶痛绝,从骨子里瞧不上。自己的父母一个是小学老师一个是法官,他们家从来是清清白白的,从不干这种歪门邪道的事。再说他也不会,如果让他通过这种方式升上去,他宁可一辈子当个普通干部。

然而,赵晴不同。赵晴的父母在江市算是赫赫有名的企业家,有勇有谋,将所谓的大人物捧得很牢。

他们希望王君平也能如此,但王君平一直不能如他们的愿。之前还年轻,他们觉得可以慢慢调教,可如今都四十多了,难道要等到五十岁吗?

这不,一家子都按捺不住了。

"君凝比你小两岁,她的收入是你的五倍!王君平,你总不能连自己的妹妹都不如吧?"

"她是她,我是我!"

"呵,她是她……也是,你妹妹有多拼大家是知道的,你嘛……现在就是养养鱼、写写诗,这不是养老的生活吗?我当时真是瞎了眼才嫁给你这么没上进心的人!"

"我会让你过上好日子的,你急什么!"

"啊,你是在跟我开玩笑吗?什么时候啊?等到六十岁吗?王君平,你脑子里到底在想什么啊?"

"我去年炒股,不也赚了五六万吗?我一直都在潜心学炒股,你放心,假以时日,我一定能赚大钱,会让你过上好日子的。"

赵晴扑哧一声笑了出来:"股票?我看你是在做梦吧!你以为你是巴菲特吗?"

第二章　成就感

王建国让那两家思考了两天，又通知他们去法院调解。

冯花在过去的路上跟周国商量，看怎么着能多争取点，不然他们就亏了，装修还需要一大笔钱呢。

两人来到法院，楼上的两位已经到了。

四个当事人都有些紧张，这里毕竟是法院，不能大吵大闹。

王建国看着四个人，问："经过思考之后，你们现在是什么意见？"

李翠莲和陶建相互看了一眼："我们的意见跟上次一样，一分钱也不能多。"

王建国听完点点头，沉默了一会儿，扭头问冯花夫妻："你们呢？"

冯花在法院没有像在家中那般得理不饶人，但也不是个好说话的："十万我想想就算了，但五万是必须的。"

又是一阵沉默。

王建国盯着冯花，在这种氛围里，冯花不免有一种压迫感："我又没狮子大开口，五万也不算多！"

"什么五万也不算多？老太婆，你可真会讲啊。反正不是你掏钱，多少都不算多！"李翠莲气得破口大骂。

冯花说："你本来就应该赔钱！难不成你不想赔？"

见双方争执不下，王建国让冯花夫妇先出去休息一下，自己与李翠莲夫妇进行了一番沟通，告诉他们冯花那边是不会同意这个金额的，再这样折腾下去，肯定解决不了问题，不如各退一步。

"你们以后还要继续当邻居，真搞得这么僵，也不是什么好事。赔偿肯定是要赔的，再这样拖下去，浪费时间、浪费精力，对你们也没什么好处。"

陶建说："是啊，我现在一下楼就烦，就怕那老太婆出来骂。我这人没她那么会讲，到时候会很尴尬。"

王建国的施压加上陶建的劝说，李翠莲有所软化："我可以再加八千，多了我也不肯。大爷，我希望你能说服他们，我真的快被这对夫妻烦

041

死了！"

王建国点头，说："行。"

紧接着李翠莲夫妇出去，冯花夫妇进来。冯花一开始还是要五万，但王建国神情严肃，这让李翠莲心中忐忑，不知道自己说得到底对不对。人有时候很奇怪，置身于一个陌生环境，眼前又有一名权威人士，就会不自觉地跟着权威人士走。

"在我的积极调解下，他们虽然不肯，但也把价格提到了三万八。如果你们愿意，拿上这笔钱赶紧装修房子；如果不愿意，那就走诉讼流程。你想想，三万八也不少了，拿到这笔钱，对你们来说是一件好事。不然让这件事持续发酵下去，对大家都不好。我还是那句话，人家不是故意的，你也没必要斤斤计较。如果你们能宽宏大量，那么将来邻居关系还有改善的余地，这不是两全其美的事情吗？"

"三万八……"冯花合计了下，"钱也不是很多。"

王建国对周国说："切莫因小失大。我看得出，闹来闹去你也烦。小年轻做错事很正常，既然他们同意赔偿，你们也需要适当妥协。你是前辈，说到底各方面都比年轻人强，很多事不需要我多说，你都懂。大道理你比我知道得多。"

周国见王建国姿态放得很低，说话也很有道理，便冲着一旁的冯花说："算了，我们拿走三万八就了结了！"

冯花瞪大眼睛："你这就同意了？我还没同意！"

周国说："人家说得很对啊，小年轻肯付三万八已经不错了，你还想怎么样？搞得那么僵，对我们有什么好处？我们年纪大了，跟年轻人闹，我们是精力跟得上，还是体力跟得上？再加上人家做得也合理，算了，算了！"

王建国说："是啊，他说得很有道理。"

冯花见"战友"倒戈，一下子慌了神儿："这……"

王建国说："回头要是他们反悔了，那我调解了这么久也就白费了，你们也要重新开始谈判！"

第二章　成就感

冯花一想到又要重新谈，觉得身心俱疲，心中有两个小人在打架，最终答应的小人打倒了不答应的小人。

"算了，三万八就三万八吧！"

王建国最终以三万八千元的赔偿调解成功。冯花虽然心有不甘，但对金额也无异议；李翠莲、陶建夫妇算是让了一步求个清静，他们已经被楼下这家人闹得烦得不行了。

王建国说："你们是邻居，此事结束之后，回去就和和气气地过日子。大家以后还要互相帮忙呢。"

李翠莲和陶建见赔偿在自己认可的范围之内，连连向王建国道谢，表示以后会好好相处。冯花碍于面子，且赔偿金额并不离谱，也硬着头皮跟王建国客气了一番。

王建国倒是不在乎双方是不是在做面子工程，只要双方都满意就好。

周六。

赵晴让王君平晚上准时参加饭局，先给他打了个电话，又发了条微信。

晚上，赵晴和父母在包厢里陪着客人，有说有笑，父亲赵宥之拼命给对方夹菜，赵晴也说着场面话。

赵宥之邀请的是意丰集团的总裁。意丰集团是国内知名的上市企业，听说这个人很有手腕，关系网特别广，为人嘛……老奸巨猾，心机颇深。王君平实在无意与此人打交道。

王君平一过来就坐下了。人家刚开始赞美了他几句，不过是饭局上的客套话，谁知道王君平还当真了，一本正经地说："哦，我工作水平一般，没什么特殊才华，这样混混日子挺好。"

一时之间，整个场面都僵住了。

顷刻间，赵宥之回过神儿来，连忙给对方倒酒："他这人就是谦虚。"

"年轻人，谦虚是好事。"

紧接着，他们喝他们的，王君平独自玩着手机，一点都不"合群"。

赵晴一边赔笑，一边盯着王君平颓废的样子，心中愤愤不平：她这是嫁了一个什么样的人啊！

三人尽力帮着王君平演戏，但王君平丝毫不配合，有什么说什么，任意妄为。他们每夸王君平一句，都被王君平给撑回去了，好像跟他们有仇似的。

最终对方败兴而归，看着心情不是很好。

临走前，他对赵宥之说："宥之，虽然我有心，但您这位……似乎难当重任。我只能做一个推波助澜的角色，要真是能力不行，只怕会引人非议。"

赵宥之连忙解释道："他这是家里有事，心情不好，平时不这样。"

对方拍了拍赵宥之的肩膀，笑而不语。

赵宥之知道彻底没戏了。王君平这个不成器的东西，都四十多岁了，怎么会干出二十多岁时才会干的事情！二十多岁时可以乱来，四十多岁也该沉稳了，他脑子不清楚吗？

出租车上，王君平靠在一边，貌似微醺。赵晴知道王君平好着呢，平时在家喝一瓶白酒都不成问题，怎么到了这儿就这么不能喝了！

赵晴喝了不少，脸颊红红的，但意识很清醒。她瞪了王君平一眼："敢情你是在耍我们哪？"

王君平没说话，依然一副醉酒的样子。

赵晴恼了："王君平！我知道你没醉。要是真不想去你直说啊，为什么要耍我们玩？"

忽然，王君平睁开眼睛，没有一丝醉意，推了推眼镜说："我已经跟你说了不想去了，你听我的吗？"

一时之间赵晴所有愤怒涌上心头，骂道："我这都是为你好！你混了半辈子还是老样子，我能不憋屈吗？就算你不为自己考虑，也要为我和儿子考虑考虑，你看着我们被人瞧不起，心里舒服吗？"

赵晴说完，想起这是在出租车上，便闭了嘴。

第二章 成就感

年轻的时候，夫妻对前途没有那么多要求，在这方面矛盾不多。如今人到四十，所有激情都已耗尽，两个人仿佛一条船上的经济共同体，一个想往船上多装东西，一个只想安安稳稳地前行。想法不一样，有矛盾再正常不过。

王君平靠在窗户上，想到赵晴年轻时并不这样。读大学的时候，她一身白裙子，长发如瀑布，满脑子的诗情画意。两人坐在树下聊诗、聊文学，一聊就是一天。怎么如今变成这个样子了，动不动就是前途、利益、金钱。

两人一下车，赵晴见出租车开走了，便拉着王君平在楼下唠唠叨叨。她回家不能说太多，因为儿子在，看着父母吵起来肯定会影响心情。她觉得自己太难了，一方面要为王君平的前途考虑，另一方面还要顾及儿子的感受。

"王君平，这些年我为这个家付出多少，你就不能为我奋斗一点、努力一点吗？我之前就知道你不如王君凝，现在看来，你连王君安都不如！人家王君安虽然没用，但起码知道钻空子。而你呢，你会什么？你只会沉浸在自己的世界里，想那些莫名其妙的东西！我现在什么都不求，就求你配合一点，只要你配合，你就能升上去。为什么你连这个小小的心愿都不能满足我呢？"

楼下的花园里，路灯忽明忽暗。

王君平觉得跟她没法沟通。这不是什么满足不满足心愿的问题，他本来就无心于那一套，为什么非要逼他？

他觉得当个副主任挺好，高不成低不就，但活得自在，不需要考虑太多。一旦走了那条路，没什么好下场。

现在查得那么严，万一出点事，一家人都得跟着遭殃，何必把自己搞得提心吊胆？问心无愧才能走得长远。

赵晴依然喋喋不休，王君平不想和赵晴讲太多，自顾自地上楼去了。

赵晴盯着王君平的背影，气得浑身颤抖，当初怎么会瞎了眼看上这么个不成器的东西！她爸说得对，王君平就是个不成器的东西！

近期，王建国发现自己消瘦了不少，胃口也不佳，心中隐隐担忧。他吃了药就出门散步去了。他安慰自己，一切都会好的，也有抗癌成功的，只要保持良好的心态以及三餐营养均衡，或许，或许……

就在这时，手机响了，他接起电话："喂……"

电话那头是赵晴，她火急火燎地跟王建国哭诉，将她和王君平的矛盾逐一道出，非要王建国为她做主，否则这段婚姻就没法继续下去了。

王建国对于王君平的咸鱼姿态并没有太反感。活在这个世上，什么人都有，有勤劳的、上进的、努力的，但也不能鄙视散漫的、云淡风轻的、闲云野鹤般的，这都是一种自我选择。

可面对赵晴的质问，他只能说会和王君平谈谈。赵晴和王君平的三观差别太大，还没结婚的时候，王建国就颇感担忧。赵晴这孩子长得漂亮，家庭条件好，性格跋扈，王君平只怕驾驭不了。可沈玉芬却认为赵晴各方面都好，老大也好，两人结婚之后就是好上加好。

究竟是不是好上加好，婚后已初见端倪，现在不过是把一切都暴露出来了。

在这件事上，王建国也提醒过王君平几次，让他让着那位大小姐点，免得家中不安宁，万事顺着她就好。赵晴不傻，总不能一直作，她知道分寸。王君平这些年对赵晴一直忍让，两人之间虽然有冲突，但都能安然度过。

这次……只怕是不妙。

赵晴挂了电话，又怕老头子帮不上什么忙。老头子脾气倔强，又不管家事，要是左耳进右耳出就糟了。

她思来想去，趁着去茶水间倒咖啡的机会，又给王君安打了个电话，希望王君安能劝说王君平。虽说王君安干啥啥不行，但骨子里有一种魄力，没准能压得住王君平。

第二章　成就感

赵晴觉得，只要王君平肯上进，一切都会越来越好。

毕竟两个人在性格上没有太严重的不合，平时争吵都是因为价值观不同。

王建国想着今天刚好是周六，去菜市场买了几样吱吱爱吃的菜，然后打电话给王君平，让他晚上把吱吱带过来吃饭，一句也没提赵晴。

王君平想到最近和赵晴关系紧张，就多说了一句："爸，赵晴工作很忙，晚上不一定来得了。"

王建国说："你们俩来就行。"

王君平稍稍安心，总算躲过一劫。

晚饭后，吱吱去写作业，王建国和王君平在客厅里看电视。两人有一搭没一搭地聊着。

忽地，王建国话锋一转："最近你和赵晴关系还好吧？"

王君平一听就觉得不对劲，假装沉浸在综艺节目中，心不在焉地回答："嗯，还好。"

"赵晴那孩子，脾气急，但为家庭付出了很多。如果她有什么问题，你要多谅解。"

王君平很想将赵晴那档子事说出来，但话到嘴边，怎么也开不了口。"爸，我这辈子问心无愧，只求清清白白做人。赵晴和我的三观不合，她追求虚荣的生活，而我追求平淡的生活，我们就不是一条船上的人。"

"唉，我相信你会处理好的，你脾气好，可以好好说话。"

王君平叹了口气："呵，脾气好……爸，夫妻间的生活没那么简单，好好说话说起来简单，但要做到太难了。有时候她的无理取闹，一次两次你可以容忍，次数多了，真忍不下去。说什么为了孩子、为了家庭，但她也太嚣张了！"

王建国说："大家都是为了这个家。"

"爸，我和赵晴的矛盾，是'冰冻三尺，非一日之寒'，有太多太多的无奈。以前妈在世的时候都没办法解决，更别说现在了。我知道你是好心，想让我们夫妻和睦，但……我知道分寸的。"

王建国调解当事人的问题是有一手，但对于自家的矛盾真不好说，置身其中，很难看清问题的本质。就比如说沈玉芬的打压政策，尽管他知道那样做不对，但也没办法，因为他找不到更好的解决问题的方式。

再来就是王君平夫妻，那时他明知道他们不是一路人，结婚未必能幸福，依然睁一只眼闭一只眼，认为孩子有追求幸福的权利，大人不该过多干涉。

如今两个人有了孩子，有了千丝万缕的联系，问题比当时更难解决了。

王建国遇到工作上的事，脑子尤为清晰，分析得头头是道。面对自己家里的问题，则无法思考。或许是因为心里有阴影，导致他不敢深入思考，不敢继续往下想。

"爸，我不知道赵晴跟你说了什么，但我有我的道理。你作为我的父亲，应该信任的是自己的亲生儿子，而不是她。她在家里什么都不干，还花销巨大，要说有理，理应该全在我这里，难道不是吗？"

王君平和王建国脾气有些像，都不是事儿精，都以和为贵，但他们又很不一样。

比如沈玉芬是个强势的人，所以王君平在找老婆的时候就刻意避开此类人，找了貌似看淡一切的赵晴。又比如王建国一辈子都没想过反抗沈玉芬，但王君平在跟赵晴的不断争吵中，心中的怒火越烧越旺，似乎随时随地会迸发出更大的火焰。

王君平相比于王建国，似乎更明白夫妻间平衡的重要性，却又比王建国处理得更差。

说到底，道理是一回事，实践是另外一回事。

"平衡"二字看似简单，做起来却很难。

王建国知道赵晴开销大，喜欢买奢侈品，但人家家境本来就好，她这样不过是维持之前的生活水平而已。他心中明白，但这话怎么也说不出来，说出来无疑是承认自己家不如赵晴家。

第二章　成就感

他不是个事事都偏向自己家的人，所以很多事情他不想点破，一旦点破，无疑是在打自己的脸。

王君平见王建国不说话，他也懒得再多说什么。在他眼里，父亲是一个让人捉摸不透的人，总是沉默。

这时候，王君凝推门而入，身后跟着的季永提着一大堆补品、水果、蔬菜。

王建国不知道王君凝会来，有些意外。

王君凝和季永坐在沙发的另外一侧。季永是个随和的人，一直在和王建国聊天。

王建国挺喜欢这个女婿，这是个标准的富二代，却又没那股子傲气。

不过，以王君凝的脾气，要是嫁给一个有主见的男人，只怕家里会翻天。

夫妻本就是一个锅子一个盖子，是互补的。

王君凝和王君平的关系相较于王君安缓和点，毕竟王君平脾气好，王君凝也不好过多责怪，两人还算相安无事。可半年前因为卖房子，让这两个人的关系降到了冰点。从那之后，王君凝看见王君平就皱眉，各种不满溢于言表。

王君凝坐了一会儿，像是想起了什么："昨天晚上的饭局上，我碰见赵宥之了。呵，他喝多了，拼命地敬酒搞氛围。"

王君平眼皮一直跳，感觉没什么好事。赵宥之和王君凝能在一个饭局上碰见也不是什么怪事，毕竟两人都热衷于这些。他想，王君凝能爬得那么快，不仅仅是因为工作能力强，她应酬也很有一套。

王君平咳嗽了一声："爸，要是没别的事，我就先带吱吱走了。吱吱回去还要早些睡觉。"

王建国频频点头："好，你去吧。"

"他喝醉了之后，说女婿不争气，甘愿做一条咸鱼，安排好的路都不走，女儿嫁给这种人，真是造孽。"

气氛瞬间冷了下来。

王建国忙不迭地说："君凝，你少说两句！"

季永在一旁说着场面话："那是喝醉了乱说的，你又不知道真相。"

"真不真，假不假，赵晴现在在娘家总是真的吧？"

季永本想缓和一下气氛，被王君凝一接话，反倒像是他们夫妻商量好讽刺王君平的。

王君平瞪着王君凝，气急败坏，恨不得把王君凝的嘴巴缝起来。

"你给我闭嘴，你懂什么！"

王君凝还想反驳，被季永拉住："人家夫妻间的事，我们没必要插手，他们自己会解决的。"

王建国附和道："是啊，赵晴不过是耍点小性子罢了。"

"小性子？"王君凝冷笑，"只怕是来者不善。"

王君平气愤不已，又奈何不了她，立马回卧室把正在写作业的吱吱叫出来。临走之前跟王建国说："爸，要是下次这个毒妇还来，我就不来了！"

吱吱想跟爷爷打声招呼，却被王君平一把拽走了。

老人家看着孙子撇撇嘴，心里头别提多难过了。

砰的一声，门关上了。

客厅里没有任何声音。

忽地，王建国叹了一口气说："君凝，你这又是何必呢？君平家里吵架也不是一天两天了，既然你我都知道，又何必这般挖苦他？你们都长大了，有自己的想法了，厉害了，真是厉害了！"

王建国拖着疲惫的身体回了房间，一句话都不想多说。

王君凝和季永也离开了。

电视机没关，稀稀拉拉的光照在沙发后面的全家福上。上面沈玉芬、王建国笑眯眯的，王君平、王君凝、王君安高低错落地站在两旁，每个人脸上都洋溢着笑容。

这种愉悦似乎已经永远封存在了相框里……

第二章　成就感

虽然赵晴打电话给王君安让他劝劝君平，但王君安不想掺和他们夫妻间的事，表面上答应得挺好，说会尽全力劝，实际只是发了条微信给王君平，让他劝赵晴回家，电话都懒得打。

赵晴在家里待着，并没有考虑清楚，反倒是心情更差，满腔的怒火无处发泄。最终她在王君平下班的时候，直接把他堵在了楼下。

王君平见赵晴回来了，颇感意外。他原本想着这次起码还要一个月，没想到她这么快就回来了："你想清楚了？"

赵晴一回来他就不能在家光明正大地看股票了，心中有些失落，想着待会儿回去是躲在厕所看，还是在阳台以浇花的名义看。

赵晴见王君平这么冷淡，越发生气，心想这人真没良心啊！

"我走了，你的小日子过得还挺好的！"

王君平推了推眼镜，寻思着家里一直都有钟点工，她在不在区别真不大，除了耳边没有了唠叨。

"王君平，你拉个屎需要半小时？"

"王君平，你看手机看晕过去了？"

"王君平，你个笨东西，让你做点事，你就这么慢吞吞！"

"王君平，你疯了吗？"

……

赵晴见王君平这般冷漠，顿时心如死灰。

婚后她为这个家牺牲了很多，比如婚前她一直处于"买买买"的状态，但婚后她改变了很多。人生最大的爱好都被剥夺了，更别提其他的了。

她知道婚后生活过不成诗，可也不至于这么差吧？如今她的老公不上进、懒得管家事，自己哪儿哪儿都不如别人。自己一向在众人面前闪闪发光，没想到今天落到这步田地，她心中十分不满。

王君平没想这么多，直接说："回去吧！"

顿时所有怨恨涌上赵晴心头："王君平，你以为我好欺负吗？"

王君平纳闷，自己什么都没说，什么都没做，她怎么摆出这么一副刺猬般的姿态？

"那你想怎么样？"

赵晴情绪迸发："我想怎么样？我能怎么样？王君平，你问得真好！"

王君平知道赵晴生气、恼火，但这件事也不能强迫他，他有自己的想法，绝对不会妥协一分一毫。

赵晴只觉得浑身打战，婚前是她瞎了眼，婚后她得过且过，现在她忍不了了，绝对不能跟他妥协！

"我们离婚吧！既然三观不合，那就离了呗！"

王君平愣了一下，一时没说出话来。

赵晴这个人矫情，刚结婚那会儿动不动就说离婚，你这个不从我离婚，你那个不从我离婚。王君平一开始觉得紧张，后来就无所谓了，反正她只是嘴上说说，并不会付诸行动。

沉默片刻，王君平冷淡地回了一句："那你回去再考虑考虑，现在不用回家了，免得让儿子分心。"

赵晴顿时惊呆了，她没想到王君平不仅冷漠，说话还不近人情！

王君平转过头去，慢悠悠地准备上楼。

赵晴气急败坏，她猛地喊道："我是认真的！"

王君平转过头，应了一声："听到了！"

赵晴骂道："王八蛋！"

王建国固然操心儿子的事情，但也无可奈何。他觉得孩子已经长大了，有自己的想法了，他不便插手过多。他很少对子女的人生妄加干涉，生怕一个不小心弄巧成拙，这与沈玉芬截然不同。

这日，柳军丢过来一个调解案件，他嘴里唠唠叨叨："那帮小年轻太不懂事了，给我的案件都很难，怎么给你的都那么简单？我为这些案件日也操劳，夜也操劳，实在是太累了！"

第二章　成就感

王建国接过案件说："没事，我们换换。我手上刚好有一个有关民间借贷的，你拿去吧。"

柳军本想把案子直接推给王建国，自己落得清闲，却没想到又换回一个案子。现在他被王建国堵得没话说，只能接过来。他想，反正王建国手中的案子都比较简单，对他来说划算。

王建国趁午休的时候，大致了解了一下案子。

这是个离婚纠纷案，原告许蕊，被告吴旭。许蕊和吴旭结婚七年了，吴旭是某单位的驾驶员，是个临时工，许蕊是一家房产公司的销售。许蕊认为吴旭不思上进、不管孩子，成天只知道抽烟喝酒，所以提出离婚。

这次王建国直接将他们约到办公室调解。

第二天一大早，柳军刚泡好一杯咖啡，这对夫妻就来了。

柳军瞥了正在看报纸的王建国一眼，心想这对夫妻可是难题，到时候如果王建国调解不成，他可以勉为其难帮忙劝劝，这样也不至于太尴尬。

许蕊穿着一身干练的白西装，留着利落的短发，脸上化着精致的妆容；吴旭身穿一件宽大的暗色T恤和一件牛仔裤，一过来便靠在一边，目光颓废。

王建国让他们坐下，给双方各倒了一杯水。

他看了双方一眼，先问许蕊。

许蕊立马跟王建国说了吴旭的一系列问题。

两个人刚结婚的时候，吴旭家境尚可，父母都是做小生意的。吴旭在一家单位当驾驶员，是个临时工，但他长得帅，并发誓会让她过上好日子。

许蕊这边，父母都是农民，她知道自己家境差，也不敢多提要求。两人结婚后很快生下一个儿子，许蕊就在家带娃，旁边有婆婆帮衬着。

吴旭就那么点工资，压根不够花。那段日子过得真是辛酸，每天都抠着钱买菜。

等到孩子两岁的时候，许蕊把孩子交给婆婆带，自己经亲戚介绍去了县里的一家房产公司做销售。谁知这个地方的房子很好卖，许蕊很快赚到了钱。

婚后第四年，许蕊要求吴旭辞职，一同去县里去做房产销售，或者开一家房产中介公司。但吴旭拒绝了，他说他年纪不小了，在这里当个驾驶员很安稳，辞职去干销售或开房产中介公司，万一赚不到钱，岂不是瞎折腾？

许蕊只是劝说，没有强求。但随着夫妻收入差距的拉大，以及夫妻两地分隔，问题就出现了。

许蕊忙于工作，照顾不了孩子，只能给婆婆钱，让婆婆好好照顾孩子，但婆婆却把钱给了儿子。吴旭拿了钱就四处去喝酒、吹牛、打牌。许蕊真是一个头两个大，两人争吵不断。

现在是婚后第七年，俗称"七年之痒"。许蕊意外发现吴旭竟在外面欠了债，主要是赌债。

许蕊忍无可忍，这才闹到了法院。

许蕊说完，已是泪流满面："我都不知道该怎么面对接下来的生活了，我那么上进、那么努力，就是想让大家生活得轻松一点，结果他一个人拖了全家的后腿。你知道吗？我回到家，儿子都不认我了，只认他和婆婆。要不是他不努力，我何必出来干活儿，弄得儿子都跟我生疏了。"

"你的意思是，他在外欠赌债是促使你离婚的原因？他欠了多少你知道吗？"

这时候，在一旁的吴旭说话了，他挠了挠脑袋说："也没多少，就一万块钱。我工资不高，能欠多少啊！这一万块钱我是准备分期还的，现在已经还了六千，只剩四千了。"

许蕊暴怒："你还好意思说！你就那么一点工资，你有什么资格出去赌，你真当自己是大老板吗？"

"我是给好哥们儿骗了，以为凭我的智商能赢一点，没想到都输进去了。"

"你的智商？你的智商几乎为零！还好意思说你的智商！你要真有那

第二章　成就感

个头脑，早该和我一起出去创业了，或者一块儿来做房产销售，现在这一行多赚钱啊！"

王建国阻止了两个人的争吵："好了，你们别吵了，你们过来是化解矛盾的，不是制造矛盾的。"

王建国问吴旭："你让一个女人为家庭操持那么多，心中就没一点点愧疚吗？"

"她说的太偏激了。首先我这个人性格平和，不喜欢干冒大风险的事情。在单位开车挺好的，虽然富不起来，也挨不了饿。她喜欢干冒风险的事情，我全力配合。我妈这不是在帮我们带娃吗？我妈一句怨言都没有。至于孩子只认我妈和我，那是自然的啊，我们平时带得多，孩子每天一回来就看到我们，肯定和我们熟。她工作忙，没时间陪孩子，孩子必然和她生疏。她说的都有道理，也都没道理，人不可能这个也要，那个也要，她又要钱，又要孩子，怎么可能啊！"

"你们夫妻两地分隔，你有没有考虑过去她工作的地方上班？反正驾驶员哪里都缺。如果你们一家子都去县里，那孩子每天都可以见到妈妈，你们夫妻也可以天天见面，矛盾会少很多。"

许蕊瞪了吴旭一眼："呵，他就是不肯。说什么市里好，各方面配置都完善，到了县里，一切都不方便。"

王建国点头："现在你是一周回去一次吗？"

许蕊点头："是的，我周六日回去，周一到周五住在公司。"

"对你来说，努力是为了让孩子过更好的生活。如果离婚，对孩子肯定影响很大，没有爸爸和奶奶的陪伴，他怎么办？当然，除非你不要孩子，这是另外一说。我相信，每个妈妈都爱自己的孩子，都需要孩子。你仔细想想，哪个妈妈会舍得让孩子受煎熬？孩子是你十月怀胎生下的，刚出生的时候六七斤，小小的，一点生存能力都没有，然后他慢慢长大，会爬、会走、会跳、会说话，每一步都需要你们的帮助。如今你们要离婚，这对孩子是怎样的打击？"

许蕊忽然想起孩子刚出生时的那段时光，紧紧依偎在自己怀里，依靠自己、需要自己，她感到心中一暖。是啊，孩子是她的命根子！

"你试想一下，父母离异了，对孩子的影响会有多大。"

许蕊肯定是心疼孩子的，不想让孩子遭罪。但生活有很多无奈。

"老王，我这也是没办法啊！他成天抽烟、喝酒、不务正业，我们之间的感情淡得都快成白开水了。"

王建国问吴旭："我知道你不想离婚，但现在既然女方提出来了，你难道不想说点什么吗？"

吴旭一脸茫然："我妈尽心尽力带娃，我对她全力支持，我不知道她为什么要离婚。"

"她是没办法！她尝试过在家带娃，但你薪水微薄，不足以支撑这个家，这才迫使她出去工作。你不反思自己，还觉得她莫名其妙。你是一个男人，看着自己的妻子每天出去辛苦工作，自己却整天吃吃喝喝、不思进取，难道就没有一点点愧疚之感吗？再者，你拿着给孩子的钱去抽烟、喝酒、不务正业，你觉得合适吗？我想总不至于是你妈主动给你的钱，肯定是你要的。你自私、没有一家之主的责任感，丝毫没考虑过别人。以你现在这个德行，你认为你有资格不离婚吗？"

吴旭被训得满脸通红。在家中父母从来不敢说他一句，许蕊说他，他会顶回去，如今王建国这么说他，他竟哑口无言。

"你是想以三观不合来掩盖自己的懒惰和自私！"王建国又继续说道，"你仔细想想，凭你挣的这点钱，真的可以养家吗？肯定不能！但你依然故我，逼着你老婆出去挣。你倒好，越做越过分！"

吴旭的头低得越来越低。

王建国转头看着许蕊："你最大的错误是一而再、再而三地放任他。男人自己变好很难，很多时候需要你逼他一把。"

许蕊心中酸涩不已，明知道吴旭没有自制力，她却从未管过他。

他们夫妻之间较为不平等。一开始因吴旭家境比她好，以致她事事都让着吴旭；后来她虽然越来越好，依然不敢对吴旭有过多的要求。

"我……"

"你们都该反思一下，一个过于忍让，一个过于放纵！夫妻之间，应该找到彼此之间的平衡点！

"你作为人子，把抚养孩子的责任全推给了母亲，你没给过一分钱，老婆给了钱你还拿走。你作为人夫，将养家的重担推给了老婆，自己还出去吃吃喝喝，不以为耻、反以为荣，我真不知道你有什么可光荣的。你作为人父，能给孩子树立一个什么样的榜样？整天吃吃喝喝的榜样吗？将自己的责任推给别人的榜样吗？"

吴旭羞愧不已，他小声说："我也不是故意的，只是不知道怎么处理家庭关系。"

王建国说："那我现在告诉你了，你回去能不能好好过日子？能不能求得女方的原谅？既然女方在县里做得不错，你就应该跟着她去，而不是图省事。等你们在那边稳定了再接孩子过去，你能不能做到？"

吴旭说："可以是可以，但……"

"既然可以，那你就去做！另外，你是不是该戒赌？借的那些钱你自己还，不要让你的老婆还！否则你怎么当一个大男人？"

吴旭是个软柿子，但又想表现出大男人的模样，于是点头如捣蒜："当然能，我都能做到！"

王建国转头望向许蕊，问道："如果他能做到这些，你是否考虑原谅他？"

许蕊沉默了一会儿说："我也不知道……我……"

王建国又说："夫妻本来就需要相互制衡，你的一时放松才导致他肆意妄为的。如果他能洗心革面，那你们的婚姻还可以继续。婚姻还是原配好，这是有道理的。如果轻易离婚，你不一定能找到更好的，更不能保证下一个会对你的孩子好。"

许蕊道："我只是怕这次原谅他，万一下次……"

王建国道："婚姻要快刀斩乱麻，也要且行且珍惜。快刀斩乱麻是针对恶劣情况，且行且珍惜是针对你这种情况。你们家的这些事仍有转圜的余地，但需要深思。这样吧，你们俩先回去思考一下，我希望男方在这段时间能做出一点改变。女方也要改改自己的脾气，给男方留一些余地。"

　　许蕊看了吴旭一眼，心中有愤怒，也有不舍。两人历经无数风雨，好不容易走到今天，日子越来越好了，婚姻却越来越差，她不甘啊，所以才同意调解，看看能不能有更好的结果。

　　"老王，能让我们回去适应一周吗？如果这一周他有所改变，我可以考虑不离婚。当然，我也会改自己的脾气……"

　　王建国见许蕊态度有所转变，点点头说："对，你们回去适应一周，倘若这一周你觉得一切在往好的方向走，那么可以考虑不离婚。"

　　王建国又对吴旭说："既然你老婆给了你这个机会，你要好好珍惜，切勿再肆意妄为了！你们回去安排一下，一是夫妻不能再两地分居了；二是男方必须改掉不良习惯；三是女方切勿一忍再忍，有什么不满要说出来。"

　　许蕊看了吴旭一眼，说："好，我知道了。"

　　吴旭也十分积极："成，我马上改，肯定改，这回肯定让你们刮目相看！"

　　两人离开以后，在一旁一直沉默不语的柳军说了句："依我看，那个男人不大可能改，只是嘴上答应得好。这事悬得很。"

　　王建国不以为然地笑笑说："万事都需要尝试，不能武断下结论。或许会好，或许不会，我们只需提供一个思路引导他们，不是吗？"

　　柳军站起身子说："嗯，看结果吧！"

　　"比起结果，我更看重过程。"

　　这边，王君平打开家门，见家中灯火通明，赵晴、赵宥之、尹霞都坐在沙发上。他心中一惊，心想铁定有事，还好吱吱去同学家了。

第二章 成就感

王君平笑着跟他们仨打招呼,像个没事人一般坐在旁边。

赵宥之神情严肃地说:"你看起来心情还挺不错!"

王君平没搭话,只说了句:"你们是从哪儿过来的啊?"

赵宥之有点忍受不了王君平的这副模样:"你搞砸了饭局,就这么解释?"

王君平收起笑容。他一直跟他这位岳父不对付,两人三观差得太多。岳父更欣赏有魄力、有干劲的人,而自己不过是个普通人。

"没什么好解释的。你们让我去吃饭,我去了;你们让我喝酒,我喝了。还有什么好说的呢?"

赵宥之真能被他气死。饭局是去了,酒也喝了,但他明摆着不想理会人家,不知道的还以为两个人有多大仇怨呢。

"我以前以为你只是平淡,如今才发现,你是不争气啊!"

"爸,其实我一向如此……"

尹霞在一旁想帮衬几句都没机会,王君平实在太冲了。他们来是为了解决问题,本以为王君平说几句好话,这事就解决了,没想到变成这样。

"王君平,你想怎么样?我爸妈过来好好跟你讲话,你就这个态度?你告诉我是不是真想离婚?我这些年跟着你受了多少苦,你还想怎么样?现在别人都混得越来越好,就我们还在原地踏步!我真是瞎了眼才会嫁给你!"

赵宥之在一旁帮腔道:"是啊,当时我们家就看不上你们家。虽说你父母在国家单位上班,说出去也体面,但毕竟挣钱不多。你们家清贫,我当时要不是看在你对晴晴一片真心的分儿上,才不会把女儿嫁给你!你看你这些年都做了些什么?"

王君平心里烦闷,这些年他都做了些什么?

他什么都没做啊!

当时他们看在他是一片真心的分儿上把赵晴嫁过来,现在他还是一片真心,没有任何改变。

王君平完全不理解这家子人是怎么想的。

说到底是他们的要求在不断提高，而自己却一直跟不上——也不能说是跟不上，而是他不屑跟。

王君平沉默了一会儿说："那你想怎么样？"

赵晴以为王君平会给她道歉，毕竟当着父母的面，没想到他丝毫不给自己面子。她怒了，如机枪一样扫射："我想怎么样？我能怎么样啊？王君平，你现在翅膀硬了，就可以不拿我当回事了吗？"

"我现在告诉你，我想离婚！孩子我带走，你看着办！"

王君平盯着赵晴看了一会儿，眼神中尽是凉意。

赵宥之是生王君平的气，但也不想让他们闹到离婚的地步。只是……只是王君平太过分了，要让他吃吃苦头才行。他不说话，只在一旁冷眼看着。

尹霞憋不住了："孩子，你就少说几句吧！离婚对你有什么好处？"

赵晴暴跳如雷："离婚对我是没什么好处，但总比现在强！"

尹霞失望地摇摇头，心想这孩子是被我给宠坏了。王君平不上进是真的，但也没有其他缺点，是个合格的丈夫、爸爸。吱吱刚出生的时候，换尿不湿、哄睡、喂奶，大多是王君平干的，赵晴几乎没管过，嘴里一直说：医生说了，让我少动，少做家务。

王君平道："随便你！"

赵晴正欲大骂，赵宥之抢先一步对王君平说："你可想仔细了，离婚不是一件小事。"

王君平说："我知道不是一件小事，那也得让她知道不是一件小事。"

赵宥之被驳得哑口无言，心情不是很好，猛地站起来，头也不回地离开了。

尹霞看着王君平，又看了看赵晴，觉得很难在中间讲话，只是叹气："你们都冷静冷静，都太冲动了！"

尹霞也紧跟着赵宥之离开了。

第二章　成就感

房子里只剩下赵晴和王君平，这里有他们的美好回忆，如今两人的关系却剑拔弩张。赵晴以为自己撒泼王君平就会听自己的，没想到人家压根不理她。她一时都不知如何从台阶上下来，甚至忘记了两人之间的根本矛盾是什么，现在脑子一热，一门心思只想离婚。

王君平说："离婚这事随你的便，但吱吱必须跟我。吱吱这些年到底是你照看得多还是我照看得多，他到底跟谁亲，我想你心里清楚。你既然爱美、爱上进，吱吱在你身边，反倒会拖你嫁给有钱人的后腿，不如留给我。"

"该死的！王君平你讲的是人话吗？"赵晴咬唇道。

砰的一声，门口传来水杯落地的声音，夫妻着急忙慌地来到门口。

只见吱吱看着两人，眼神中透出一丝丝紧张，又迅速恢复正常，若无其事地蹲下捡水杯，然后进门，放下书包，头也不回地进了房间。

王君平知道他全听见了，却一句不问，这孩子……

赵晴看着吱吱，顿时心生愧疚。她不是合格的母亲，但也不希望自己的孩子受伤。

王君平冷冷地说："你高兴了吧？这就是你想要的结果——闹得家无宁日！"

"王君平你胡说八道些什么！是我要闹成这样的吗？"

"不然呢？"

两人再次不欢而散。赵晴依旧回了父母家，她的心凉了大半截，也愧疚不已。

晚上，王君平特意跑来和吱吱一起睡，没想到这孩子写完作业自己躺着，不理会他。

王君平从背后缓缓地抱住吱吱，拍着他的身体，一如吱吱刚出生时，睡不安稳，王君平就这样不断地拍着他，他才能安然入睡。

不一会儿，吱吱问："爸爸，我是不是做错什么了？"

王君平说："没有，你没有做错什么。爸妈开玩笑呢！"

吱吱皱眉："可是妈妈好久没回来了。"

"她一直都这样。之前有一次，她非要去香港购物，不也是不说一声就溜了？"王君平笑笑说，"你妈妈是在外公外婆的宠爱下长大的，我们不要对她有过多的要求。但她内心是爱你的，也是疼你的，只是不知道怎么表达。"

"哦。"吱吱稍稍安心，"那我就原谅她好了。"

王君平拍了拍吱吱的脑袋。忽地，吱吱又问："那她什么时候回来？"

王君平思索了一下说："很快，用不了多久……睡吧……"

王君平从吱吱的房间里出来，深感自己责任重大。孩子不希望他们之间有任何问题，可他们三观不合，这可是个大问题啊！

如果他有钱，或许能改变一切。

事实上，王君平卖了沈玉芬的房子后，不但自己的生活没好起来，反倒陷入了更深的焦虑之中。

当时卖掉沈玉芬的房子，他们拿出一部分还了现在这套房子剩余的房贷，用剩下的部分换了一辆宝马。

仅余下十万元。十万能做什么呢？什么都做不了。

起初两个人还挺高兴的，毕竟天降横财。花得所剩无几后才发现，钱是如此好挥霍。

赵晴天天喊着没钱，王君平也无可奈何。

他极力学炒股，不过是想多挣些钱，让家庭更安稳一些。

晚上，他翻来覆去睡不着，忽地坐起来，想起前一阵子朋友介绍，有一位炒股大神，教人炒股次次都能赚钱。他本来不感兴趣，但如今急于让赵晴对他刮目相看，以保全家庭，他觉得有必要去拜访一下这位炒股大神。

王君平第二天就联系了这位朋友。他叫杜升，跟王君平只是点头之交。杜升是一家台球馆的老板，到他那里打球的人鱼龙混杂，听说这位炒股大神是个台球爱好者。

第二章 成就感

王君平不爱打台球，但为了打听消息，就去杜升的台球馆里"学习"。杜升亲自教王君平，王君平随便学了学，没什么兴趣。

杜升是个见多识广的人，也知道王君平醉翁之意不在酒。他拿了两瓶水，递给王君平一瓶，说："怎么着？找我有事？"

王君平也不藏着掖着，喝了一口水，直接问："上次吃饭的时候，听说你认识一位炒股大神？"

两人坐在一起，并不协调，王君平一身素雅的衬衫、牛仔裤，杜升上身花T恤，下身短裤，打了发蜡的头发桀骜不驯，根根挺立。

杜升意味深长地笑笑说："原来你是来打听他的事情的。"

王君平平淡淡地说："不是打听，是想认识一下，看他是不是真有那么神。我偶尔也炒炒股，想见识一下所谓大神的厉害。"

深夜，在福茂酒店的包厢里，王君凝正陪着合作方吃饭，众人聊得很愉快。在这个饭局上，还有个令她感到意外的人，那就是赵晴的爸爸赵宥之。不过仔细想想，赵宥之跟这群人关系都不错，不来反倒不正常。

酒过三巡，众人情绪高涨，王君凝立马安排他们去KTV唱歌，自己因为有事，要早些回家，就吩咐下面的人务必陪好客人。

这会儿，赵宥之感慨万千，心想要是王君平有王君凝一半的交际能力，也不至于混成这样。

饭后，赵宥之去了一趟卫生间，回来的时候被王君凝叫住："赵总，耽误你几分钟时间。"

赵宥之跟着王君凝来到旁边。他们俩虽然沾点亲戚关系，但他对她了解不深，不知道她葫芦里卖的什么药。

"赵总，嫂子回去了吗？"

赵宥之挑眉，原来她是关心王君平和赵晴的事，心里有些纳闷：她和王君平不是一直不对付吗？

"我大哥较为木讷，很多事不知道该如何处理，如果有什么需要我帮忙的，尽管开口。"

赵宥之思索再三，缓缓地说："他啊，我都不知道该怎么说，两个人闹得都快离婚了！"

王君凝并不诧异，他们夫妻经常闹离婚。

赵宥之跟王君凝说了近期发生的事情，王君凝琢磨了一下说："你让嫂子回家吧，大哥这边我想办法。我们现在能做的是缓和他们的关系，至于你说的饭局什么的，暂且搁在一边。如果婚姻破裂了，谈什么都白搭，现在最重要的是让两人的关系好起来。你说对吗？"

"那丫头性子倔，我哪说得动！"

王君凝淡淡一笑："父母是最了解子女的，吱吱毕竟在大哥那里，嫂子肯定牵挂。你只要对症下药，嫂子自然会回去的。"

赵宥之恍然大悟，她说的有几分道理，这时候就不要顾及什么面子、里子了，万一两人真离婚，这是谁都不愿意看到的。

至于王君平不上进的事，只能从长计议了。

赵宥之看了王君凝一眼，她没有赵晴说的那么冷血。

赵晴那丫头，太任性了！

王君凝在车上给王君安打了个电话，毕竟王君安和王君平关系更亲密些。

此时，王君安正在按摩店里安排工作，一看是王君凝打来的，心中不悦，刚想挂掉，转念一想，她不会是顾及姐弟情谊，又肯帮忙了吧？他转了下眼珠子，接了电话。

王君凝问王君平的事，王君安略感失望："知道啊，大哥的事情我们又帮不上忙，别掺和了。"

"那你明天去劝劝大哥，必须让他和大嫂和好。"

"死泥鳅，你在听吗？"

"在在在！为什么让我去？我不去。"

他自己这儿还有一堆事，哪有心思去操心大哥的事情？他们家，王君

第二章　成就感

凝最富，他最穷，他应该想办法赚钱，而不是搞这些乱七八糟的事情。

王君凝说道："你只要能说通大哥，我就把你推荐给后勤保障科的主任。但只是推荐，至于能不能入他的法眼，就靠你自己了。"

王君安脸色瞬间一变，喜上眉梢，道："哟，你怎么不早说！成，明天一大早我就去劝大哥。这事包在我身上，你放心，我出马肯定事半功倍！"

其实王君凝内心对于王君平的光明磊落、不攀附权贵是敬佩的，做人就应该如此，清清白白，比起王君安的狡猾，王君平显然好太多了。

王君平升不上去，问题不在于他不会攀附权贵，而在于他自身能力不足，难当重任。当今社会，只要有能力，到哪儿都会发光。

赵宥之混迹商场多年，不会不懂这道理。

呵，饭局？以王君平的本事，只怕在饭局上正常发挥，也没什么希望。人家肯来，无非是看赵宥之的面子，不好拒绝罢了。

王君凝和王君安说完，又驱车来到王建国家中。王建国正坐在沙发上看电视。

王建国一看王君凝来了，心里纳闷：怎么又来了？想起上次的事情，他仍心有余悸，原本和和睦睦的一家人，却被她搞得一团乱。

王君凝坐在王建国身边，直接说了王君平家中的事。她的目的很简单，希望王建国一方面敲打一下王君平，另一方面挫挫赵晴的锐气。以前妈在世的时候，赵晴的"火"大多是妈压下去的，说明赵晴这个人，必须强压才能消停。

王建国靠着沙发，昏昏欲睡，眼睛半眯着，一点都提不起兴趣。

"这事我劝不了。君平已经是四十多岁的人了，又不是三岁小孩，我怎么劝？只怕我越劝这事弄得越僵。再说赵晴，那丫头牙尖嘴利，我也怕，不好说啊！"

"爸，你调解别人的案子时那么有魄力，怎么轮到自己家的，头就缩到龟壳里去了？"

"你都说了，那是别人家的事。别人家的事容易看透，自己家的事没那么简单。一个说不好，搞得一家子不愉快，我一个老人，还是少说几句为好。你们三个要相互帮助，老大这事要不你出面？"

"我出面？以我和王君平的关系，我出面这事不就更僵了吗？"

"你知道就好。既然我们都不宜出面，那就顺其自然，这事君平自己会处理好的。"

"处理？就凭我大哥那能力，能处理什么事？只怕越处理越僵！"

王君凝知道老头子有本事处理，可她不明白，为什么每次他都怕这怕那，什么都不想说，什么都不想做，生怕自己做错什么。这是他的家，他是家中说话最有分量的人，由他出面，自然是最好的。

"爸，所有人都羡慕我是你的孩子，因为我的爸爸善于调解各种关系。他们肯定会想，我出生在这样的家庭，肯定会很幸福。但所有人都不知道，我爸爸压根不敢处理自己家的关系，你能告诉我为什么吗？你只要拿出一点点办案的劲头，我们家……我们家都不至于这样啊！"

一阵沉默。

王建国紧闭嘴唇，不说一句话。

王君凝失望了。她以前以为是因为沈玉芬过于强势，才导致他的才华无法发挥。如今看来，不是因为别人，而是他自己根本不愿发挥！

王建国缓缓开口说："我累了。"

王君凝欲言又止，只好愤愤不平地离开了。

王建国感觉胃里一阵翻江倒海，跑到马桶边呕了一阵，将肚子里的东西全吐出来，这才感觉舒服一些。

他靠在卫生间的墙上，疲惫地喘着气，神情呆滞，仿佛看见沈玉芬在召唤自己。

人活着就会有无限的烦恼，死了倒是能一了百了。

他们都希望他能做主，可谁了解他的苦衷呢？

王建国出生在一个贫穷的年代，父亲忙于干农活，无暇顾及家中的事情，由母亲一个人将五个孩子拉扯大。

第二章　成就感

　　王建国是家中的老三，上面有两个姐姐，下面有两个弟弟，他在中间最苦。母亲最爱使唤他，最爱教训他，他在家中地位最低，动不动就被打骂，不是说"给弟弟们做了不好的示范"，就是说"要帮姐姐们的忙，她们很辛苦"，王建国活得异常疲惫。

　　那时家里没什么吃的，他既要让给姐姐们，又要让给弟弟们，最后轮到他吃的时候，就只剩一些渣子了。这导致他不爱与家人打交道，平时更喜欢沉浸在自己的世界里，除了干农活就是看书，所以成绩很好。

　　家中除了他，其他人读书都不行，最后不是去务农就是去打工了。

　　慢慢地，母亲对他的态度有所改变，只是他的习惯和性格已经形成。

　　他基本不理会家中的任何事情，这些都是他心中的阴影，一旦触及，他就会下意识地躲避。

　　后来娶了沈玉芬，沈玉芬全权管家，他也乐得轻松自在。

　　沈玉芬不仅管着家里的事情，也将家外的人情往来诸事揽在身上。逢年过节，必定是沈玉芬去送礼、走亲戚。

　　如此一来，王建国便可避免与父母有过多的交流，尽管母亲不断示好，他也难以改变。

　　至于调解工作，那不过是他的一项能力，调解他人的恩怨相比于管自己家里乱七八糟的事情，要简单许多。

　　即便是疑难案件，在他眼中也不过是抓住几个要点、对症下药就能轻松解决的问题。

　　而家里的事，别说抓住要点了，听见都让人烦。

　　这会儿王建国想，三个孩子都已经长大，他以前没管过，现在管也是白搭，还不如装作什么都不知道。

　　王建国知道孩子们的问题，也知道自己的问题，但他并不想去解决。

　　他想把一切交给时间。

　　约莫过了一周，许蕊和吴旭又过来了。这次两个人的情绪相比于上一次好些，但似乎还有事。

王建国询问二人情况，许蕊咬唇道："他回去之后，改变了很多，但不愿意跟我去县里，说在县里没找到工作，现在去不合适。我给他找了一份工作，是在当地做房产销售，他说不适合他，挑挑拣拣。我认为他就是不想去，故意拖延，想把这个事情搪塞过去。"

王建国扭头望向吴旭："对于她说的这件事，你觉得呢？"

吴旭挠了挠头说："不是我不想去，是真的没找到适合我的工作。我已经让朋友帮忙留意了，这不是暂时还没找到吗？销售我真做不了，人一多我就烦。"

许蕊冷淡一笑："你跟哪个朋友说了？要不我打电话过去问问？"

吴旭道："我跟朋友说了就是说了，你还不信我？"

"不是不信你，而是你前科太多，我没办法信你。"

"你看你看，你又这么说，你让我说什么好呢？"

王建国看着小两口吵，思索了一番，将许蕊拉到一边，说："你是不是认为，只要他去县里，一切问题就都解决了？"

许蕊点头道："是啊，他要是去县里，我们夫妻就不用两地分居了，问题就完美解决了。"

"可我认为，他不愿去县里只是表象，本质是他的追求跟你不一样，你努力上进，而他是过一天算一天。正如你所说，他在你赚了钱之后，吃吃喝喝，甚至去赌，这都是一种表象。许蕊，作为一个过来人，我想慎重地跟你说，我可以帮你解决去县里的问题，但你们俩三观不合，你努力上进，他颓废，甚至做一天和尚撞一天钟，你真的能接受这样的人吗？"

许久，许蕊都没说话。

"其实，我同意调解，就表示……心里没有那么想离婚。吴旭这个人，固然散漫、不赚钱，但他也有优点。他从不随意打骂孩子，也从不对我苛刻，我说的是情绪上。当然金钱方面，他也没办法，有多大能力挣多少钱。他本就没能力，自己都没钱花，更别提给我了。上次我是气疯了，

第二章 成就感

经过你的调解，我改了自己的脾气，对他有话必说，不再藏着掖着，让他了解我的情绪，我们之间的关系确实改善了不少。"

王建国对吴旭的评价并不高，但许蕊认为可以和吴旭继续过日子。他保持着中立的态度，虽说这种案子一般会劝和，但如果双方真的不合适，他也不会瞎劝，会给当事人分析利弊，让当事人自己选择。

"没有完美的夫妻关系，只有不断磨合的夫妻关系。这事，如人饮水，冷暖自知。"

王建国见许蕊态度明确，于是和许蕊说了自己的办法。

两人回来，吴旭见许蕊态度冷淡，心中纳闷：怎么跟这老头子出去一会儿，回来就态度大变了？

王建国悄悄凑到吴旭身边摇摇头说："不好劝啊，越劝火越大，唉……"

"怎么回事？在家不是还好好的吗？我只是不愿去县里，这又不是什么大罪过，有必要这样吗？你得帮帮我，我现在该戒的都戒了，坏习惯都改了，朋友叫我出去玩我都不去，她现在又为哪门子事不满意啊？"

"你不是还有欠款吗？虽说金额不大，但她认为你不积极还钱，以后这日子恐怕还是没法过啊！"

"那钱我会想办法还的，她急什么！"

"你要是一直干这份工作，恐怕……需要很长时间啊！如果我是你，就听她的换一份工作，尝试一下新工作也未尝不可。要是真觉得不合适，再换回来就行。你现在直接说不行，老婆跟你闹离婚，钱你又还不上，这不是人财两空吗？"

在王建国的耐心劝导之下，吴旭越发觉得他说得对，反正只是去尝试一份新工作，不需要有那么大的心理压力，万一成功了，他还能赚不少呢！

"虽说你老婆赚得不少，但你也要发展你的特长。我觉得你不妨一试，这正是展现你实力的大好时机。"

"你说的挺有道理。"

吴旭虽然能力不足,但极爱吹牛。

王建国知道,爱吹牛的人往往自信心十足却又怀疑自己的能力,就如同他的两个儿子一般。

想让他去做一件事,首先必须让他在这件事上建立自信心。

吴旭慢慢接受了去县里工作的这件事:"要不这样,我去试试?"

王建国连连点头:"对,去试试,年轻人需要尝试,这正是一个好机会。"

在一旁的许蕊稍稍安心,没想到王建国的办法这么管用,只要自己拉下脸,再加上他的劝说,吴旭真的同意了。

在王建国的调解之下,这件事总算是尘埃落定了。

临走之前,王建国和许蕊说了一句:"我只能帮你到这儿了,以后的事情需要你自己努力!记住,你们之间最大的问题是三观不合,努力适应对方才是关键。如果他只是有些懒散,你尽量体谅;如果他是故意为之,你必须摆正自己的态度。在这个过程中,你要妥当拿捏。"

王建国对吴旭嘱咐再三:"老婆的成功不代表你的成功,我相信以你的能力,肯定会出人头地的!"

这话说得吴旭心里美滋滋的。可不是嘛,自己本来就很厉害,不过是这些年沉迷于安稳。王建国说得对,人生总要去尝试不同的东西,先去尝试尝试,要是不好再换。

"你就放心吧,我肯定会好好努力!"

"行行行,听你讲话就跟以前不一样了,脱胎换骨了!好好努力!"

两人走后,办公室回归宁静。王建国感到一阵晕眩,连忙靠在一旁的沙发上休息。

柳军刚从外头回来,看着王建国这副模样,说:"你不舒服就早些回去,像我们这个年纪的人,命最重要,工作是其次!"

王建国虚弱地摆了摆手:"我没事,缓一下就好了。"

第二章　成就感

柳军拿了一份报纸，搁在自己的办公桌前："我们老年人，最重要的是养老，其次才是工作，得主次分明。"

柳军刚在门口听到这个案子调解成功了，心中五味杂陈。王建国很用心，这点他无话可说。"你看看你只顾调解人家的事，自己的身体也要保重啊！"

他的意思是：你调解得那么认真，弄得我都不好意思混日子了。人和人之间往往有一种比较心理，两个人中如果其中一个相当认真，那么另外一个铁定就坐不住了，肯定也会用心，不然会落人闲话的。

王建国理解柳军的意思："可我认为，人最重要的是成就感，其次才是养老。呵，当然命越长越好啊！"

"老王啊，我们可得服老。你看看，我们这层楼，看报纸的也就我们这俩老货，年轻人全用手机看了。这就提醒我们：咱和他们不一样。"

"人家看的内容和我们看的也差不多，只是一个用手机看，一个看报纸罢了，你也不需要过于计较。你看我们调解案件时，年轻人负责帮我们做后续工作，合理搭配，事半功倍，是不是？"

柳军说："呵呵，你倒是乐观。"

王建国说："年纪大了，除了乐观还能怎么样？总不能整天愁眉苦脸的吧？"

"行，你说的都有道理。"柳军懒得再理会。

趁着王建国去卫生间的时候，柳军小声说："他哪儿来那么好的精力啊？"

王建国在卫生间里又吐了，感觉自己的腰带又松了，心中万般无奈。在这个时候，他脑海中又浮现出王君凝的话：为什么他善于处理别人的关系，却不能处理好自己的家庭关系呢？许蕊、吴旭和王君平、赵晴本质上是一样的，他们都属于三观不合。他可以解决好那两个人的问题，对于自己的儿子儿媳却无能为力，唉……

不是不能处理，而是下不了手……

王君安一大早就来到王君平家，此时王君平正在吃早饭，吱吱还在睡觉。对于王君安的到来，王君平心中有数，便泡了一杯咖啡给他。

兄弟俩喝着，王君安机灵地东拉西扯，专挑王君平爱听的讲。王君安这个人善于表达，只要对自己有利，什么话都讲得出，恨不得把王君平捧到天上去。

室内咖啡味香浓，王君安看着这套房子，心里别提多羡慕了。这套房子价值五百多万，他们家出了四十多万，赵晴家出了三百五十万，剩下的钱由夫妻两人贷款。本来赵晴家可以全部付清，但一想到王君平家出得实在太少，心中不满，于是非让王君平贷款。

赵晴家很富裕，王君安觉得王君平娶了她是正确的选择。但这对夫妻吵成这样，他实在是不解，要是他，肯定会把老婆哄得好好的，不至于发生这种事。

祝梓玉家境不佳，导致他很辛苦，但他也会把祝梓玉哄得高高兴兴，毕竟家和万事兴。

"这不，嫂子想回来了，想找个台阶下。"

王君平纳闷："她不是吵着闹着要离婚吗，怎么又想回来了？"

"大哥，你看你，人家作一下，你还当真了？人家孩子在这儿、家在这儿，怎么可能真的要离婚？大嫂家境好，人长得又漂亮、有品位，耍点小脾气也很正常，你说你干吗非跟她一般见识？"

王君平不大相信赵晴会主动认错，毕竟她是什么性子，他心里有底。

"大哥，你呢，就给大嫂一个台阶下，她晚上回来，你诚恳给她道个歉，这事就算过去了。大嫂呢，也认识到自己的错误了，不会再要求你这样那样了。"

王君平抓住了关键字眼——不会要求他这样那样。那就表示赵晴妥协了，看来她是想通了。

"那行，你让她晚上回来，我绝对不会难为她。"

"大哥，你听我一句劝，女人需要哄。大嫂是什么人啊，当年系里的系花，集万千宠爱于一身。等她回来，你就先认错，态度要好，让大嫂就着台阶下来，这事就算过去了，你觉得怎么样？"

王君平觉得有道理。

"爸爸。"

吱吱醒了，王君平马上让他去刷牙，自己则快速地烤面包、热牛奶，王君安立马说："大哥，你不为自己想，也要为吱吱想想，他也想妈妈……"

王君平动作放缓，想到吱吱最近老问起妈妈的事情，心中一阵酸涩。

"大哥，你听见没？"

王君平沉思片刻说："行，我知道了，我会认错的。"

王君安松了一口气，顿时眉开眼笑："好，大哥就是觉悟高。"

吱吱从卫生间出来，王君安忙不迭地说："那你们赶紧吃，我去忙了。吱吱，下次来叔叔店里吃饭！"

"叔叔再见！"

赵晴家位于市中心，是一套两层楼的洋房。这套洋房古香古色、价格不菲。赵宥之买下一是图交通方便，二是图有底蕴，让人觉得他有格调。

赵宥之和尹霞在楼下用餐，过了一会儿赵晴才从楼上下来，穿着睡衣，懒懒散散地坐下用餐。

赵宥之瞥了赵晴一眼，心想：这丫头回来之后也没问问外孙怎么样，整天就知道买买买。或许王君凝说得对，还是先让他们和好，到时候走一步看一步。

赵宥之清了清喉咙说："王君平那小子打电话过来认错了，晚上你就回去吧，毕竟吱吱还小，你总待在这里也不是办法。"

认错？赵晴顿时感到意外，王君平那人还会认错？这不是在开玩笑嘛！

"爸，我了解他的性格，倔得很，指定不会认错。"

赵宥之抬眼道："那你晚上回去，看他认错没。"

赵晴讶异，难不成这事是真的？

"爸爸仔细想过了，既然王君平肯认错，这次你就原谅他，毕竟你们俩还有个儿子。至于他不上进的事，你只能潜移默化地去改变他，不可能一蹴而就，让他接受不了。"

"爸，他都多大了，还潜移默化！"

"你都多大了，还整天买买买！我看王君平把吱吱照顾得挺好，让你照顾几天，你还不如他呢！"

赵晴一下子被堵住了嘴，没说一句话。她确实照顾不了吱吱，吱吱平日都跟着爸爸。

"这事暂且这样，人家有心认错，你就老实回去。离婚的事，千万别提了，你要知道你这性子一般男人接受不了。你看看你，整天就知道花钱，你赚的那点钱全都花完了，也就王君平忍得了你。"

"爸，我这脾气还不是你宠出来的？"

赵宥之又被噎住了，他转头看了尹霞一眼："都怪你，说什么女孩要富养，你看看，都把她养成什么样了！"

尹霞纳闷，怎么又扯到自己头上了："晴晴，我们别的先不谈，你今天晚上就回去吧。"

赵晴思索了一会儿："要是他诚心改过，我倒是可以回去。要是他还这样，我立马就搬出来，而且必须离婚！"

赵宥之感到头大，不想和赵晴继续讨论这个话题："行，你先回去吧。"

这个不让人省心的女儿，不知道要闹到什么时候。

赵宥之用完餐，在去公司的路上给王君凝发了条微信："这边已经说通。"随后立马删了。

他都是六十多岁的人了，本应该在家里养老，只因女儿不争气，公司家大业大，后继无人，一把年纪还要继续工作，想想真是心累。自己也只能走一步算一步，到时候直接把公司交给外孙。

他突然有些羡慕王建国，还能退休，在家养老。唉，他什么时候才能

第二章　成就感

闲下来养老呢？

中午吃饭的时候，王君平收到一条微信，是一个微信名叫"万事如意"的人发来的，他拉王君平进了一个群。

这个人就是杜升介绍的炒股大神。

一开始杜升还不想介绍给王君平认识，架不住王君平态度好，各种恳求。

杜升带着王君平来到一个棋牌室，那位大神就在那里。

大神名叫陈万，一见面就跟王君平、杜升探讨起股市来，王君平一开始并不以为意。

可很快就被吸引住了，眼中闪烁着光芒。心想，这人确实懂行，跟着他学准没错，便要拜这个陈万为师。但陈万也不是什么人都收，必须对这行有所了解的人才行。所幸王君平顺利通过了测试，他收了王君平这个徒弟。

陈万要求交三万块钱的学费，王君平想了想，虽然他说的让自己信服，但毕竟还没真正见识过他的厉害，就直接交三万未免有点冒险。

陈万看出王君平不愿意，也不勉强，说可以先让他体验一下，至于体验什么，没明确说，只说让他先回去等着。

王君平不解。

两人相互加了微信，原来是要将他拉进一个群，神神秘秘的。

"搞得跟老神棍一样，里面究竟有什么玄机？"

晚上，赵晴拖着行李箱回到两个人的家。

她算好这个时间吱吱已入睡，两个人可以谈一谈。

赵晴推门而入，见王君平坐在沙发上开着电视、刷着手机，心中顿时又生出一股无名火……

王君平见赵晴回来了，想着两人既然要和解，就不能表现得过于尴尬，于是他笑着上前说："怎么才回来？"

赵晴见王君平态度较好，冷哼一声，将行李交给王君平，自己径自坐到沙发上。

王君平主动帮她整理行李箱里的东西，一件件拿出来，放到该放的地方。

此时，两人仿佛回到了之前，所有的是是非非都暂时被压下去了。大多数家庭纠纷，只要一方妥协，另外一方不计较，一般都可以化解。只是……隐藏在这一切之下的危机，正在潜滋暗长，等着有一天，彻底爆发在所有人面前。

小区楼下，灯火通明。

王建国在王君平家楼下徘徊。他刚看见赵晴回来了，心中稍稍踏实。他不是坐视不管，只是……只是很多事他也没办法。幸好这次赵晴自己回来了，他也就安心了。

他靠在墙角，落寞地看着他们家所在的楼层，灯是亮着的，没过多久便全黑了。

孩子，是父母带到这个世界上来的，他们既是独立的个体，又是父母的羁绊。无论孩子多大，父母时时都牵挂着。

他拖着疲惫的身体，慢慢地走出小区。

晚上，王建国接到子音的电话，让他周六一定要去参加她的小主持人比赛，他笑呵呵地答应了。这孩子多才多艺，性子活泼，真是像极了王君凝。

小时候王君凝极其聪明，脑子里永远有不一样的点子。

王建国从柜子里拿出王君凝的照片，泛黄的照片上王君凝笑成了一朵花。

真怀念那时候那个天真无邪的她啊！

时间一晃而过，很快就到了周六。

这个季子音期待已久的比赛，早就和王君凝说了好几次，希望王君凝能过去。在季永的说服下，王君凝满口答应。

第二章　成就感

一大早，王君凝本来要带着季子音去化装、彩排，但王君安突然打电话过来，她这才想起，两人的约定刚好就在今天。她只能让季永带着季子音过去。

季子音有些不情愿，临走之前，再三和王君凝说："妈妈，你记得一定要来啊！"

王君凝摸了摸子音的头说："你就放心吧！"

季子音点点头，随即又嘱咐一句："记得啊！"

王君凝笑了："好，妈妈知道了。"

她想，就是介绍个人给王君安认识一下，估计花不了多少时间。

王君凝本想让王君安上班时间来，这样介绍最为妥当。但对方已经出了一个月的差，现在刚回来，王君安这边又急，无奈之下，她只好问了问对方，对方同意见面，于是就约在了咖啡馆。

给王君安介绍的这个人是后勤保障科的主任，名叫范煜，比王君凝小五六岁。这个人耿直、规矩，但也有点家庭背景。他们俩关系还可以，王君凝帮过他几次，彼此也算有些交情。

王君凝和王君安一前一后先到了，她嘱咐王君安提前想好说辞，尤其是要说出自己的亮点，废话少说，这是在咖啡馆，详细情况以后去办公室再讲。

王君安紧张地问："要是人家看不上，会不会马上回绝我？"

王君凝摇头说："这倒不太可能，他起码会看我的面子，先偷偷告诉我，然后让我转告你。"

王君安瞬间眉开眼笑："你面子够大的。"

王君凝瞪了他一眼："正经点！"

范煜姗姗来迟，一过来，先给两人道了个歉，说路上堵车。王君安殷勤地给他点了杯咖啡。

王君凝向范煜介绍了王君安，随即说："我知道公司的制度，具体细节你们俩谈，我不参与。"

范煜推了推眼镜说:"王总监推荐的人,我肯定得关照。"

王君安跟范煜说了自己的两个想法:一是现在他们食堂以中餐为主,但白领都喜欢新鲜玩意儿,若是将西餐打包在食堂售卖,肯定会受欢迎;二是让他们公司的员工可以拿着食堂的卡去楼下的西餐厅用餐。

范煜听完,看了王君凝一眼说:"想法很好,但这对我们公司有什么好处呢?"

这话像是在问王君凝。

王君凝瞥了王君安一眼说:"你们谈,这事与我无关。要是没事的话,我还要去参加女儿的小主持人选拔赛。"

范煜连忙阻止:"王总监,不急,待会儿我开车送你去。这边离你家近,我想你肯定没开车。"

范煜留住了王君凝。

"你有什么想法可以直接跟范主任讲。"

王君安连忙说:"打包销售的利润我们二八分,刷食堂卡,我可以给你们的员工打八折,在这八折的基础之上,利润我们也二八分,你看怎么样?一方面节约了你们公司的人力物力,另一方面也增加了你们的收入。"

范煜沉思了一会儿说:"行,这事我要跟许总监商量一下。"

王君安稍稍安心。

这时候,王君凝的手机响了,是季永打来的,说小主持人比赛马上开始了,问她什么时候能到。王君凝说:"我马上就来,马上就来!"

范煜送王君凝过去,两人去车库取车,王君凝心里着急,但比起回家开车会快很多。

路上,范煜开着车问道:"王总监,对于我们合作的事情,你怎么看?"

王君凝不知道范煜这么问是什么意思,又不是她要合作。但转念一想,虽然自己一直说不参与,但人家一看是自己亲弟弟的店,十有八九会想歪。

第二章　成就感

"公事公办吧,我只是个介绍人,至于你如何决定,与我无关。"

"王总监,其实我一直对你心存感激。你曾经在我遇到困难时,对我施以援手,我都记在心里了。"

王君凝觉得他话里有话,说:"有什么话你就直说好了。"

"最近公司有个空缺,王总监能不能在老总面前替我美言几句?"

王君凝一直觉得范煜是个正直的人,却没想到他心机颇深,竟然拿这个说事。

"我何德何能,哪能左右老总的决定啊?"

范煜眼前一亮:"我知道老总一直想提拔你当公司的副总裁,而且你俩私交不错,你的话他肯定会听的。如果……如果你能帮我一把,我以后肯定会全心全意为你服务,你就放心好了。"

"你有上进心是好事。但你好像搞错了,我只是给你推荐一个人而已。你如果有成绩,不需要我说老总也会看到。你该全心全意服务的不是我,而是公司,不是吗?"

范煜有点意外,他本以为能借机和王君凝拉近关系,让王君凝帮自己一把,没想到会遭到拒绝,脸上顿时挂不住了,刚要说话,忽然轰的一声,车子后面发出一声巨响……

季永在后台耐心地安慰着季子音:"妈妈会来的,她已经在路上了。"

王建国也不断地夸季子音:"子音今天真漂亮!待会儿好好表现,全家人都为你感到骄傲。"

季子音心里很失落。她参加的大部分比赛,妈妈都缺席,她很想向妈妈证明自己,却回回都不受待见,好像她的优秀是理所应当的。

时间一分一秒过去了,王建国心里也纳闷:王君凝到底是怎么回事,怎么到这个点还不来?眼看子音就要上台了,那孩子虽然脸上笑着,但看得出,她心里非常失落。

随着参赛人员陆陆续续上台,季子音一双小手揪着漂亮的演出服左右张望。她多希望王君凝能过来,毕竟两人是约好的。

季永一直给王君凝打电话，但那边一直占线。脾气一向很好的他，看见女儿焦急又失落的样子，忍不住爆了一句粗口。

王建国猜测王君凝是有事耽搁了，连忙安慰道："乖，妈妈可能有事耽搁了。你待会儿好好发挥，外公会在下面给你拍视频，会让你妈妈看到的。"

在季子音的印象中，妈妈从来没把她当回事过。人家的小孩上补习班、写作业，妈妈都紧随其后；而她的妈妈，总是忙，一天到晚见不到人影。她好不好，妈妈是不关心的。

"哦，知道了。"

王建国知道这孩子生气了，心想：王君凝啊，你太不应该了，既然跟孩子约好了，怎么就不来了？

路上，范煜的车子被后面的一辆火红的宝马追尾了。

范煜急忙下车处理。对方是个漂亮妖娆的女人，还不大好说话，非说是范煜开车走走停停才导致她不小心追尾的。

范煜再三沟通，没辙，只能让警察来协调。心想现在的小姑娘怎么脾气这么大？不懂还瞎嚷嚷！

车里的王君凝也没闲着，公司老总徐平打电话过来了，两人聊了一会儿公司的事情，随后徐平又说有一个财务副总监的位置空着，让她明儿个去他办公室一趟，大家各自推荐心仪的人选。

财务副总监？

王君凝瞟了范煜一眼，原来这就是他说的那个空缺。

王君凝应下了。

她刚挂了电话，发现季永已经把电话打爆了，这才想起季子音的比赛，急忙下车去问处理得怎么样了。

见范煜还在和那个女人沟通，王君凝迅速拦了一辆出租车，前往比赛现场。

王君凝刚到，只见里面的人纷纷往外走，她连忙跑进去，里面已经没多少人了，她暗叫糟糕，紧赶慢赶还是来迟了。

第二章　成就感

她四处搜索季子音的身影，最终在卫生间门口看到了她。

季子音眼睛红红的，肯定是刚刚哭过了。

季永从季子音身后走过来，略带埋怨地说："你现在才过来？已经太迟了！"

王君凝连忙上前问季子音的情况，季子音一反常态，扭过头不理她，径自走到一边，蹲在地上不说话。

"你这孩子，这是怎么了？"

王建国在一旁小声说："这次比赛没入围，她很难过。"

在王君凝眼里，季子音向来无往不胜，这次竟然没入围，顿时心凉了半截。她问："竞争对手很强吗？"

季永说："以子音平时的水平，肯定可以入围。"

"那怎么会这样？"

"这就要问你了。你一直没来，影响到了她的心情，就发挥失常了。"

"这……这不可能！"

"怎么不可能？这孩子比赛的时候一直盯着门口看，希望你会出现，可你始终没出现。讲到一半的时候，直接卡壳了，说不出一句话。"

王君凝心高气傲，从不承认自己有错："我的错？怎么可能？我很少参加子音的比赛，她失常怎么可能是因为我！"

王建国帮腔道："是啊，我也发现子音那孩子一直朝门口看。君凝，你说你，作为人家的母亲，已经约好的事，为啥迟迟不来？"

王君凝瞅了王建国一眼，怒火中烧："爸，我来不了是因为谁啊？"

王建国莫名其妙："难不成是因为我？"

王君凝冷淡地说："还不是因为你那两个好儿子，事事让我操心，我怎么操得过来？你当我是神啊，爸！"

王君凝的意思是，这事跟王君平、王君安有关。对此，王建国一句话也说不出。

王君凝这孩子自小就这样，一直让他管教儿子，可儿子都这么大了，让他怎么管教啊？

季永看不下去了，认为王君凝这是没事找事。

他气恼地说："君凝，你不反思自己的行为，还怪爸！"

王君凝有些心虚，连忙说："我没有怪爸！"

"你有，这次明明是因为你迟到了！"说着，季永拉起一旁的季子音，"我们走，爸爸带你去吃好吃的！"

季子音走之前瞥了王君凝一眼，撇了撇嘴。

王君凝心里很不好受，冲着王建国说："爸，都是因为你那两个儿子不懂事，闹得我家里一刻也不得安宁！"

她说完，赶紧追上了季子音。

王建国站在原地，颓然叹道："唉，我什么都没做，怎么就全成了我的错啊？唉，造孽啊……"

他知道王君凝心里一直怪他，但以前没有表露得这么明显。

今天这事彻底激怒了她，此时这怒火正在熊熊燃烧。王建国知道她气的不是这件事，而是从小到大他的缺席。

有时候他甚至想，其实在那个年代，很多父亲都缺席，唯独他一直被责怪，这对他是否公平？

但这种想法顷刻间就被他否定了。

那些缺席的父亲都以忙为由，且能理直气壮，唯独他自始至终对这件事心存愧疚。所以事情都一样，不一样的是各自的心态。

很多人习惯站在自己的角度看问题，而他更喜欢站在不同的角度看问题。角度不同，心态就大不相同。

转眼之间，王君凝已经看不到季永和季子音了，她站在原地茫然若失。一方面对女儿心存愧疚，另一方面不知道自己对父亲讲的话是不是太重了。

两种情绪交织在一起，她闭上了眼睛。

突然，手机响起，是季永打来的。他说带女儿去吃比萨，让她别找

第二章　成就感

了，也别跟过去，不能让女儿吃饭不高兴。

王君凝压下所有难过的情绪说："好。"

虽然赵晴回家了，跟王君平也无口角，但两人之间有一种莫名的疏远，说不清也道不明。

赵晴加入一个大学女同学群，里面时不时会有人炫耀自己买了别墅、买了新包、去哪儿旅游了等。赵晴作为昔日的系花，除了羡慕，还会嫉妒。那些女同学各方面条件都不如她，凭什么都比她过得好？她在群里当面夸奖她们，内心却不屑一顾。

她将各种问题都归因于王君平的不争气。虽然两人表面上和谐，但她时不时就会讽刺王君平一番，以此出气。

和王君平闹僵，只会让自己陷入两难的境地，还不如在言语上挖苦他一番，寻找一点生活的乐趣。

王君平也不是傻子，知道赵晴话里话外不过是埋怨他没出息，他懒得跟她计较，更喜欢泡在股市里。

陈万的股票群里大多是他的学生，很多人都赚到了钱，经常在群里发各自的成绩。

王君平跟着陈万投资了两次，都赚到了钱，心中激动，自觉跟着陈万学习是一条出路。

于是他果断交给陈万三万块钱的学费，想继续深造。

陈万一收到钱，就拉他进了一个新群，说群里都是高级学员。

其实陈万的这套做法，王君平是有些怀疑的，但他赚到了钱是事实，也只好将信将疑。

赵晴的脾气，实在让他忍无可忍，他想快点赚到钱，以此挽回一点脸面。

第二天，王君凝来到徐平的办公室。

在办公室里还有公司的两个副总裁赵贵、徐简。

赵贵是徐平一手提拔起来的，在商场中关系网硬，做事雷厉风行；徐简是徐平的独子，性子懒散，平日里除了吃喝玩乐，正事没做几件，还回回都以失败告终。

徐平喊他们过来，说公司上半年营销部做得很好，对赵贵夸奖了一番。同时提出徐简管理的新媒体部和市场部一片混乱，对其进行了严厉斥责。

徐平对徐简是寄予厚望的，几次三番给他好的资源，但都被他浪费了，不是气跑客户，就是整天喝酒误事。

这次将新媒体部和市场部交给他管，可以说已经算是放弃他了。因为新媒体部主任和市场部主任能力都很强，压根不需要他做决策。但徐简就是有这样的本事，把好好的一手牌打烂。

所有人都知道，徐简喜欢美色和被奉承，所以在新媒体部和市场部，考核标准不是看谁的成绩好，而是看谁有漂亮的皮囊、谁会溜须拍马。即便新媒体部主任和市场部主任反对，他一句"我是副总"，人家也就不敢说话了。这期间受到提拔和奖励的，全是一帮阿谀奉承之徒，没有半点真才实学。

徐平知道后，简直气炸了。

徐平作为公司的执行总裁，要是任其儿子妄为，怎么跟其他股东交代呢？

"从今天开始，新媒体部和市场部暂由王君凝接管。"

此言一出，赵贵诧异地看了王君凝一眼，还没说话，徐简已经憋不住了："爸，你这是在开玩笑吗？王君凝是营销总监，新媒体部和市场部怎么能让她管，岂不是乱套了吗？"

徐平瞥了徐简一眼："你这个臭小子，搞得这两个部门乌烟瘴气，如果你不同意，连这个副总的位置都没了！"

"爸，你这样做，我副总的位置还有吗？我管谁？"

"我以后会安排的，这两个部门必须给君凝！"

第二章 成就感

徐平问王君凝："对于我这样的安排，你是否可以接受？"

王君凝进退两难。现在季子音需要她多关心，如果她接管了这两个部门，肯定大小事都需要她过问，到时候只会比现在更忙。

如果她拒绝，那么副总的位置就无望了。

而且很多人都在觊觎这个位置。

现在正是最佳时机，刚好徐简是个草包，可以为其让道。倘若她在这个时候做出一点成绩，那么这个位置唾手可得。

"怎么，有难处？"

王君凝马上说："没有难处，我可以。"

徐平笑了："好，那这两个部门就暂时交给你了。"

赵贵瞟了徐简一眼："这件事其他股东同意吗？"

徐简一听，连忙说："对啊，爸，这件事其他股东同意吗？他一个营销总监，还能跨部门管理？我听都没听说过。"

徐平掷地有声地说："这件事他们没有异议，我们是经过商量一起决定的。只是暂时交给君凝管，以后怎么样还不一定呢。赵贵，你平日里忙，这两个部门就不用你再费心了。"

赵贵淡笑道："徐总想得周到，一切都听徐总的。"

徐简感觉自己的面子挂不住了，作为一个公司副总，手中只有两个部门，现在这两个部门都没了，自己这不是被架空了吗？

"爸！"

徐平才不理会徐简，他又提出财务副总监位置空缺，让王君凝和赵贵各自推荐一下他们心目中的合适人选。

在一旁的徐简憋不住了："爸，我也有合适的人选，你为什么只问他们不问我？"

"成，你说说。"

"我认为后勤保障科主任范煜为人老实、肯干，是个合适的人选。"

此言一出，室内一片沉默。

085

王君凝略感诧异，范煜看着老实，没想到关系网都铺到徐简这里了。

她真是小看了范煜的能力。

徐平虽然不想理会儿子，但对于他推荐的人并没有排斥。

赵贵沉思了一会儿说："从目前的情况看，范煜的能力尚可，在工作上踏实肯干，是个可以考虑的人选。"

徐平看了三人一眼，问一直沉默的王君凝："你呢？什么看法？"

"范煜是个可以考虑的人选……但我个人更倾向于推荐江哲。江哲是江大的工商管理硕士，专业对口。他现在是财务部主任，对财务部的一切都了解得很透彻。如果让他当财务副总监，可能会更妥当一些。当然这只是我个人的看法，一切听从徐总的安排。"

王君凝虽然说得委婉，但她并不推荐范煜。

同时，她也在揣测徐总的意思。按理说江哲是最好的人选，徐总却问大家的意思，难不成他对江哲不满意？

她不像赵贵，看人家的脸色行事，她只会选择自己心目中最合适的人选。

徐平不动声色地笑笑说："江哲也不错。"

徐简见王君凝不识时务，直接反驳道："江哲不过是个书呆子罢了！"

徐平知道自己的儿子说话不经大脑，想到什么说什么，对事情有任何看法都挂在脸上，这是大忌啊。

他都不知道该怎么说这个蠢儿子好。

三人从徐平的办公室出来，徐简瞟了王君凝一眼，满肚子的火，冷哼一声就走了。

赵贵意味深长地笑笑，凑到王君凝耳旁说："抢了他的部门，驳了他的人，小心被他穿小鞋。"

"我只是实事求是罢了。"

赵贵点点头："对，做得好！"

王君凝和赵贵向来井水不犯河水，两人关系很疏远，但也不至于交恶。

第二章 成就感

此时，她不了解赵贵到底站在哪一头，又或者……

"你以为徐总是真想让我们推荐人选吗？"

赵贵的话，令王君凝猛地抬起头。

"你这话是什么意思？"

"呵，你自己琢磨。"

王君凝接二连三地让徐简不满，回到办公室后，他差点儿把桌子掀了。他从柜子里拿出一瓶烈酒，猛地灌了几口。

紧接着，他拨打内线电话，让范煜过去一趟。

范煜急急忙忙赶到徐简的办公室。

他已经从同事的谈论中得知徐简失去了两个部门，如今成了一个被架空的副总。

他连忙倒了一杯水送过去，说："徐副总，大白天的喝什么酒啊，伤身。"

徐简听到"副总"俩字，不禁感到可笑。

似乎是讽刺。

徐简认为是王君凝夺走了他的位置。不然这个位置为什么不给赵贵？比起王君凝，赵贵更名正言顺，毕竟也是副总。

徐简转了下眼珠子说："范煜，我对你很满意。今天推荐财务副总监，我举双手推荐你，只是……"

"只是什么？"

"王君凝不同意，非说江哲的能力比你好。她不同意我也没办法，毕竟现在她势头正旺，老头子听她的。"

范煜顿时一惊，原以为自己和王君凝已经达成某种共识，没想到她会是这种态度。

照现在这个情况，徐简应该也不会在这件事上撒谎。

"我以为，我答应让她弟弟进驻我们公司的食堂，这事就……"

徐简忙问："什么情况？谁弟弟？"

范煜赶紧捂住嘴巴："没、没什么。"

"你仔细跟我说说，没准这事我还能帮你，要是不说，你后果自负！"

范煜一听，就直接将王君凝介绍其弟弟进驻公司食堂的事情说了。"但王总监从没在言语上让我走什么关系，我以为是她故意以退为进。如今看来，她是真不想走什么关系，所以这事不算什么……"

徐简灌了一口酒，嘴角露出一丝笑意："让他进来，用一切办法帮他。"

"徐副总，你这是……"

"没准，靠她这个弟弟，我还能帮你一把。"

范煜眼前一亮："你说的是真的？"

"只要王君凝犯错误，她推荐的江哲就会跟着一起遭殃，到时候我再跟我爸多说几句，别说财务副总监，我看财务总监的位置都有可能是你的。"

范煜知道没有王君凝的支持，徐简又失去话语权，赵贵态度不明，他想得到那个位置很难。为今之计，只有将自己和徐简绑在一起，他才能逆风翻盘。

"徐副总英明！果然继承了徐总的优秀基因。成，我一切都听你的。"

"好，这事你尽快办，这周就要落实，千万别出岔子。"

"我办事，你放一百个心！"

这周六，陈万的高级学员要召开一年一度的联谊会。按照陈万的说法，这次联谊会主要是让学员们分享自己的宝贵经验，帮助大家一起进步。

王君平想去参加，只好跟赵晴撒谎说自己要去参加高中同学聚会。毕竟如果赵晴知道他在炒股，铁定会讽刺几句。

第三章　祸事连连

这次聚会是在一处别墅里，不像王君平想的那样热闹，一共才去了十来个人，众人各自围成三个小群体谈论股市。

看得出，他们已经相互认识有一段时间了。王君平跟谁都不熟，又不善于打交道，站在那儿极为尴尬，只能不停地喝果汁。

过了一会儿，陈万走出来，让大家尽情享受美酒佳肴，说这是一年一次的聚会。王君平待了一会儿，觉得很无聊。大家都各自沉浸在自己的小群体里，他却不知道去哪儿好，只能傻愣愣地看着。他以为，这次聚会能认识一群炒股爱好者，大家畅谈一番。现实是，这群人各自都有自己的小群体，想畅谈很难。

王君平认为，接下来也不会有太大改变，还不如早早回去，于是他来到陈万身边，正欲跟他告别，没想到陈万要带着他去跟另外一个人聊天。

那人也是陈万的徒弟，他对陈万说："多亏你指点，我这次才能赚六十多万！真是太感谢了！"

王君平瞬间瞳孔变大，六十多万？他连想都不敢想，能赚个十几万他就觉得不得了了。

陈万淡淡一笑："小意思，他们还有赚一百来万的呢！"

王君平瞟了那群人一眼，顿时肃然起敬。这群人看着普普通通，没想到竟都是高人。

这会儿王君平脑子里很混乱，倘若他能赚个六十来万甚至一百来万，那赵晴必定会对他刮目相看。

陈万将王君平送到门口，嘱咐他好好学习。

王君平瞅着眼前这个与自己年龄相仿的人，心想，他脑子里应该有无穷的智慧，跟着他学准没错。他便将自己想赚大钱的想法告诉了陈万。

陈万一听，淡淡一笑："所有人都想赚大钱，但这需要有所付出。"

王君平一怔："什么样的付出？只要你能教我，我付出什么都愿意！"

陈万摇头："你还是先学基本的，等时机成熟再说。"

王君平认为自己可没那么多时间，他急着要在家里表现表现，将丢掉的面子都捡回来。于是说："不，我现在就想学！"

陈万一开始拒绝，但见王君平态度坚决，只好说："像他们，我学费都收二十万，你肯付这个学费吗？"

王君平一听二十万，顿时望而却步，这可不是一笔小钱啊。

"呵，多少付出多少回报，就像你上次给了我三万，我不是帮你赚回来了吗？你考虑一下，这事不必勉强。"

王君平想起上次给了陈万三万，当时也是抓心挠肝的，但很快就从股市上赚回来了，顿时觉得自己挺幸运。这次给陈万二十万，倘若能赚回六十来万，那这个钱也不算多。

陈万看出王君平在纠结，于是笑着说："没事，你回去考虑考虑，这不是一笔小钱。要跟我学的人太多了，我都照顾不过来。"

王君平想起参加聚会的十来个人，顿时心慌起来，可不能让别人占了先机。于是赶紧应下："行，这个学费我交！"

"你可要想清楚，我这儿不能保证百分之百赚钱，万一亏损也是正常的，你可不能再跟我要回这笔钱了。"

"我知道，我会跟你好好学的！"

"好，那我把账号发给你，你把钱打过来。"

第三章　祸事连连

正是午饭时间，但西餐厅里客人不多，稀稀拉拉的。

王君安不止一次为客少的事犯愁。真是见鬼了，这地方以前是个中餐厅，生意火爆，老板因为要出国，所以转卖给了他们。他们接管之后，将其改成了西餐厅，生意就一落千丈。

他自认为西餐厅各方面都挺好，他甚至为了提升客户体验，重新装修了一遍。为此花了不少钱，却没想到是这个效果。

现在西餐厅里有员工七八个，开销不小，客人不多。

这会儿，祝梓玉刚从外面回来，看见厨房里的王君安，直接将他拉到一处无人的角落，说："店里的生意不好你也知道，再这样下去，资金周转不开，估计连工资都发不出了！"

王君安也愁，KTV、按摩店、投资公司，赚的钱都投到了没钱赚的地方，现在没钱周转！

王君安夫妻名下产业颇多，但一直是拆东墙补西墙。他们从开店到现在，没赚到一分钱，甚至负债累累。

祝梓玉转了下眼珠说："要不，你去跟爸借？你毕竟是爸的小儿子，当时妈最宠你了。"

王君安经常跟老头子借钱，只是最近，老头子老说自己也不宽裕。

两天前，他提了水果和补品，刚去看望了王建国。

王建国见他殷勤，就知道事情不对劲。果不其然，王君安嘘寒问暖之后，就提出自己资金周转困难："爸，我最近手头不宽裕，你能不能借我一点？"

话音刚落，王建国咳嗽了两声说："唉，我一把年纪还要去法院上班，你觉得我经济宽裕吗？"

老头子手上有钱，再加上节约，肯定存着不少。之前一直贴补他，怎么这次不行了？"爸，我会还给你的。我是你亲儿子，你还信不过我吗？"

"君平、君凝老是责怪我，嫌我贴补你了。如果我给你钱，那么也得给他们俩，这样一来，你说我还有钱吗？"

"爸,他们俩有钱,大哥工作稳定,君凝工资那么高,你贴补他们俩干吗?就我需要你贴补。"

王建国不吭声,嘴巴紧闭。

王君安见老头子不高兴了,顿时开始装可怜,谈起母亲,谈起自己的无能,反正怎么能让王建国心软他就怎么说。

"唉,爸,我知道我不成器,但你也不能不管我啊!"

王建国被烦得不行了,最终拿给王君安六千块钱。

王君安一开始还嫌少,六千能干什么?但被王建国瞪了回去:"你要是不想要,我就自己用。就这六千块钱,也是我省下来的。"

王君安被老头子说得无力反驳,有总比没有好,于是拿走了这六千块钱。

王君安把这事告诉了祝梓玉。

祝梓玉一听,脸色隐隐有些不悦:"爸那么有钱,就给你六千,也真好意思!他以后的东西都是你的,给你几十万也没什么。"

王君安知道老头子省,平日里连件新衣服都舍不得买。到底是血浓于水,他内心还是心疼老头子,对祝梓玉的话相当不满:"你懂什么!我爸一辈子清廉,让他拿六千已经很多了,我们之前还欠他好几万呢,你就知足吧!爸妈可没给王君平和王君凝这么多钱,王君凝工作之后还一直补贴家里。"

祝梓玉看王君安不高兴了,也不想为这事闹矛盾:"我又没说什么,这不是为我们俩着想嘛!"

"你回回都让我跟父母借,你怎么不跟你父母借?"

这话戳中了祝梓玉的痛处。祝梓玉家并不富裕,父母均在农村务农,手中哪来的钱?

"王君安,你这是在骂我吗?"

"我只是让你搞清楚状况,我爸妈已经对我们很好了。"

"是啊,你爸妈已经对我们很好了,就是你不争气,混成这个鸟样!你看不上的王君平都比你混得好,更别提王君凝了。逢年过节,我见着他

第三章　祸事连连

们还要上前奉承，你说我累不累？你以为我天生命贱，就喜欢舔着别人是吧？"

王君安满肚子火，但现在店里生意不好，他们夫妻关系要是再不和谐，这日子就更没法过了。

想到这里，他便示弱说："好了，刚才是我的错，一时口不择言，你就别生气了！"

祝梓玉冷淡地说："王君安，你还真以为自己是个香饽饽啊？当初要是知道你是这么个玩意儿，我才不嫁！"

王君安按捺住心中的怒气："成，你说的都对，是我癞蛤蟆想吃天鹅肉，行了吧？"

"你知道就好！"

祝梓玉怒气稍稍消了些，忽地说："要不你跟君凝借？她有钱，我记得去年年底她还买了一套别墅、换了一辆奔驰。"

王君安一想起那个女魔头就发怵，即便她有一座金矿，他也不会去借，一开口指不定会被骂成什么样。王君凝骂人一点都不留情，家里谁都怕她那张嘴。

正在夫妻俩愁眉苦脸的时候，王君安的手机响了，是一个陌生号码。他一接，原本紧皱的眉头渐渐舒展开了，对着手机连声说："好好好，成，一切都听你的！明天吗？行，我明天就过去一趟！"

祝梓玉纳闷："怎么了？"

王君安眉开眼笑："生意来了，上次让王君凝介绍的他们公司食堂那事成了，明天让我去商量具体事宜！"

祝梓玉张大嘴巴问："就……就我们楼上那家大公司吗？天呀，里面少说也有几千号人吧？"

"对，就是王君凝的公司。我现在要时来运转了，只要这次能做好，我们就可以翻身了！"

王君安一早就来到王君凝的公司，本想去见见自己的姐姐，显得自己有靠山，不至于被人压一头，来了之后才知道，王君凝出差了。

王君安来到范煜的办公室，范煜正在泡茶，一瞧见王君安进来，异常热情，连忙招呼他坐下。

两人客套了一番，随即便直奔主题。范煜大夸特夸王君安的运营模式。

这让王君安原本忐忑的心顿时放下了。他原以为，范煜这种人，或许会看不上他提的计划，却没想到他极为认可，顺势开始吹牛："范主任，在这方面我是有天赋的，打小我就精通这些！"

范煜抿了一口茶，淡淡一笑，道："那是自然，毕竟姐姐优秀，弟弟也不会差。"

"我姐……还行吧，我爸妈说我姐虽然优秀，但我的智商比我姐更高。"

范煜哈哈大笑起来，说："对了，细节方面我们探讨过，认为都很合理。基于此，我们每个月再给你总销售额的百分之二作为补贴，你意下如何？"

王君安一怔，他以为大企业都很苛刻，没想到这家公司还主动为他着想。他有些飘飘然起来，眼睛眯了眯，故作淡定地说："哦，也行，反正后期我会让你们看到成绩的。"

"我拭目以待。"

就这样，王君安和范煜签了一份合同，双方达成了合作意向。

王君安从大楼里出来后，感觉自己仿佛置身于梦境。他猛地拍了下自己的脸："这是真的哪……"

晚上，王君安回到家，看见女儿柠柠正在看电视，一只脚跷得老高，衣服穿得破破烂烂，上面有不少洞。

王君安顿时气不打一处来。人家季子音成绩好，走路都带风；吱吱高不成低不就，但温和有礼，也是大家眼中的好孩子。唯有自己家的孩子，读书不如人家，还打扮得奇奇怪怪，什么衣服破就穿什么，性子更是火暴，一副小太妹的模样。

"我说，你能不能穿得正常点？瞧你穿成什么样子了，不知道的人还以为是从垃圾堆里捡来的衣服呢！"

第三章 祸事连连

柠柠瞟了王君安一眼，站起来要走，懒得理会他。

王君安拦住她说："我跟你好好说话呢，你没听见？"

柠柠口里嚼着口香糖，眼睛望向空中："哦，听到了，知道了！我回房间写作业了，不碍你的眼！"

砰的一声，房门关上了。

王君安站在原地发愣。女儿真是越长大越难管了，不知道脑子里成天在想什么，她的那些朋友也奇奇怪怪的。

此时，他心里有股子气，怎么越有钱的人家小孩培养得越好，自己家的小孩跟个混混似的，这……

吃饭的时候，三人坐在饭桌前，王君安又开始说："读书读书不行，搞得跟个太妹一样，有什么前途啊！"

柠柠一听，脸色越发难看，将筷子往桌上一摔，直接回房间了。

"你看看这孩子，也不知道脾气像谁！"

祝梓玉瞪了王君安一眼："你读书就不行，还埋怨女儿，基因不好，你有什么好指责的？"

"什么话！我在她这么大的时候，成绩还是可以的，比她强多了！"

"呵，孩子你都没管过，对她不闻不问。人家王君平是跟前跟后，你呢，你为孩子付出多少呢？孩子变成今天这样你就没有责任吗？"

"哦，那你付出了？我也没见你付出，你最爱打麻将、做美容，哪管过柠柠？"

"行了，行了，我们俩就别比了，越比越不行。人家都是书香门第、名门望族，我们就是一介平民，还是过好现在的生活吧！"

"我跟你说，我们现在是时来运转了，很快就会有钱了！"

祝梓玉一听，顿时眼前一亮："怎么回事？"

"就是王君凝那公司，我跟他们签了合同。而且啊，他们还愿意多给我销售额的百分之二作为补贴！"

"真的啊？"

"可不是嘛！我去谈的时候，人家被我的口才和才华所征服，连连称赞。我跟你说，以前我就是没人赏识，这次我遇到伯乐了，才华有用武之地了。"

"好，干得好！"

这个周日是王建国的生日。他本来没心情过，身体都成这样了，还怎么过啊？但王君平打电话过来，说已经订好包厢了，让他直接过去。

王建国也不好推，心中感到些许安慰，却又隐隐觉得不安，平日里他不是抠抠搜搜的吗，怎么突然大方起来了？

周日，众人约好，齐聚一堂，把孩子都带上。

王君平和赵晴一块儿接了王建国过来，路上王建国和吱吱聊了一会儿，吱吱还特意祝他生日快乐。

王建国乐得合不拢嘴。

赵晴意味深长地说："爸，吱吱就是懂礼貌。我觉得吧，人就得懂礼貌，不然成绩再好也没用。"

王建国呵呵一笑："是是是。"

到了包厢，王君安、祝梓玉以及柠柠都到了。祝梓玉是个要面子的人，特意背了一个LV包撑面子，但瞄到赵晴背的是爱马仕，羡慕之情溢于言表。

祝梓玉嘴里喃喃道："有钱真好，名牌包可以随意换。"

王君凝一家是过来最迟的，只见王君凝依然是一身利落的西装，看得出，她刚刚应该在忙别的事，是特意赶过来的。季永让季子音先祝王建国生日快乐，王建国笑着摸了摸季子音的头。

赵晴哼了一声。

一大家子人很少有机会这样聚在一起，王建国嘴上不说，心里则非常满意。

王君凝转头问王君安："上次的事情，你谈得怎么样了？"

王君安心中一惊，看来王君凝还什么都不知道，他在纠结说还是不

第三章　祸事连连

说。王君凝这人过于正直，说了万一搞出什么事，岂不是鸡飞蛋打？他们就白高兴了。

祝梓玉连忙在一旁搭腔道："还没结果。"

王君凝深信不疑，毕竟没听范煜说起这事，估计还在审核中，结果没这么快。

王君安纳闷，他们公司的信息这么闭塞吗？

转念一想，那么大一家公司，从这头传到那头都需要不少时间，也没什么好奇怪的。

柠柠从饭局一开始就在玩手机，就没有放下过。

王君安看着吱吱和子音都在乖乖吃饭，顿时怒火中烧。自己是个要脸面的人，女儿怎么就不给他脸？

他凑到柠柠的耳畔说："别玩了！"

柠柠一听，眼睛瞪得老大，嘴角不屑地笑笑，随即放下手机。

王君安刚松了一口气，谁知柠柠站起来就要离开。

王君安傻眼了："你等等！你要干吗去？"

柠柠懒懒地说："哦，我约了同学。"

王君安恼火地说："什么同学？今天是你爷爷的生日，去找什么同学？你回来给我坐下！"

柠柠冷淡地说："饭吃了，我现在去找同学，这不冲突。"

王建国在一旁说："是啊，柠柠已经陪着我吃过饭了，她可能找同学有事，你就让她去吧。"

"能有什么事？她成绩又不好，成天就知道瞎混。"

柠柠脾气火暴，一听王君安这么说，直接驳了回去："哦，比你强点。你不赚钱，还天天装成个大老板样，有什么意思？"

王君安气得发抖，作势要打孩子。王建国连忙阻止："别打别打，孩子是无辜的。柠柠，你快去，爷爷这边没事。"

柠柠冲着王君安做了个鬼脸，随即头也不回地跑了。

王建国连忙劝道："孩子还小，不懂事，不能打，好好教育。"

"爸，你是不知道这孩子的脾气，真是……我都没话说了！"

王君凝看到这一幕，冷冷地说："是啊，打孩子可不成。孩子就要好好教育，打骂成不了才。像我们子音，一点都不需要我们费心。我们尊重孩子的想法，孩子的一切比天大。"

话音刚落，季永面色难看。"孩子的一切比天大"，她还真好意思说，她是怎么对子音的，自己心里就没点数吗？

王君凝无疑是在炫耀，也给王君安身上浇了一桶油。

季子音撇了撇嘴，没说什么，不断扒拉着碗里的饭。

王君安只觉得脸上无光："厉害啊王君凝，你可真厉害！妈就没打过你、没骂过你吗？"

王君凝气得发抖："是啊，是啊，妈对你最好，看把你教育得多好，这不，到现在还需要爸贴补。我和王君平都没享受过这种优待！"

王建国不知道怎么就说到了贴补的问题上，他该说话还是不该说呢？他对着王君平使眼色，希望他能说点什么缓和气氛，没想到王君平和赵晴装作没看见，赵晴忙着给吱吱夹菜，王君平则低头啃着螃蟹。

"我懒得跟你一般见识！"

王君凝走到王君安面前："我觉得柠柠说得没错，你名下那么多产业，没有一家是赚钱的，你是不是该审视一下自己的问题？其次，你们夫妻真的管过孩子吗？柠柠都变成什么样了，你们自己不反思，还总把问题抛给别人。"

王君凝转头看了王建国一眼说："爸，妈当时没管好王君安，你可不能再助纣为虐了。"

王建国笑了一下说："没有的事，没有的事，我都不管他。"

"最好不过。爸，我倒是希望你管，但你选择不管我也没办法。你既然不管就不要再祸害他了，给他钱就是祸害他。他缺的不是钱，不是机会，而是生存能力。"

第三章　祸事连连

祝梓玉憋不住了，这不是在说他们夫妻啃老吗？

"君凝，这事不是你想的那样。我和君安都认真创业，只是现在生意不景气，我们也没办法。"

"你们没办法，就将压力转嫁给别人吗？"

王君安不堪受辱，提高嗓门说："王君凝，注意你的言辞，你当自己是个什么玩意儿！"

王君安感到一股火气冲上脑门，气得浑身哆嗦，一巴掌扇了过去。

"啪——"

众人屏气，没想到王君安竟然打了王君凝，所有人都没反应过来。

王建国气得不行："君安，你干什么！君凝说得再过分，你也不能打她，她是你亲姐姐啊！"

王君安如梦方醒，这才发现自己打了王君凝。他心中愧疚，但不肯认错，毕竟王君凝真没给他脸，恨不得把他踩到地上。

季永和子音一左一右上前扶住王君凝，两人焦急不已。

祝梓玉猛地打了一下王君安的胸膛："你疯了？那是你亲姐姐！"

"爸，对不起啊！君凝，对不起，他不是故意的！只是刚刚火气上来了，没控制住！"

祝梓玉拉着王君安正欲离开。

王君凝冷冷地说："等等！打了人就想跑？"

季永忙不迭地劝王君凝："君凝，这事算了，算了……"

"算了？呵呵，算什么啊？怎么算啊？他王君安从小到大享受到多少福利，全家都为他让路，是妈捧在心口的人啊！而我呢？我什么都不是，这怎么能算了？爸，你说对吗？"

王建国都不知道该怎么回话了。

季永知道王君凝已经气得失去理智，开始口不择言，非要扯一些过去的事情。

"你们走吧，赶紧走！"

王君凝瞪着王君安，眼里充满杀气："你不要落到我手上，不然，我绝对不会放过你！"

季永说："走啊，走吧！"

王君安作势要争论一番，祝梓玉见情况不妙，连忙拽走了王君安。

她想王君安是疯了吗？好不容易从王君凝公司谋点福利，这次两人结了怨，以后他们还怎么混啊！

王建国愣在原地。这顿饭成了一场闹剧，告诉他这个家里危机四伏，孩子们之间关系紧张，他和孩子们之间的关系也不乐观。

王君平在离开之前，让吱吱给他塞了一个厚厚的红包，他死活不要，但孩子的话让他收下了。

王君凝不甘示弱，也让子音给他拿了红包，比王君平的更厚。

他一手一个红包，心中却异常烦恼。他不缺钱，只希望家中太平，一切顺遂。

他是个时日无多的老头儿，孩子们能和睦相处是他最大的愿望。

只是……这话他怎么都说不出口。

回去的路上，季永看了坐在副驾驶座上的王君凝一眼："唉，君安也真是的，好端端的竟然打人，这……"

王君凝笑了，笑得极为扭曲。坐在后座上的季子音被吓了一大跳："妈妈，你怎么了？妈妈，你可千万别出事啊！爸，要不然我们带妈妈去医院！"

王君凝安抚季子音道："乖，妈妈没事。"

"他打人也不是头一回了。我记得小时候，他和我下围棋，我赢了三次，他气不过，就直接把棋盘砸在我脸上，说这都不算数，他没有输，还踹我。我只能上去和他扭打，但打不过，还被他踹了一脚，这小子自小力气就大。我妈回来后，王君平马上就装作被我打了的模样，倒在一旁叫痛。结果我那偏心的妈问都不问，劈头盖脸就骂我，说我怎么不让着王君安点。我为什么要让他？我妈见我不道歉，直接罚我不能吃晚饭！当晚，

第三章　祸事连连

王君安就像一个胜利者，在我面前耀武扬威。对我来说，生活在这种家庭就是灾难！"

季永知道王君凝一直过得很苦，心中压抑。他自小就被父母捧在手心，无法体会这种痛苦。

"还好王君安混得不好，不然，就真是小人得志了。"

三个人沉默了一会儿，子音说："妈妈，小舅舅真坏！我以后跟柠柠少来往，你就不要生气了。"

季永连忙说："这是你小舅舅和妈妈的事情，你千万不能因为舅舅的问题，就认为柠柠不好。你是个聪明的孩子，应该知道柠柠跟你感情一直不错，不迁怒才对。"

季永又对王君凝说："其实，你并不希望君安混得差，不然你就不会为他跑前跑后。你心里一直记挂着兄弟，只是嘴硬罢了。君凝，君安固然有问题，他会受到惩罚的，你就不要折磨自己了。以前是以前，你现在混得好就行了。万事向前看，不能活在过去。"

"可我不能放过他，不能让他好过！"

"他虽然得到了最好的资源，但一直一事无成，这就是公平。君凝，你不是记仇的人，只是嘴上讲讲罢了，不可能真的去做。"

王君凝没说话。

过了一会儿，只听见她低声说："你说得没错，我只是嘴上说说。"

另一边，王君平和赵晴也回到了家。

王君平和吱吱一块儿去洗漱，吱吱拿起牙膏挤了一些出来，转了下眼珠子说："爸爸，我听说柠柠老是跟一群小混混玩，我看她在学校也就混混日子，书是读不好了。"

王君平想起王君安无暇管孩子，顿时感叹道："柠柠只是现在状态不好，不会永远这样的，我们不要看低了人家。"

"可是爸爸，我都不好意思跟同学说她是我堂妹。读书那么差，又流里流气的。"

101

他们俩在同一所初中读书，吱吱已经读初二了，柠柠还读初一。

"她是你堂妹，这是不能改变的事实。你还记得不，柠柠小时候多可爱啊，老是跟在你身后玩。我们不能因为她现在跟我们价值观不一样，就否定她的一切。没关系，承认又怎样？你是你，柠柠是柠柠，你们俩不能混为一谈。"

赵晴听到两人的对话，靠在墙边说："吱吱说得没错啊，人家柠柠是个小混混，他要是承认跟小混混是亲戚，岂不是会败坏名声？吱吱，不想认就不认，我们家也懒得和那样的人来往。"

王君平瞪大眼睛说："你说的是什么话！人家混得好，我们是亲戚，人家混得不好，我们就不是亲戚了吗？君安帮了我们不少，我和你吵架的时候，君安还帮着劝呢。"

赵晴帮着吱吱洗脸，然后让他换上睡衣去睡觉了。

王君平想到不能在孩子面前谈论这些，于是便不再多言。

吱吱回房间之后，夫妻俩在客厅里谈论着。赵晴本来就对王君安一家就没什么好感，今天他还打了人，就更……

"虽然王君凝嘴巴毒，但打人就是不对！你也少跟王君安混，没什么前途。"

王君平很不喜欢赵晴这副嘴脸，胸口压着隐隐的怒火。

"妇人之见，你懂什么！"

赵晴一怔，恍然回神，王君平这是在讽刺她啊！哎哟，胆子肥了！"也是，你也就跟王君安混混，毕竟差不多嘛！整天看股票，不知道赚了多少钱，等你发财怕是要等到老喽！"

王君平嘴唇紧闭，看起来是真火了。

"你等着，我会赚到钱的！"

赵晴讽刺一笑："哦，真的吗？那我就拭目以待，准备做个富太太了。"

赵晴和王君平现在的关系势同水火，彼此互不相容。

王君平被身边这个女人气得彻夜难眠。第二天起来，王君平一到公司

第三章　祸事连连

就给自己的大姑打了电话。

王君平的大姑王建花早年一直在家务农，后来跟着邻居出国闯荡，赚了不少钱，现在在家中养老。王君平听亲戚说，她是个有钱人，经常会借钱给亲戚。他和王建花交往不多，只是逢年过节碰一次面。

陈万提到的二十万元学费，对他来说是有些吃力的。虽然嘴上答应下来，却迟迟没有交钱，甚至萌生了退缩的念头，面对陈万的催促，他显得有点犹豫。

他算了算自己的钱，东拼西凑也才十万块。剩下的十万怎么办？又不能跟赵晴说这事，赵晴要是知道了肯定会嘲笑他脑子不正常，不仅不会给他钱，还会把他那十万拿走。

可昨天被赵晴一刺激，他认为非常有必要花这笔钱，赵晴整天在背后指指点点，他已经烦得不行了。

电话接通后，王君平和王建花叙了会儿旧，然后才说到正题："大姑，我最近手头有些紧，你能不能借些钱给我周转一下？"

"你们夫妻都在国企上班，稳稳当当的，还会缺钱？需要多少啊？"

"哦，我又看中一套房子，首付还差点。"

"买房啊？好事！你现在的房子付完贷款了吗？"

"付完了，这不才想再买一套。"

"小夫妻真有出息！成，需要多少？"

"十万。"

王君平说这话的时候是硬着头皮，毕竟从未借过钱，都不好意思开口。

"那你明天来我家一趟，十万块钱，利息按照银行的利率。"

"哦哦，好，谢谢大姑！"

王君平挂了电话，却心绪难平，撒谎骗人他真不在行。

但如果不这么说，大姑恐怕不会借的。炒股一听就不靠谱。买房再怎么样房还在，不怕没钱还。

他不是没有顾虑，万一炒股亏了，万一一切不顺，那……

只是他现在箭在弦上，不得不发。

人有时候很奇怪，明知道自己不行，但被人一激，真的什么事都做得出。

自打那次一起吃饭之后，王君安就一直意难平，心想王君凝真不是个东西，竟然当着这么多人的面那么说他。

那天回去之后，王君平那懦夫竟打电话来，指责他的不是！呵，他不需要跟他解释！

祝梓玉一到家就疯狂地骂他，认为他疯了，没事敢去招惹王君凝，他们现在还指着王君凝的公司吃饭呢！

王君安怒火中烧："你知道为什么王君凝不知道我们已经和他们合作的事情吗？"

"为什么啊？"

"因为他们关系不好，不想让王君凝知道太多。"

"说你蠢你还真蠢，王君凝跟他们关系不好，他们还能帮你？我看你脑子不好吧？你啊，赶紧去道歉，免得到嘴边的肉飞了！"

"道歉？我会让你知道我是对的！"

然而，这仅仅是王君安的猜测，还是跟祝梓玉吵架吵出来的。

这事必须证实一下，如果真如祝梓玉所说，那么所有的努力都会鸡飞蛋打。

王君安主动联系了范煜，提出两人一起吃顿饭，感谢他的帮助。范煜在电话里呵呵一笑，说是分内的事，没有帮上什么忙。

两人客套了一番，范煜答应外出吃饭。

见对方同意，王君安又让祝梓玉买了两瓶茅台，准备当见面礼。

如果范煜收了，就表示即便是和王君凝翻脸，他们的合作依然能继续；倘若没收，那他还有其他办法。

祝梓玉连连夸奖王君安有见地。王君安表示自己最懂人心，如此一来，即便后面真的与王君凝反目，范煜也不至于倒戈太快，总会帮他们说几

第三章　祸事连连

句话。

这场饭局，王君安和祝梓玉使尽浑身解数，哄得范煜很高兴。

几杯酒下肚，王君安试探性地问："君凝似乎对我这事不大了解？"

范煜呵呵一笑："我们部门比较特殊，消息不会轻易外泄。但你放心，你是王总监介绍的人，我肯定会照顾你的。"

王君安才不想因为王君凝的关系而被照顾："我这个姐姐什么都好，就是脾气不好，有时候我也头疼。她要是工作上有什么得罪的地方，你就多多担待。"

范煜又灌了一口酒："那是自然，越有魄力越有能力越有脾气，你姐姐在工作上很优秀。"

王君安见范煜是个深藏不露的人，也就不再试探。范煜对于他和王君凝的关系避而不谈，并没有表露出好，也没有表露出差，看上去两人仿佛是很普通的同事关系。但王君安隐隐感觉，在提到王君凝时，他总有一股无名火。

饭后，王君安送上两瓶茅台作为报答。

范煜立马拒绝了。但王君安说："这是应该的，是我的一点小小的心意，你就收下，收下才是看得起我。"

范煜听王君安这么一说，倒也没再拒绝，半推半就地把茅台收下了。

"既然如此，不收反倒是不给你面子了。"

"呵呵，祝我们合作愉快！"

范煜意味深长地说："肯定会愉快的。"

王君安夫妻开车将范煜送回家，范煜摇摇晃晃地上楼，一副醉醺醺的模样。

"范主任，你没事吧？"

"没事没事，你放心，我可以的。"

王君安见范煜上去了，便驱车离开。

车子消失在黑夜之中。

过了一会儿，范煜回到家，眼睛明亮，丝毫没有醉意。

他看了一眼手中的茅台，立马给徐简打了个电话，将今天发生的事逐一告诉了徐简。

徐简听完，大笑起来："做得好，做得好！不过这事不能急，我们要放长线钓大鱼，就这么一点小事，扳不倒王君凝。我爸那人我了解，他极为看中王君凝的工作能力，不会因为这点小事就质疑她的。"

"那这茅台？"

"就先放你那里吧。接下来你要把王君安的一举一动都告诉我，我能不能重新夺回权力，就看能不能扳倒王君凝了。"

"你放心，我一定会尽心尽力帮你的。"

王君凝接管了两个部门之后，忙得焦头烂额，压根没时间管孩子。

之前还对季子音心存愧疚，想在接下来的日子里多陪陪她。

可现在，她就像连轴转的陀螺，压根没有喘息的时间。

别说陪孩子了，就连吃饭都顾不上。每次回到家，季子音就已经睡着了。她不知道该怎样兼顾家庭和工作。

又加班到深夜，从公司出来时都将近十二点了。

王君凝疲惫地回到家，只见灯光微亮。她不想惊动季永，便蹑手蹑脚去卧室换衣服，准备洗澡，没想到季永没睡，只是靠在床上罢了。

王君凝被吓了一跳："你深更半夜不睡觉做什么？"

季永打了个哈欠，眯了眯眼睛说："过来，我们聊聊。"

王君凝已经疲惫不堪了，一边换衣服，一边说："成，你说。"

季永说："不是说好接下来不会这么忙了吗？怎么又接管了两个部门？"

王君凝换好衣服，准备卸妆，她看了看镜子里疲惫的自己。是啊，说好不管了，但现在她面临着更大的机遇，若是放过，岂不可惜？

她天生要强，希望能将身边的一切都处理得妥妥当当。

实际上这是不可能的，她选择了职场就必须放弃家庭，要家庭就只能牺牲前途。

第三章　祸事连连

她，王君凝，向来以事业为重，怎么可能在最关键的时候放弃呢？

"季永，你从小家境好，有父母宠爱，在你身上不会有那么强烈的竞争意识。可我不一样，从小竞争就是家常便饭，这是我的本性。现在是我的关键时期，如果能做好，副总的位置就是我的。"

"王君凝，你的孩子也同样需要你，而且我们不愁吃不愁穿，我爸妈在本市有六七套房子、工业用地两块、工厂两家，你认为我是苦了你还是苦了子音了？我们明明可以舒舒服服地生活，你为什么一定要强出头？不过是个上市公司的副总，只要你愿意，爸妈的工厂随时可以全权交给你。"

王君凝瞪了季永一眼，认为他没看清形势。

公婆强势，把厂子管得牢牢的，哪有她活动的余地？她去厂里，不过是变相地回家带孩子，这不是她想要的生活。

"孩子现在还小，我不急——"

她还没说完，就被季永打断了："还小？小时候你都不关心，何谈长大之后！"

"不是有你吗？你成天这么闲，多陪陪孩子怎么了？"

王君凝和季永是两个极端，一个上进心强，一个云淡风轻。

季永属于文艺男青年那种类型，平时爱旅游、爱拍照、爱生活，唯独不喜欢加班，加班是他最厌恶的事。

他是一家室内设计公司的合伙人，与别人不同，他不忙，每天按时上下班，业务量不小，但都分给下面的人去做了。

王君凝清楚，这不是因为季永能力强，而是因为他父母有影响力，大家都给他面子。

不然他哪能这么轻松地生活？

其实倘若上一代卖力，那么下一代的确可以躺着吃。

但王君凝是个居安思危的人，她认为上一代是上一代，这一代还是要努力，因为这种福利不会持续太久。但季永总是乐观地想，现在日子都没过明白，还想什么将来？人生嘛，不只眼前的苟且，还有诗和远方。

"季永，我现在很累，没空跟你讨论这些。孩子你好好带，等我当上副总之后，部门就会分出去一些。"

季永虽然云淡风轻，但也不好骗，等王君凝当上副总之后，事情只会更多，他们公司是不会养闲人的。

"王君凝，你这是在骗小孩吗？"

"不，不是骗，我只是有难处。"

季永不再多言，他比季子音还失望。

王君凝明明说过，等忙完这一段，就会好好陪孩子。可这一段是哪段，明天又是哪天，遥遥无期。

季永想不明白，人生那么短，为什么非把自己搞得那么累？

王君凝于心不忍，但也无可奈何，这是她必须的选择。一个营销总监不能满足她，她想要的是副总那个位置。她使劲往上爬，可那又怎么样？她没有这方面的资源，总比别人累很多。

"王君凝，你太让我失望了！"

今天是季子音的家长会，本来说好王君凝去参加，毕竟她更关心孩子的成绩；另外她在生活中经常缺席，这个时候更应该去参加。但最终因为公司临时要召开紧急会议，需要她来主持，她只能托季永去参加。

季永一开始以为王君凝真的能去，心中安心不少。虽然她忙，但孩子的事情也要顾及，这样他在季子音面前也好有个交代。

谁知现在又不能去了。

虽然表面上季永没有表现出过多的责怪，但内心十分不满。

说到底，他们家有钱，可以多陪陪孩子，但王君凝却选择了最艰难的那条路，为了什么啊？不就是为了证明自己比哥哥、弟弟过得好，让父母知道他们之前的所作所为是错的，且错得离谱？

季永无可奈何，他无法叫醒一个疯狂且偏执的人。

家长会上，班主任韩老师夸奖季子音成绩不错，紧接着又说到邱天天，说他成绩名列前茅，积极参加各种活动，还是优秀班长。

第三章　祸事连连

现在虽然不搞成绩排名那一套，但老师还是会重点提一提成绩好的学生，让家长谈谈心得。

季永本以为会让自己去谈，没想到韩老师让邱鸿去了。

邱鸿没做什么准备，只是简要地说了一下，大概是说不要给孩子过多的压力，营造良好的氛围，增强孩子的阅读兴趣等。

家长会结束后，家长们纷纷上前围住韩老师问自家孩子的情况，季永也身在其中。轮到季永的时候，大部分人已经离开了。

韩老师是位年轻的女老师，一看是季永，推了推眼镜，小声说："子音爸爸，我先跟他们说，待会儿仔细跟你说。"

季永一听"仔细"俩字，心中咯噔了一下，难道子音在学校出了什么事吗？

他一边想，一边在旁边焦急地等着，心里七上八下。

过了一会儿，人总算走光了，韩老师让季永坐下。

季永屁股刚落座，就紧张地问："韩老师，子音在学校出什么事了吗？"

"子音向来是个不错的孩子，成绩也好。只是最近成绩起伏有点大，人也有点过于焦虑。上次考试子音的数学成绩从前三名掉到了第五名。她主动来找我，在我这里哭了十来分钟。我安慰她，说这只是一次失利罢了，没有关系，毕竟她底子好。她跟我保证下次一定会考好，没想到这次跌到了第八名。子音在学习能力、学习态度方面都没问题，我想问题可能出在心态上。她的心态有些失衡，难以面对自己的失败，所以越来越焦虑。子音这孩子脾气倔强、要强，你们作为家长，应帮她放平心态。"

季永这才想起，子音上次考砸刚好是在小主持人选拔赛失利之后，或许这两者之间有一定关系。子音这孩子要强，无论什么事都要做到最好。可能比赛失利的挫败感，加上王君凝的忽视，让她陷入了自我怀疑。而他们大人，依然沉浸在子音什么都好、不需要担心的错觉中。

韩老师不了解季子音家里的情况，在她看来，子音的爸爸妈妈工作体面，脾气好，在这种家庭长大的孩子不至于这样。

"子音已经到了青春期，这个年纪的孩子心理上会有一点变化。你们作为家长，应该找她好好谈谈，以鼓励为主，让孩子拥有自信和健康的心态。至于成绩，你们要相信子音，按照以前的学习模式学习，应该没有问题。"

季永心想，青春期确实是个坎儿。

现在的子音，正如韩老师所说，需要父母多去关心，不然，恐怕会影响孩子的一生。

季永内心沉重。王君凝肯定不会管这些，即便想管，也没时间。

回到家，子音从房间里走出来，焦虑不安地问："爸，家长会开完了？"

季永让季子音坐在沙发上，笑盈盈地说："对，开完了。"

说完，他没有继续说话，而是给季子音削了个苹果。

季子音看着季永的举动，越发感到不安，于是主动承认："爸，这次我又没考好。"

季永削完苹果，递给季子音。

季子音目光闪烁。季永将苹果塞到她手里说："孩子，人生要经历的事情太多了，这不过是一次考试而已，不必过于焦虑，放平心态才是关键。我们不比一次两次，而要比长远。要养精蓄锐，而不是过度焦虑。在爸爸眼里，你最优秀，只要你调整好心态、足够努力，肯定没有任何问题。爸爸相信你。"

季子音捏着苹果，低声说道："爸，其实上次我也没考好。"

"爸爸说了，一两次没关系。你是个优秀的孩子，应该知道自己能做什么。"

虽然季永不断地安慰季子音，但季子音还是忍不住哭了出来："爸，对不起！我真的不是故意的，我已经很努力了。我真的真的非常非常想考好，但我不知道，我真的知道，为什么我越努力变得越糟糕。我怕接下来就是十几名了。我从来没考过这么差，我不知道该怎么办！"

季永想起韩老师说上次子音因为没考好，曾在她办公室里哭，如今的状况，与上次如出一辙。

第三章　祸事连连

　　上次，韩老师安慰了她，这次仅仅安慰她，恐怕不够，如果到时候考得更差，那子音岂不是更接受不了？

　　"那你告诉爸爸，上次为什么没考好？爸爸帮你分析分析，没准我们找到原因，加以修正，你的成绩就会回到以前。"

　　季子音一听，止住了哭声，哽咽不已。

　　季永不断帮季子音擦着眼泪："没关系，只要我们找出原因，肯定能渡过难关。你放心，爸爸妈妈永远陪着你。"

　　季子音哽咽地说："爸，我之前参加小主持人比赛不是失败了吗？我就想在成绩上证明自己。但我越是想考好，越是考不好，不知道为什么。而邱天天每天一副悠然的样子，每次考试都很放松，成绩却总是那么好。我不甘心啊！我下决心一定要考得比他好，谁知道成绩一出来，我一次比一次差。我真的不想这样啊，爸爸……"

　　在季子音说"我不甘心"的时候，季永仿佛看见了王君凝的影子，简直是一模一样。

　　季永怔了几秒，随即恢复正常。

　　这孩子好胜心太强了，心态又不稳，很容易一蹶不振。

　　"没关系，只要我们子音调整好心态，肯定能考好。"季永拍了拍季子音的肩膀，鼓励她说，"别太担心，周六爸爸带你去游乐园放松放松，好吗？"

　　季子音脸上充满喜悦，但又犹豫地说："爸，我考砸了还能出去玩吗？"

　　"出去放松一下而已。学习是为了什么？你知道吗？"

　　"考出好成绩。"

　　"不不不，是为了成为更好的人。学习、玩都是为了变得更好。如果感觉学习压力很大，那你就应该适当给自己解压，玩也是一种解压方式。"

　　"哦！爸爸，妈妈会跟我们一起去吗？"

　　季永脸色一变，不知道该说什么。他摸了摸季子音的头说："我会问妈妈的。但最近妈妈很忙，你也要体谅她，知道吗？"

111

"爸爸，妈妈为什么总这么忙？别人的妈妈会陪孩子做这个做那个，我妈妈永远不见人影。无论我参加什么比赛，妈妈总是不来。"

"因为你妈妈能力强，所以……"

"不，不是的。"季子音抬起头，眼中充满不屑，"爸爸，不用替妈妈辩解了，我知道。"

"你知道什么？"

"没什么，反正我知道。"

季永意识到孩子已经有自己的想法了，并且不会将这种想法告诉父母。她不再是父母的依附，而已经成为独立的个体。

晚上，王君凝回来得很迟，季永想和她说说话，但王君凝趴在床上，有气无力地说："说什么啊？我都快累死了，有事明天早上说行吗？"

"明天明天，你明天一大早又去上班了，我能跟你说得了吗？"

王君凝疲惫地坐起来："成，你想说什么？"

季永直接将子音的成绩缓缓道出。只见王君凝的眼睛越瞪越大："不至于吧？子音的学习成绩一向不错，不需要我们过多关注，怎么现在变成这样了？"

"那是之前，现在变了。子音已经进入青春期，青春期的孩子心理上难免有很多变化。韩老师说子音的问题主要在于心态。"

王君凝感到双重失落，一个是子音的成绩，另一个是工作。徐简因对她怀恨在心，在背后使各种绊子。

徐简虽然管理能力不行，但搞小群体非常在行。他有几个心腹，明里挺王君凝，暗里听徐简的，专门制造各种麻烦，恨不得她马上退位让贤。

她不是傻子，虽然知道这些人的目的，但依然装出一副相处愉快的模样，所以她感到特别疲惫，除了工作，还要应付这些。

"那你周六就带她出去玩玩，散散心。"王君凝想不出更好的办法。

季永有些恼怒："今天就是周六，难道你一点空都没？"

"我真的很忙，没有时间。我知道子音成绩下降了，可那又怎么样？

第三章　祸事连连

我们有两条路，如果是学习能力问题，就再上几个补习班；如果是心态问题，就适当去散散心。不然你让我怎么办？"

"你是孩子的妈妈，难道就不能陪陪她吗？孩子需要母亲的陪伴！"

"等我不忙了吧，我现在实在太忙了，有心无力。"

"行行行，王君凝，你真是越来越厉害了！"

"你这话是什么意思？"

"呵，没什么意思。我知道，你是想证明自己，让大家都看得起你，故意跟王君安、王君平，还有爸较劲。可你知道吗？在你跟他们不断较劲的过程中，你自己的女儿也被耽误了。她这么要强，就是因为你在潜移默化中影响了她！"

王君凝盯着季永，从牙缝里蹦出几个字："季永，你疯了吧？"接着又说："你不是我，不知道我这一路走来有多难。"

季永又一次失望了，他站起身说："王君凝，你真是无药可救！"

王君凝见季永转身离开，喊道："你去哪儿？"

"我去书房睡，我不想跟你这种自私自利的人睡在一起！"

王君凝的火气一下子上来了："好啊，那你就滚，这辈子都别回来了！"她气恼得将枕头全丢到了地上。

自打王君平交了那二十万元的学费，陈万就销声匿迹了，再没有任何消息。

他有些急了，主动联系了陈万好几次。陈万在电话那边说自己最近很忙，等有时间会将他拉进新的群里。

他耐心等了几天，却迟迟没有被拉进群。他又打电话催促了好几次，陈万这才将他拉到新的群里。

这个群人数更少，就十几个。

他进群三天了，里面依然悄无声息，没一个人讲话。

王君平心想，这个群格调就是高，连个说话的人都没有，不像以前那

113

些大群，吵吵闹闹，整天炫富。

或许真应了那句话，当人的财富达到一定数目后，会越来越低调，毕竟已经是司空见惯的东西，不需要过多地去讲。

又过了几日，陈万告诉王君平有一只股票波动很大，买那只股票会赚钱。

王君平看了一眼，心想都波动成这样了，能赚钱吗？

他看了看财务报告和近三年的成绩，心中感到十分紧张。但既然陈万这么说了，听他的准没问题，他有一双洞察天机的眼睛。

这次王君平也不准备小打小闹了，跟陈万买了那么多次都赚钱了，应该没什么问题。但他现在手上的资金不够，想赚大钱必须有本钱。已经跟大姑借过一次了，现在再借，恐怕会引起怀疑。

他感到自己过于草率，学费是交了，但手里没什么钱，等于空有才华却无用武之地。

爸那边肯定不能借，否则被王君凝和王君安知道，肯定会被他们骂。他看不起王君安的行径，却又去做王君安做的事情，岂不是自己打自己的脸？

一时之间，王君平真的很烦。

钱从哪里来？

王君安和范煜的合作，打响了第一炮，进展得很顺利。

一开始大家都想换换口味，王君安的生意还不错。但是越往后，吃的人就越少了。

王君安问了公司的几个人，他们的评价是菜色一般，口感一般，价格偏贵。一开始图个新鲜或许会吃一次，但没有持续的吸引力。

晚上，王君安为此跟祝梓玉商量了一番，提出降低菜价的方案。

"这不行，我们有房租、员工工资，还有原材料的成本。我们已经给了他们很大的优惠了，要是再降价，恐怕对我们不利。"

第三章 祸事连连

"不降价对我们也不利啊,都没人吃了,我们做出来的菜等于直接丢进了垃圾桶。"

"要不我们就不往那里送了?既然不行,那就别合作了。"

"女人,真是目光短浅!他们公司员工那么多,每张嘴都是白花花的银子,现在人家只是指责我们的菜色和价格有问题,我们改就行了。你说得倒是轻松,直接就不合作了,那我们费尽周折是为了什么?而且双方已经签了合同,期限是一年,无端毁约,我们是要担责、赔偿的!"

"你说你干吗打王君凝?本来这时候应该去找王君凝商量商量,这是她服务的公司,她肯定了解。"

"你这话是什么意思?在你眼里,我是不是没有王君凝就赚不到钱了?"

"我不是这个意思。君凝毕竟是你姐姐,又是公司的总监,总会帮你想办法的。"

王君安肯定不会去找王君凝的,王君凝恨他都恨到骨子里了,找王君凝无异于找死。

"不要自乱阵脚,你先让我想想!"

王君安想到了范煜。范煜一向厚待他,况且还收了他送的酒,这时候找范煜肯定比王君凝强,他们可是一条船上的蚂蚱。

王君安马上打电话给范煜。范煜早料到王君安会找他,让王君安明天一大早去他的办公室。

祝梓玉一听,心中咯噔了一下。会不会他早就知道君安会去找他?听起来,对方像是早有准备。"这个范煜靠谱吗?怎么感觉一切都在他的掌握之中?"

王君安抬头:"靠谱,当然靠谱。范煜是管这块的,肯定早就有所觉察。"

"既然他已经觉察到了,那为什么不找我们呢?"

"这你就不懂了吧?人家好歹是上市集团的一个主任,跑来找我们算什么?肯定是我们找他,这样才符合常理。"

"我不这么认为。如果他早就觉察到了这一点，必然会先找我们。"

"跟你说不明白，我明天去见见范煜就知道了。既然已经走到这一步了，我们必须坚持下去。"

祝梓玉无言，事已至此，只能走一步算一步了。

第二天，王君安来到范煜的办公室，范煜不在，听门口的小姑娘说，他十几分钟后回来。

他百般无聊，在四周走来走去，看看这个、瞅瞅那个，这里的一切都令他感到新奇。

想到王君凝在这里上班，羡慕之情溢于言表。心想，这女魔头，运气是真好，毕业之后竟能混到这里来。唉，主要是当时自己没好好读书，不然，肯定比这女魔头混得好。

王君安走到玻璃门处，看见了王君凝，身后跟着两三个人，她正给他们交代着什么，他隐约能听到一点声音。紧接着，王君凝向他这边看过来，王君安吓得立马躲了起来，好像这一切都是背着她偷偷做的，心中充满不安。可仔细一想，他什么事都没做，为什么要这么心虚呢？

直到王君凝的身影消失在视线中，他才偷偷摸摸地出来："还好没撞见。"

另一边，王君凝和助理杨清正在谈论着。忽地，杨清像是想到了什么，对王君凝说："王总监，最近食堂的事你听说了吗？"

王君凝因为实在太忙，压根没空去食堂吃饭，平时不是点外卖，就是让杨清从楼下打包拿上来吃，自是不知道食堂发生了什么事。

"你说。"

"范主任找了一家西餐厅合作，从西餐厅拿打包餐过来卖，我们也可以去西餐厅用餐。一开始大家都觉得还行，但那家西餐厅的饭食价格，虽然有折扣，依然很贵，渐渐就没什么人吃了。"

西餐厅？那不就是王君安的吗？

王君凝一想到王君安，就明白了，肯定是想法很好，实际菜品不怎么

第三章　祸事连连

样，这特别符合他的风格。

"我听说，范主任对那家西餐厅特别优待，好像是有什么亲戚关系。"

"不太可能吧？应该都是走了正规的审核程序，即便有亲戚关系，也还是要审核的。我们现在审核这么严格，不是什么阿猫阿狗都能进来的。"话虽这么说，但王君安能进来，确实让王君凝吃了一惊，毕竟他们家的菜真的一般，价格还贵，这一切都不符合常理。

"可我听后勤保障科那边说，确实托了亲戚关系，一路给开了绿灯。"

"呵，不过是些闲言碎语，我们少谈论这些。"

王君凝虽然嘴上噙着笑，心中却打了个大大的问号，看来有必要去找范煜问清楚。

"王总监，你说得对。"

王君安等了一会儿，范煜才到。

范煜一来就跟王君安道歉，说路上堵车，自己迟到了。

王君安根本没放在心上，他直奔主题："你说这事怎么办啊？"

"现在只有两个办法：一是我帮你说通，你的餐厅退出；二是你的菜降价，让他们重新考虑。"

两个办法都有损王君安的利益，会让他更难以立足。

"这……难道就没有回旋的余地了吗？"

"要么你换个厨师。但好厨师难找，如果真去挖所谓的高端厨师，对你们餐厅来说，也会压力很大，这点我们可以理解。"

"那我……应该怎么办？"

"正如我所说，三选一。我认为对你来说最好的办法是降菜价。"

"我跟你说实话，我现在给你们的价格是不赚钱的，你再让我降价，我……"

"我相信你是个聪明人，应该能想到万全之策，既可以保证自己的利润，又可以降价。毕竟价格也是影响吃饭的一个因素，不是吗？"

王君安听懂了范煜的话，要二者兼得，唯一的办法就是去找低价的食

117

材。可……可如此一来，岂不是自砸招牌？

"范主任，如果找到低价的食材，万一出了事怎么办？"

范煜喝了一口茶，抬眼道："那就是你的事情了，与我们无关。而且我什么都没说，这可是你自己说的。"

"不是，我这……"

"你那店，我们主要是看在王总监的面子上才同意合作的，可现在你不行，那我也没办法。至于路怎么走，得靠你自己。实在不行就退出吧。"

"不，既然都走到这一步了，我不想退出。要不然这样，我先试试，要是还行，那我就换成这种，你看怎么样？"

范煜挑眉："行，我支持，毕竟王总监对我挺好的，我可不能辜负她的恩情。"

王君安隐隐觉得，范煜讲话前后反差很大，一开始并没有表明自己和王君凝关系好，现在每一句话都提到王君凝。

要是早知道他和王君凝关系这么好，他就不会如此推心置腹了。

万一他把自己的事情告诉王君凝，岂不是……岂不是……

只是……现在，箭在弦上，不得不发。

"我这是替王总监着想，你是她弟弟，你放心，我会照顾你的。"

"呵呵，谢谢范主任，我知道该怎么做了。"

范煜拍了拍王君安的肩膀，满意地点了点头："对，就是应该放开去干，要有格局。我一看你，就觉得你可以，你可不能让我失望。"

"好，我不会让你失望的。"王君安嘴上这么说，心里却不这么想。

这个范煜可不是省油的灯，不知道他在搞什么名堂。今天这一番话，他似乎感觉到了什么。

这个人不是他以前认识的范煜，骨子里透着一丝丝狡猾。

从范煜的办公室出来，王君安有那么一瞬间想找王君凝，但一想到王君凝那表情那态度，立马什么心思都没了。如果范煜真和王君凝关系好，

第三章　祸事连连

那自然会帮他,他也不亏。反之,如果两人关系不好,他礼都送了,对方也欣然收了,应该不至于害他。

他固然看不透范煜,但人家肯帮自己已经很好了,其他的都不重要,要抓住本质。

王建国许久没见吱吱了,买了吱吱喜欢吃的水果,去了王君平家。

饭后,两人坐在沙发上看电视,王建国见王君平一直在心神不宁地刷着手机,感到很纳闷。

忽地,只见王君平站起来疯狂地打电话,估计是怕他听到,还跑到阳台上去打。

王建国见他来回走动,随即跟了进来。他紧张地跟王建国说:"爸,我出去一下,你待会儿自己回去吧。"

王建国担忧地问:"发生什么事了?"

"没、没有啊,是我朋友让我过去一趟。"

"行,那你去吧。"

王君平急忙赶往陈万曾告诉他的一个地方。

当他到达后,疯狂地敲了一阵门,结果没人回应。他坐在门口,失魂落魄地靠在门上,回忆种种——

当时他一直借不到钱,心中焦急,这时候陈万打电话过来,说有个大生意,问他感不感兴趣。

他好奇地问:"什么大生意?"

陈万神秘地说:"有一个叫富贵的APP很赚钱,模式类似于股票。进去之后,你买我说的那只,百分之百会赚钱。我有个徒弟买了三百万,赚了三百万,收益率高达百分之百!"

王君平半信半疑,心想这个世界上真有这么好的事情?

陈万说:"我知道,你现在肯定不相信。不如你先小试一下。"

因为之前陈万确实让王君平赚到钱了,王君平并不怀疑他。他马上安

119

装并点进去，按照陈万说的，先买了一万块钱的。

第二天起来一看，发现赚了一万。正如陈万所说，投资收益率是百分之百。王君平激动地给陈万打电话，说了这个情况。

陈万笑眯眯地说："我跟你说了，这玩意儿赚钱，你还不相信。这是一个新兴产业，老板想做大做强。"

但王君平不理解："这东西为什么收益率会这么高？"

陈万说："你是百分之百赚钱，里面还有人百分之百赔本的呢。不过你跟着我，我会让你赚钱的。这玩意儿就类似于股票，因为是新产品，所以赚钱更容易。你就放心地跟着我，我肯定会让你赚大钱的。"

王君平眼前一亮。往日的种种被歧视、被笑话的情景涌上心头。这次他要大干一场，让赵晴对他刮目相看。

他信了陈万所言，不管不顾，马上跟王建花借钱。王建花纳闷，不是买房了吗，怎么又借钱？这次他谎称别人的钱没有借到，只能再求她了。

王建花又信了他的话，借给他七十万。

王建花想着，反正王君平有一套很值钱的房子，夫妻工作又稳定，也没有别的投资，还会还不上这笔钱吗？

即便没钱，把原来的房子卖掉也能还她，她不至于亏到哪里去。

这边王君平千恩万谢："谢谢大姑，你真是帮了我大忙！"

王建花说："买房是好事。你可比你爸有魄力，房子知道买贵的。你爸省了一辈子，只知道买一些便宜货，不善于投资。"

王君平知道老头子节约，但在那个年代，没有节约意识，很难照顾好三个孩子。

王建花则不同，做生意的人总归开销很大，正所谓来得快去得也快；在单位上班则需要勤俭节约。

王君平将所有的钱都投进了富贵APP，想一鼓作气收回来，让大家都能正眼瞧他。这个APP确实也在不断地帮他"赚"钱，里面的金额骤增。王君平心中大喜，颇有种一切尽在掌握之中的感觉。

第三章　祸事连连

就这样过了一周，有一天APP突然点不进去了，显示网络连接错误。他的手机明明连着家里的无线网，王君平又切换成移动网络，依然显示同样的情况。他反复试了几次，甚至关掉手机重启，结果还是一样。王君平这才意识到：他会不会受骗了？

此时，他的手在不住地颤抖。他迅速拨打陈万的手机，陈万的手机关机。他又马不停蹄地赶往陈万的住处，没想到已是人去楼空。

王君平不知所措，脑子里一片混乱。他不相信陈万欺骗了他，或许他只是临时有事搬走了，又或者……

他缓缓站起身子，有气无力地报了警，浑身瘫软，连话都说不清。

他真没有勇气面对这一切，只想好好休息。

很快就有警察跟他联系，他跑了一趟警察局，对情况进行了说明。一套流程走下来，他已是精疲力尽。

回到家以后，赵晴正在沙发上坐着，她瞥了王君平一眼，语气不善："你这是从哪儿回来啊？魂不守舍的。"

王君平人还蒙着，随意嗯了一声。

赵晴不满："你到底是怎么回事？"

王君平心里怕得不行，慌慌张张地跑到卧室躺着，并不理会赵晴。

赵晴跟了进去，不依不饶地问："王君平，你是不是疯了？一回家就躺着，我说你两句还不行了？"

王君平被赵晴的聒噪声烦透了，他猛地吼了一声："你别吵了，再吵给我滚！"

这是王君平头一回发这么大火，赵晴都傻眼了。她说什么了吗？平日里她说的比这还过分，怎么这几句王君平就承受不了了？

赵晴是个娇滴滴的大小姐，平时都是她骂别人，哪容别人骂她？于是，嘴上更狠了："我看你是炒股亏钱了，才在这里当大王。你就是个没本事的人，只会在我面前逞威风！"

房间里一阵沉默。

王君平不说一句话,眼睛直直地盯着前方。

赵晴与王君平夫妻多年,多少还是了解他的。她感到王君平是真亏钱了,而且数额不小。王君平虽然胆小,但工资高,也有一些钱,一般的小钱不至于反应这么大。

在赵晴心里,钱比王君平重要,没有钱,她的面子、奢侈品又该如何维持?

她揪住王君平的衬衫领口,怒骂道:"你做了什么?你究竟做了什么?"

王君平木然,渐渐回过神儿来,脑海中闪过警察的话:"根据我们的经验,十有八九是诈骗,王先生请你做好心理准备。"

王君平讽刺地笑了:"没了,都没了……"

赵晴嚷道:"你给我说清楚,说清楚!"

王君平没有藏着掖着,直接将事情和盘托出。

他的内心原本充满恐惧,可一瞧见赵晴这副模样,竟生出一种报复的快感。

他不知道自己是不是疯了,竟变得如此偏激。

"天哪!不可能,这不可能!你怎么可能欠大姑八十万?王君平,你是在骗我吧?"

王君平见赵晴一副失魂落魄的样子,自己反倒好些了:"我没有骗你。结婚这么久,你该知道我的脾气,我从不骗人。"

顷刻间,赵晴捂住耳朵、闭上眼喊道:"我不听!我不听!我什么都不知道,我要回家!"

"又回父母家?你什么时候才能长大?"

"你管我!我们刚卖了你妈的房产,现在还有什么可以卖?你告诉我你欠了这么多钱,你让我怎么办?"

"行,随你。"

赵晴二话不说,拿起行李箱就离开了,她想远离这一切。

王建国刚走到单位,就接到了赵宥之的电话,对方骂骂咧咧,一直说

第三章　祸事连连

他没管好儿子，导致他欠了八十来万。

王建国一开始脑子是蒙的，直到挂了电话才恍然回过神儿，原来一切都是真的。

王建国气得喘不上气来，靠在墙上缓了半天，这才请了假，匆匆赶往王君平的公司。

接到电话的不只是王建国，还有王君凝和王君安。后两位是赵晴通知的，电话里她一个劲地诉说王君平的不是，说他怎么会欠下数额如此庞大的债务，这笔钱不知道何年何月才能还上。

王君安自身难保，当面对赵晴说会好好劝大哥，想办法把钱凑上，实际挂了电话就将此事抛在脑后了。

王君平早上接到老头子的电话，他已经预料到了。老头子在楼下等他，他慢吞吞地下去，思索着该怎么说。

老头子见面就说王建花是不会放过他的。王君平却认为大姑很好说话，待人和蔼可亲，怎么可能会是那种人？

王君平小心翼翼地看着王建国说："爸，你那里有多少，能借给我吗？"

王建国看着王君平说："我也不怕跟你说，这些年我和你妈给了君安不少钱，实际手头没有多少。"

王君平点头，如他所想，老头子没有想象中那么富裕。

王建国回到家，见王君凝已经在家里坐着了。

王建国一想，估计她是为王君平的事情过来的。

王君凝直截了当切入正题，王建国坐在沙发上喝了一口水。

"爸，大哥这事你可要站出来主持公道。"

王建国一怔："你说说，我该怎么主持公道？"

"首先，你要给赵宥之一家脸色看，让他们家知道我们不是好欺负的。其次赵晴的脾气该改改了，你要指出她的问题。再有，钱的问题如果真的解决不了，你就让大哥把房子卖了，他们可以先租房住，等待时机再买。"

"呵，给赵宥之一家脸色看，我可做不到。他们家这个反应属于情理之中，我凭什么给他们脸色看？"

"爸，我不是真让你给他们脸色看，只是让你装一装样子。"

"你说的这些，我考虑考虑……"

王君凝知道老头子一说考虑，基本就没下文了。

"爸，都到这个节骨眼上了，你还不想管吗？"

"你们是兄妹，你可以多为你哥哥出谋划策。"

王君凝一时气岔了气，愤愤不平地提包离开了。

出门前说了一句："爸，你真让我失望，什么都不敢管。"

王建国苦笑，他不知如何是好。

王君安知道王君平苦闷，便带了烧烤上门去找他。

吱吱已经睡了，兄弟俩你一杯我一杯地喝着。

王君平微醺，王君安递给王君平一串羊肉串，打了一个饱嗝说："大哥，你现在的处境我可以理解。大嫂是富人家的孩子，让她节约，比登天还难。"

王君平知道，照目前这个情况，赵晴肯定会提出离婚的。于是说："没关系，大不了离婚，我早就烦她了。"

"别呀大哥，虽然大嫂做得不地道，但吱吱需要妈妈，你忍心看着吱吱变成个没妈的孩子吗？到时候他的同学会怎么看他？"

"你放心，我会好好照顾吱吱的。"

"大哥，流言蜚语多啊！"

王君平沉默，王君安说的不无道理。

"大哥，我有个办法，你要不要听听？"

"你说。"

"你欠了八十万，我也经营着好几家店，非常缺钱。老头子住着那么大的房子，不如我们……"

王君平诧异地看着王君安："你竟然惦记老头子的房子，你疯了吗？"

第三章　祸事连连

"大哥，我这是为你着想！不然你上哪儿去弄钱？我要是有钱，肯定借给你，关键是我一分钱也没有啊！王君凝有钱，但她不会借给你。想来想去，也只有老头子的房子了。只要老头子的房子一卖，你不仅能把债还了，还能得一大笔钱。"

王君平猛地灌了一口酒，冷笑道："王君安啊王君安，你可真够聪明的。"

"大哥，我这都是为你着想！"

"你都惦记上老头子的房子了。我这辈子就算苦死、饿死，都不会鼓动老头子卖房的，你就死了这条心吧！我呸，你这个畜生！"

"大哥，你真不识好人心，我这一切都是为你着想，你竟然还骂我！"

王君平讥讽一笑："别以为我不知道你在想什么！你想借着我还债的由头卖老头子的房。君安，我们作为儿子，对家里没有任何贡献，现在还要让爸卖房，你说这是人干的事吗？"

王君安眼里充满怒火："王君平，你够了！当时和我一起卖了妈的房子，也没见你多说一句话，拿到钱的时候别提多高兴了，眼睛里都放光。哦，现在良心发现了？你现在说这话是什么意思？我想卖老头子的房，你就不想吗？装得真像！人人都爱钱，我不例外，你也不例外。别当自己是个清高的人，你不是老头子，你也没有老头子的风范！"

王君平颓然地坐在椅子上，一声不吭。

"大哥，当时卖妈的房子的时候，我看你动作挺快的，没一点情义可言。如今卖爸的房子，你就要立牌坊了？成，你喜欢怎样就怎样，反正你爱演。"

从小到大，王君安就这般不留情面，但凡有一点触及自己的利益，睚眦必报，有时候是言语上的，有时候是行动上的。王君平深知与他说太多没意思，猛地灌了一口，随即便不再说话。

王君安见王君平不说了，也懒得再废话。

又过了三天，王君平既没去处理与赵晴的关系，也没有联系王建花，他只盼望警察能把这笔钱追回来。

警察那边给他的反馈是，受骗的不只他一个，还有十来个人。这十来个人陆陆续续报案，涉案金额十分庞大，他们会努力破案，让他别太担心，在家等消息。

起初王君平还心存侥幸，听警察说了这些话，他知道自己确实上当了。这个骗子骗术高超，专门骗他这类人。

王君平正在上班，王建花打电话过来，让他去楼下的咖啡店与她见面。王君平心中一惊，感到事情越发不可控制。

两人见了面，王建花一开始很热情，可聊着聊着就提到了这笔钱。她已经知道这笔钱不是被拿去买房，而是炒股了，希望王君平赶快还钱。

王君平心中一怔，该来的总会来，只是没想到王建花消息如此灵通。他问："大姑，这是谁跟你胡说八道的？"

王建花眼神犀利，优雅地喝了一口咖啡："谁胡说八道？你最好去问问你的好岳父。"

王建花没有继续说下去。

此时，王君平恨透了赵宥之，帮不上忙就算了，还四处乱说。

"大姑，这事……"

"我不想跟你探讨这件事的真实性，我现在只想要回我的钱，马上！"

王君平焦头烂额地恳求道："大姑，我不是故意不还钱，是暂时还不上。你看这样好吗？我分期偿还，我们可以制订一个长期还款计划，我慢慢还。"

王建花摇头说："我借给你是基于亲戚的情分，你现在就是借也要还给我。我知道你有钱，你家里有房子，你爸也有房子，凑八十万肯定够。"

"大姑，离我们约好的还款时间还有三个月，你有必要这么急吗？"

"哦，三个月啊？我可没有写在借条上，你也没有证据证明必须三个月后还。但我借给你钱是事实，我现在就要，本金利息一分不能少，你必须还给我！"

第三章　祸事连连

"大姑，你怎么可以这样！这是我最困难的时候，你又何必咄咄逼人？我不是不还，只是慢一点还，你放心，利息一分也不会少你的。"

王建花冷笑道："八十万，你得还到老，我可等不起，我只想马上要钱！你也别说大姑狠心，下周六之前，你把钱准备好，不然这事我是不会善罢甘休的。你要是不还钱，我会闹到你的单位、你爸以及你的亲戚那里去，到时候让你名声扫地，看谁还会相信你！"

王君平终于明白王建国所说的王建花不讲情面是真的。

他感到眼前一片黑，不知所措。

晚上，王君平回到家，吱吱知道赵晴又回外公外婆家了，钟点工阿姨做完饭就离开了，父子俩各怀心事地吃着饭。

过了一会儿，吱吱抬起头，问道："爸爸，这次妈妈什么时候回来？"

王君平如今陷入巨额债务之中，无心回答吱吱的话，只是嗯了两声。

吱吱又问："爸爸，妈妈这次为什么要走？"

王君平心烦意乱，面对吱吱的提问，他不知道如何回答。只听砰的一声，他放下筷子，训斥道："你要是再多问一句，就给我出去！"

房间里一片寂静。

吱吱嘴巴一撇，心里满是委屈，再没有多问一句。

吱吱在房间里泪流满面，他感觉自己被抛弃了。赵晴动不动就离家出走，王君平又是这种态度。

王君凝正在公司开会，连续一小时的头脑风暴让她疲惫不堪。刚回到办公室，杨清马上走过来说："有位自称是你大姑的人，等了你半小时了。"

王建花？王君凝面无表情地说："行，你让她进来吧。"

王建花来到王君凝的办公室，瞧着挺气派，坐下来呵呵一笑说："君凝，你爸的三个孩子里面，我瞧着就你混得最好。"

王君凝倒了一杯茶给王建花："大姑，我最近挺忙的，你有什么事就直说吧。"

"君凝，你哥欠我八十万的事情，想必你知道了吧？这事你认为应该怎么办呢？我总不能去找你爸吧？你爸年纪也不小了。"

"大姑，你找我爸也没用，他没有这么多钱。我认为这事你应该去找王君平，是他欠你的，应该让他还。"

"君凝，你爸……不是还有套房子吗？"

王君凝冷笑道："哦，那房子啊？如果王君平有份，那么我也有份，如果我不同意、我爸不同意，谁敢动？"

王建花见王君凝说话滴水不漏，一时之间不知如何是好："唉，我是为了你哥好啊！"

"大姑，谢谢你了。这个钱是王君平欠你的，不应该牵扯其他人。你找谁都没用，终究要回归正途，去找王君平。"

"君凝，你该知道你大哥和大嫂之间关系紧张吧？我只怕他拿不出这八十万，婚姻就完了。你作为他的妹妹，难道不该施以援手吗？好歹你们是一起长大的。"

绕了一大圈，王建花总算说出了心里话，她想让王君凝帮着还钱。

王君凝又给王建花倒上茶："大姑，你知道的可真不少啊。"

"我这是为你们家着想。"

"行，那大姑你有什么想法说来听听。"

"那我也不藏着掖着了。王君平暂时还不了这笔钱，我帮他想过了，如果他要卖房子，需要征得赵晴的同意。赵晴是个什么样的人，你比我更清楚，两个人没准会闹离婚，这房子也卖不了。你爸的房子，估计也很难卖。当然王君平是有还钱能力的，他可以分期付款。可是，君凝，我作为你的大姑，活到这把年纪，深知时日无多，我等不了太久。不如……不如你把你哥的钱还了，让王君平按月付钱给你，连利息一并给你。这样的话你不仅能拿回本金，还有利息，对你、对我都是一件好事。"

王君凝沉默不语。

王建花不知道王君凝的想法，于是问道："君凝，你认为我说的有道

第三章　祸事连连

理吗？"

王君凝知道王建花的心思，她不过是急于拿回自己的钱，然后让自己来当这个冤大头。

为了让她安心做冤大头，王建花说得似乎她还赚了。

可仔细一想，王君平夫妻也不是省油的灯，尤其是赵晴，肯不肯帮着还钱还不好说，到时候他们夫妻闹成一锅粥，她会很被动。

王建花全在为自己考虑。王君凝瞧了她一眼说："大姑，挺好，像你这么精明的人，为什么会借钱给王君平？"

"你这孩子！都是亲戚，我当然是能帮就帮了。谁知道王君平还不上钱！我这心里还难过呢。"

"如果我猜得没错，你肯借钱主要基于两点：第一，你深知王君平有能力还钱，无论他做什么都有能力还这笔钱，而且你有信心可以连本带利一起拿到，不过需要逼一逼罢了；第二，你想借机敲打一下我爸，以发泄你心中的怒火。"

王君平不太清楚王建国和王建花两人之间的恩怨，但王君凝有所了解。

"你这孩子，不要以小人之心度君子之腹。"

"有没有，你心里清楚。大姑，我敬重你，但你也要有个分寸。"

"你这话是什么意思？是王君平自己找我的，我架不住人家求我啊！"

"对，是他自己找你的，但你压根没想让他三个月以后还钱，你早就想好提前要钱了，目的就是想让他们家闹得鸡飞狗跳。无论王君平是炒股还是买房，你都有各种理由提前要钱，不是吗？"

"大姑，很多事，人在做，天在看，不要太过分了！"

王建花噌地一下站起来，眼中燃烧着怒火，与之前和气的样子判若两人："你总是这么聪明，所以最不受你妈待见，你妈最讨厌聪明的孩子，尤其是女孩子！"

王君凝盯着王建花，眼中充满愤怒。她眨了眨眼睛，立即换了一副笑脸盈盈的模样："大姑，你不是也很聪明？"

129

王建花顿时哑口无言。这丫头厉害得紧，稍不留神就会落进她的圈套。

"大姑，要是没有别的事，我待会儿还有个会。"

王建花气恼不已，她站起来说："你不帮你哥一把，对得起自己的良心吗？"

"对得起！您对得起，我就对得起！"

赵晴那边，也按捺不住地去找王建国。

王建国知道赵晴来无非是想让他出这八十万。如此一来，他们夫妻的生活便不受影响。但他手头哪有这么多钱哪！

"爸，反正你以后的财产都会留给子女，你给君平的肯定不止八十万，不如现在提前给了，以缓解我们的焦虑，大姑的钱也能还上。"

王建国瞥了赵晴一眼，一股子火气涌上来："我没钱！我上哪儿去给你弄这么多钱？"

"爸，你这房子……"

王建国一阵沉默，敢情赵晴惦记着这房子。

赵晴见王建国不说话，便说道："爸，我和君平手头紧。"

"我管不了。借钱的时候都没知会我，现在要我管！"

"爸，你从没管过家里的事，现在是你儿子最难的时候，你还不管吗？"

"不管！你走吧，我孩子太多，管不了。"

赵晴瞪着王建国说："爸，你太让我失望了！"

于是，赵晴当着王建国的面，直接打电话给王君平，提出要跟他离婚。

这个时候离婚对王君平来说已经不是什么不得了的事了，于是马上答应了。

王建国心中焦急，但不能在赵晴面前表现出来，表情只是淡淡的。

王建国一回到家，思前想后，不知道该怎么办，于是打电话给王君安。虽然心里知道王君安也帮不上什么忙，但还是想诉说一下。

王君安嘴上答应得挺好，让王建国放宽心，说房子肯定不会卖的。

但挂了电话就想着如何再加一把火，让老头子把房子卖掉。他思来想

第三章　祸事连连

去，又想到了王君凝，如果王君凝同意，那这事就成了。

于是，王君安打电话给王君凝，指望着能说通这事。

虽然上次他打了王君凝，但他们从小就打打闹闹，王君凝应该不会放在心上。

在这种时候，他必须去找王君凝。

王君安谎称老头子也有这个心思，谁知却招来王君凝的怒骂："王君安，这个时候你倒是想起找我了，上次打我的事情你都忘了？"

王君安讪讪一笑："上次的事情，是意外，是意外……"

"王君安你够了！虽然老头子不管事，但你要是敢卖老头子的房子，我绝不会饶过你！"

"不是我想卖，是赵晴，谁知道那女人在想什么！"

"那你管个屁啊，你疯了吗？"

王君安的火气噌噌噌地往上冒："给你脸，你还真当自己是根葱了……"

话还没说完话，王君凝已经挂断了电话。

"我呸！真不要脸，自己有钱就了不起了？"

王君凝挂了电话，心绪难平，想到赵晴竟然主动去找王建国，感觉这事似乎越来越失控……

在这件事中，大家都各怀鬼胎，显然赵晴和王君安目的一致。王君平也想，但不敢提。王建花步步紧逼，一家子比一锅粥还乱。

晚上，王君凝特意喊上季永一起吃饭，季子音在培训班吃过了，没跟他们一起去。季永已经许久没跟王君凝说话了，两人还处于冷战状态，面对王君凝的忽然示好，他有些疑惑。冷战了那么久，既然王君凝主动和好，他也可以勉为其难接受。

两个人约在了附近的餐厅。用餐期间，王君凝没提之前发生的事情，但夫妻多年，季永深知王君凝是不会轻易低头的，倘若她真心悔改，也不是不可以原谅……

饭后，两个人到湖边散步。

王君凝提起王君平的事，说他们家的事已经乱成一锅粥了。

季永问："这事，你认为该怎么做？"

"我认为，大姑的提议倒也未尝不可，如果让他们夫妻继续闹下去，没准真的会离婚。"

"王君凝，这不是你该操心的事。无论是王君平还是王君安，都是无底洞，你真的次次都要帮吗？"

"不然呢？我该怎么办？"

"也许像爸一样不管，才是对的。"

"你太不了解爸了，爸心里焦急，但下不了决心去管，他懦弱，担不起责任！"

"哦，你的意思是你可以为一家人担起责任，让自己忙得跟狗一样？"

"这事，我不想跟你谈太多。"

"成，那我们也没什么好说的了。反正你没时间管子音，倒是喜欢管那些破事。"

"季永，我好好跟你说话，你能不赌气吗？"

"你想怎么样？"

"这个钱我们还，到时候让王君平还我们，你看怎么样？"

季永盯着她看了一眼："你真是疯子！"

王君凝喊住季永："你是真不想帮吗？"

"我跟你说过，王君平就是无底洞，赵晴也不是好惹的。每一次都是你出头，这对你有什么好处？没有一个人会记你的好，我真不知道你到底为了什么！"

"王君凝，全家就你自以为是，我不知道你渴望的理想家庭是什么样的。但事实上，你爸不管家事，你哥懦弱无能，你弟贪得无厌，你期望每一个人都好，但每个人都不好，还不如随他们去，你插什么手啊，你连自己家的事都处理不好！"

"是,我得不到我渴望的理想家庭！你家好,你家什么都好！可以了吧！"

第三章　祸事连连

王君凝怒气冲冲，扭头就要走。

季永拉住她的手："你等等——"

"事实上我希望我爸改、我哥改、我弟改，但他们不改，我有什么办法？我得让这个家过下去！"

"没有你的帮助，他们也可以好好的。以前有你妈，现在有你，他们都变成巨婴了！"

"如果我爸能管管，或许……或许这一切都会不一样。"

"可你爸就是你看见的样子，他爱岗敬业，却不愿管家事。你要看见他的好，也要容忍他的不好，不要为难老人家，人都不完美！"

"那你是什么意思？"

"他们的事情，让他们自己处理，你，处理好自己家的事情就行了。你认为子音的问题仅仅是失误吗？我觉得你该上心的是自己的孩子，而不是那一大家子人。还有你那工作，你鞠躬尽瘁，然而，工作能力强的人有很多，并不缺你一个。你的孩子才是你真正该关心的人！"

那天有风，湖面不断地翻滚着浪花，王君凝不知是不是错觉，她似乎听到了自己内心的惊涛骇浪。

她隐约感到自己的脾气和沈玉芬有些像。家里人固然对她心存怨恨，但她依然默默做了很多事。

或许是想证明自己比沈玉芬强大，所以才不断地折腾。可人的精力毕竟是有限的，她为工作和这些事折腾，就无暇顾及自己的小家。

"哦，我知道了，我会好好想想的。"

长久以来，王君凝头一回像个正常人一样好好说话，季永颇感安慰。

"每个人都有自己的路要走，你一直帮，让别人得不到成长。"

"行了，我知道了。"

季永以为王君凝听懂了，便不再多言。

王君凝回到家，一整夜翻来覆去睡不着觉。她回忆过往，往事涌上心头。

赵晴为了证明自己没有开玩笑，直接跟父母说了自己想离婚的想法，这次赵宥之没有制止。他认为王君平已是个无药可救的人，离婚也不失为一个好的选择，但不是最好的。如果能借机让他们家拿出这笔钱，又不离婚，才是最好的。

眼下这种情况，可以让赵晴过去闹一闹。

得到赵宥之的默许后，赵晴在王君平面前三番两次地提离婚。王君平一来要应付王建花的催债，二来要面对赵晴的无理取闹。他烦得不行了，心想，如果离婚能让自己喘口气，可以离。

他本想给孩子一个正常的家，但有这样的妈妈，正常不正常也都无所谓了。

这是一个唯利是图的女人，没有真正的大是大非，他责备自己当初怎么会娶了她。

晚上，赵晴上门来谈判，她想把债务撇干净，毕竟这与她无关。

房子归她，至于存款，王君平没多少，她无所谓。两人还有一辆车，卖掉平分即可，也不枉她这些年的付出。

她不想带走吱吱，因为吱吱会影响她的生活以及再婚。但孩子她认，决定逢年过节来看看。

赵晴认为自己对王君平已经仁至义尽，毕竟没有让他净身出户。

当赵晴将这些告诉王君平时，他气得手抖，一时之间，觉得自己不认识眼前这个女人了。

他是将赵晴想得太善良了。

"这不可能！你把孩子留给我，值钱的东西都拿走，然后让我偿还这笔钱？"

"王君平，这就是你不懂事了。这钱不是我欠下的，你让我还，压根不可能。"

"那我不同意离婚，你去法院告吧！"

"王君平，你没良心，真没良心！"

第三章　祸事连连

"赵晴，你有没有考虑过吱吱的感受？"

"吱吱？吱吱也是你的孩子啊！"

两个人相互怒视着。王君平没想到，他们真会闹到离婚的地步。

忽地，门铃响起，王君平心中一怔，会不会是吱吱从同学家提早回来了？

"如果是吱吱，我们俩就出去说。"

赵晴心领神会："放心，他也是我的儿子。"

门一打开，是王君凝。

两人一惊，怎么在这个节骨眼上王君凝来了？她想做什么？

难不成是来看笑话的？

王君凝讲话是不好听，但不至于做这种事吧？

夫妻俩一时之间捉摸不透王君凝的心思。

王君凝左看看右瞧瞧，瞥了赵晴一眼："大嫂，这么巧你也在家啊？是回来拿行李哪，还是回来谈离婚哪？"

赵晴被说得面红耳赤："王君凝，这是我们家的事，你管不着！"

王君凝没有恼，径自坐下，让王君平给自己切点水果吃，丝毫不当自己是外人。

赵晴不知道她的意图。

王君平无奈，只好去厨房切水果。

王君凝凑近赵晴问："大嫂，真找大哥离婚哪？"

赵晴没有搭话。

"我认为跟大哥离婚，是你干的最愚蠢的事情。你想想，你现在四十多了，再嫁人只能嫁个二婚，二婚的很可能有孩子。谁家孩子能忍受得了你这样的后妈？二婚男也不一定能容忍你像现在这样大手大脚，到时候，恐怕生活只会比现在更差。"

王君凝一针见血，直击要害。

确实如此。赵晴想过，真离了婚未必能找到比王君平更好使唤的人。

"我这也是没办法啊，突然间背了八十万的债务，你让我怎么承受？"

"呵，承受不了就想跑？大嫂，你可真仗义的！"

"这是我们家的事，轮不到你指手画脚！"

"我指手画脚？"

王君平刚切好水果出来，王君凝瞧了他一眼："亏我还好心跑来问你们要不要借钱。既然如此，那我就走了。"

王君平瞬间反应过来，欣喜地问："你说什么？你肯借钱给我？"

"我现在不想借了。"

"你怎么会想借钱给我？"

"怎么了？我是王君安那种没良心的人吗？"

"王君凝，好好说话，不要说一踩一。"

"呵，成，你还是和以前一样愚蠢，你被骗，我真不意外。

"好了，我就不跟你们开玩笑了。如果你同意，这八十万我帮你还给大姑。你再和我签一个分期还款协议，利息嘛，我也懒得要了，谁让我比你有钱呢！"

王君平知道王君凝是来帮自己的，但每句话都说得那么难听。

赵晴没想到王君凝肯帮忙，颇感意外。

"大嫂，你听我一句劝，你和大哥可以慢慢还钱，按年分期付。当然如果你执意离婚也请自便，到时候找了阿猫阿狗，不一定比现在幸福。老公自然是原配的好，孩子嘛，谁比得过亲生的？你都四十多岁了，可不是二十来岁的小姑娘了！这点你爸比你看得更透彻，不然，你打电话问问你爸，你以为他真想让你离婚？不，你爸只是逼着我们家有个人站出来承担责任而已。"

王君凝一席话说得赵晴无力反驳。

"明早有空吗？来我公司签一下还债协议，回头我就把钱打给大姑。"

王君凝拿起包正欲离开，又被王君平喊住："你为什么……帮我？"

王君凝转过头，不屑地说："哦，我只是想证明我比你厉害而已。在这个家，妈看上的人都混得那么差，而妈看不上的我，却混得如此优秀。"

第三章　祸事连连

王君平捏紧拳头，只觉得自己的尊严被踩到了地上。

他心里在呐喊：我不比你差，你算什么东西！

但他表面平静如水，因为他需要王君凝那笔钱。

王建国被赵晴那一番话给吓到了，最近一直没休息好。

他一大早去买了些水果，提着去了王建花家，两人提前约好了。

王建花正在家里等他。姐弟俩一见面，王建花倒是客气，嘘寒问暖，表达自己的关心。

王建国扭扭捏捏，半天才开口说："大姐，君平那笔钱，不能分期还吗？"

王建花看了王建国一眼，瞬间变了脸色，满怀恨意地说："建国，当年我和我老公一起被人告了，你明明可以和经办人说一声，让他调解成分期付款，但你死活都不肯，一直跟我说你不能干涉经办人办案。让我不得已卖了房还钱，弄得我们两个人居无定所，迫不得已才出国打工。"

回忆过往，王建国认为他问心无愧："我确实不能干涉，这个忙当年帮不上，即使是现在也还是帮不上。如果我为你开了这个口子，那其他人也来找我帮忙，我该怎么办？你已经提了，但对方不肯，我们经办人能有什么办法？难不成威胁对方吗？"

"如果法官能稍稍帮我们一把，那情况就……"

"大姐，司法公正，从来没有改变过。今天因为你是我的亲戚，我帮你说话；明天又有一个亲戚让我托人去说情。可法院不是我个人的法院，法院讲求的是公正。虽然我们也会被七情六欲所困扰，但面对案件本身，内心的公正和态度的公正是不能改变的。"

"王建国，你知道你为什么混得这么差吗？到现在要钱没钱，孩子也不怎么样。你太公正了，你所谓的公正其实就是刻板，就是无能！社会需要的是圆滑的人，而不是你这种人。我看王君平跟你很像，我看见那孩子就讨厌！"

第四章　一波又起

王建国深知王建花对自己积怨已深，似乎她受的所有的苦，都是自己造成的。王建国据理力争，可在她面前显得可笑至极；他不想为自己的行为辩解，这都是正常行为，可在王建花眼里，却是刻意为之。

王建国站起来，冲着王建花鞠了个躬说："我向你道歉，但不是为我早年的行为道歉，而是为我儿子的不诚实道歉，他确实是借钱去炒股了。"

王建花说道："你倒是嘴硬得很。既然如此，我跟你没什么好说的。"

就在王建国即将踏出门口的那一刻，王建花喊住了他："等等——"

王建国扭头。

"我可以答应你分期还钱。"

王建国眼前一亮，连声道谢。

"你先别高兴得太早，我是有要求的——你要在当年笑话我的亲戚面前给我道歉，说你做错了。"

王建国认为王建花疯了，让他道歉？他从不认为自己做错了什么。

"当年没有人笑话你，我也……没有错……"

"当年怎么没有人笑话我？我们家除了你，谁不在笑话我？还有老一辈的人。"

王建花的执念太深了，老一辈的人大都去世了，尚在人世的也都已经

第四章　一波又起

很老了，执着于这些有意思吗？

如今王建花越混越好，那些人早就忘了当年的事，她怎么就不明白？

"谁敢笑话你哪？"

"如果你不照做，那我就不同意。我这辈子所有的脸面都在当年丢完了。"

王建国不知道怎么说服王建花。

姐弟俩对视了很久，王建国最终没答应王建花，只是说要回去思考思考。

王建国这辈子都不想做违心的事，眼前这件，无疑是让他认下强加给他的罪名，他不想同意。但如果不同意，王君平夫妻就面临离婚。

眼见离还钱的日子越来越近，王建国经过一番思想斗争，给王建花打了电话。

接通后，王建国没有拐弯抹角："我会道歉，但只为我儿子道歉。当年的事情或许我没跟你沟通好，但做法绝对没问题！"

"王建国，你怎么回事？到现在还想来羞辱我吗？钱，你女儿已经还了，你不用道歉了！"

"君凝还了？"

"是啊，已经还了，全部还清了，我没有什么可威胁你的了。不过，她都没跟你说，证明你们父女关系也不怎么样。总有一天你会明白，你所谓的公正究竟有多伤人！"

王建国沉吟片刻，说："对不起。"

"你跟我道歉？我可承受不起。"

"或许当年你气愤的不是我不帮忙，而是我的态度。我总是一本正经，在我看来这是秉公执法，在你看来就是不近人情。如果我能换一种态度跟你解释这个问题，也许你就不会记恨我到现在，毕竟你也不是不讲道理的人。"

那边一阵沉默。

"我年轻的时候,讲话过于刻板,总是一板一眼地说着法律条款,你的内心一定很难接受。如果我当时站在你的角度想想,然后跟你解释我的无奈,或许……或许也不会是今天这种局面。"

许久,那边传来哽咽声:"你还记得你当年说过的话吗?"

王建国思索良久,一直没想起来。

王建花自嘲地笑笑:"或许你是无心的,却让我记了一辈子,真不知道是你的问题,还是我的问题。"

"我……"

"当时我只是请求你去通融一下,并没有强迫你的意思,而你却对我说,这种投机取巧的行为,你这辈子都不会做,坚决不与我这种人同流合污。你直接将我送的猪蹄丢出了家门,甚至还告诉家人和亲戚们,企图用大众舆论来压我。是的,你成功了,从那之后,在所有人眼里,我就是一个不仅欠钱,还想走后门的人。王建国,说你一点私心都没有,那肯定不是,你也同样有私心。从小到大,妈对你都一般,你不过是要证明一下你的优秀。你把书读出来了,而其他人没有;你有正义感,其他人不过是陪衬。自从发生那件事之后,妈一直不待见我,嫌我丢人,临死的时候她连跟我说句话的想法都没有。而爸呢,虽然比妈好些,但已然对我的态度不一样了,我说不出哪里不一样,但就是不一样!王建国,你真的公正吗?你不过是以公正的名义打压我!"

王建花的控诉,一下子将王建国的思绪拉回了当年。

当年,确有其事。王建花带着猪蹄上门苦苦哀求,希望他能去通融一下,但他没有,不仅拒绝了,还将东西丢出门外。他认为,这是因为他一时气愤,而不具有其他意义。

后来他告诉家人、亲戚们,这纯粹是意外,当时父母过来询问王建花的事情,沈玉芬只是讲述了事实……

当时王建国本来就跟家里人感情疏远,靠在一旁没有多言。是沈玉芬代他说了王建花的事情,她只是陈述事实,没带任何情绪,可听到父母耳

第四章　一波又起

朵里，就有了嘲笑的意味。在他们眼里，沈玉芬是个外人，被外人这么一嘲笑，显然心里不舒服。但他们表面上不动声色，因为沈玉芬家境好，他们不敢多言。

他妈回去之后，气不过，认为沈玉芬言语上不对劲，于是把这事跟二姐说了，二姐又说给两个弟媳听，然后所有亲戚都知道了。

王建国知道王建花或许不相信他所说的，但依然将事情说清楚了。"这事是我做得欠妥，我应该在第一时间阻止玉芬乱说话，我当时也不应该对你如此恶劣。是的，我承认，我对父母有想法，认为他们对我关心少。但我不是这种人，也不屑做这种事。"

王建国万万没想到，自己一不小心，被人家记恨了一辈子，一辈子哪！唉……

大多数矛盾产生于不好好说话，他在这一刻感受最为深刻。

王建国的解释，王建花信了。

王建国不像是会说谎的人，沈玉芬那人，确实是什么都敢往外说。

"大姐，其实你对于父母的偏心也感受颇深，不然也不会做出无端的猜测，不是吗？"

"你想说什么？"

"我感受非常深，所以不爱跟家里人打交道。我始终走不出我的困境。大姐，这次我郑重跟你道歉，以前的很多误会，都是我造成的，希望你不要责怪！以后有什么事，但凡我能帮上的，会尽量帮；我帮不上的，也会好好跟你说。"

"我……"

"因为我的错，你记恨了我这么久，我真的感到抱歉！"

王建花没有回答，砰的一声挂了电话。

王建国一开始不明白，但仔细一琢磨，坚持了许久的执念，到头来不过是个笑话，任谁都接受不了。

他想，或许自己的一些坚持也是执念，但他已经没有回头路了。

以前的他，年少轻狂，虽心存善意，却因为不注意表达方式，产生了很多误会。现在想来很后怕。对待亲人以及当事人，应该耐心解释，及时沟通，否则人家不知道，很容易引发更多的矛盾。

晚上，王君凝破天荒地跟父女俩一块儿吃饭，季永感到很意外。

王君凝吃到一半，云淡风轻地说："大哥的事情我已经处理好了。"

季永给季子音夹菜的手突然停下来，吃惊地说："你又去掺和了？"

"我不能看着他们离婚！"

季永缓缓抬起头说："八十万，你给了？"

"是，我给了，他们会分期还给我。你应该不会计较这点钱吧？"

季永气恼不已："是，我不会计较，但起码你跟我说一声。你什么都不说，直接就把钱给了，当我是空气哪！"

王君凝不明白季永为什么会如此生气，他们家家大业大，区区八十万，他能看上眼？况且这八十万还是她自己赚的。

"吃饭，吃饭，不要无理取闹了！"

"这不是无理取闹！王君凝，你一直在为你家解决矛盾啊纠纷啊，可你有没有考虑过我们这个小家？以前是不管子音，现在更厉害了，把钱借出去都不告诉我一声！"

"季永，你够了！我一直以为你懂我！这个钱本来就是我赚的，我借给他们有什么关系？"

"我气的是你没有跟我商量！"

"我现在跟你商量，可以了吧？"

"你这叫商量吗？你这叫事后告知！"

季子音见父母争吵起来了，心里很不好受，撇嘴道："你们不要吵了！我不吃了！"

夫妻惊觉，他们竟然当着孩子的面吵！

季子音起身去了自己的房间，砰的一声关上了门。

第四章　一波又起

季永如梦初醒，马上去敲子音的门。

"子音，你听爸说，爸妈没有吵架，只是在争论问题……"

王君凝站在原地发愣，她不知道自己究竟做错了什么，自己好心好意帮忙，怎么到头来搞得一团糟？

王建国再次上门去找王建花，这次王建花不在家，他在门口等了一会儿。

他想，他一个快死了的人，还有什么恩怨解不开呢？

大家都一把年纪了，不应该让昨天的事情影响今天的生活。

王建花回来，看见王建国，感到很意外。王建国跟在她身后进了门。王建花很冷淡地说："怎么，你今天上门是什么意思？君凝已经还钱了，我和你没什么好说的了。"

王建国沉思了一会儿。

王建花以为这事会不了了之，没想到王建国会亲自上门。

"我是专程来跟你道歉的。以前的事情，是我做得不对，请你谅解。"

王建国郑重地跟王建花鞠了一躬。

"对不起，是我当年态度不好。"

王建花微微一颤，当年的恩怨又浮现在脑海。但她似乎……没有那么恨了。她想，一切的一切倘若只是误会，那她的气愤和坚持又有什么意义？

王建花想起王建国小时候性子执拗，只要不是他的错，他是绝对不会低头的，这次怎么这么主动？

"我很意外，小时候你可不这样。"

王建国坦然一笑："都活到这把年纪了，对很多事情应该豁达了，豁达才能让自己愉悦，不是吗？苦苦执着，有什么意思呢？除了恨，还是恨，不如化解矛盾。我承认，当年的我性子执拗，不肯轻易妥协，对就是对，错就是错。在这个问题上，我错了。"

"你错了？"王建花讽刺一笑，"那我呢？我该怎么办？你现在是什么意思？逼着我原谅你吗？"

143

王建国摇头："不，我只是想当面跟你道个歉，至于原谅不原谅，在你。"

王建花内心被触动了。她曾经恨死了王建国，并以此为动力暗暗努力。到后来，她发现自己没那么恨了，只是心存一个执念，她只能凭借这个执念继续生活。

如今王建国都放下了，那她，还有什么理由苦苦执着呢？

"其实，如果不是你儿子找我，我不会对你做什么。一来我真的下不了手，二来我也明白，当年你的每一个行为，都在情理之中。只是，我过不了心中的那道坎儿罢了。"

王建国见王建花松动了，便说道："我知道，毕竟我们是一起长大的，我了解你的性格，你不会刻意去害谁。我们都一把年纪了，该和过去做个了结了。"

王建花看了王建国一眼，眼睛从一开始的迷茫，渐渐明亮起来。

阳光照进来，洒在她的身上："或许，你是对的……"

王君安本以为可以和王君平一起逼老头子卖房，没想到事情被王君凝解决了。这女人真掏出八十万，替王君平还了，这是他始料未及的。

烧烤店里，兄弟俩你一杯我一杯，王君安想到美梦破灭了，猛地又灌了一口。

王君平看了王君安一眼说："也许我们对君凝有误会，她人不坏，只是不会表达。"

王君安笑了笑说："王君凝，人本来就不坏，毒的是那张嘴，再加上她从不示弱。她是不是又跟你说她比你强这类话了？她就是这样的人，为求得别人的一点点认可，什么事都干得出。"

王君平一开始确实被王君凝气得不轻，借钱就借钱，干吗还说那么一堆难听的话！但转念一想，要不是亲人，谁肯借给你八十万？

至于那些话，其实，王君凝的嘴一直这么毒，他也就能理解了。

第四章　一波又起

王君安淡淡一笑："你啊你啊，王君凝算是收买了你了！"

王君平摇头："这不是收买，她只是表达有问题。"

"呵，我不知道她是不是表达有问题，反正你等着，王君凝可不是省油的灯，以后你们家会被她烦死的。

"怎么，不信？那你等着瞧！"

"我相信她，既然肯借钱，不至于……"

"好，我就一句话，你等着！"

王君平不吭声。

"我换个问题，你能跟我一起心平气和地吃烧烤，你跟王君凝能吗？"

王君平看向王君安，他明知道王君安老惦记着老头子的房，两人三观不合，却依然坐在一起吃烧烤……

王君凝整日忙公司的事情，对于季永的话，她心里清楚，但觉得都是小问题，她无暇细想。

这日，杨清请假了，办公室的咖啡已喝完，她只能去茶水间取速溶咖啡。

刚走到茶水间门口，就听见里面有人说：

"你听说了吗？食堂的意大利面吃得小刘拉肚子了！"

"早就知道了。那家西餐厅以前饭菜很贵，现在降价了，但质量也降下来了，好多人都中招了，小刘只是其中一个。真不知道怎么搞的，范主任找了这样一个餐厅，真是害死我们了！"

王君凝皱了皱眉头，西餐厅？

不就是王君安开的那家吗？

之前一直没空问，怎么就闹出问题了？

"你们知道吗？据说开西餐厅的是我们王总监的亲弟弟，你说说，这关系……"

"难怪，难怪！现在王总监的手伸得越来越长了，难怪范主任不顾公司的规定，直接让他进来了。"

此时，刚好有人过来，见王君凝站在门口，忙冲着里面的人喊："你们都胡说八道些什么！"

众人这才发现王君凝站在门口，面色凝重。

瞬间，大家如惊弓之鸟，不敢多说一句，纷纷散去。

王君凝拿了咖啡，转身去了范煜的办公室。

范煜对王君凝的到来并不感到意外，他对王君凝客客气气，先问王君凝想喝什么，见王君凝摇头，又问她想吃什么，特意拿出自己珍藏的巧克力。

"你就别跟我客套了。食堂的事情我听说了，今天过来就是想问你一句，当时让王君安入驻的时候，你有没有按公司的标准进行审核？"

范煜笑道："瞧你，是听到他们的风言风语了吧？全部通过了公司的审核，我是严格按照公司的流程走的，你就放一百个心吧。"

"那拉肚子是怎么回事？"

"哦，我已经查清楚了，是他们自己奶茶喝多了，才导致拉肚子的，跟你弟弟没关系。你也知道，现在流行奶茶加冰，喝了很容易拉肚子。

"王总监，你就把心放在肚子里吧，这事是同事之间的谣传。"

在范煜的一再保证之下，王君凝最终相信了他的话。

王君凝心想，倘若真出了什么问题，范煜会吃不了兜着走，他没必要帮王君安，这对他没什么好处。

王君凝前脚刚离开，范煜后脚就跟徐简汇报了。

徐简听了很满意，夸范煜工作能力很强，是个可以重用的人才。

"徐副总，我们什么时候收网？我怕王总监打电话跟王君安核实，如此一来，对我们不利。"

"小刘那边是什么意思？"

"现在她一定要西餐厅给个解释，我压着呢，谁知道会这么严重，现在还在医院住着呢！"

"嗯，王君凝很快就会知道的。这事，晚上我跟爸爸汇报，明天你好

第四章　一波又起

好表现。"

范煜一听，眉开眼笑："好，我知道该怎么做了！"

王君安此时是一个头两个大，他用低价食材做饭，没想到频频出问题，如今还有人住进了医院，这……

这事是范煜逼他做的，现在出事了，范煜那边没表什么态，只是轻描淡写地说："我会看在王总监的面子上帮你的，你不用担心。"

人进了医院是事实，谁都压不住啊！

再说，大家都已经知道他们的西餐有问题，以后谁还敢来吃啊！

如今即便是不要钱，公司也没人敢吃，生怕自己中招。

王君安想了许多对策，但都没去执行，只因为范煜说会帮他。

比起王君安的焦急，祝梓玉显得淡定多了，她敷着面膜躺在沙发上说："哎呀，你急什么！范主任不是答应帮我们了吗？住院的是他的下属，他比我们了解，自然会妥善处理的，你就别担心了！"

"早知道，在有人反映肚子不舒服的时候我就应该换菜了。"

"什么早知道晚知道的！如果我们进高价的食材，饭菜价格又那么低，你知道一天赔多少吗？范主任说得对，至于吃坏肚子住进医院的小刘，只是个意外，他本来就有肠胃炎，这怪得了我们吗？王君安，这些年我们都把钱投出去了，赚回来的不多，即便有，也都又重新投出去了，我们手头不仅没钱，还欠了一大笔！"

祝梓玉的话颇有道理，这是他们不得不走的一条路，别无选择。

"我以为，我们还有一点钱……"

"还有钱？哪儿来的钱啊！上次把你妈的房子卖了，卖房的钱把这边的贷款还一下，那边的债还一下，已经所剩无几。我们的西餐厅一直处于亏损状态，投资公司也是，略微盈利的是KTV和按摩店，但这两个我们只占了一点股份。"

"行了，我知道了。"

"你现在要么听范主任的话，要么去找王君凝，别无他法。"

147

王君安心想，王君凝就算了，还是等范煜的消息，既然他肯看王君凝的面子，没准能把这事压下去。

王君凝一大早刚到公司，就被通知去徐平的办公室。

她心中一惊，难不成是王君安的事情闹到徐平那里了？

带着忐忑，王君凝过去了。

她一进门就看到徐简和赵贵都在，心中越发不安。

王君凝笑了笑说："都在啊？"

徐平面色凝重，一言不发。

赵贵瞥了王君凝一眼说："君凝，关于小刘的事情，你已经知道了吧？"

王君凝点头："我已经听范煜说了。"

徐平看了王君凝一眼说："枉我对你寄予厚望，你真是太让我失望了！"

王君凝感到不妙，问道："发生什么事了？"

"什么事？发生什么事？你想把自己撇干净？"

王君凝心中一沉："这事，我知道的可能和你们知道的有出入。范煜，你不是跟我说，小刘那事是喝奶茶造成的吗？怎么……"

范煜低头对王君凝说："王总监，小刘那事，我真的压不下去了，小刘已经住院了，非要讨个说法。我是真的没辙了，你要我压，我压了，但是小刘已经……"

"爸，小刘没办法了，这不找到我，希望我能给个说法。虽然公司大部分事情我已经不管了，算是个闲人，但我真的看不下去。王君凝现在是一手遮天，让自己的亲弟弟进来耀武扬威，甚至让员工吃坏肚子进了医院！"

王君凝暗暗叫苦，盯着眼前一唱一和的范煜和徐简，敢情是这两个人联合起来，想把自己拖下水。

现在两人联手，自己很难说清。如果说自己弟弟是按正规流程进来的，那人家要证据。进来的流程范煜说正规，到底正规不正规她心里没底。

148

第四章　一波又起

这次拉肚子事件，按照范煜的说法，好像是她刻意叫范煜对外说是喝奶茶的原因，从而掩盖真相。

现在她说再多，也不过是越描越黑。

王君凝说：“徐总，这事能不能给我一点时间？我调查清楚后给你一个解释。”

徐平冷淡地说：“赵贵，你负责去安抚小刘，给予一定的补偿，不能让员工心寒。”

"爸，我已经安排人去做了，这事就交给我吧。"

"你做得很好。"徐平对其投以赞许的目光，随即又说，"接下来的工作交给赵贵，他比你老道，你跟在他身后多学学。"

"至于君凝，你弟弟的西餐厅肯定是不能再合作了，我会安排人谈解约的事情。我给你一周时间，你去调查你所谓的真相，如果查不出，那就别怪我了！这期间，所有工作暂由潘铭代管。"

所有人都为之一愣。

潘铭，一个被所有人遗忘的小角色，这次竟然渔翁得利。

他是市场部总监，做事稳妥，缺点是较为保守，无论做什么都斟酌再三，以致错失最佳时机。

论决策力，他不如王君凝，甚至不如公司的许多人，他太稳了，稳得犹犹豫豫。

徐简不甘心，他费尽心机折腾，到头来好处竟让潘铭捞走了。

"爸，这事……"

"这事没有异议，暂时先这样吧。"

公司大楼下，王君凝开车的时候，恰好碰见徐简，她不知道自己哪儿招惹他了。

"徐副总好厉害，轻轻松松扶持潘铭上位。"

徐简恨得咬牙切齿，王君凝这是故意让他难堪吗？

谁想扶潘铭上位？我自己都被架空了，让潘铭上位岂不是笑话？

"王君凝，自己做了亏心事，怎么着，想推到我头上？"徐简绕着王君凝转了一圈，"你是不是带了录音笔？"

王君凝冷笑道："你以为我是你啊，搞这些小动作？"

徐简道："我不知道你在说什么，你要是不服，可以去找范煜，我可什么都不知道。"

王君凝凑近徐简说："你吩咐范煜做的吧？"

徐简道："王君凝，有时候你挺聪明的，但你这股子聪明来得太迟了。"

王君凝眯了眯眼睛，心中气愤不已。

要找出范煜的问题，实在太难了，即使找得出，范煜也会各种辩解，到头来惹得自己一身臊。

徐简推了王君凝一把说："你就慢慢查吧，我看你能查出什么来！"

徐简头也不回地离开了，王君凝险些摔倒，被赵贵扶住了。

王君凝整了整衣服，不想在赵贵面前失态，忙说："谢谢！"

"我早就提醒过你，在公司你要是过于耀眼，恐怕会变成众矢之的。"

"谢谢你的好意，这不是刚好遂了你的心愿？你可以掌控的越来越多，提醒我做什么？如果我下去了，徐简又被架空了，岂不是你一人独揽大权？"

赵贵笑了："你以为我傻啊！

"徐总心思那么重，岂会让我一个外人独揽大权？到时候如果我权力太大，会直接被调出公司，去分公司当个老总。我们的分公司哪个比总公司好？你很清楚，我需要你在公司与我形成两股势力，一来让徐总放心，二来为我自己。"

王君凝知道赵贵目光长远，心思也够深："帮我一把，也等于在帮你自己。"

"帮你？我认为不需要。"

"你说了，要形成两股势力，我是最佳人选，而潘铭，想必你也看不上。"

"王君凝，以你的能力，要是连这点破事都解决不了，还配当我的对手吗？"

第四章 一波又起

此时王君安处于焦虑之中,尤其是接到范煜的来电后,对方表示自己也帮不了他。现在公司要求解约,他急得像热锅上的蚂蚁,想去找范煜再商量一下。

他刚走出西餐厅,见王君凝正朝他走过来,姐弟俩四目相对。

王君安惴惴不安,不敢直视王君凝。

西餐厅内,这时候没客人,静悄悄地。

王君凝姐弟俩坐在靠窗的位置上,她抿了一口茶。

王君安心里七上八下,不知道怎么跟王君凝说这事,现在那边闹着要解约,难不成是派王君凝当说客来了?

如果是王君凝,没准还有戏,王君安的眼中又燃起了希望。

王君凝冷淡地说:"我知道你在想什么,你想和我们公司继续合作是不可能的。现在你有两条路:一是把事情的经过告诉我;二是我不插手,任公司与你解约,违约金比较高,恐怕你承受不起。"

王君安顿时傻眼了,王君凝一下子打破了他所有的希望:"这事,就没有回旋的余地了吗?"

"有什么余地?我介绍你过去,你跟范煜勾搭上了,从此以后什么都不告诉我,你认为还能有什么余地?"

"王君凝,我是凭本事进去的,凭什么要跟你说?"

王君凝提起包,起身要离开:"成,你什么都不跟我说,那我也不在这里自讨没趣了。"

王君安拦住她:"有话好好说,急什么!"

王君凝冷笑道:"你以为你现在还能靠谁?范煜?他早就放弃你了!"

王君安低下头,现在形势都对他不利,他没辙,只好一五一十地交代。

王君凝听完,内心波涛汹涌。没想到范煜和徐简下了这么一大盘棋,真是居心叵测。但更令她没想到的是,王君安这个小人,竟然绕开她,以为自己能上天了!

王君凝本来想骂王君安一顿,但她为了了解所谓的真相,忍住了。却

151

没想到，听到真相之后，她气得肺都要炸了。王君安干啥啥不行，坑亲戚第一名。

"你的意思是范煜让你用劣质食材做饭的？"

"是啊，如果不是范主任提醒，我怎么可能想到这个？"

"呵，人家让你用你就用，你怎么不用脑子想想？"

王君安瞪大眼睛说："你这话是什么意思？什么叫我不用脑子想想？我是经过深思熟虑的。菜价跌了，不这样我怎么维持收入？"

"菜价跌了，你该考虑的是换个厨师，以及形成自己的进货渠道，搞这些乱七八糟的东西，就不怕败坏自己餐厅的名声？"

"你以为厨师这么好找？再说了，人家那么优秀，为什么要来我这里上班？"

王君凝白了他一眼："看来你和范煜是一丘之貉。"

"你来找我，肯定是为了解决问题，就不要跟我吵了，我们俩吵没意思。事情已经发展成这样了，你说接下来该怎么办？"

王君凝怒气满满："我能有什么办法？送酒，你就是贿赂。你的菜有问题，导致人家住进了医院，也是你的责任。还有什么好说的？"

范煜用的真是狠招数，如果他拿出酒，这事就是铁板钉钉的贿赂，她更说不清。

即使她说出真相，恐怕也没人相信她，毕竟没有证据。范煜直接说都是她指使的，她又能怎么样？

范煜和徐简一步步设下圈套，就是想让她永远翻不了身。

"那这事……"

"你等着赔钱吧！"王君凝心烦意乱，"你中了范煜的圈套还不自知，傻不傻啊！"

王君凝离开了，留下王君安坐在原地发呆："圈套？为什么啊？我跟他又没有交恶！"

此时，王君安想起范煜前后的态度不一，隐隐感觉到事情可能没那么

第四章　一波又起

简单。

他慌了！

一周之期很快到了，王君凝始终没想出好办法，她只能硬着头皮去徐平那里解释。

结果不出所料，她被安排辅助潘铭工作，虽然职务不降，但工作性质已然发生变化。

办公室里，徐平语重心长地说："我已经尽力为你争取了最好的位置。虽然我很欣赏你，但你确实不该把弟弟招到公司来，闹出那么大的风波，让我无法收场。"

"徐总，这一切……我认为是栽赃。"

"你认为是你认为，你没有拿出确凿的证据，说服不了大众。君凝，你就暂且在这个位置上委屈一下。"

"嗯。"

"你知道吗？范煜可是拿出了你们贿赂他的证据——茅台酒。我看他那架势，很想把你打压下去。你们俩之间的矛盾我不清楚，但我知道，我看人很准，你是个人才，我会全力保你的。"

王君凝即便一肚子不满，一听这话，也不好再说什么了。

王君安面临着巨额的解约赔偿款，毕竟是他这边出了问题，才导致员工进了医院。来谈的是一位他不认识的工作人员，一点情面也不留，还带了一名律师，两个人絮絮叨叨。王君安对法律知识知之甚少，但知道自己违约了，起码要赔偿十万元左右。

十万，他赚都没赚那么多，心里十分难受。

"王君凝呢？她……"

"王总监已经不管这事了，现在由我们全权处理。"

王君安听了觉得极为讽刺，王君凝说好会帮忙的，结果现在她不管不顾，让他赔那么多钱！

问题是，他去哪儿弄这么多钱啊？

153

他思来想去，这事必须让王君凝给他个说法。但他自己去找王君凝，铁定会被赶出来。

忽地，他想到了老头子。

王君安跑到老头子面前哭哭啼啼。王建国恨铁不成钢。他知道王君安不成器，没想到还连累了王君凝。

王建国本来高高兴兴地准备去买菜，然后去老柳家一块儿吃饭，一听这事，什么心思都没了。

"在这件事上，君凝做得没错。她帮你是仁义，不帮你也属正常。毕竟这事谁都不好出面。"

"爸，那这十万块钱怎么办？我真的没钱啊，你让我怎么办啊？"

"这个……我也不知道。"

"爸，要不然这样，我现在打电话给君凝，就说我们找她，没准她会过来，到时候你们一起帮我想想办法，你看可以吗？"

王建国叹了一口气："随你吧！"

王君安立马给王君凝打了电话，让她过来。

跟王建国说的是"我们"找她，一打过去就变成王建国找她了。王君凝骂骂咧咧的，但还是迅速开车过来了。

王君凝一过来，瞪了王君安一眼，一屁股坐在沙发上说："王君安，你还好意思找我？你知道自己做了什么吧？找爸算怎么回事啊！"

王君安一下子火了。祝梓玉拉了拉他，他才收起情绪："我这不是找你商量吗？"

"商量？这有什么好商量的？十万块钱已经是我为你争取到的最好的结果了，不然正儿八经按照合同上赔，起码得二十万。王君安，你数学不好我不怪你，但你总不至于听不懂律师的话吧？"

"律师又没说是你，"王君安小声嘀咕，"我以为是范主任帮我的。"

"傻不傻啊你，还想着范主任！我跟你说，这事就是范煜故意设计陷害我的，你不过是他的棋子罢了，我比你损失还惨重，我找谁哭啊！"

第四章　一波又起

"你损失什么了？"

"听听，我损失什么了？副总裁的位置本来是我的，现在因为你这事，所有人都以为是我找关系让你进来的，还发生这样的事，副总裁的位置没我什么事了。我现在还要协助一个我看不上的人工作，我失去了最好的机会。王君安啊王君安，我从一上班至今，想的就是那个位置，结果呢，被你搅黄了！"

"你可以解释啊，这事跟你没关系！"

"我解释了，可谁信啊？我千不该万不该就是不该跟你这种人掺和，你进来给我添了多少麻烦！"

王君安在一旁不说话了，他不知道这是范煜的圈套。

"你就别想着范主任了，你的范主任想整死我俩呢！"

王君安气不过，站起身："我去找范煜算账！"

"等等！算账？你凭什么？他事情做得滴水不漏，只怕到时候你一冲动打了他，人家报警，让你进拘留所！"

王君凝一把摁住王君安："你以为他是我吗？被你打一巴掌就算了？他绝对会睚眦必报，到时候，你怎么死的都不知道！"

"我……"

"你什么你啊，傻了吧唧的！"

"你骂我？"

啪的一声，王君凝一巴掌打到了王君安脸上。

王君凝用的力气不大，她轻蔑地看了王君安一眼。

王君安脸色很难看，不可置信地说："你打我？"

"跟你的力气比起来，我那手劲简直是毛毛雨。"

"王君凝，你别太嚣张！"

"谁嚣张啊？是我介绍你进公司的吧？王君安，我早该知道你对我心存芥蒂，一达成合作就想甩开我。如今是你影响了我，不是我影响了你！你不该反思一下吗？"

王君安被王君凝怼得说不出话来，转头看向王建国："爸，这事……"

王建国知道这事是王君安错了，但在王君凝面前斥责王君安，他做不到。认可王君凝做得对，恐怕以后王君凝对待兄弟二人的态度会更加嚣张。这个问题，他在心里翻来覆去地想，末了，才缓缓地说："这事，我不清楚，也不想清楚，你们姐弟自己商量。"

老父亲不想理会，态度表达得很明确。

王君凝一口气咽下去，没有说什么。不当着别人的面说王建国，是她的底线。

王君安没料到王建国会不管，他起码要帮帮自己的儿子啊！

"爸，这事……"

"我累了，你们要吵出去吵，别在我面前吵！"

王君凝压根就不想理会他，直接走了。王君安和祝梓玉面面相觑："爸，那这事……"

"我不管了。你想要解释，人家君凝已经给你解释了。"

老头子的态度让王君安失望了。他本以为可以好好谈谈这事，却发现越闹越僵。

王建国实在烦躁，他感觉自己的胃越来越痛了。吃了药，勉强能稳住。他跟老柳说出去吃饭。

老柳想着，本来约好来家里，怎么好端端的又要出去？虽然心里纳闷，但也同意了。

两人来到一家面馆，各自点了一碗拉面。柳军看着拉面说："小时候，我想一碗拉面想得直流口水，现在日子真是好了啊！"

说着，他便呼噜呼噜地吃起来。见王建国在一旁发呆，他提醒道："吃啊，你愣着干什么？"

王建国望着柳军说："其实，我今天是想跟你说点私事。"

柳军猜到，王建国是不想让自己的妻子知道太多，所以才出来吃，于是说道："你说。"

第四章　一波又起

　　王建国絮絮叨叨将家中发生的事情说了，柳军听完，沉默了一会儿说："这事，确实让你很为难。手心手背都是肉，不好处理。"

　　"唉，家里乱成一锅粥了，我烦得不行。还是你好，儿子在外地，清静。"

　　"好什么啊，家里冷清。"柳军摇摇头，"孩子们都大了，你也不好说理，还不如让自己高兴，别去想太多。"

　　"可君凝老让我主持公道，我这不是没办法嘛！"

　　"君凝这孩子看着很懂事，怎么在这件事上犯糊涂了？你是老人，老人最重要的是安心养老，让你掺和这些乱七八糟的事情，你怎么能好啊！"

　　柳军这话说到王建国的心坎上了："对啊，我以前没管过，现在也不想管，只想好好养老。这事搞得我心里很烦。三个孩子轮流出问题，前一阵子是君平，这一阵子是君安，我怕过一阵子君凝又出问题，我怎么管得过来啊！"

　　"管不过来就别管，你就安心上班，折腾那些做什么！"

　　王建国点头，心里是一百个同意，只是隐隐有些不安。

　　"不过……"

　　"怎么？"

　　"算了，算了，没什么，吃面！"

　　王君安这十万块钱是要还的，于是四处筹钱。大部分亲近的人他都借过了，不可能再去借了。萍水之交人家不会借，他也不好意思开口，一开口自己的面子往哪儿搁？在外人面前，他可是大老板。

　　原以为合作一把能赚不少钱，没想到还赔进去十万块钱，这真的是……

　　一直以来，祝梓玉对王君安颇有信心，认为他聪明、有想法，不过是时运不济。可两人在一起之后，他就没赚过钱，她已经不抱希望了。

　　祝梓玉有些心力交瘁，开始劝说王君安少开一些店，不要搞那么大的派头，到最后没有一家店赚钱，还倒欠了许多钱。

祝梓玉希望王君安能务实一点，关掉三家店，专心经营一家店。王君安首先想到的是，如果关掉三家店，那不知道的人岂不是认为他破产了？这个脸他可丢不起，他在所有人面前都是高高在上的大老板，他可不想从天上坠落凡间。

"这不行，做生意就是放鸡蛋，鸡蛋不能放在一个篮子里。"

祝梓玉一听，顿时觉得可笑。现在大家手头都没钱，还放鸡蛋哪？都是坏鸡蛋，有什么舍不得的？

"王君安，你能不能务实一点！"

"你懂什么！我们现在的困境是一时的，很快就会过去。"

"那你说，我们怎么渡过难关？难不成又去找老头子借？老头子上次可是拒绝你了！"

"他是我爸，怎么可能不管我！"

"成，你厉害，我看你怎么从老头子那里再榨出钱来！他有三个孩子呢，你又不是独生子！"

"他们俩又不缺钱，缺钱的是我！得了，我跟你说不明白，我会证明给你看的。"

最近王建国经常和柳军在一起，两个人越发有共鸣，只不过性格不一样。

柳军和王建国相处久了，发现王建国的胃不好，老是吃药。他常常劝说王建国，有病就去医院看，别省那点钱。

王建国每次都摆摆手，说没事，就是一点小问题，吃药就行。

柳军倒也没说什么，两个人本来约好周六跟其他几个老头儿一块儿去附近的迦南县旅游，放松一下心情，当天可来回。

王建国还挺高兴的。虽然家中的事情让他很烦，但他也没办法，跟同事、朋友一起去散散心也好。

临行前一天，王君安打电话来，说明天想带他一起去赏花。

王建国有点两难了。已经和别人约好了，临时变卦会不会不妥？他没

第四章　一波又起

有立刻答应，而是打电话跟柳军商量。

柳军一听，心中立刻明白了，王建国既然问这话，肯定是想跟儿子一块儿出去，但又不好意思拒绝这边，毕竟已经约好了。

柳军就直接说："父子关系更重要，刚好可以借机缓和一下。"

王建国知道柳军是给自己台阶下，再三道谢："这事，谢谢了！"

"我知道你肯定想和儿子缓和关系，上次那事闹得太僵了。"

"对啊，君安都没带我出去玩过，他头一回喊我去，我拒绝也不好。"

"我理解。"

第二天，天气不大好，微微有些凉，是个阴天。他听说柠柠也去，这孩子喜欢吃零食，王建国昨天又跑到超市给她买了零食和水果，所以折腾到很晚才睡。

是去新区的园区赏花，开车需要一个小时。

一路上，气氛说不上好，王君安和柠柠之间依旧关系紧张，最终王建国塞了一包薯片给柠柠，这才阻止了他们之间的争论。

王君安的脾气比之前好多了，谈到王君凝时，他满口是体谅和理解。这让王建国很欣慰，或许经过这件事之后，王君安成长了。

天气原因，来赏花的人并不是很多。王建国嫌累，不想去划船了，王君安便陪着王建国休息。

王建国颇感意外，这孩子确实懂事了，之前他从来不管别人。虽然两人没有出来玩过，但他平日里吃饭点菜都是以自我为中心，从来不考虑他人，今天怎么太阳打西边出来了？

两个人待着无聊，王君安还主动问他："爸，你想吃汉堡还是馄饨？"

王建国随即选择了后者，父子俩各自点了一碗馄饨。

吃饭的时候，王君安沮丧地对王建国说："唉，这些年是我不争气，君平、君凝都混得比我好，我真辜负了你们二老的恩情。"

王建国半碗馄饨下肚，拍了拍王君安的肩膀说："没事，接下来好好努力。我们都是一家人，不会因为谁混得差点就嫌弃谁，也不会因为谁混

159

得好点就高看谁。"

"对，对，你说得对。"王君安挠了挠头，"不知道我能不能渡过这个难关。"

王君安的声音虽小，王建国却听得清清楚楚。想起上次的十万块钱，他问道："那十万块钱有困难？"

这次不同于上次，而更像是父子俩谈心，所以王建国没有那么排斥这件事。

"没事，爸，总会过去的。大不了我把店卖了，砸锅卖铁也会把钱还上。"

"卖了店，那你怎么生活啊？你可别傻了！"

"怎么不能生活？我去摆摊儿，我去打工，总归够一家子生活的。爸，你就别担心我了。之前是我错了，从不顾及家里，现在我明白了，不会再麻烦你了。"

王建国是个容易心软的人，一听王君安这么说，心里别提多难受了。

"爸，没事的，一切都会过去的。我当时看走眼了，以为范煜是个好人，现在才惹得君凝误会，都是我咎由自取。"

"这事也不能全怪你，只怪君凝公司里内斗太厉害了，你不过是被牵连进去了。下次我见到君凝好好跟她说说，让她别放在心上。你们可是亲姐弟，没必要闹成现在这个局面。"

"爸，我会好好干的。"

王建国看了王君安一眼，心里头很不是滋味。

一天的游玩结束了，王君安送王建国回家。

车子离开王建国所在的小区后，祝梓玉急忙问："你今天带老头子出来玩，有没有提钱的事情啊？"

"妇人之见！我今天头回带他出来玩就提钱的事？老头子是个知识分子，我这么做，只怕他理都不会理我！"

"那你准备怎么做？"

"今天老头子心软了，这一周我们去勤一点，用点苦肉计，不怕他不借

第四章　一波又起

钱。说穿了，我是他亲儿子，他肯定在意我的死活。老头子一生节俭，省来省去不就为了个'万一'？现在我这个'万一'来了，他会帮我们的。"

"行，我姑且信你一次。"

一直在后排吃口香糖的柠柠一听，不屑地笑起来："自己没本事，想套爷爷的钱，你可真是有出息啊！"

王君安从后视镜里冷眼瞧着女儿："看你那样子，跟子音、吱吱差了十万八千里，所以爷爷不待见你，你还好意思说我！"

祝梓玉瞪了他一眼说："你怎么跟孩子说话呢！"

柠柠扭过头去，眼里充满愤怒，顿时觉得爷爷买的所有零食都不香了，甚至有全部丢出去的念头！

她也确实这么做了，车子刚停下，柠柠就将所有零食和水果丢进了垃圾桶。

王君安骂道："你疯了？"

"他不喜欢我，我还不需要呢！"

祝梓玉为难地看着孩子，一时之间不知所措。

连续一周，王君安对王建国嘘寒问暖，过去给家里添置新的绿植，经常给王建国买菜，还让祝梓玉给王建国送去扫地机器人。

王建国都觉得不好意思了，对祝梓玉说："不用了，我自己扫扫就行。"

"爸，那怎么行啊，扫地多累啊！用这玩意儿，你就不用那么辛苦了！"

王建国一来感到欣慰，二来又觉得忐忑。王君安和祝梓玉总算是知道尽孝了，这两个人都没钱，给自己添置这个添置那个，接下来的日子该怎么过啊？

"君安那事，怎么样了？"

祝梓玉手一抖说："没、没关系，我们俩可以撑过去的。爸，你就不用担心了。"

"唉，君安那孩子……"

"爸，君安最近总是借酒浇愁，整天在家哭哭啼啼的，说什么以前对

161

你不孝顺，对君平和君凝也不好。他心里十分难过，不知道该怎么弥补。"

王建国心中一揪："唉，这孩子，现在确实懂事不少，但是老借酒浇愁也不是个事！"

"爸，这事君安不让我告诉你，他怕你知道了担心，但我现在没办法，家里欠债太多了，不知道该怎么办！他在所有人面前都表现出自己很好，实际，实际……唉……"

王建国猛地想起小时候王君安嘴巴最甜，老跟在他身后"爸爸""爸爸"地喊个不停。

王建国在床上辗转反侧，想到自己不知道什么时候就会死，心中一揪。王君平、王君凝两个不需要他挂心太多，唯独这个王君安不成器，但手心手背都是肉，即使是一个废材，也是自己的娃啊！

最终他打了个电话给王君安，说自己手头有些钱，让他过去拿。

那边王君安正在和祝梓玉合计，他们付出那么多，万一老头子依然不给钱怎么办。

这事，王君安心里也没谱，七上八下的。

老头子的电话犹如定心丸，让他瞬间放下心来，嘴角微微上扬，语气没变，犹犹豫豫地说："爸，这不好吧！万一让君凝君平知道，家里又要横生事端。"

"钱是我自己的，我知道该怎么花。"

"那……"

"你别废话了，明天来拿。"

王君凝现在虽然协助潘铭，但他们之间是竞争关系，两人互相防备，重要的事情不会让她知道，她落到一个有职无权的境地。对此，季永是乐见其成的。王君凝现在有钱有闲，过着大多数人向往的生活，她还有什么不满意呢？

王君凝只是笑而不语。无官一身轻，简直是个笑话！私营企业，能养

第四章 一波又起

闲人吗？只怕闲置几年，就让她走人了。

不过对她来说，现在最重要的是隐忍，没有什么比隐忍更重要的了。

季永从朋友那边带回一些海鲜，刚好王君凝有空，就给王建国送去一盒。

王建国正在看电视，见王君凝来了，高兴是高兴，又怕王君凝说他。王君凝的脾气不好，一火起来，他很难招架。

父女俩没说两句，王建国就说："你要是有事，可以先走。"

王君凝一听这话，忙回了一句："哦，我没事，多亏了王君安，让我变成了一个闲人。"

王建国不知道该怎么接，只是虚笑一下。

"对了爸，王君安有没有找你借钱啊？虽然十万块钱不是什么大钱，可我认为他肯定拿不出。"

王建国心虚，没想到王君凝会突然问这个，支支吾吾半天说不出话。

王君凝只是随口一问，没想到其中竟有玄机，顿时气恼不已："爸，如果你不说，我这就去找王君安！"

"别，别去找他，他心里烦着呢！"王建国阻止了王君凝，在王君凝的逼问下，将所有事情都说了。

王君凝听完，脸黑了大半。好你个王君安，算计别人不成，就来算计自己家里人！难怪在外人那里一毛钱都没赚到，这点小聪明，全用在家人身上了！

"爸，你认为君安是真心的吗？"

这个问题，王建国考虑过，但他不想深究。王君安说到底是自己的儿子，他快死了，为儿子做点贡献，也没什么大不了的。

这个原因，他又不能跟王君凝说，只能含糊其词："我也不知道，他说什么就是什么吧！"

"爸，君安明摆着是在博取你的同情心，他哪会那么孝顺！"

王建国坐在沙发上，被王君凝这么一说，感到无比凄凉。自己辛辛苦苦养大的孩子，到头来只会在需要钱时才到自己跟前来尽孝。

"不，君安不是你想的那种人。他欠了十万块钱是真的，这事没有骗我。其次，你说他博取我的同情心，不，同情是我自己的意识，他没有。"

王君凝感到可笑，老头子莫不是被王君安洗脑了？

"爸，你仔细想想，平日里我和君平看过你几次，君安看过你几次？据我所知，大哥最多，其次是我，最后才是君安。君安压根就没来过几次，来也是因为有事，你怎么能被他的甜言蜜语欺骗呢？谈到孝顺，君平是没的说，他是发自内心的。但当时君平欠钱的时候，你也没有给予帮助啊。怎么到了最不关心你的人身上，你倒是心软了？爸，我真不知道你在想什么。"

王建国认为没什么好解释的，一解释没准还把自己得癌的事情暴露了，于是摇头说："你不懂，你不懂。"

"我不懂什么啊我不懂！"

王君凝气急败坏地离开了，离谱，简直太离谱了！

老头子是越老越糊涂了！

王建国叹气，怎么又变成这样了！在他眼里，王君安是最弱的，帮帮最弱的，应该没什么不对。沈玉芬临终前最挂心的也是王君安，让他多帮帮王君安。

王君平正在茶水间冲咖啡，手机响了，一看是王君凝。王君凝像机枪一般控诉王建国对于王君安的溺爱。

王君平跟王君安的关系好一些，反应没有王君凝那么强烈，但内心也有一点嫉妒。毕竟自己也欠过钱，那时候也不见王建国慷慨相助。

"君平，这事你必须找王君安，让他别惦记爸的钱，否则，别怪我不客气！"

王君平不想掺和这事，自己家里都乱七八糟，哪还管得了别人家的事！但现在王君凝是他最大的债主，债主发话了，他不得不同意。

第四章　一波又起

"这事，我慢慢跟君安说，成吗？"

"什么慢慢，要快啊！借钱是转眼间的事情，难不成要等王君安事成之后再说吗？"

王君平无力反驳，只好硬着头皮应下来："好，好吧。"

"大哥，现在我们是一条战线上的，王君安背着我们跟老头子借钱，对我们来说，公平吗？"

王君平心想，其实父子、兄弟姐妹之间的关系，哪能用公平来衡量？要么过度无私，要么过度自私，但这事也没法说。

"爸现在年纪大了，都糊涂了。"

"事实上，我觉得老头子比谁都清醒。他肯帮君安，是因为君安混得最差，他觉得理所应当帮他。"

王君凝嗤笑道："这是什么逻辑？难道混得好的都不配得到爱，只有混得最差的才配吗？"

在他们家，王君平和王君安受到的溺爱比王君凝多，尤其是王君安。王君平有时候会反思一下，或许是受到的溺爱太多才导致王君安不成器的。

"我不想跟你多废话，你快去办！"

王君平心里很不高兴，王君凝自打借钱给他之后，就气焰嚣张，好像是自己的领导一般。

但他没辙，谁让他欠了人家的钱？

他真想赶快还完钱，不想看任何人的脸色。

王君平约王君安下班后一块儿去吃烧烤，被王君安拒绝了，他说自己家里有事，没空出门。王君平觉得好笑，他在家能有什么事，难不成是辅导柠柠读书吗？就他那水平，被柠柠辅导还差不多。

王君平思来想去，决定让吱吱带着作业一块儿上门去找柠柠，刚好有个由头。

令王君平没想到的是，吱吱还不同意，一听说要跟柠柠一起看书、写作业，就嚷嚷道："爸，就柠柠那成绩，我和她一块儿写，岂不是会拉低我的分数？"

王君平一怔，忽地想到，三兄妹之间关系疏远，导致这些孩子也都分外疏远，谁都看不上谁。

他耐心地说："吱吱，那让你跟子音一块儿写作业，你岂不是要自卑了？"

吱吱没话说了。

"成绩只是一时的，亲情是一辈子的。"

吱吱无奈，只能答应。

临出门，赵晴看吱吱不情愿，轻飘飘地说："我觉得我们儿子说得挺对的，人家柠柠什么水平，他什么水平，凑在一起多不和谐！"

王君平冷淡地说："你懂什么！"

赵晴恼怒不已。现在王君平的翅膀是真硬了，动不动就敢顶嘴。

王君平带着吱吱上门，王君安在家，只好让两人进去。

祝梓玉贴心地跟吱吱说："吱吱，要吃什么水果自己拿，柠柠在房间里写作业，我带你过去！"

吱吱乖巧地点头，虽然心中不愿意，也表现得极有礼貌。

王君平走到王君安的房间，看见他正在电脑前敲敲打打，颇感意外。王君安最不喜欢电脑，他认为这玩意儿一点用都没有，今天怎么在玩电脑？

走近一看，原来王君安在做企划书，还没看到几个字，王君安就啪的一声合上了。

"难得，你竟然在做企划书？"

"我和朋友准备合作弄一个项目，但这个项目比较麻烦，我朋友说最好弄个企划书，把细节都想到位。"

王君平挑眉："什么项目，都弄上企划书了？"

王君安看了王君平一眼，语气中充满激动："一个大项目，一个大计划，如果成功了我将一举翻身！"

第四章　一波又起

"你又准备开什么店？你的那些店没一家赚钱的，就别折腾了。关掉几家，专心搞一家不好吗？现在不是投机的年代了！"

王君安觉得王君平看不起自己："你过来，我告诉你大项目是什么。"

"互联网，懂吗？"

王君平以为自己听错了，又问了一句："什么？"

"我想做互联网公司！"

话音刚落，屋里一片沉默。

噗的一声，王君平笑了："你疯了吗？"

王君安恼羞成怒："你是在笑话我吗？"

王君平摇头。王君安在他们家是学历最低的，能力也不强，忽然说要做互联网，简直是天方夜谭。

做互联网起码要具备一点点知识，而王君安有什么？不过是一点小聪明罢了。

"君安，这事，你需要从长计议，互联网不是那么容易搞的。况且，你还欠着别人那么多钱，不应该看到什么就往里投钱，万一失败了，岂不是……"

"你不相信我？你不相信我就算了，我懒得跟你多说。"

"等等，我今天找你是为了另外一件事。"

王君安就知道王君平不看好自己。互联网最重要的不是技术，而是管理，他自认为有管理能力。

"你是不是跟爸借了十万块钱？"

王君安一愣，心想王君平怎么会知道？他佯装不知，说："你说什么？我没有借啊。"

"君凝已经知道了，打电话告诉我了，我相信君凝是不会说谎的。你最好老老实实跟我说，没准我还能帮你。不然，到时候君凝搞出什么事，我也管不了。"

王君安心中咯噔一下，心想王君凝是怎么知道的？

"这钱是爸给我的,其他我什么都不知道。爸非要给我,我总不能不收吧?"

"这个钱,你最好不收,否则君凝饶不了你。"

"我还怕王君凝吗?随便她怎么样,反正我欠了不少钱。

"大哥,你怎么当上王君凝的走狗了?现在她说什么就是什么。哦,我知道了,你欠她钱,欠人家钱自然要当走狗。"

王君平嘴里蹦出几个字:"我不是走狗!"

"那你是什么?这事你跟我说没用,主要看爸,这是爸的一片心意,你说我怎么能辜负爸?

"大哥,王君凝明知道你来会碰钉子,还让你来,是不是想借机告诉你,你现在必须听命于她,让她找回当领导的感觉?毕竟她现在被架空了,只能把怒气发泄在你身上,你可千万别给她当枪使。"

王君平一时之间火气上来了,刚想说王君安,只听隔壁吵起来了。

两人赶紧走过去,只见吱吱躲在墙角,柠柠正拿着书砸他,嘴里还骂骂咧咧:"不准你说我!不准你说我!"

王君安连忙制止了柠柠,将她拉到一旁教训道:"谁让你打吱吱的!"

吱吱则躲到了王君平身后,不敢说一句话。

柠柠瞪了王君安一眼:"我懒得跟你说!"

王君安刚被王君平鄙视,现在又被女儿看不上,顿时所有火气都聚到了一起,于是,啪地一巴掌扇过去。

祝梓玉从厨房出来看到这一幕,连忙上前护住柠柠道:"你打孩子干什么!"

王君安气愤不已:"你看她是越来越没大没小了!"

柠柠冷冷地说:"爸,你除了会打人还会干什么?之前打子音的妈妈,现在又打我,你到底有多大本事啊?"

王君安作势还要打,被祝梓玉吼住了:"你再敢打孩子,我就跟你拼了!"

第四章　一波又起

　　吱吱跟着王君平离开了，他坐在后座上，王君平瞟了他一眼问："到底发生什么事了？"

　　吱吱扭头望向窗外："我不喜欢柠柠，她是个小太妹，跟她一起写作业，那我算什么？"

　　王君平不知道吱吱的这种优越感从何而来，难不成是赵晴教的？他说："那你不是也不喜欢子音？你谁都不喜欢，就喜欢自己？"

　　"对！我也不喜欢子音，你们老是拿我和子音比，我比不过，我最讨厌的就是她！"

　　"孩子，柠柠读书比你差，你看不上人家；子音读书比你好，你讨厌人家。我真不知道该说什么。我们是一家人，何必呢？"

　　"爸爸，很多事，我不想跟你说。"

　　王君平觉得孩子长大了，有自己的想法了，如果孩子不想说，大人也不应该过多地干涉，他也没多问。

　　王君平想，柠柠脾气差，十有八九是她的问题。

　　王君平将王君安的态度告诉了王君凝，王君凝一听，认为王君平在维护王君安。

　　"你们俩是兄弟，怎么回事，君安还不听你的？"

　　"王君安是个成年人，哪会听我的？"

　　"算了，靠你没用！"

　　王君平一怔，心想我容易吗？

　　王君安说他是走狗，王君凝说他没用，他两头都不是人。

　　"不是，你能不能站在我的立场上看问题？王君安能听我的吗？他一向很自我，谁的都不听。现在爸把钱送到他面前，他能不接吗？他肯定不会放过这个机会的。"

　　"你是大哥，你不管谁管啊？难不成回回都要我出面？我累不累啊！"

　　"这些乌七八糟的事情别找我，我也很累！"

　　"你累？我更累！兄弟俩都不消停，你欠了八十万，君安也不示弱，

169

欠了十万，难不成这十万也要我出吗？"

"你能不能不要每次都用那八十万威胁我？"

"成啊，你还了那八十万，我就不威胁你了！

"哦，还不了啊？也是，你有个这样的老婆，还能还得了钱？"

"你不要欺人太甚！我会还你的！"

"好啊，我等你！"

王君平觉得，此时的王君凝如同一条疯狗一样乱咬。

"事情没你想的那么简单，你自己劝不了君安，也不要让我劝！"

他还没说完，王君凝就啪的一声挂断了电话。

王君安如约去王建国家中拿钱。王建国还是老一套，将所有的钱都取出来让他拿走。看着那些钱，王建国内心感到无限凄凉，没想到，临了还要这样帮衬儿子。

王君安曾提议直接转账，但被王建国拒绝了，他不知道王建国的脑子里在想什么。

忽地，门被推开了，王君凝走了进来，瞪了王君安一眼。

王君安傻眼了，王君凝怎么知道今天他来拿钱？

难不成是老头子说的？

不应该吧？

老头子向来是个正直的人，不至于做这种事！

王君凝对王建国说："君安向来只会胡乱挥霍。爸，你确定要这么做吗？他做生意没有一次成功过，你还要让他越陷越深吗？"

"王君安，如果你有骨气，就不应该拿爸爸的钱。别以为我不知道你在做什么，你不过是用自己的小聪明来博取爸爸的同情！"

气氛一时凝滞了。王建国和王君安面面相觑，他们都没想到，王君凝会来得如此及时，就跟掐好了点似的。

王建国清了清喉咙，又不知道该说什么。

王君凝说的也对，王君安做生意没有一次成功过，如果这次给了他

第四章　一波又起

钱，没准还有下次。王建国要帮他几次，难不成要帮一辈子吗？

王君安见老头子沉默了，似乎有些犹豫，连忙说："爸，你别听君凝乱说！这次我还了钱肯定会好好做生意的，你就给我一次机会吧！爸，求你了，这是最后一次！"

王建国想着，钱既然拿出来了，那就给他，毕竟这是混得最不好的孩子。

"爸，你到底在想什么啊？君安不成器，你不能帮着他不成器啊！你看看他，被你们帮了无数次，现在还是越混越差，钱越欠越多，什么时候才是个头啊？你必须摆正态度，才能让他明白，家里帮不了他，靠自己拼搏才是正道！"

王建国被王君凝说动了："那这……"

王君安见情况不妙，眨巴眨巴眼睛挤出几滴眼泪："爸，我知道，以前我干过许多混账事，实在是太多了……如果你不愿意帮我，我可以理解，反正全家就我混得最差，就让我自生自灭好了！"

王君凝心想，这小子又在这里玩苦肉计！

"爸，这个钱虽然我很想要，但我不能拿，这是你一辈子的血汗钱哪！我大不了把所有店都卖了，以后带着梓玉去打工，日子虽然苦点，但肯定能养家。"

王建国心中一揪："也没必要去打工吧？"

"爸，实际上我已经负债累累，这十万块钱对我来说已经是大钱了。不过你放心，我真的没关系。我必须对自己的人生负责。"

王君凝讥讽一笑，王君安这戏演得不错啊，相当到位，声泪俱下。

"君安……"

"爸，君凝说得对，我实在是太混了！该惩罚我一下。只怕会苦了柠柠，柠柠在学校会遭人白眼的。"

王建国将手中的钱拿到王君安面前，语气坚定地说："这钱，你拿着吧，无论是还债还是干别的，随你！"

王君凝猛地一惊,老头子好歹也是见过世面的人,竟会被这苦肉计蒙蔽!她顿时气不打一处来:"爸,你明知道给他钱是害了他,为什么还要这么做?"

　　王建国低下头说:"这事你就别管了,我心意已决。"

　　真是见鬼了,搞来搞去怎么倒像她是恶人一样?

　　姐弟俩从王建国家出来,王君安脚步轻盈,扭头对王君凝说:"你太不了解老头子了。"

　　王君凝冷淡地说:"哦?你了解?"

　　"老头子向来吃软不吃硬,你一味地骂他、指责他,到头来只会起反作用。老头子需要你顺着他,按照他的想法去做。你今天虽然来了,但老头子依然把钱给了我,因为我比你更了解爸。"

　　"你不要得意太早,你那点小伎俩也就骗骗爸吧!"

　　姐弟俩势同水火,互相看不顺眼。王君安说:"对了,你让君平过来跟我说这事,显然是不行的。君平是谁啊?站在我这边的。大哥向来不喜欢你,你又不是不知道,他什么都跟我说了,说你逼他逼得不行。君凝,你家那么有钱,何必呢?就八十万,对你来说不过是毛毛雨,送给大哥也没什么。"

　　王君凝被王君安气得不行,什么叫"送给大哥"?

　　大哥的钱是钱,她的钱就不是钱了吗?

　　"你都自身难保了,不配跟我说这些乱七八糟的,还是想想怎么做好生意吧,就算爸是金矿,也经不起你这样挖!"

　　王君安打小就知道说什么能刺激王君凝,见王君凝真的气炸了,内心竟油然生出一股子成就感。

　　是啊,王君凝是混得好,但王君凝在家里的地位还不如他,所有人都宠爱他。

　　王君凝没沉寂多久,又东山再起了。

第四章　一波又起

公司在并购AK公司的时候，AK公司提出诸多让人难以接受的条款。潘铭做事犹犹豫豫，很难做决策。王君凝迅速联合赵贵，两人以迅雷不及掩耳之势让AK公司老老实实就范了。

王君凝作为最大的功臣，自然备受瞩目。

在这件事上，众人见潘铭被架空了，之前王君凝的安静，不过是在等待时机。

正当王君凝踌躇满志之时，徐平喊她去了办公室。言语之间表示，她之前的行为让公司股东们心有余悸，她固然有能力，但也只能做营销总监，管理上恢复原样，再上一层楼显然是不可能的，希望王君凝能理解。

王君凝表面上笑盈盈的，表示自己能理解，内心早已气愤不已。

下班的时候，赵贵喊她一块儿吃晚饭，王君凝懒得理会他。当赵贵提出可以为她答疑解惑时，瞬间提起了王君凝的兴趣。

宁丽西餐厅开在本市寸土寸金的地方，饭菜价格自然高昂。王君凝坐下，顺手点了菜。

"有必要在这里吃吗？"

赵贵笑了："这不是恭喜你吗？"

西餐厅氛围极好，有钢琴师弹着钢琴，悠扬的琴声让人身心舒畅，但王君凝无心欣赏，只觉得肚子里有一股火无处发泄。

"恭喜？有什么好恭喜的？我不过是恢复职务罢了。"

"你真的了解自己的处境吗？"

前餐上了，王君凝自顾自地吃起来："处境？什么处境？"

"你是真不知道，还是假不知道？"

王君凝摇头："我知道什么？"

"徐总从来都不希望你在高位上，不是吗？这一切不过是徐总的策略。"

王君凝吃沙拉的速度变慢："哦？何以见得？"

"AK公司这么重要的并购案，都被我们俩谈下来了，如果你当了副总，我们俩联手，岂不是会威胁到徐总？他肯定要打散我们。"

王君凝喝了一口果汁："赵贵，你就直说吧。"

"ABC向我抛出了橄榄枝，他们希望我过去当分公司的老总。他们的分公司跟我们这边的不一样，前景比这里好。不知道你有没有兴趣？"

王君凝扑哧一声笑了："他们邀请你，又没邀请我，我不知道你说这话是什么意思。"

"他们指名要你过去，待遇不比这里差，你可以在那边当总公司的副总。ABC的背景想必你也了解，毕竟是我们最大的竞争对手。"

王君凝瞥了赵贵一眼："你确定要去了吗？"

赵贵反问："如果不确定，会过来问你吗？"

王君凝沉思片刻："找我对你有什么好处？"

"好处不多，坏处也不多。我不过是转告你罢了。

"我知道你想要很多，ABC会比现在公司给你的多，只是可能会更忙碌。你要是愿意，我可以联系他们老总，大家一起吃顿饭。"

"我考虑考虑。"

王君凝回到家，感到浑身疲惫。季永正躺在沙发上看手机，见王君凝回来了，颇感意外："怎么，今天加班了？"

"没，没有。临时有个饭局。"

季永没有多问，从桌子上拿出季子音的成绩单。王君凝心不在焉，看了一眼，就放在一旁了。

"最近你陪着子音，孩子状况好多了，成绩又上去了，现在是全班第五。足以证明，孩子多么需要妈妈的陪伴。虽然你现在是闲职，但对孩子来说，是好的。"

王君凝的内心充满矛盾。孩子需要妈妈的陪伴，工作需要她耗费大量时间。

"季永，ABC向我抛出橄榄枝，让我去他们公司当副总。这事，你怎么看？"

第四章　一波又起

季永自然知道ABC，这是王君凝现在公司最大的竞争对手，但一直处于老二的位置，始终当不了老大。如果王君凝过去，估计会比现在更忙。

季永不傻，他们不会挖一个闲人过去，王君凝过去肯定要承担重任。

"我不同意！你该知道你对孩子来说多么重要！再说，你是徐平一手培养起来的，他对你有恩，你即便想跳槽，也不该跳到这家公司，到时候两个公司为一个业务抢得头破血流，你情何以堪？"

"我只是想想……"

"没什么好想的，你应该拒绝。"

"君凝，其他事我都可以顺着你，这件事我希望你慎重考虑。你借给王君平八十万，我虽然生气，但气一下也就过了，在这件事上你可千万不能犯糊涂啊！"

王君凝想起王君平那件事，没想到他是个阳奉阴违的人，表面上听自己的，实际却帮着王君安。

"你放心，八十万我会要回来的，逼都要逼他拿出来！"

"我不是拿君平说事。"

"我知道。我这么帮王君平，结果他是那个德行，我不帮了！"

季永一怔，他们讲的都不是一件事。

王君凝思来想去，她现在在公司地位很不稳固，ABC又抛出橄榄枝，不如去会一会他们。

徐平对她有知遇之恩。她大学刚毕业那会儿，一心想考公务员或事业编，正在耐心准备，徐平告诉她，她适合更富有挑战性的工作，他说她骨子里有野心，这股子野心是他最需要的。

徐平耐心培养她，让她成长，后来她成了徐平的左膀右臂。

王君凝想不通徐平究竟是怎么想的，自打王君安的事情之后，他像变了一个人。

王君凝联系了赵贵，让他引荐ABC的现任执行董事邓文烈。

同时，她在赵贵办公室问道："拉我过去，你有不少好处吧？不然你

175

绝对不会给自己找个对手。"

赵贵站起身来，虽然他已经四十多岁了，但保养得如同三十出头。他没有直接回答王君凝，而是说："君凝，我们俩还有多少年好混？如果这家公司不能给我们想要的，为什么不能换一家？"

"据我所知，徐总对你如儿子一般疼爱。"

"呵，我和你一样，都是与他没有血缘关系的人，他真正的儿子是徐简那个废物。我们俩能走多远？到最后不过是徐简的垫脚石。"

"徐简已经被架空了。"

"你以为以徐总的能力会不知道徐简做了什么吗？会不知道范煜陷害你吗？他不过是顺水推舟。你这些年来名声太大，这不是一件好事。"

"呵，我都没当上副总，我的名声怎么大了？"

"我和你的区别在于，我懂得藏锋，而你，过于耀眼。"

这句话戳中了王君凝的心。

饭局约在酒店里。

王君凝一过去，发现邓文烈也就四十来岁，衣着考究，戴着黑框眼镜。他对王君凝客客气气。他虽然希望王君凝过去，但也给了王君凝考虑的时间。就各方面条件来说，ABC比起现在的公司好得多。但还是那句话，她捉摸不透徐平的心思，不知道是否真如赵贵所言。

王君凝刚从卫生间出来，就看见打扮得花枝招展的赵晴。

赵晴见到王君凝，笑盈盈地过去打招呼："你怎么在这儿？"

赵晴打心底不喜欢王君凝，但赵宥之非要她和王君凝搞好关系，她只能硬着头皮讨好。

王君凝想起王君平，语气冷淡地说："有饭局。你呢？"

"我和同学聚会。"

"哦，大哥在家？"

"他肯定在家啊，成天带吱吱。"

"大嫂，不是我说你，你成天只知道买买买、花花花，你也知道大哥

第四章 一波又起

欠了不少钱，这不好吧？"

赵晴是极爱面子的人，被王君凝这么一说，瞬间不知道该怎么接话了。

"我没别的意思，只是就现在的情况提醒你一下。你可不要被营销或不良风气带偏了，那些都是商家想出来骗人的。消费可以，适当消费；生活可以，适当生活；自我可以，适当追求自我。你该了解你的责任，你首先是个妈妈，其次是个妻子。"

要是以前，王君凝肯定说不出这话，但现在不一样了，他们家欠着她钱，又这么消费，加上王君平阳奉阴违，一时之间让王君凝恼怒至极。

"你就了不起了？我看你也没多关心子音。"

王君凝不咸不淡地说："子音成绩好，季永家里有钱，而我呢，成天最喜欢的就是工作，我们家别提多务实了。大嫂，如果你有我这境界，想必大哥不至于走到这一步。"

轰的一声，赵晴感觉自己的脑子都要炸了，王君凝这是明摆着看不上她！

"很多时候别老怪自己的老公不行，自己也就那水平。若论本事，你还不如王君平。王君平虽然混得普普通通，可他全靠自己。你呢，如果不是靠你爸，你甚至低于正常水平。

"大哥为了让你看得起，拼命证明自己。如今想想，他欠下这八十万也有你原因。你在事发之后，首先想的是离婚。大嫂，你可真够可以的！"

赵晴捏紧包，向来都是她高高在上指责别人，没想到，今天竟被王君凝说成这样。

赵晴不知道自己是怎么回到家的，身心疲惫。

一回到家，她就靠在沙发上痛哭流涕。想到自己嫁给王君平后的种种遭遇，她觉得自己嫁错了人，现在还要被王君凝踩在脚底下践踏。

王君平半夜起来上厕所，被客厅里披头散发坐着的赵晴给吓坏了。

他赶紧开灯，发现赵晴哭得眼睛都肿了。

"你怎么了？三更半夜不睡觉，在这儿瞎哭什么？万一吓到吱吱怎么办？"

赵晴瞥了王君平一眼，哽咽了一下。

王君平从来没见过赵晴哭成这样，想必是遇到大事了。他去厨房端了一杯热牛奶出来："喏，喝点牛奶慢慢说。"

赵晴捧着牛奶说："我今天遇到王君凝了，她说我这个不行那个不行，还说你愚笨！我这辈子都没受过这种屈辱！王君平，你说我嫁给你委屈不委屈？你承诺过要让我过好日子，如今好日子没过上，还要被王君凝笑话，我冤不冤哪！"

王君平感到意外，王君凝虽然嘴巴毒，但不至于这样。

"这事，会不会有误会？"

"误会？什么误会？要不是你欠了她八十万，我何必受这种屈辱？以前君凝也不这样，主要是因为你欠了她钱，让她的气焰越来越嚣张！"

这话，王君平信，他确实发现王君凝说话越来越不给他面子了。

"你们兄妹俩的恩怨我不想管，但不能骂到我头上啊！"

王君平现在虽然和赵晴感情平淡，但也见不得她哭成这样，尤其这事还跟王君凝有关。

"这事，王君凝太不应该了！"

"你知道不应该，但你有什么底气去说她呢？人家王君凝有钱、有能力，你呢，你有什么？"

王君平陷入沉默，他竟无力反驳。

"我会帮你出头的，你放心！"

赵晴压根不相信王君平能做出什么，他向来懦弱，还能跟王君凝对着干吗？如今人家是债主，气焰嚣张，还能有他们说话的余地？

王建国近来的日子越来越不顺心，但案子还是要办，并且他还不能将糟糕的心情带到工作中，这就考验他的自我调节能力了。柳军跟他说："万事想不开就先休息，请个假。"

但王建国性子执拗，认为自己可以，不愿因为一点小事请假。

这日，又有一个新案子。

第四章　一波又起

这是一个遗产继承纠纷案，王建国大致了解了案情：陈保中在本市市中心有一套一百七十平方米的房子，他和前妻离婚后，娶了季敏。

季敏对陈保中极好，陈保中一时感动，便立了口头协议，承诺去世之后将这套房子留给季敏。但季敏不放心，又找了两个公证人，即她和前夫生的女儿季芳芳，以及陈保中的亲弟弟陈保国。

三年后，陈保中得知季敏是冲着自己的财产来的，于是想起自己的独子陈俊胤，又亲笔给陈俊胤立了一份遗嘱。

然而父子俩关系不好，陈俊胤压根不理会老头子。

陈保中气坏了，这时候，他深感季敏和陈俊胤都对他不好，只好对他的养子陈俊巧寄予厚望。陈俊巧将陈保中接到自己家中，关怀备至。陈保中深受感动，又立遗嘱将房子留给了陈俊巧，两人还去公证处做了公证。

陈保中去世后，季敏和女儿季芳芳住在房子里不肯搬走，认为这套房子是陈保中留给她们的。

陈俊胤压根不理会陈俊巧，认为自己是亲生儿子，理所应当继承爸爸的房子。

陈俊巧现在要拿走这房子，所以告到了法院。

王建国约了他们三人一块儿过来。陈俊胤一过来就对季敏冷嘲热讽了一番："哟，一个保姆上位当了人家老婆，现在又想要房子，也不看看自己那副德行！季敏啊季敏，见过不要脸的，没见过你这么不要脸的！"

王建国大概了解到，季敏之前是陈保中的保姆，后来陈保中娶了她。

这个叫季敏的女人，看着年纪不小了，衣着朴素。

"房子是你爸留给我的，可不是我自己抢的，不信你可以问你叔叔。"

"哦，老头子受了你的蛊惑，我问叔叔有用吗？"

"你爸就是看你太不孝顺，不会给他养老，才把房子留给我的。"

"我不孝顺？你也不看看你自己是什么德行！我叫你来是干吗的？叫你来是当保姆的！没想到你竟然上位想当我妈！你成功了，成功当了我妈，我自然对你心生怨恨。老头子为什么跟我关系不好？多半就是你怂恿的！"

王建国冷言道："好了，你们别吵了！现在我来问话，你们依次回答。"

季敏和陈俊胤见王建国说话了，也就不吵了，相互白了一眼，谁都不服谁。

"这事我们慢慢梳理。首先，陈保中给你立了一个口头协议，说房子以后归你，同时你找了两个公证人，一个是你的女儿季芳芳，另外一个是陈保国，对吗？"

季敏点头如捣蒜："是的，陈保中娶我的时候，所有积蓄都被前妻拿走了。事实上，他是个身无分文的人，每月工资发下来也只够应付保姆费和家中开支，只剩下一套房子。当时陈保中和俊胤关系紧张，两人见面必吵。我们结婚之后，由我照顾陈保中。当时他出了一场车祸，路都走不了，全靠我照顾。他出于对我的感激，承诺以后把这套房子留给我，让我们母女俩好好生活。"

陈俊胤噌地站起来，瞪着季敏说："你是不是把事情的前后顺序弄反了？我像是听到了一个笑话！"

王建国望向陈俊胤，陈俊胤问王建国："我可以对她的说法进行纠正吗？"

王建国随即点头。

"首先，是我爸出车祸在先，无法行动，我工作忙，没空照顾我爸，我妈也不大会照顾人。于是我和我妈请了一个保姆，就是季敏。季敏照顾了我爸大概半年，两人不知道怎么就勾搭上了，我爸死活要跟我妈离婚，并且不惜一切代价。我妈心都凉了，不想自己竟比不上一个保姆，最终两人离了婚。他们是协议离婚的，我妈拿走了全部的钱，我爸留下一套房。季敏，在这里我要说明，照顾我爸是你作为保姆的义务，当时请你来的时候就说好了，所以并不是什么高尚的行为。我爸被你照顾了一阵子，不知道受了什么蛊惑，立了口头协议，这点我认可。但后来他看清你照顾他是为了房子，不是真心的，又立了个遗嘱要把房子留给我。"

季敏笑道："给你？你天天跟他吵，老头子心都寒了。虽然你是他亲

第四章　一波又起

生的，但整天就知道跟他吵，还觉得自己特有理。"

看着两人争吵，王建国猛地想到了王君凝。两人就是因为之前的矛盾，王君凝一直对他很冲，像有什么深仇大恨一般。

一家子，本该和和气气的，真有必要搞成这样吗？

两张脸忽地变成了自己和王君凝。

王君凝恢复职务之后，变得越来越忙了。

但季永在身后永不停歇地告诉他，你该关心女儿了，王君凝被季永吵得实在没办法了。

早晨，天气极热，她去滨海路的一家公司谈合作。谈完之后，她想起季子音正在附近补习，于是打电话给季永，让他别来接了，自己顺便去培训机构接孩子。

王君凝从没来过这里，出来的孩子很多，她四处搜索季子音的身影。

季子音很惊讶王君凝会来，但看上去没那么开心，憋了半天才问了句："爸呢？"

"爸爸在家啊。妈妈刚好在附近谈事情，顺便过来接你。"

季子音鼓了鼓嘴巴说："哦。"看起来很失望。

王君凝纳闷，自己百忙之中抽空来接孩子，这孩子怎么是这个德行？

她拉着季子音刚走到门口，竟然碰见了吱吱和王君平。

王君平没想到王君凝会来接孩子。

于是，四人一块儿坐电梯去地下停车场。

王君平想到赵晴被王君凝骂得一无是处，认为还是要找她说道一下，赵晴就算千错万错，也不应该由她王君凝来骂。

"赵晴回来之后，都跟我说了。"

王君凝一怔，随即想起赵晴那事。

王君凝冷淡一笑："哦。"

"别太过分了，赵晴毕竟是你大嫂，何必呢？"

"那你还是我大哥呢！你有大哥的样子吗？人家的大哥都能帮帮弟弟妹妹，我的大哥不惹事就不错了，你说我多冤哪！"

王君平知道王君凝指的是那八十万的事，那是他永远的痛，平时他做人做事都是四平八稳的，唯有这事，让他成了所有人眼中的笑柄。王君凝帮了他，他心存感激，但王君凝时不时就拿这事说事，让他面子全无。

他脑海中竟然浮现出王君安的论调：王君凝本来就有钱，帮帮他也没什么："王君凝，你别欺人太甚！"

咚的一声，电梯到了地下车库。

王君凝拉着季子音率先出去了："我没有啊，你可别冤枉我！"

王君平跟在后头："你要是这么对我，这钱，这钱……我不还了！"

王君凝停下脚步，不可置信地转头："哟，我还以为刚才是王君安在讲话，原来是你啊！看来你们兄弟俩都是一个德行，帮你们对我一点好处都没有。之前我帮王君安，被他反咬一口；我帮你，你又说不还钱了。难不成我们老王家的血脉都这样？哦，还有我帮爸，爸非要借钱给君安，真是全乱了，一家子人都好坏不分。"

"王君凝，你有没有考虑过你自己的问题？你那张嘴，让所有人恨你，你能不能好好说话？"

"不能！我为什么要好好说话？我们这个家谁能让我好好说话？是你，是君安，还是爸？我从小受了那么多不公平待遇，谁来帮我了？现在我长大了，混好了，可以抬头挺胸做人了，我这辈子都在期待这一天！"

"合着你努力就是想让一家人仰视你？"

"对，你说对了，让大家仰视我，就是我的终极目标。"

"你太过分了！"

王建国听出两人的矛盾主要是陈俊胤认为季敏是小三，死咬着不放；季敏则认为自己是光明正大被娶进门的，自己没有错。

在一旁的陈俊巧一言不发。

第四章　一波又起

王建国让季敏和陈俊胤别吵了，随即问陈俊巧："说说你的情况。"

"小妈一开始确实照顾我爸，尽心尽力，但后来不知道两人产生了什么矛盾，我爸确实又写了遗嘱把房子给了大哥，但大哥一直对爸不满。我当时是没办法，见爸无人照顾，就提议让爸来我家住。我和爸虽然没有血缘关系，但我始终把他当亲爸看待，只要他需要我，我就会出现。爸在我这边待得还算开心，对我也挺满意，提议要把房子留给我。我一开始并不想掺和，爸不过是以房子作为回报，让大家对他好点罢了。我了解他的苦衷，跟他说不需要这样，我作为儿子，肯定会照顾他的。后来他坚持要跟我去办理公证遗嘱。我们家一直照顾爸到最后，临终之前，爸说将房子留给我他很安心。"

季敏冷笑道："哦，说来说去，你把自己说成一朵花了？你怎么不说你现在想卖房子，要把我们娘儿俩赶出去？"

陈俊巧惭愧地低下头："对，我是想把房子卖了，因为我手上资金周转不灵，需要卖掉房子。"

"大家都是自私的，你何必把自己说得那么无私？你作为一个养子，蛊惑老头子把房子留给你，你良心上过得去吗？老头子养你不需要钱吗？你大学毕业后，几乎跟家里断了联系，你敢说自己对老头子是真心真意的吗？"

"是啊，大学毕业后，你就对家里不闻不问，从来没往家里拿过一分钱，这事我可以证明。"陈俊胤附和道。

"我不跟家里联系，难道你不知道原因吗？何必在这里惺惺作态！"

陈俊胤眼神躲闪："我知道什么？你可别胡说八道！"

"我当时不跟家里联系，难道不是因为你们怕我争夺家里的财产？包括金钱、房子。所以妈说要想个办法把我赶出家门，不能有任何联系。当时我考上了美国A大学的研究生，但需要巨额学费。你和妈问都不问一声，直接将我赶出了家门。因为你们知道，老头子会不惜一切代价送我去留学的。其实我早就选了一所国内的大学读研究生，没有你们想得那么糟。"

陈俊胤望向别处："你离题了，我们现在说的不是你考上研究生的问题，而是房子的问题。你作为养子，不应该觊觎我们家的财产，这是我们家的财产，不是你的！我爸妈供你吃，供你喝，已经对你不薄了，怎么着，你现在急需用钱，就想卖这套房子吗？我告诉你，没门！"

季敏附和道："对啊，对啊，在这个家里，你是最没资格的人！"

"无论有没有资格，爸都把房子留给我了。"

季敏冷言冷语："哦，这事你说了算啊？老头子还说留给我们母女了呢！"

陈俊胤争论道："我是亲生的，房子应该是我的！"

王建国大致了解了情况，让他们安静。

陈俊胤、季敏心中有再多不满，见王建国制止，也不好再说话。

陈俊巧本来话就不多，一听王建国这么说，也就不再多言。

王建国先同季敏说："首先，口头遗嘱是遗嘱人在危急情况下立的，并且要有两个见证人。待危急情况解除后，遗嘱人如果能以书面或者录音录像的方式立遗嘱，那么之前的遗嘱无效。你主张你的权利，然而你没有权利，因为你什么都不占。立口头遗嘱需要两个条件：一是必须是危急情况，显然，陈保中跟你说这事的时候，绝非危急情况；二是要有两个以上的见证人，但你的女儿跟这件事有直接的利害关系，不能作为见证人。后来，他给陈俊胤又重新写了遗嘱，这可以推翻之前的遗嘱。"

季敏一怔，但嘴巴不饶人："那照你这么说，我这么多年的心血是白费了？我陪他，耐心照顾他，结果没钱，也没房子，你说说，我……我不管，我就要房子，我就赖在里面不走了！"

王建国本来想说，如果判下来，也没有她的份，到最后依然要强制执行。但话到嘴边，没有说出口。他想到自己也是濒死之人，将来孩子或许也会面对这样的纷争，如果单靠法律法规去压人，算不上本事，得让他们从心里认可这件事。

"你的心情，我可以理解。这些年你照顾陈保中也花了不少心血。

第四章 一波又起

我们姑且不论当时你的目的和企图,你确实真心真意照顾了他一阵子。我相信,当时陈保中愿意把房子留给你,肯定是感受到了你的真心。至于后来,只能说,很多事都不在可控范围内。"

季敏眼眶红了,不断地擦着眼泪:"想想这些年我为他付出了多少,被人骂成是小三上位,还要兢兢业业地照顾他!可他呢,当时他离婚之后,并没有分到钱,给我买菜的钱都不多,我们俩当时是勒紧裤腰带过日子,仅有这套房子而已!我早就跟他说了,不知道我们母女俩以后该怎么办。老头子答应,把这套房子留给我,毕竟陈俊胤的母亲还有一套,并且她拿走了家中的大部分钱。然后这个陈俊巧不知打哪儿冒出来,我之前从未听老头子讲过,直到后来他把老头子接走照顾,我才知道有这么个人。谁知道老头子去世之后,这房子就跟我没关系了!我简直要疯了!不管怎么样,这房子我肯定是要住的,绝对不会让出来!"

"那后来他为什么又立遗嘱将房子留给儿子,之后又公证遗嘱给了养子?倘若你对他好,他不应该做出这些事,毕竟他为你离了婚!"

"不,他不是为我离婚的,他是为自己离婚的!俊胤的妈跟他感情本来就一般,在他出车祸之后,更是懒得理他。母子俩对他不好,他才会对我这个外人感兴趣。你仔细想想,我一个老太太,老头子凭什么娶我?还不是因为得到我无微不至的照顾?至于后来他为什么给儿子,主要是因为他们母子俩上门煽风点火,老头子想了想,我和女儿都跟他没有血缘关系,于是就把房子留给了儿子。他写了遗嘱之后,我跟女儿肯定不愿意,就跟他讲理。他不想理我们,俊胤又跑来吵吵闹闹,老头子实在被吵得没办法,这时候陈俊巧出现了,随即就把老头子接走了。我是不肯的,但老头子说是去避避风头,于是我让他过去了,这一待我们就天人永隔了。"

王建国沉默了一会儿说:"唉,你这口头遗嘱没有任何效力。"

王建国转向陈俊胤问:"当时房子都给你了,你为什么还要吵吵闹闹?"

陈俊胤瞪了季敏一眼说:"别听她胡说八道!是,房子后来是给我了,但她们母女俩老是借机吵架。逢年过节老头子会让我去家里吃饭,一见面她们俩就要房子，这不就吵起来了。老头子的房子本来就是我的！虽然我父母离了婚，但我是独生子，我妈的是我的，我爸的也是我的。我爸那房子是婚前财产，跟那母女俩没有一丝关系，她们有什么资格要啊？"

"虽然你爸给你立的遗嘱有效，但效力小于公证遗嘱，他和陈俊巧做的公证遗嘱才最有效。"

"但他不是我爸的亲生儿子啊，我才是！他有什么资格继承？"

"对，你是你爸的亲生儿子，但你爸把房子给他了。"

"我爸也给我了，那能不能我和他各分一半？"

"从遗嘱的层面上说，口头遗嘱和自书遗嘱的效力都小于公证遗嘱。"

季敏几乎跳起来了："我不搬！我不管，我就准备在这套房子里老死，谁让我出去，就拖着我的尸体出去！我对老头子多好，没想到到头来我们母女什么都没落着，你让我怎么办啊！"

陈俊胤瞥了陈俊巧一眼，说："你就是回来报仇的！报当年我们家没供你出国读书的仇。"

陈俊巧冷笑一声："你脑子里只想着钱，我可没你这么肤浅！"

"哦，你没这么肤浅，那你为什么要卖房？你该知道老头子的房子很值钱，起码值七百万……"

"我是因为资金周转不灵，急需用钱，所以才想到卖房子。随你怎么说吧。我同意调解只是为了给你们二位留面子，如果你们不要，我可以继续走诉讼程序，我有的是耐心！"

他最后一句话，引起王建国的注意。

由于这件事较为复杂，一时之间，众人僵持不下，王建国便让他们先回去考虑。王建国已明确告诉季敏和陈俊胤他们没有继承的权利，但两人一个以死相要挟，一个以亲生儿子自居，搞得局面非常混乱。

众人离开之后，王建国留在座位上，感觉自己心跳加快，脑子里嗡嗡直响，还真是老了，他猛地灌了一口水。

在一旁的老柳听得一头雾水，便出门抽烟去了，见众人离开了才回来。

第四章　一波又起

"我听着案情十分复杂,既然他们僵持不下,就直接走诉讼程序,等判下来,谁都不会说什么了。那个老太婆要是不从,就直接申请执行即可。"

过了一阵子,王建国才稍稍回过神儿:"如果有一丝调解成功的可能,我认为还是要调解。调解是为了让每个人都满意,真的调解不了,再走诉讼程序也不迟。倘若不管不顾直接走诉讼程序,肯定会有许多人不满,后面还会抗拒执行。这种案子不同于民间借贷,不像车子、房子、存款,强制扣下就好。季敏非要住在房子里,执法人员强行让她搬走,她要是不肯,很容易引起不必要的麻烦。虽然后期按判决书办事,但人家要是以生命相要挟呢?能在调解阶段解决的,就尽量在这个阶段解决。"

"这倒是!这家人的关系实在是复杂。"

"所以才需要我们调解啊,同志,要是每个案件都简单,那就轮不上我们了。"

清明,王建国一家子去山上扫墓。大家都忙,所以选了一个各自都有空的时间。

王建国是个急性子,早上五点就起来准备了,六点便催促王君平过来接自己。王君平睡得正酣,被老头子叫醒,以为八点多了,没想到才六点。他一肚子火,但又不能说什么。

王君凝决定先来这边扫墓,第二天去季永老家扫墓。一路上季永念念叨叨,说父母希望他们先去他们家扫墓。王君凝说:"要不你一个人去吧,我和子音回我们家。"

季永想想便作罢了,他不想再跟王君凝闹别扭。

沈玉芬被安葬在公墓,王君平和王君凝一家来得比较早,王君安一家姗姗来迟。

第五章　各有各的难

王君安一副没睡醒的模样，惹来王君凝的不屑。

王君安看在王建国的分儿上，不想和王君凝计较。

姐弟俩的矛盾，猛地将王建国的思绪拉回到那天：王君凝坚决不同意他借钱给王君安，而他却执意把钱借给了王君安。

王君安拿了钱之后，没有了之前的嘘寒问暖，上次让他顺便买点药回来，王君安一句没空就将他打发了。

养儿难，养儿真难！

作为父亲，虽说养儿不求回报，但让他买个药他都不愿意，这让王建国心里头很难受。

他又开始左右摇摆了，心想，或许君凝说得对。

众人一一献上花，恭敬地拜了拜。轮到王君安时，他围着公墓哭哭啼啼："妈，你离开之后，我们家全乱了。唉，我也没活出个人样来，真是对不起你！"

王君凝冷笑道："你活不出个人样是你自己作的，不是别人的问题，有什么好哭的！"

王君安止住眼泪，瞪了王君凝一眼。

王君平看不下去了，帮着说了一句："君凝，他不是这个意思，他是在忏悔自己没活出个人样。"

第五章　各有各的难

"王君平,你是他肚子里的蛔虫吗?他想说什么你都知道。"

王君平没想到王君凝连他也一起攻击,心里很不好受:"我不是蛔虫,我只是说实话!"

王建国眼看着三个人在沈玉芬墓前就要吵起来了,连忙阻止道:"你们都给我闭嘴!在你们妈墓前吵成这个样子,成何体统!连基本的尊重都不懂吗?"

众人不语。

王建国感到头疼,三个孩子没有一个让他省心的,至于女婿、儿媳,一个个冷眼看戏,孙辈则对此漠不关心,似乎争吵是一件很正常的事情。

这个家,确实乱成一锅粥了。

扫完墓,众人一块儿去附近的餐厅吃饭。

饭桌上,先是王君安指责柠柠吃饭不注意形象,只知道往自己嘴里扒饭,柠柠自然不高兴,端着碗坐到门口去吃了。之后赵晴又不停地夸吱吱这个好那个好,尤其是学习成绩,已经比之前好了太多,赵晴笑着说:"我瞧着,吱吱都快赶上子音了。"

季子音吃着鱼香茄子,顿时瞪大眼睛,撇了撇嘴。

吱吱最近成绩很好,从全班十几名升到了全班前三,并且十分稳定,对此,赵晴心里别提多满意了。

虽然老公不行,但吱吱帮自己扳回一局,总算是扬眉吐气了。她恨不得让全世界的人都知道吱吱成绩好。

在吱吱成绩变好之后,她还特意去打听了一下子音的成绩,听说下滑了一阵子,最近也才勉强考到五六名,早已不是之前门门拔尖的季子音了。

赵晴瞬间感到自己越发了不起了,上次王君凝说了她一顿,这次她迫不及待想在众人面前炫耀一番。

季永看了季子音一眼,知道她心里不好受:"小孩子嘛,成绩浮动都是正常的,没必要过于计较。"

王君凝知道赵晴是冲着自己来的,两人在空中对视了一下。王君凝对着王君平笑了笑说："大哥，我们最近手头紧，你们要不勤俭节约一些，早日还钱？"

赵晴一怔，气恼不已。

王君平知道王君凝肯定不会给赵晴好果子吃，没想到她又提到这事。

王君平还没说话，在一旁的王君安憋不住了，说："君凝，你这又是何必呢？他们家要是还得起，早就还给你了。你干吗要这么咄咄逼人？"

王君凝啪的一声拍了下桌子，惹得众人一惊："王君安，你牛啊，遇事第一个跑，借钱第一个来。你有什么资格跟我说这个？难不成所有有钱人都必须借钱吗，这是什么逻辑？有钱人辛辛苦苦赚的钱难不成就是留给别人挥霍的吗？王君安，你看看你开的店，哪一个是赚钱的？你为了做生意，赔进去多少钱？人家做生意是为了赚钱，你做生意纯粹是玩。我认为你的那些生意都可以不做了，直接在家吃吃喝喝都比现在好！"

王君凝瞪了王君平一眼，兄弟俩没有一个让人省心的，全是花钱的主儿，她冷淡地说："我劝你们趁早还钱，否则……"

"否则怎么样？"

"否则别怪我不客气！"

王君平也豁出去了，虽然赵晴说话有问题，但王君凝也没必要在众人面前让他丢人，吱吱还在身边坐着呢。

"哦，不客气？那我就不还了，看你能怎么样！"

王君凝眯了眯眼睛说："哟，你还自认为比王君安高级，没想到你和他是一丘之貉，拿了钱就想赖账？"

王建国看眼前乱套了，捂住胸口说："你们别吵了，我胸口痛！"

王建国低下头，喘着粗气。众人慌了，连忙上前围着王建国，王君平紧张地说："爸，我送你去医院吧？"

王建国虚弱地点头说："好，好。"

王君凝说："坐我的车吧？"

王建国摇头："你们就别来了，让君平带我去！"

第五章　各有各的难

于是，赵晴和王君平扶着王建国上了车。

待王君平一家子离开后，王君凝和王君安相互看着不顺眼，也纷纷离开了。

王君安说："你这么不孝顺，老头子迟早要被你气出脑出血！"

王君凝回道："我可没跟老头子借钱！"

王君凝一家开着保时捷，王君安见王君凝又换了车，内心满是羡慕。有钱真好，想换什么车都行，他长这么大，还从没开过保时捷。

祝梓玉走到王君安身边说："你就别跟君凝吵了，爸爸是大家的爸爸，可爸唯独把钱给了你，你说君凝心里能好受吗？她说你几句你听着就是了。"

王君安说："唉，我什么时候才能开上保时捷？"

王君安喜欢奢侈的东西，却又不能脚踏实地，虽然他脑子灵光，但所有的小聪明全用在了自己家人身上。

车上，王建国瞄了王君平一眼，说："我身体好多了，带我回家吧。"

王君平手握方向盘，说："爸，你刚才不是很严重吗？我们去医院查查吧！"

"不，不用了，我没事了，就是气一下子喘不上来了。君平，我没事了，送我回家。"王建国又说："吱吱成绩好，我很欣慰，下次偷偷告诉我就行了，没必要跟君凝说。君凝什么脾气你不知道吗？冲得要死，而且你现在还欠她钱，她肯定要拿这事敲打你。"

王建国这话虽是跟王君平说的，但实际说的是赵晴。

赵晴立马说："爸，我只是夸一下吱吱成绩好，我哪知道他们夫妻俩就恼了。唉，我们以后会小心的，君凝肯定是希望在家中当老大，谁的地位都不能超过她。"

"赵晴，我知道你心里有怨气。君凝嘴巴毒，但她在你们最难的时候帮过你们，你又何必如此呢？一家子和和气气的多好啊！"

王君平说："爸，很多事现在说不明白，君凝当时借钱的时候就是

191

一副高高在上的模样。我们跟别人借，还不用受这样的气。君凝现在趾高气扬，恨不得把我们踩在脚底下，我们欠了八十万，感觉人格都被践踏了。"

"君平，你当时可不是这么说的，君凝替你解决了麻烦，你应该感谢她。"

吱吱跟王建国说："爷爷，我不喜欢季子音，每次在学校里碰见，她总是一副看不上我的样子。"

王建国感到头疼，问道："子音为什么不喜欢你？"

吱吱摇头："我不知道。反正我也不喜欢她，每次都要跟她比来比去的。"

王建国对赵晴说："孩子们不应该相互攀比，应该相互帮助。你老拿他跟子音比，他心里肯定不舒服，子音也是。"

"吱吱，你要是放下成见，好好接纳子音，子音也会对你好的。"

赵晴不说话，内心却相当不认可。

吱吱好不容易比季子音成绩好了，为什么要低调？

只是王建国这么说，她也没办法，便随意附和了几句。

王君平同样不认可王建国，王建国看似想一碗水端平，实际就没端平过："爸，我们的事情我们自己解决，你就不必操心了。你不是一直不想管这些吗？别想太多，你该吃吃，该喝喝。"

车子到了王建国家楼下，王建国看了三人一眼，微微叹气："你们……唉，我真是……不知道该说什么！"

"爸，你老说我和君安有问题，现在君凝跟疯子一样，四处乱咬，难道她就没问题吗？"

王建国没有回答。王君平认为自己说得没错，王君凝过于强势，她是有问题的。

周一，王建国走访了陈保中的街坊四邻，通过与邻居唠嗑得知，陈保中是个疑心病很重的人，跟邻居的关系也较为紧张，可以与邻居好到勾肩搭背，有时又怀疑邻居偷了自己家的葡萄酒。

他们对季敏褒贬不一，大多数人认为季敏是小三上位，故意装出很贤惠的样子，实则居心叵测。但也有部分人认可季敏，认为她老老实实照顾陈保中，其间并没有发生什么大的纷争。

至于陈俊胤，在他人眼中他不差钱，毕竟母亲有一套房，退休金稳定；其次陈俊胤在一家大公司工作，薪水不低。听说他妻子家境很好，婚后两人有一套房。两套房加起来有上千万的资产，他想要父亲的房产，无非是为了那句——"我是亲儿子"。

王建国又去了陈俊巧的公司。陈俊巧目前在一家互联网公司上班，他匆匆来到楼下，有些诧异，没想到王建国会来找他。

两人坐了会儿，王建国说明来意："上次来我办公室调解的时候，人太多，很多话我看你也不便说。"

陈俊巧一怔："也没什么不便说的，反正他们不肯，我就走诉讼程序。"

王建国摇头："不，你想说的不是这个。当时你的语气中有怒火，这件事肯定另有隐情，只是陈俊胤和季敏太咄咄逼人，你没说出口罢了。"

陈俊巧想了一下，道："这事，我告诉你倒也没什么，这对结果没有任何影响。我并没有资金周转不灵，我不过是找个借口卖房子罢了。"

"哦？为什么？"

"季敏和陈俊胤对老头子并非真心，闹来闹去只是想要房子，对此我很寒心。季敏一开始确实是他们家的保姆，后来正如陈俊胤所说，小三上位，认为将来会衣食无忧，却没想到陈俊胤的母亲拿走了大部分的钱，她只能觊觎那套房子。她想方设法让老头子将房产留给她。在季敏的软磨硬泡下，他同意了，但很快就反悔了，他又想到有血缘关系的陈俊胤。陈俊胤虽然家中有房产，但还想要老头子的房子，既然老头子给他，他乐见其成，但要他孝顺，他完全不肯。举个最简单的例子，老头子感冒了，陈俊胤听说后不闻不问。老头子最终在我家住了将近两年，和我们夫妻俩没

193

有任何矛盾，才在临终之前把房子给了我们。老头子的意思是，这套房任我处置。如果季敏和陈俊胤讲理，房子可以留着；如果两个人无理取闹，让我直接把房子卖掉。他们俩知道老头子去世了，便火急火燎地想继承房子，却没想到最后还有一个我。"

王建国陷入了沉思。

每个人都有自己的说辞，同一件事不同的人有完全不同的说法和看法，人与人之间最奇妙的莫过于此。

季敏刚回到家，见王建国在门口，有些诧异，连忙将他迎了进去。

王建国让她别忙活了，自己待会儿就走。季敏就坐下了，卧室里传出窸窸窣窣的声音。季敏倒了一杯茶给他，说："我女儿没找到工作，现在每天就知道打游戏。"

王建国想，季敏没工作，她女儿也没工作，她们的经济来源是什么呢？

"陈保中留下一些财产给你们母女俩，对你们算是有情有义。"

季敏不知道王建国说这话是什么意思。她确实没说，陈保中还有八十万的私房钱，在搬到陈俊巧那边前已经把钱转给她了，算是对她的补偿。难不成王建国查到了这笔钱？

"也不多，过过小日子罢了。"

"你女儿没工作有段时间了吧？听邻居说好像好几年了？"

"哪有好几年，也就三年而已……"

说完之后，季敏觉得自己说错话了。三年，母女俩的开销也不是一笔小钱，他肯定会问哪里来的这么多钱。

"我从邻居嘴里得知，陈保中这个人疑神疑鬼，你们母女俩照顾他费心了。"

"可不是嘛，陈保中简直太难伺候了，一点小事能讲很久。买菜的时候跟我斤斤计较，每一样菜都要问价格。结婚那么久，还完全把我当外人！"

"既然他这么计较，为什么还不断地给你钱，后来又给你房呢？"王建国随即脸色一变，严厉地说，"因为你索要？不，陈保中不是这种人，

第五章　各有各的难

倘若他对你完全不信任，绝对不会给你钱和房的。正确的说法应该是，陈保中虽然疑神疑鬼，但在你的悉心照顾下，渐渐打消了对你的疑虑，甚至给了你房子。可在你拿到房之后，他发现你想要的只是财产，对他并非真心，所以心灰意冷，最后只给了你一笔钱，算是补偿。你应得的仅仅是那笔钱，而非这套房子，这套房子他给了陈俊巧，跟你无关。"

季敏噌地站起来，王建国的话戳中了她的心，但她不想承认："不，不可能！房子是留给我的，你胡说！"

"胡说不胡说，一分析就知道。为什么他后来又把房子给了陈俊胤，最终又给了陈俊巧？我劝你拿了钱就算了。因为这事你并不占理却闹得最凶，这对你没什么好处。到时候被人请出去，会弄得自己很难堪。如果我是你，会主动搬出去，说一些体面的话，没准以后大家还能相互帮衬。如果搞得那么僵，被请出去，试问以后谁还会理你？你又要承受什么样的风言风语？我想你不是一个不需要人际关系的人。"

季敏眼珠子一转，说："可不可以商量，房子分我一半？"

"你和陈俊巧熟吗？"

季敏摇头。

"你自认为给陈俊巧留下好印象了吗？"

季敏又摇头。

"你认为陈俊巧知不知道你的事情呢？"

季敏沉思了一会儿，随即摇头。

"我怕你去商量，结果会适得其反。你完全不占理，万一惹怒了他，搞不好他会让陈俊胤过来跟你要钱。到时候，只怕你会更麻烦，吵吵闹闹，永无宁日。"

季敏毕竟是个文化程度不高的老太太，一听王建国这么说，顿时感到紧张，生怕自己口袋里的钱保不住："那，那……"

"房子就别要了。你女儿年纪也不小了，该让她出去找工作了，即便不是为了养活你，也为了养活她自己。"王建国看了一眼她房间里的女儿，和陈俊胤差不多大，却连着三年不工作："唉，孩子发展好才是真的好，至于这房子，你该清楚，人家没给你，你就别要了。"

季敏一想到女儿就流泪："我也不想这样啊，可女儿不成器我也没办法。"

"你应该给你女儿做个好榜样，高调地搬出去，将来大家对你的评价也不会差，对你肯定有好处，主要是人言可畏啊！"

王建国把事情分析得很透彻，季敏不是傻子，自然听懂了。

"难道我这些年的辛苦就值那么一点钱吗？"

王建国摇头说："不，辛苦是无价的，看你怎么看，有可能值一分钱，也有可能值一个亿。当时你就应该一心一意对陈保中好，让他不改初衷。既然他改变了主意，那房子就不再是你的了。"

季敏悔恨不已，猛拍自己的大腿："都怪我，都怪我，太沉不住气了！"

"是沉不住气还是并非真心？"

季敏一时无言。

"真心换真心，假意换假意，你该明白这个道理。"

季敏图的是陈保中的钱，所以一开始她温柔、细致，但时间久了就暴露了本性。她憋不住了，觉得得到了老头子的房就可以将他一脚踹开，却没想到老头子还可以另立遗嘱，把房子留给儿子，这是她的失算。

王建国离开季敏家，内心也异常沉重。季敏后来哭着解释说，之所以想要陈保中的钱，是因为她们母女俩一直过得很艰辛，希望给女儿更好的生活。没想到嫁给陈保中后，女儿更不争气了，天天跟小混混厮混。学历不高，曾怀孕、流产，后来结婚又离婚，到现在工作家庭一直没着落，依然需要依靠她生活。

王建国心想，所有父母都想为孩子谋一个好前程，但如果方式不对，只会起反作用，把孩子培养成一个巨婴。

他自己呢？他的孩子不也是巨婴吗？

第五章　各有各的难

蒋旭约了王君安来公司喝茶，这让王君安受宠若惊

王君安急忙来到蒋旭的公司，蒋旭热情地招待了他。

两人聊了一会儿，蒋旭直奔主题："这事，我研究了一下，倒也不是不行。"

蒋旭是蒋国平的儿子，衣着朴素，看上去斯斯文文，骨子里却散发着一股子匪气。

王君安眉开眼笑："我们本地的特产在我们的眼里不算什么，在外地人眼里可是香饽饽。你可以打开淘宝看看，销量极好，价格又贵。你相信我准没错，我们绝对会大赚一笔。"

蒋旭没有答话。

"所有计划都在我脑子里，你想听哪一步都行。"

"我哪一步都不想听。具体的情况你写到企划书里，到时候我看企划书。我想知道的是风险问题，我们俩该如何分担？"

"风险？"

"是，我投了钱，如果赔了，该怎么办？"

"那我们俩各承担一半，什么该怎么办？"

蒋旭和王君安对视了一下，王君安心中一惊。

王君安有个坏毛病，对自己家里的人予取予求，仿佛一家子都欠他，对外人却战战兢兢，很怕别人对他不满，总想以"割地赔款"维系良好的关系，从而制造出自己是社交高手的假象。

这次，王君安依然如此。他见蒋旭不再说话，生怕事情黄了，于是灵机一动，说道："如果你认可我，那么我们应该共担风险，而不该由一个人承担。但我们是多年的朋友，我想要不然这样，反正管理者是我，所有风险由我承担，万一出了什么事，也与你无关。"

"不，我不是说管理上的风险。管理上如果有风险，你放心，我有律师可以帮忙打官司。我想说的是，如果我投了钱，万一亏了，岂不是得不偿失？我有一个建议，我们签一个借款协议，你跟我借五十万。如果亏得

197

太惨，那么你要还我五十万；如果赚了，我没话说。"

王君安听明白了蒋旭的意思，明显不是合股，而是借钱。

他恼羞成怒，却又必须克制："我们是朋友，我找你是想合股，你何必这样呢？"

"君安，正因为我当你是朋友，所以才给你提这样的建议。如果你不愿意，那就算了，我们之间没什么好谈的。"

王君安脸上笑着，勉强维持着场面。

蒋旭依然热情地送王君安出门："你回去慢慢考虑一下，我不急。"

废话，他一个借钱的人，肯定不急。

晚上，王君安回到家跟祝梓玉吐槽："蒋旭真不是个东西，亏我小时候对他那么好，没想到他不想担一点风险。"

祝梓玉虽然站在王君安这边，但商场如战场，人家都懂得规避风险，王君安却从来不明白这个。

在店里，无论自己如何窘迫，他都要在员工面前逞威风，搞得自己像大老板一样。员工的工资都按最高标准发，即便那个人做得很糟糕。而对待自己的女儿柠柠，连买个电脑他都不准。她自己呢，买一件新衣服都要被王君安念叨半天，这日子没法过了！

王君安的聪明，全用在了自己家里人身上。那个蒋旭，她不知道是什么样的人，但她心里清楚，人家是在为自己谋利益。而王君安做生意，从来没有赚过一分钱。

开店这些年，两个人一直是囊中羞涩。

王君安不知道，此刻祝梓玉的内心七上八下，恨不得把自己丢进河里喂鱼。他继续说："一点都不顾及自己的面子，脑子里只有钱。"

忽地，祝梓玉瞪了他一眼说："人家都知道赚钱，你呢？你知道什么？你看重的不过是大老板的派头，人家喊你一声老板，你就飘到天上去了，至于赚不赚钱另说。我真不明白世界上怎么会有你这种人，做生意不求回报，只图大老板的名声！"

第五章　各有各的难

　　王君安怔了一下，感觉祝梓玉不像是会骂这种话的人。他心里一股无名火越来越大。在外头被外人气，回到家又被祝梓玉骂，他怎么能被一个女人骂呢？他从牙缝里挤出几个字："你再说一次！"

　　"全世界就数你最傻！人家都靠做生意赚钱，而你靠家里人接济做生意，丢不丢人哪！"

　　祝梓玉憋得太苦了，王君安的各种行为都让她恼火。他们家什么都不行，钱赚不到，店不会开，对孩子的教育也最不成功。

　　一开始，祝梓玉觉得是自己运气不好。但从最近发生的几件事看，她发现，是王君安有问题！

　　他太爱面子了，太想当老板了，太希望别人夸奖他了。

　　王君安气炸了，上去就是一巴掌，清脆又响亮。

　　祝梓玉不可置信地瞪大眼睛看着王君安，一时之间什么心思都没了。她以为王君安只会打王君凝，没想到今日巴掌竟会落到自己脸上。她几乎是歇斯底里地喊道："王君安，你敢打我，我跟你拼了！"

　　王君安猝不及防，一下子被祝梓玉的指甲抓伤了，脸上添了两道血口子。

　　"祝梓玉，你简直是个疯子！"

　　两人瞬间扭打在地上，都弄得伤痕累累。

　　王君安思前想后，妥协了，他联系到蒋旭，两人迅速签署了协议。

　　这次，他信心满满，由他自己全权掌控，一定会有不一样的局面。

　　祝梓玉与王君安完全不一样。手上的西餐厅一直不赚钱，生意萧条，情况很糟糕，在她的百般劝说之下，把这家店关了。

　　剩下的是投资公司、KTV、按摩店。投资公司固然在亏损，但王君安死活不肯关，关了这个，他就等于是无业游民了。KTV和按摩店他们只是占股罢了，没有实际管理过，最多只能算个小股东。

　　以前她觉得王君安好沟通，是个情商高的人，这些年才发现，王君安一无是处，只会啃老。

　　清晨，她来到王建国家。

199

王建国正准备出门，瞧见祝梓玉过来了，脑瓜子又开始疼了。祝梓玉希望王建国能劝说王君安，王建国却支支吾吾……

祝梓玉失望地笑了笑，觉得自己是个彻头彻尾的傻子。她不再乞求王建国，哽咽道："爸，没别的事情了，我回去了。"

"这事，让我想想……"

祝梓玉站起身子，冷冷地说："不用了！我这辈子做得最错的事情，就是嫁给王君安。爸，我已经失望到骨子里了！"

午后，王建国的情绪稍稍缓和了一些，外面阳光普照，他的内心却无比悲伤。所有人都想让他解决问题，可谁来解决他的问题呢？

王建国来到陈俊胤家门口，这是一套复式小别墅，环境优美。

陈俊胤和王建国是提前约好的，两人一起进了门。

陈俊胤倒在沙发上，懒散地问："他们俩怎么说？这事我是不会善罢甘休的，明明是我爸的房子，凭什么被外人继承？"

"你这房子挺大的，几个人住？"王建国四处观望了一下。

陈俊胤不知道老头子葫芦里卖的什么药，老老实实回答道："我老婆，我儿子，还有我妈一起。我妈自打和我爸离婚之后，就跟我们一起住，过一天算一天。"

王建国笑笑："你恨你爸吗？"

"恨？"

陈俊胤一怔，转而一笑："谈不上恨。离婚前他对我不赖，离婚后吵架渐渐多了。我不满老头子对外人好，我明明是他唯一的亲生儿子，应该对我最好才对，但他没有。他对季敏好，对陈俊巧好，对我只能说是一般。"

"我来说两句。你爸永远是你爸，这是事实。他没有对你不好，你却因为他离婚的事不断大闹，这是你的问题还是他的问题？子女过度干涉父母的感情，和父母过度干涉子女的感情一样不应该。我举个例子，如果你

第五章　各有各的难

爸不同意你娶现在这个老婆，成天跟你闹，甚至要挟你，你是什么感觉？你会不会对这个人产生反感和厌恶？后来他把房子给你了，你还继续大言不惭地闹，你爸已经对你心寒了，所以又把房子给了陈俊巧！是，你是他亲生的，他也尽了做爸爸的义务，而你呢？作为人子，有没有底线和原则呢？我觉得你没有。你觉得你爸这辈子都欠你的。他把房子给你，你发火；他不给你房子，你也发火！作为人子，你不尽赡养的义务，还摆出一副受害者的模样！"

王建国最后一句话讲得极重。

"他和我妈离婚，就是他的错！如果他没有跟季敏勾搭上，那就不会……"

王建国掷地有声地说道："父母的感情不容你插手，他们有自己的人生。他没有遗弃你，没有抛弃你，没有不认你，他全心全意地待你，基于父亲的角色，他是合格的。但在个人情感上，他即使有过错，也不该由你来闹，而是你妈！你闹来闹去，才最终失去了房子。不是你爸不认你，是你不认你爸，你爸才把房子给陈俊巧的！

"年轻人，任何矛盾，不是一味地以受害者的角色闹就可以解决的，不然你会损失惨重！"

陈俊胤沉默了。王建国的话虽然有道理，但他心里依然不愿意原谅他的爸爸。

陈俊胤扭过头去，心里有一丝动摇，但不想表现出来。

王建国马上又说："这些年，你对你爸尽过多少孝心，我想你心里有数。你不能总是以一个受害者自居，拒绝付出。你不知道自己得到多少爱才能不冷漠，你压根不知道自己的底线在哪里！然而，父子之间的关系不该以此来衡量，他抚养你长大，其中的辛劳无法计算。你自己难道就没有错吗？"

陈俊胤猛地站起来，说："我没有！我也想对他好，可谁让他又对季敏好，又对陈俊巧好？我才是他的亲生儿子，难道不该只对亲生的好吗？"

王建国提高音调说:"他没有吗?他一开始可能被季敏蒙蔽了,可后来不是直接把房子转给你了吗?但你依然吵闹,是你自己错失机会的!"

陈俊胤抱头痛哭。

过了一会儿,他缓了缓说:"不只是房子的问题。自从他娶了季敏之后,对我的关心少了很多,我们几乎不怎么讲话。而他在离婚之前,对我照顾得无微不至。记得小时候,我说凤桥的糖醋排骨好吃,特别想吃。那天下着暴雨,我爸虽然嘴里说不想去,但他依然赶到那边买来给我吃。当热腾腾的糖醋排骨端在手上时,我觉得我拥有了整个世界。后来他们离婚,对我打击很大。"

"是你拒绝跟他讲话,还是他拒绝跟你讲话?"

陈俊胤低头不语。

王建国看陈俊胤的表情,就知道是怎么回事了:"你老是拒绝别人,让别人怎么对你好?再者,他有另外一个家庭需要照顾,你也应该体谅他。这套房子,季敏已经让步了,你也让步吧。"

陈俊胤很诧异。季敏是个爱钱如命的人,怎么可能让步?

"你不信?"

陈俊胤犹豫了一下。

王建国当面给季敏打电话,对方在电话里明确表示她会让出房子。

"你是个有文化的人,相信你懂法律,即便不懂,也应该咨询过律师。季敏不想折腾了,那你呢?"

"我……"

"听我一句劝,所有父亲都爱自己的孩子。至于后来,他之所以把房子留给陈俊巧,是因为他受到陈俊巧的照顾,心存感激。这是你父亲的选择,你不应该过多地干涉。另外,我想知道,你妈是怎么想的?"

"我妈没怎么想。"

"是没怎么想,还是劝你算了?"

陈俊胤瞪大眼睛:"你怎么……"

第五章　各有各的难

"我怎么知道是吗？首先，你爸妈离婚时，财产分割明晰，那套房子本就属于你爸，后期你爸怎么处理，她没权利掺和；其次，你们家现在经济条件尚可，她犯不着为一套房子折腾。"

陈俊胤陷入了沉默。

王建国望了望外面说："天色不早了，我该回去了。"

"你怎么和我妈说的一样？"

王建国看了陈俊胤一眼，说："因为我也有孩子，父母对孩子的心都是一样的。你妈不想让你折腾，无非是不想让你再偏执下去，这对你没什么好处。如果当时你爸把房子转给你的时候，你们俩能和睦相处，这是最好的。但我想，这应该不太可能，你的偏执让你继续索要，但你爸不知道原因，你们父子之间存在认知偏差。现在你爸去世了，你就不要再折腾了，让他安息，让一切尘埃落定吧。"

陈俊胤木然地望向前方。

过了三天，陈俊胤、赵敏两人都主动放弃了房产，由陈俊巧一人继承。

陈俊胤离开之前对王建国表达了谢意："后来，我和我妈仔细聊了一次，我妈说的和你一样。这些年我爸对我还可以，只是我一直不愿意接受。我总认为，自己是亲生的，他该只对我好，但事实上，我也没有做一个儿子该做的事，一直以来都没有。陈俊巧把我爸照顾得很好，这套房子应该给陈俊巧，不过是一套房而已。"

众人离开之后，柳军过来撞了撞王建国的手肘说："怎么回事，七百多万的房子，怎么在他嘴里就跟一毛钱似的？"

"你知道他住在哪儿吗？"

"哪儿？"

"福山路那边。"

柳军张大嘴巴："就是那边的别墅啊？我还说呢，谁能住那么豪华的地方？别人家的别墅不是在山上就是在郊区，他那别墅直接在市中心，那一套少说也得值四千多万。"

203

"而且你看他妈那态度，一般的老太太早出头了，人家自始至终不闻不问。如果陈俊胤缺钱，他妈肯定第一个坐不住。这证明他缺的不是钱，是缺爱。"

"你是怎么发现的？"

"我猜的。"

"真的假的？"

"你说呢？"

"呵呵，不信。"

"总是需要一点猜测，再加上证据佐证，到后面再跟他们聊旁敲侧击。"

"那个老太太呢？"

"老太太自知有问题，不敢让深入调查这件事。陈保中生前对她不赖，并没有亏待她，待会儿我跟你细说。我现在饿了，去吃饭。"

"去哪儿吃啊？"

"去面馆吃面去。"

王君安是一个头两个大，祝梓玉不知道抽什么疯，威胁说他要是再做互联网就跟他离婚。王君安哪会吃这一套，表面上说："这事慢慢来，到时候再说吧。"实际早就着手招人了。

祝梓玉知道自己年纪大了，跟王君安谈离婚没什么资本。再说两个人还有个孩子，她想给孩子一个完整的家。但又气不过，只能慢慢引导他，两个人稳稳当当地生活，而不是风里来雨里去。

这天晚上，王君安八点才回来，一回来就洗澡去了。

祝梓玉纳闷，他没什么事可做，怎么还早出晚归？

她问过王君安，他表示要出去找找做生意的门道，对此，祝梓玉并没有反对。她知道现在她不能直接跟王君安对着干，免得跟他再生矛盾。

忽地，她在床头看见王君安的手机，平日里他都是带进去的，今天竟然落在外面。

第五章　各有各的难

她知道王君安的手机密码，于是迅速解锁，打开微信，一条条地翻看，没有什么异样，她本想将手机放回去，但又不自觉地打开王君安的朋友圈，她惊呆了，王君安发布了多条招聘信息，她却被屏蔽了。

招聘信息写的是君果网络信息公司招聘营销人员数名。这个"君果"不会就是王君安的新公司吧？

所以说，王君安最近背着她一直在搞这些，嘴上还说慢慢来，实际已经暗度陈仓了！

祝梓玉气得浑身颤抖。

过了一会儿，王君安洗完澡出来，见祝梓玉面色铁青，纳闷地问："怎么了？"

祝梓玉拿起手机，问王君安："你已经开好公司了？"

王君安暗叫糟糕，今天竟然把手机忘在外面了："这个……你听我慢慢解释。"

"还有什么好解释的？王君安，我是你老婆，你竟然骗我！在你眼里我是什么？你喜欢忽悠人已经不是一天两天了，你最爱骗你爸妈的钱，现在又骗我，真是没救了！狗改不了吃屎！"

王君安被祝梓玉骂得火了："你胡说八道什么！我这一天天努力工作，全是为了家里，怎么到了你嘴里，我就成了一个彻头彻尾的骗子？祝梓玉，注意你的言辞！"

"言辞？什么言辞？你也配？我早该明白，你骗你爸妈的钱，又打君凝，你骨子里就是个渣！"

"妈的，看我不打死你！"

王君安作势要打祝梓玉，祝梓玉大喊："你打啊，打死我算了！"

王君安气急败坏，抬起的手狠狠地拍在了自己的大腿上，怒骂道："祝梓玉，我忍你很久了，你到底想怎么样？"

祝梓玉睁开眼睛，发现王君安没有打，不知是该庆幸，还是该悲哀。

想起过往的种种，他们之间的感情并没有问题，只是王君安一直赚不到钱，才走到今天这个地步。

她劝王君安说："君安，我们不能一错再错了。这次，我们把以前的店全关了，专心做一家店，脚踏实地地经营，或许我们还有出路。"

王君安疲惫地抬起头，不屑地说："我们欠了多少钱，你心里没数吗？除了老头子的，外债还有不少，以我们俩脚踏实地的速度，什么时候才能赚到钱？"

祝梓玉沉默了。王建国那边的暂时可以忽略，毕竟是自己的亲生儿子，他不会来要债的。外债加起来也就三四十万，只要两个人肯吃苦，这钱是可以还上的。

"我又跟蒋旭借了五十万。"

祝梓玉不可置信地说："你问都没问我，又跟蒋旭借钱？"

王君安怒吼道："如果我问你，你会同意吗？"

刹那间，祝梓玉发现自己根本不了解眼前这个人，心里尽是恐惧和愤怒，她不知道王君安还会瞒着她做出什么事。

"王君安，在网上卖土特产这事，我不同意，你不准做！"

"你不准？可我已经做了，钱也借了！你就别管了，我自己会处理好的，到时候赚了钱，会有你的好处的。"

祝梓玉猛地站起来："会有我的好处？我疯了吧！王君安，当年你娶我的时候告诉我以后肯定会买套别墅给我住，结果呢，别说别墅了，我们俩负债累累，不堪重负。柠柠出生了，你很感动，又跟我说，以后什么事都听我的，所有的钱都放在我这里。呵呵，王君安啊王君安，我怎么会这么傻，你说什么我就信什么！你别的本事没有，也就有一张骗人的嘴！你能给我和柠柠什么未来？"

王君安皱了皱眉，他不喜欢祝梓玉翻旧账："你看你，讲的都是什么话！我当时是这么说了，这点我承认，但现在不是没赚到钱吗？而且我也没有整天在家吃吃喝喝不务正业，我想的全是赚钱的招儿！我这不是为你，不是为柠柠吗？"

第五章　各有各的难

祝梓玉捂住耳朵，歇斯底里地大叫道："啊！你快别说了！你做生意还不如不做，我们俩整天吃吃喝喝也不至于欠那么多钱！我真的要被你的生意经逼疯了！王君安，人家做生意赚钱，你做生意净赔钱！而且还以此为乐，每次都觉得自己特了不起，你有什么资格啊！"

"我看你才真的疯了！"

两人对视了两秒，随即祝梓玉像是下定了某种决心："这日子我不过了！我要带柠柠走，我要跟你离婚！王君安，我实在跟你过不下去了，你太混了！"

祝梓玉闹离婚，这是史无前例的。王君安却一点都不担心，他觉得这女人只是最近闹情绪，随便说说，真让她离婚，她敢吗？她现在早已没有了当年的美貌，还带着个孩子，谁能看上她？再者，她家境不好，没什么资本。

"离婚？你确定？"

祝梓玉见王君安眼里泛着奚落，更为恼火，他是吃定了她不敢离婚吗？

"离，马上离！"

祝梓玉的态度不像是在开玩笑，王君安转了个身，靠在一旁，心中思量着该如何蒙混过关。

"如果离婚，你分走一半财产，就要分走一半的债务。夫妻嘛，本来就是命运共同体，你要享福，就要承担责任。你一个女人，没有别的收入，怎么还得上那么多钱？"

祝梓玉似乎没想那么多，但王君安说的也没问题，这个钱确实是两人一起欠下的，肯定要一起还。她只是实在忍受不了当下这种生活了。

祝梓玉缓缓抬起头："如果我净身出户呢？我什么都不要了，只带走柠柠！"

王君安心中一惊。

"随便你，我懒得理你！"

王君安以为祝梓玉只是随便说说，但祝梓玉以行动证明，她并不是随便说说。她先是将所有衣服都搬到了父母家，以此表明态度。

王君安知道祝梓玉不对劲，但他实在忙得无暇顾及。虽然现在手上有钱，但组建公司很麻烦，又要跟农民去对接土特产。

他们这边的土特产是水蜜桃，运输时不易保存，他还要去跟快递公司对接，看看能不能设计出一套可行性方案。

他原以为一切都在掌握之中，却发现快递公司要价不低，谈来谈去也没谈成。于是他想到了祝梓玉，反正这事祝梓玉已经知道了，不如让她去跟快递公司谈，自己专心做网站建设。

晚上，他刚到家，发现家里没开灯，不免觉得奇怪。他回到房间，发现祝梓玉的衣柜已经搬空了。他心中一惊，迅速跑到隔壁房间，只见柠柠的衣柜也空空如也。

他的怒火如排山倒海一般涌上心头。他忙忙碌碌为了这个家，祝梓玉却带着柠柠走了！

他迅速给祝梓玉打了电话，过了许久，那边才接起："喂，有事？"

"你带着女儿去哪儿了？"

"东西我都搬到我爸妈家了，你什么时候有空，我们去民政局办离婚手续。"

王君安没想到祝梓玉来真的，烦躁不安地说："你不要搞这些威胁我，我不怕威胁！"

祝梓玉一字一句地说："君安，我没有开玩笑。"

王君安一怔："你等着，我明天去找你！"

王君安挂了电话之后，坐立不安，走来走去，随即给王君平打了个电话，将祝梓玉要离婚的事告诉了他。之前赵晴不是也闹着要离婚吗？两人一直没离成，他想让王君平帮忙出出主意。

此时的王君平自己都一个头两个大，王君凝就跟疯狗似的，一直跟他要钱，而他只能分期付。

于是，赵晴给他出了个主意：要不就说这钱不还了，给王君凝个下马

第五章　各有各的难

威。等王君凝过来索要时，再谈一次性不可能还，可以分期还，王君凝会更容易接受一点。

他按赵晴说的做了，没想到王君凝找上门来骂，搞得事情越来越复杂。他感觉还咽不下这口气，不还又似乎不合情理。

兄弟俩都是一肚子苦水没地方倒，于是，两人又跑到烧烤摊吃烧烤。

王君平喝了一口啤酒："你好好跟她求情，这事还有转圜的余地。"

"我跟她求情？她结婚之后，帮过家里什么？除了生了一个女儿，其他做什么什么不行，让我跟她道歉？"

"不然呢？难不成你真想离婚？"

王君安沉默了一会儿说："或许离婚之后，我会有更好的未来呢！"

王君平瞪大眼睛说："你疯了？你真的想离婚？那柠柠怎么办？"

王君安瞪了王君平一眼说："吱吱很听话，读书好，你肯定舍不得。柠柠跟她妈一个德行，做什么都不行，读书又差。为了她？为了她什么呢？"

"荒唐！孩子是父母教的，你说孩子不行，实际是你自己不行！作为柠柠的爸爸，你怎么可以说出这种话？"

"不然呢？你要我怎么办？求着她们母女回来吗？"

"你必须这么做，她这些年也辛苦了。"

王君安沉浸在自己的情绪中，压根不理会王君平的劝说。他本来想让王君平给出出主意，没想到王君平让他示弱，他这辈子跟谁都不想示弱！尤其是祝梓玉！

"行了，我的事你就别操心了，我会处理好的。你的事也不是什么大事。君凝家有钱，你以为她真的在乎吗？"

王君平抬起头，眼中充满不解："我也不知道她会这样，我又不是不还钱，她非搞得我这么难堪，对她有什么好处？"

王君安神神秘秘地说："我知道啊！"

"你知道什么？"

"我知道君凝的意图。"

"那你快说说！"

"君凝从小就觉得她比我们强，以前有妈帮我们，现在没了，她可不得在我们头上撒尿。"

"君凝……不至于……"

"有什么不至于啊，君凝什么事做不出？就她那个狗脾气，恨不得把家里的人都踩在脚底下。"

王君安对王君凝的脾气恨之入骨。

王君平则一会儿觉得王君凝很可恶，一会儿又为她辩解。王君平忽然觉得，王君凝确实有钱，却为了一口气对他各种要挟，还嘲笑赵晴，完全是无理取闹，这种人，应该给她点颜色瞧瞧。

隔了两天，王君安抽空去了趟岳父岳母家，他想祝梓玉有多少气也该消了。

祝梓玉的父母现在租住在新区，最近在附近租了个店铺卖水果。

突然，王君安心中起伏，二老没什么钱，哪儿来的钱开水果店？不会是祝梓玉私下接济二老，然后伺机想离婚吧？

王君安刚到门口，岳母管清瞧见王君安过来了，赶紧迎了出来。

管清对王君安印象不错，女儿回家唠叨女婿不行要离婚，她一直不同意。两人过了这么久，什么风雨都经历过了，到了这个节骨眼上闹离婚，她觉得没必要。

想想他们夫妻数十载，吵吵闹闹是常事，还不是照样过来了？管清将所有的事情摊开跟祝梓玉说，祝梓玉非但不听，还拒绝跟她沟通。这让她犯了愁，还好女婿过来了，宛如一场及时雨。

管清笑着对王君安说："我已经教育过梓玉了，你再跟她好好谈谈，我们将这事大事化了。"

老太太衣着简朴，说着一套场面话。王君安知道她虽然没什么文化，却极为热情。可一想到她有可能拿了自己的钱开水果店，心中顿时怒火

第五章　各有各的难

滔天。

"水果店生意怎么样？"

管清切了苹果出来："生意还可以，我们不过是混混小日子。"

"妈，你们哪儿来的钱开水果店？"

这话一问，管清的脸色马上变了。她即使再笨，也听得出王君安话里话外的意思，他无非是想说，管清可能从女儿那里拿了钱开店。

"你这话是什么意思？"

"没什么意思，随便问问罢了。"王君安皮笑肉不笑地说，"本来嘛，你们生了梓玉，作为子女，我们应该好好孝敬你们，钱你们拿去就是了。只是要跟我说一声，毕竟这个家不是梓玉一个人做主。"

管清气得手抖："这钱是我们自己的，跟你们有什么关系？王君安，我之前以为是梓玉胡说八道，现在看来，你还真不是个东西！怀疑这怀疑那，难怪梓玉想跟你离婚，我看这婚，离了也罢！"

管清看着和和气气，实际心中最怕别人说她穷，她敏感、多疑，为了压制住这种敏感，即便邻居送了蔬菜过来，第二天她也会送回去一些，不让别人觉得她贪小便宜。

她最怕人家说她穷，只要稍稍搭点边，都会触及她的负面情绪。而这次，王君安却直接点明，这让管清难以忍受。

过了一会儿，祝梓玉从卫生间出来，看见王君安，她说："你过来干什么？"

王君安冷漠地看着母女俩："没什么。本来想劝你回去，现在突然想知道你们家的水果店是怎么开的？哪儿来的钱？"

祝梓玉可算听懂了王君安的话。

"我说你怎么急着要跟我离婚，是不是背着我私藏了不少钱？"

祝梓玉一阵眩晕："王君安，你疯了吗？竟然怀疑我私藏钱？"

王君安没有给祝梓玉一点面子："当年你为什么要嫁给我，不就是看上我们家家境好吗？现在想来，这一切都是有预谋的！你就是图钱！"

祝梓玉年轻的时候，长相极美，肤白腰细，远近闻名。

当时王君安追她，一是因为她长得美，二是因为虚荣心。但没有前者，就没有后者了。

祝梓玉一开始并没看上王君安，他与旁人无异，不过是个追求者。但在接触过程中，她发现王君安比别人懂得多，脑子也灵光；后来知道他父母都在事业单位上班，相比其他人更有优势，于是她和王君安走到了一起。所幸沈玉芬和王建国也很开明，并没有阻止，他们很快就到了谈婚论嫁的阶段。

祝梓玉心想，以前他们的婚姻一直没问题，究竟是因为两人感情好，还是受到了父母的庇护？他在自己面前本来就有优越感，而自己则十分自卑。现在他的优越感越来越少，有点控制不住局面，两人迎来了最大的危机。

王君安现在是口不择言。

祝梓玉气得浑身发抖，手心冰凉："是，我就是图钱，你满意了吗？但我现在看清楚你了，我们离婚，马上离！"

说完之后，不知是气愤还是委屈，她靠在管清的怀里哭个不停。

王君安也是在气头上，说话不经大脑："离就离，我怕你啊？"

王君安这话彻底打破了祝梓玉最后一点幻想："我净身出户，什么都不要，你的那些烂摊子我也不管，女儿归我！"

"成，你爱净身出户就净身出户，但女儿归我，归你算怎么回事？你们家能养好柠柠吗？"

祝梓玉低吼道："王君安，你说什么？难不成你能养好？你动不动就打、就骂，你以为柠柠是什么，是你的工具还是你炫耀的资本？反正柠柠什么都不行，你就让给我吧，我会好好抚养她的！"

管清见这对夫妻吵得面红耳赤，压根不想听。

她以为王君安过来是道歉的，却没想到……

管清想起两人之前也有矛盾，但每次都是沈玉芬出面调解，如今沈玉

第五章　各有各的难

芬去世了，唉……王君安太气人了，明摆着不把他们家的人当人看。她现在才知道，自己被王君安看得这么轻。

王君安和祝梓玉为柠柠的事争论不休，王君安为了能把柠柠留在身边，把柠柠说得一无是处。

"够了，我谁都不跟行了吧！"

夫妻俩顿时一惊，柠柠怎么会在门口？

管清忽地想起今天是周末，柠柠没去上学，刚刚是去补习了。天哪，这两个人怎么在这个时候说柠柠！

祝梓玉忙不迭地想解释，柠柠却不予理会。

王君安见影响到孩子，便不再继续纠缠，想离开。

"等等——"

"等什么啊，孩子在家呢，我先走了！"

王君安几乎是落荒而逃。

晚上十一点，整个城市渐渐安静下来，祝家所有人都已入眠。

柠柠背着书包，蹑手蹑脚地越过沙发，来到门口。她扭头看了眼家里，像是下定了某种决心，毅然决然地离开了。

吱吱没有跟王君平和赵晴去外公外婆家，而是去了爷爷家。

王君平早就料到这是一场鸿门宴，干脆不让吱吱去了，免得影响孩子的心情。

饭后吱吱和爷爷一块儿在书房写毛笔字，吱吱安安静静地写着，突然抬起头问王建国："爷爷，姑姑是不是很坏？为什么所有人都说她不好？"

王建国不知道小孙子哪儿来的这种想法："姑姑不坏啊，姑姑是个爱帮助别人的人，只是嘴巴毒了点！怎么，谁说姑姑坏了？"

吱吱想了一下："好多人，我妈妈、叔叔都说姑姑很坏，我妈妈还说子音也很坏，要我一定超越她，不然就会让家里蒙羞。"

"子音……"王建国知道赵晴对王君凝不满，却没想到会这样教孩子,"子音是个好孩子,你们应该相互帮助!"

"爷爷,那你为什么疏远子音?"

吱吱的一句话,竟问得王建国答不上来。

为什么疏远子音?

一直以来,他对柠柠、子音、吱吱都一样。但他和王君平更亲近,所以跟吱吱自然也亲近;与王君安和王君凝较为疏远,与孩子自然也就疏远了。到了孩子眼里,这似乎成了一种证据,证明自己偏爱谁、疏远谁。

"爷爷没有,在爷爷眼里,你们都是一样的。"

吱吱没理会,随即悄悄跟王建国说:"爷爷,我跟你说一个子音的秘密。"

王建国偷偷将头凑过来说:"好,你告诉我。"

"子音考试作弊了!"

王建国听闻前阵子季子音成绩下滑,后来又上去了。在他眼里,子音一直是学霸,怎么会作弊?她那么高傲,作弊跟她的性子都不搭。

王建国耐心地问:"你是怎么知道的?"

吱吱不想告诉王建国:"反正我就是知道。"

王建国摸了摸孩子的头:"没事,爷爷相信子音,她不是这种人。"

吱吱闻言,抬起头说:"是真的!"

吱吱是个藏不住事的孩子,见王建国不相信自己,下意识地说出了真相。他本来不了解季子音的事,两人虽然在同一所学校,但并无交集。那天,他正在上厕所,听见门口两个男孩子讲:"随岩,她又给钱了,给的还不少,下周考试的时候,我们要好好帮她。"

"她不一直是学霸吗?怎么还这样?"

"呵,学霸是学霸,但学霸也有偷懒的时候!具体情况我也不知道,反正她给钱就行。"

"这个季子音,真是莫名其妙。成,就这一次,干多了我也怕。"

吱吱一听到季子音的名字,顿时感到头皮发麻。

第五章　各有各的难

王建国听完，心中一沉，他正在揣测吱吱的话的真实性。吱吱这孩子平日里不会说谎，这十有八九是真的。

"爷爷，你可不要告诉别人，我怕……"

"放心，爷爷不会告诉别人的。"

王建国想了下："这事你也别告诉别人。"

吱吱点头如捣蒜："我知道，我不会乱说的。"

王建国在屋子里走来走去，心中烦乱，纠结着要不要把这事告诉王君凝。万一跟王君凝一说，她压根不相信，又问起是谁说的，到时候自己岂不是为难？

王建国思绪万千。要搁以前，他听听也就算了，什么都不想管。但现在他知道自己即将离开这个世界，儿女们对自己怨言颇多，是否该为他们做些什么呢？

父母可以不管孩子，但要对得起自己的良心。

王建国心肠软，之前不管是为孩子们好，现在想管也是为孩子们好。"管"真是个博大精深的字，怎么拿怎么放都需要掂量掂量。

不是所有的"管"都是好的、都是应该的。

窗外树影斑驳，屋里小孙子正在看电视，他的心陷入两难之中。

孩子们啊，他该怎么办？

王君安起了个大早，又跑去跟快递公司的人谈，他想以最少的投入打开市场。但人家也不傻，前景好才会给好价格。现在还看不到所谓的前景，能给什么好价格？双方为此僵持不下。

"市场一打开，对你我都好，你又何必计较这几块钱呢？"

"我们这行就是几块几块地赚的，你在跟我开什么玩笑？我现在也不知道你到底有多少订单，先定这个价格。到时候如果真的生意火爆，再谈这个问题也不迟，这对你我都好。"

"你……"王君安还没说完，手机响了。

他无奈地到一旁接电话,那边祝梓玉疯了一般大骂起来:"王君安,离婚就离婚,你背着我偷偷把柠柠藏到哪儿去了?"

王君安被骂得莫名其妙,他哪儿来的时间去带走柠柠?整天忙得跟狗一样,昨天去她家还是抽空。

"我这一天天忙得不行,柠柠去哪儿了不该问你吗?是你每天和她朝夕相处!"

祝梓玉心中一惊,一种不好的预感涌上心头。她早上起来发现柠柠不在家,衣服带走了大半,立马打电话问学校,学校告知柠柠没去上课,唯一的可能性就是王君安把柠柠带走了。

打电话之前,她感到不可思议,王君安不至于干这种无聊的事。

现在一听,王君安也不知道,这说明柠柠自己离家出走了。

"你快给我过来,柠柠离家出走了!"

祝梓玉这会儿才明白柠柠说的"谁都不跟"是什么意思了,她要独立。

王君安觉得好笑,柠柠一个小屁孩,即使离家出走,要不了几天就会回来。她出去一没钱,二没生存能力,能做什么啊!

"我这儿正忙着呢,你先找找,回头忙完我再过去!"

祝梓玉气得咬牙切齿:"王君安,你还是人吗?女儿都离家出走了,你跟个没事人一样!"

"我跟你说我这儿正忙呢,待会儿说!"

那边传来电话挂断的嘟嘟声,祝梓玉只好放下电话。

王君安皱眉:"到更年期了吧?一惊一乍的!柠柠是个小孩,离家出走不过是小把戏,我小时候经常伪装离家出走,二十四小时之内就自己回来了。"

祝梓玉没有王君安心大,四处打电话找。她问过了王建国、王君凝、王君平,以及所有跟柠柠关系好的同学,但所有人都说不知道,柠柠仿佛人间蒸发了一般。

祝梓玉坐立不安。当时那孩子眼里透着绝望,如果她能早一点发现,

第五章　各有各的难

或许事情就不会发展到这一步，她流下了悔恨的眼泪。

王建国知道王君凝人脉广，即使王君凝说话总是怼他，但在这个时候他第一个想到的还是她，立马联系。

这次，王君凝没有对王建国冷嘲热讽，她表示祝梓玉已经告诉她了，她请了一些朋友四处找，应该很快就会有消息。

即使王君凝再三保证，王建国依然不放心，他请了假赶去祝家，加入寻找柠柠的行列。他们逐一搜索柠柠可能去的地方，但一无所获。

祝梓玉早已是心力交瘁，她对管清说："我和君安都没说过她一句好话，她这是寒心了！我怎么能……怎么能说出那种话啊！"

管清急得眼都红了："你别急，柠柠是个懂事的孩子！"

"懂事？再懂事她也是个孩子啊！"

王建国焦急地说："你们俩找到线索没有？"

祝梓玉看了王建国一眼，摇头说："没有，不知道这孩子去哪儿了！"

王建国听完，唉声叹气地说："这是什么事啊，怎么闹到孩子离家出走的地步了！"

祝梓玉急得眼睛通红："爸，你知道君安平时多看不上柠柠吗？他说吱吱听话，子音读书好，唯有柠柠，干什么什么不行！爸，君安自己多不成器他不讲，只说女儿不行！我真是受不了了！刚刚跟他说柠柠不见了，他不慌不忙，认为孩子在玩把戏，自顾自忙去了！你说世界上怎么会有这种不靠谱的人啊！"

祝梓玉向来对王建国尊敬有加，头一回这么激烈地回击他。

"君安……"

"爸，难不成你认为我在说谎吗？"

王建国现在也是热锅上的蚂蚁，深知越是这个时候，越不能发火，否则会引起更大的矛盾。只是现在孙女不见了，他肚子里的火怎么压都压不住了。他气愤地当着祝梓女和管清的面打电话给王君安。

那边的王君安依然在忙碌，跟王建国说话颇为敷衍："爸，你放心

217

吧，她一个小孩子能去哪儿？"

王建国怒吼了一声："你现在要是不马上过来找人，以后我连你这个儿子都不认了！"

王建国第一次态度如此强硬，这让王君安心里一惊。

从小到大，王建国都对他和颜悦色，从不打骂，甚至会在他闯祸之后安慰他，让他振作起来。今天竟然对他大动肝火，这让他心中产生了一丝恐惧。他捏紧手机，声音弱了不少："爸，我马上来。"

现在即使有天大的事，王君安也不得不过去找柠柠。人一着急就容易遇事，他遇上了堵车，路上是此起彼伏的喇叭声。

王君安的心情越发糟糕，他心里也越发怪罪祝梓玉和柠柠，好端端的一家子，现在被她们折腾成什么样了！母女俩真矫情，一点都不体谅他的付出。

一个闹离婚，一个离家出走，干脆大家都别过了，真没意思！

王君安赶到公园的时候，只见王建国一个人坐在长椅上，面色铁青。

王君安走上前说："爸，柠柠应该没事。"

王建国眼神凌厉："混账东西！女儿丢了还说没事，那在你的眼里，什么才叫有事，什么才叫大事？"

王君安被骂得哑口无言，眼中充满怨恨。要不是那母女俩折腾，他会被王建国这样骂吗？

"爸，我马上去找，马上去找，你先别急！"

"还不快去！"

王建国走了几步，靠在旁边的运动器械上疯狂地喘着气。刚刚火气过大，导致心脏狂跳不止。

约莫晚上十点，王君凝打电话给王建国说："人找到了，现在在梓玉家里。我先跟你报个平安，你就别过来了。"

王建国悬着的心总算落了地："不行，我得过去看看孩子。"

王君凝想了一下："行，我去接你。"

第五章　各有各的难

车上，王君凝和王建国说了找到的经过：柠柠认识了一位社会上的朋友，对方声称可以带她去大城市赚钱，两人准备坐今天的大巴离开。

王君凝刚好认识介绍他俩出去赚钱的老板，老板一听，这不就是王君凝说的那个女孩吗？思来想去还是告诉了王君凝。

王君凝得知柠柠的下落后，不管三七二十一，直接踩下油门开到了柠柠现在的住处。

对方带着王君凝去找柠柠，王君凝对他一阵痛骂："你这是拐卖未成年少女，这是犯法！"

对方嘀嘀咕咕："我不知道她未成年啊，她朋友说她成年了，可以对自己的行为负责了。"

"人家说成年就成年，你看她的身份证了吗？"

他眼神躲闪："我这不是马上跟你说了吗？人你带回去，我也不想给自己找晦气。"

王君凝一听转过头："合着你是'中介'呀？不审核就直接送人过去？难不成你在干什么不法勾当？"

"没！你可千万别乱说！我能干什么不法勾当？我这是正经的生意，介绍人去上班。"

"正经生意？"

"我发誓绝对正经！到了那边，他们会审核的，要是未满十八岁，会给退回来的。如果成功，到时会给我一点中介费，给那个介绍她来的女孩子八百块钱。"

王君凝冷笑道："小心哪天你就进去了！"

两人到了柠柠的落脚处，王君凝的高跟鞋险些陷进楼梯的缝隙里。

"这地方能住人吗？"

"已经很好了，王总监，你是高管当久了不知人间疾苦啊！"

柠柠一开始见到王君凝是抗拒的，另外一个女孩面对王君凝的突如其来，显得有点不知所措。

"走吧，跟我回家！"

柠柠坐在一旁，说："我的事，你少管，我不想回去！"

王君凝上前，盯着柠柠看了会儿："你一个未成年人，打什么工？一没学历，二没见过世面，三不知道身边的人是好是坏。就你这样，不知是去餐厅端盘子，还是去夜场当小姐。如果去了，你这辈子就算完了！"

柠柠猛地站起来说："你凭什么看不起我！"

王君凝看向柠柠身边的女孩："八百元中介费，还真不少。你们俩算什么朋友？如果是真朋友，你明知道这么做会毁了她，还带着她走？"

柠柠不可置信地看了一眼身边的朋友："你收了钱？不是说好我们一起去大城市发财吗？你骗我？"

那女孩低下头，一声不吭。

王君凝说："想发财的是她，不是你！"

柠柠说："不可能，我不相信！你骗我！"

王君凝呵斥道："你清醒点！身边谁好谁坏都分不清！你才多大啊，就想去发财？你以为钱这么好赚吗？"

柠柠被王君凝说得脸一阵红一阵白，低头不语。

王君凝对王建国说："爸，君安对柠柠的教育确实有问题，孩子都想跟人去大城市打工了。夫妻吵架千万别牵扯孩子，你看这事闹的……"

王建国看了开车的王君凝一眼，想到吱吱说的子音的事，心想：柠柠不让人省心，子音也未必。

唉……

两人来到祝家，祝梓玉正在客厅里流泪，柠柠躲在房间里不出来。

王建国问管清："这是又发生什么事了？"

管清抹了抹眼泪："孩子回来一句话都不肯说，躲到房间里去了。饭不肯吃，话也不肯说……梓玉都急哭了。"

王君安也过来了，见状，不禁问："孩子都回来了，你们一个个怎么还愁眉苦脸的？"

第五章　各有各的难

祝梓玉哭声更大了，站起来怒骂道："孩子是回来了，但孩子已经对我们死心了，不想跟我们说话！原来她出走是想去打工，打工啊！这孩子得多绝望才会想去打工！"

王君安闻言，觉得祝梓玉是在演戏。他认为小孩子想去打工，不过是想证明她成熟了、懂事了："你急什么？我好好跟你说话，你跟雷公一样。那证明柠柠懂事了。她本来读书就不好，脑子也不聪明，早点出去打工也没什么不妥！"

这会儿，所有人皆是一惊，没想到王君安会讲出这种话。

王建国怒气冲冲："我怎么会教出你这种废物！自己什么都不行，现在还贬低孩子！你看看你，从小什么都不行，我和你妈不是照样供你供到你不想读了为止？"

王君凝瞥了王建国一眼，说这些年，这是她头一回见他骂王君安。

王君安觉得王君凝在笑话自己，顿时火气更大了。这都是什么破事，为什么大家都指责他？柠柠离家出走，该骂的不是柠柠吗？

可王君安也不傻，没有在所有人面前表露出来，只是低头不语。

王君平和赵晴是后来到的，知道柠柠回来了，两人便匆匆离去，表示要回去陪吱吱。

王君平本来想待一会儿，但被赵晴瞪了一眼，也就站起身走了。赵晴本就不喜欢柠柠，对于王君安家的事情压根不想过问，况且这里还有个"瘟神"王君凝。

王君凝思索再三，开了门进了柠柠的房间，发现柠柠正靠在床上玩游戏。见王君凝过来，她视若无睹。

王君凝坐到她身边，伸手夺走了手机。

柠柠恼怒不已："还给我！"

"还给你？为什么要还给你？辛辛苦苦找你回来，你一句谢谢都没有，搞得好像所有人都欠你似的，你什么意思？难不成你真想被骗到大城市去打工？"

柠柠毕竟是个孩子，面对突如其来的质问，只是撇了撇嘴，一时之间不知如何回答。

"反正你喜欢看我们家的笑话，你看吧，使劲看吧！"

王君凝纳闷，王君安和祝梓玉肯定把她形容得一无是处，不然孩子怎么会对她种态度？

"柠柠，如果我是你，接下来会好好读书，让人家高看我一眼，而不是怨天尤人。你要知道，你越软弱，人家越想欺负你，你想成为那样的人吗？"

柠柠提高音调说："我当然不想！"

"不想你就拿出行动让大家看看，你这算怎么回事？绝食？拒绝和你妈沟通？幼不幼稚啊！"

柠柠委屈不已，眼眶瞬间红了："我……我也不想……你不懂，你什么都不懂！"

王君凝摸了摸她的头说："我刚进公司的时候，父母帮不了我，我也没什么背景，人家觉得我是新人，好欺负，什么脏活儿累活儿都推给我，什么莫须有的罪名都让我承担。那时候我就想，总有一天，我会让自己有话语权，让人不敢再欺负我，我必须暂时容忍一切，才能扬眉吐气。所以我比他们更勤奋、更努力，人家按时下班，我经常加班到凌晨两三点……人家不想接的活儿，我主动去接，争取做得出彩。我为了比别人更出色，放弃了自己所有的休息时间。柠柠，所有的面子都是自己挣的，如果你真的优秀，没有一个人敢嘲笑你；反之，如果你畏畏缩缩，这不敢那不敢，不需要别人看不起你，你连自己都看不起自己。"

柠柠心中一动："那我应该怎么办？"

"像你这个年纪的小孩，最重要的是学习。如果你成绩好，所有人都会高看你一眼。等你大学毕业之后，考验的则是能力、情商。任何事都不是一蹴而就的。你现在去挣钱，找不到什么好工作。社会比你想象的还要残酷，人生啊，是一步错步步错。"

第五章　各有各的难

对柠柠来说，王君凝的话仿佛是一道光，照亮了她的心扉。她离家出走，想赚大钱，无非是想让所有人看得起她。

她太压抑了，王君安一直不待见她，总是说她这不好那不好；祝梓玉无视她，虽然不说，但态度已经表明，她就是比别人差许多。可她是个有自尊心的人，希望被人认可、被人看得起。被父母说成那样，她心里能不难受吗？

"可我一直读书不好，我……"

"读书不好，才要努力，才有更多可能。"

柠柠仰起头："我可以吗？"

"你当然可以啊！如果连你自己都看不上自己，那才是真正的悲哀。"

王君凝从柠柠房间出来后，带着王建国离开了。虽然王建国有诸多的话想跟柠柠说，但仔细一想，现在不是时候。

柠柠刚回来，最需要的是冷静以及父母的关爱。

王建国一再叮嘱王君安："孩子都这样了，她的事情你可要上心，别整天只想着赚钱，到时候钱没赚到，孩子也给毁了。"

王建国说的是事实，但王君安觉得极其刺耳，尤其还是当着王君凝的面。

"爸，我知道了，我会好好跟柠柠沟通的。"

王君凝和王建国前脚刚走，王君安后脚就进了柠柠的房间。祝梓玉一怔，随即跟了过去。

柠柠正在床上发呆，王君安过去，抬手就是一巴掌。

祝梓玉被吓了一跳，心想王君安是疯了吗？

柠柠被打得还没有回过神儿。

王君安怒骂道："你这个不成器的东西，还敢离家出走！你以为就凭你那点本事，就能赚到钱吗？真是不自量力！"

柠柠眼眶红红的，盯着王君安，一言不发。

"你看我干什么？因为你我被王君凝笑、被爸骂。你做错事，凭什么要我替你受罚？"

祝梓玉赶紧抱住柠柠，激动不已："王君安，你给我滚！你为了你所谓的面子打骂女儿，可你有没有想过，你那么不行，你女儿说过你一句吗？"

王君安顿时被噎住："你……"

"我什么啊，你赶紧给我滚出去！这是我家，你不能为所欲为！"

王君安见祝梓玉护着柠柠，知道自己再大动干戈，祝梓玉肯定不会放过自己。他气恼不已，瞪了柠柠一眼："今天这事你好好反省一下。"

王君安一离开，祝梓玉就抱紧柠柠的头说："没事的，你没有错！"

王君安刚走到楼下，祝梓玉跑了下来，怒骂道："王君安，孩子在这件事上有什么错？你凭什么骂他？"

王君安觉得莫名其妙："她做错了事，不骂她难不成要骂我？"

祝梓玉看了王君安一会儿，随即失魂落魄地笑了："一切都是我的错。我以前认为你聪明、能干，后来才发现你那不是聪明，而是狡猾、钻空子。现在发现，你的那些狡猾来自你的自私。你的世界里只有你自己，你只爱你自己，其他人在你眼里一文不值。不然，你不会一次次要你爸接济你，不会一次次地贬低柠柠。现在柠柠离家出走了，你第一时间想到的是打骂她，却不反省自己！"

"祝梓玉，你现在出来当好人了，那些事不都是我们一起做的吗？"

祝梓玉情绪激动，豆大的泪珠瞬间滑落："我现在后悔了，可以吗？

"王君安，我们离婚吧！我跟你实在过不下去了！"

王君安一怔，没想到祝梓玉又旧事重提。今天这一天下来，他觉得自己够累的了，被王建国骂，被王君凝笑话，还四处找柠柠，所有的负面情绪如洪水一般涌来，祝梓玉在这个时候提离婚，无疑是火上浇油。

"离就离！如果你觉得这样对你好，我就成全你！"

王君平和赵晴回到家，王君平还在担心王君安家的事。两人走到电梯口，赵晴摁下电梯说："王君安家的事乱得很，我们俩还是少管。"

王君平觉得赵晴过于冷漠，心中不满。

第五章　各有各的难

两人回到家，王君平准备去看吱吱，没想到吱吱跑出来抱住了王君平，这让王君平颇感诧异。

王君平笑着问："怎么了？"

吱吱沉默了一会儿，随即给王君平看了看自己的手臂，上面都瘀青了。

"这是怎么回事？"

赵晴从主卧出来，看见吱吱的手臂，一时之间怒不可遏："这是怎么回事？谁干的？"

吱吱低头道："爸，子音不让我说。"

王君平一怔，他说的是季子音？

"你快跟爸说，到底发生什么事了？"

吱吱看了赵晴一眼。

"你快说啊！"

吱吱就将事情的经过告诉了父母。吱吱意外得知子音考试作弊的秘密，于是趁下课的时候找到子音，表示自己已经知道了这件事，希望子音能跟父母说，否则就把她的事情说出去。

他以为子音听完之后，会乖乖告诉父母，却没想到，子音带着一群同学过来找他的麻烦。他们把他带到卫生间，威胁如果他敢乱说，就把他的头摁到马桶里。

他立刻跟子音说好话，表示自己不会乱说，却在走出卫生间的时候不慎滑倒了。

那些人都坐视不理，直接离开了，是子音扶着他去了医务室。

吱吱为了夸大自己的惨，特意忽略了后面子音扶着他去医务室的事，而是说自己去的医务室。

赵晴听完，肺都要气炸了。想不到季子音表面看是个好学生，背地里竟然干这种勾当！

王君平听完，同样很震撼。

赵晴骂道："王君凝打压我们不算，季子音在学校里还要欺负我儿子，

225

还有天理吗?"

第二天,赵晴、王君平怒气冲冲地带着吱吱去找王君凝。

王君凝刚想问发生什么了,只见赵晴怒气冲冲地上前,指着吱吱的手臂说:"看你女儿干的好事!"

王君凝望了季子音一眼,季子音正低头喝牛奶,摆出一副事不关己的模样。

王君凝上前看了看吱吱的手臂:"难不成,这是子音打的?"

赵晴冷眼瞧了季子音一眼:"你自己做的事,怎么低头不敢面对?你妈妈平时就是这么教你的吗?"

这话让王君凝和季子音都不好受。季子音一直以来习惯了"强势",自然忍受不了被人这么说,于是她主动解释是吱吱自己滑倒的,她还好心送他去了医务室。

赵晴瞬间抓住季子音的漏洞。她问:"难不成是吱吱自己去卫生间的?是他自己去的吗?"

季子音有些慌,眼神闪烁:"当然是啊,不然他怎么去卫生间的?"

"那就巧了,你怎么会在男卫生间?"

这会儿连王君凝都听出不对劲了,抓住季子音的手臂,语气中充满威胁:"到底发生了什么事?"

季子音更加慌乱,眼神游移不定,最终落在了季永身上。她抽抽噎噎地说:"爸,我没有,不是我打伤他的!"

季永护女心切,转头对赵晴说:"孩子一紧张也解释不清,到底是什么情况,你直说吧。"

赵晴骂骂咧咧地将吱吱的话原原本本说了出来。

"虽然我儿子读书不如子音,但也没想过作弊。你们子音,也不知道一直都在作弊,还是现在才作弊。你们作为父母,是要管教孩子的,别一天天比谁混得好谁混得不好,自己的孩子都管教不好,那是最大的败笔!吱吱摔倒不是子音弄的,这事子音也没撒谎,但她威胁吱吱是真,你们难

第五章　各有各的难

道就是这样教孩子的，动辄威胁别人？君凝，我知道你要强，可你也不能把这种要强带给孩子！"

王君凝愣了一下，她没想到子音考试会作弊，这像是在她脸上打了一巴掌。被吱吱发现之后，还去威胁吱吱，这还是她的子音吗？

季永吃惊地盯着季子音："子音，舅妈说的是真的吗？"

季子音抽抽噎噎地说不出一句话。

王君凝气急败坏，表示这周内会给他们一个解释，匆匆将三人打发走了。

三人走到门口，吱吱对赵晴说："妈妈，其实子音也不坏。"

虽然一开始威胁他，但后来还带他去了医务室。

赵晴把吱吱送到学校，趁上班的空隙给王建国打了个电话，知会了一声子音作弊的事。

王建国一听，觉得头疼，草草应付了事。

第六章　三代人的纠葛

王君凝和季永在子音的问题上意见不一。季永始终觉得这事和王君凝有脱不开的关系，王君凝却认为是子音"变坏了"。

王君凝眸光泛冷："我们在谈论子音的问题，你为什么每次都扯到我身上？"

季永不断安抚季子音："子音的成绩是从什么时候开始下滑的？是不是那场比赛之后？我们作为父母，没有考虑到孩子的感受，才让这件事越来越糟，不是我们的责任是谁的责任？"

王君凝压住怒火，她认为季永提过往没意义，过往无法改变，做人只能往前看，怎么面对当下才是关键："季永，你闭嘴！我们现在要探讨的是接下来该怎么办，而不是互相埋怨！"

季永低头不语。

王君凝在脑子里将这个事情过了一遍，随即拿出解决方案："这事，回头让子音去跟吱吱道个歉，到时候我们让王君平少还三四万块钱，或者价格由他们定，先把这事压下去。"

季永不可置信地抬起头，他没想到王君凝会拿公司的那一套来处理自己孩子的问题。这样一来，子音以后遇到的所有问题都可以拿钱掩盖，钱无法真正解决问题。

子音的错在于考试作弊，作弊之后心虚才威胁吱吱，这是铁板钉钉的

第六章　三代人的纠葛

事,毋庸置疑。

"子音不仅要给吱吱道歉,还要去跟老师承认错误!这几次考试仅仅是测试,不是什么重要的考试。我相信,只要子音诚恳跟老师认错,吸取教训,接下来她会改过自新的。"

王君凝眯起眼睛:"你让子音承认自己考试作弊?这不行,子音绝对不能承认!"

"为什么?做错了就该承认错误!"

"季永,你没读过书吗?子音一旦承认,那么在所有人眼里她就是一个作弊的孩子。以后无论分数高低,大家都会带着偏见看她。分数高了,人家会再次怀疑她作弊;分数低了,人家会觉得那才是她的真水平,这有什么公平可言?偏见就是最大的不公平!"

"可总不能掩盖一切,假装这一切都没发生过吧?"

夫妻俩为此事争论不休,直到季子音疯狂地捂住耳朵说:"你们别说了,别说了!我错了成吗?我错了!"

季永耐心地说:"孩子,做错了没关系,最重要的是你知道自己错了,勇于认错!"

王君凝不想和季永多说,整理好包,准备去上班:"那你就好好陪子音,我公司还有个会。"

季永瞪大眼睛。王君凝是越来越离谱了,女儿发生这样的事,她却像个没事人一样。

事实上,王君凝目前面临着巨大的抉择,要么去ABC,要么留在现在的公司。

她知道ABC给的待遇比这里好,她也可以施展拳脚。但同样,赵贵介绍她过去,必然有他自己的意图,至于是什么,她没想太多。

或者就如赵贵所言,他的目的不重要,自己的目的才最重要。

一直以来,她都想要副总的位置,赵贵一旦离开公司,那么副总的位置很有可能是她的。去了ABC,她马上就是副总。她该何去何从?

王君凝刚到公司，徐平就让她去他办公室。

王君凝心中暗忖，难不成是徐平发现了什么？

王君凝敲了敲徐平办公室的大门，只见他正在埋头看文件，见王君凝过来，他缓缓抬起头说："坐。"

"徐总，你找我有事？"

徐平合上文件，亲自泡了一杯茶给她："我记得你刚来公司的时候，还是一个小职员，你不认识我。有一次，你加班到深夜，我碰巧看到你，泡了一杯茶给你。你问我怎么样才能升职最快，我告诉你，工作如煮茶，心急尝不到最好的味道。你还记得吗？"

"我当然记得，徐总的教导我一直铭记于心。"

"呵呵，我当时也没想到，你这么一个小姑娘，后来居然成了我的左膀右臂。"

"徐总……"

"邓文烈联系你了吧？"

王君凝眼神中有些诧异，但故作镇定。既然徐平问了，肯定是调查过了，那她不能否认："是的。"

"你想去吗？"

王君凝抬起头，犹豫再三，说："实话实说，徐总对我恩重如山，我自然不能辜负徐总的栽培。但人家给的待遇也不错，我正在考虑。"

"君凝，副总的工作你一旦接手，只会比现在更忙，你确定自己可以胜任？"

"徐总，你似乎话中有话。"

"不，我说的是事实。你一个女人，比起工作的成就感，家庭幸福可能更重要。但如果你选择工作，我也会成全你。"

"徐总，你有话就直说，别人跟你说什么了吗？"

王君凝浑浑噩噩地从徐平的办公室出来，脑海中回荡着他说的话："季封和陈久斐不满你整日沉浸于工作，到我这里投诉了无数次。君凝，

第六章　三代人的纠葛

作为过来人,我想告诉你,工作很重要,家庭也很重要。你作为一个女人,要想平衡两者非常难。我已经为你创造了最好的条件,你也可以适当顾及家庭,这样不好吗?你去ABC,只会比在这里更忙,到时候你焦头烂额,家里的事情更顾不上。既然季家有富裕的条件,你又何必拼死拼活?基于我的立场,如果你们能达成共识,这是最好的,毕竟我很欣赏你的能力。"

徐平的意思很明白,她的公婆给徐平施加了压力,才导致徐平没有提她当副总。这次要不是发现她想跳槽去ABC,徐平可能会一直隐瞒这件事。现在徐平给出了解决办法,一家人需要统一意见。

下班后,王君凝坐在车里发呆,她不知道自己做错了什么。从小到大,她事事要强,但现在孩子的事情、工作的事情、家庭的事情如一团乱麻。难道只有顾家才是好女人吗?

她不明白,真的不明白。

晚上,王君凝带着水果、补品去了王君平那里。

王君平和赵晴正在家中猜测王君凝到底会给出什么解释,这不,门铃就响了。

王君平去开门,见王君凝拿着东西,立即明白她是来和解的。

王君凝坐下,面带微笑,耐心地询问吱吱的身体状况,并问是否需要去医院。王君平表示不是什么大伤,现在吱吱也不在家,去同学家写作业了。

赵晴瞪了王君平一眼说:"虽说不是什么大伤,也不是子音伤的,但这事是子音做得不对,而且子音的态度也有问题。这事我不能接受。君凝,孩子的问题你可不能忽视。我知道你很忙,在外面事业做得很大,但孩子不优秀,再有钱有什么用呢?"

王君凝打心眼里不高兴。从小到大子音都比吱吱优秀,无论是学习还是兴趣班。如今闹出这种事,无疑将子音拉到了低谷,也给自己贴上了失职妈妈的标签。

赵晴有意贬低她是真，但她不能发火。

"今天过来，我主要是代子音跟你们道个歉……"王君凝抬眼看了两人一眼，两人面无表情。她继续说："这事确实是子音不对，看在子音是你们外甥女的分儿上，这事我们就翻篇吧！当然我也不会亏待你们的，你们欠我的钱，可以少还五万，我也不催你们了。"

王君凝诚心诚意地道歉，但这话听在王君平和赵晴的耳朵里却极其刺耳，这无疑是在贬低他们。

赵晴冷淡地说："翻篇是什么意思？难道考试作弊的事就不了了之了吗？"

王君凝站起身："吱吱和子音没有竞争关系，这对吱吱没有任何影响，你们又何必揪着不放？赵晴，我知道你在想什么，以前子音比你们家吱吱好，你心里嫉妒，现在好不容易抓到机会，肯定要踩子音一脚。但子音只是最近状态不好罢了。既然这事对你家没什么影响，翻篇是最好的选择。抓着不放，惹恼了我，对你们没什么好处。"

赵晴心中憋着一口气。王君凝无论说什么，都是一副高高在上的模样，现在连道个歉都是这个德行，真让人恼火！

明明是来道歉的，不知道的人还以为是来炫耀的呢！炫耀自己借给他们钱，这次就开恩让他们少还点，他们永远处在低位。

"如果我不同意呢？这是助长不良风气，是不是有钱，孩子就可以为所欲为？"

王君凝盯着赵晴看了一会儿，赵晴不像是能说出这种话的人，她最喜欢走捷径，喜欢一切奢华的东西，这回十有八九是因为嫉妒子音。

王君平内心纠结，子音说到底是自己的外甥女。但王君凝确实太过分了，今天上门道歉也高高在上。

王君平说："赵晴说的没错，你管教孩子的方法有问题。"

王君凝捏紧包，心中愤愤不平。她的事什么时候轮到王君平来管了？他自己都是屁股没擦干净的人。

第六章 三代人的纠葛

"这么说,你们是不同意了?"

赵晴心想,少了钱,也不催债,这是好事,但她太欺负人了,要给她一点颜色瞧瞧。好不容易碰见子音这事,不闹一闹,她是不会罢休的。

"这事是你管教孩子失职,你总得拿出一些态度来。"

"哦?你要我拿出什么态度?"

"让子音过来给吱吱道歉!你代子音道歉算什么?你能代表子音吗?"

王君凝深知让子音过来是不可能的,到时候季永在家必然会闹得天翻地覆。

两家是亲戚,没想到这个时候竟弄出这一出。王君凝这一刻后悔自己当时帮了他们,他们非但不感恩,反倒摆出一副陌生人的姿态——不,比陌生人更糟糕。

"既然如此,我跟你们没什么好说的。你们好自为之。"王君凝正欲离开,忽地,又像是想起了什么,"那八十万,我是不会善罢甘休的!"

王君凝这话的意思是,如果他们不同意和解,她会继续讨债。王君平怀疑,眼前的王君凝还是自己的妹妹吗?有钱就可以买到一切吗?

"王君凝,你够了!子音的事情你不反思自己的问题,还跑到我们家来威胁我们,你这算什么!"

"你们作为子音的舅舅、舅妈,丝毫不帮忙,你们这又算什么?"

"我们……"

"我知道,孙子当久了,现在想当大王呗!"

"你……"

"王君平,你是我大哥,该知道我的脾气!我从不受人威胁,包括你们。我现在诚心诚意给你们道歉,你们不接受,那我有我的办法。"

王君平急眼了:"什么办法?"

"你们等着瞧!"

王君凝冷笑一声离开了。

赵晴骂道:"谅她也不敢做什么!"

233

王君安和祝梓玉离婚的那天，天下起了小雨，两人走进去，协议分割好一切，女儿跟了祝梓玉。

王君安素来和柠柠不亲，既然柠柠选择跟祝梓玉，他也没什么好说的。王君安没提别的什么要求，唯一的要求是离婚的事不要告诉王建国，能瞒一时是一时。对此，祝梓玉是同意的，她也不想节外生枝，到时候再生事端。等过一阵子，所有人也就能接受了。同样，她也没告诉自己的父母。

周六一早，季永破天荒地做了王君凝的早饭：一份三明治、一杯牛奶。夫妻俩自顾自地吃着，子音低头在季永身边小心翼翼地吃着。

子音自打发生那件事之后，越发地小心谨慎，生怕自己做错一点事。虽然王君凝和季永没有责骂她，但她知道自己"罪大恶极"，父母嘴上不计较不代表心里不计较。

季永一直念叨着让子音去学校认错，但他并没有行动，只是说说而已。他希望能够说动王君凝，让王君凝去做这一切。

"爸说让今天过去吃烧烤，是什么意思？"

王君凝咬了一口面包："什么什么意思？老父亲想念子女了，这有什么不妥吗？"

"那我上次和你说的事情，你考虑得怎么样了？"

王君凝盯着季永，知道他指的是什么。以前王君凝对季永没那么恼火，直到发现自己的公婆都在掺和自己工作的事情，这股子怒气便犹如火山，随时可能爆发。

在王君凝眼里，是季永无能才会让父母掺和进来。

王君凝放下牛奶杯，目光如鹰："事情已经这样了，我不想再谈论。"

中午，三人一块儿开车去王建国家。

王君凝坐在副驾驶座上，心情沉重。季永瞧着王君凝这副模样，失望极了。他以为王君凝会跟自己站在一条战线上，却没想到她不理不睬。这

第六章 三代人的纠葛

次季永下定决心,要用自己的方式去处理这一切。

对王君凝,季永心里一直是矛盾的,无论两人吵了多少次架,他都很难对她下狠心。

他永远记得第一次遇见王君凝时,她站在学校的辩论台上反击对方的情景,直击要害、引经据典,眼神中闪耀着光芒,仿佛全世界都在为她开路。那姿态,美得不可思议,直至今日,他都难以忘怀。

她有想法、有思想、有魅力,几乎具备他喜欢的所有特质。

当年那个神采奕奕的王君凝,与今日蛮不讲理的王君凝截然不同。他甚至怀疑,这是同一个人吗?

"对了,季永,好久没去看你爸妈了,什么时候我们一块儿去看看。"

王君凝突然提到自己的父母,这让季永有点始料不及。

季永知道王君凝和自己的母亲关系一直不好,母亲希望王君凝把精力放在家庭上,王君凝则一心经营事业。

平时他从未和王君凝一块儿回家看过父母,大多是父母过来看他们。可最近父母也没来,王君凝怎么会突然想到去看他的父母?

王君凝自顾自地说:"爸妈对我挺好的,我该过去看看他们。"

季永纳闷:"他们帮你什么了吗?"

王君凝笑道:"帮了,帮了我大忙。"

季永心里嘀咕着,这是又发生什么他不知道的事情了?

但他没细问。很多事,王君凝不想说,他终究问不出什么。

他们到的时候,王君平一家和王君安一家已经到了,孩子们在院子里烤肉。子音不想过去,因为吱吱在那里站着。王君凝低头对子音说:"子音,你将来还要面对很多事,如果因为这点事就退缩,那你以后还能做什么?"

季子音撇了撇嘴,心中万般不愿,但她只能硬着头皮上。倘若她拒绝了王君凝,后果可想而知。

她假装笑着上前与柠柠和吱吱一块儿烤肉。

王君凝见三个孩子围在一起，心中稍安。

房子里，王建国找的一个阿姨正在烧饭。这是隔壁邻居，四处帮人烧饭、打扫卫生，王建国尝过她的手艺，认为极好，特意把她叫过来给孩子们烧饭。

阿姨烧完饭，菜一一端上桌。王君凝和赵晴、王君平因为上次发生口角，三个人是不说话的。季永不知道发生的这一切，依然对他们两个人笑眯眯的，却遭到冷眼。

季永感到莫名其妙，心想这两个人是不是吃错药了？

王君安和祝梓玉坐在一起，略感尴尬，毕竟已经离了婚，在众人面前还要表现得和和美美，确实很难受。

饭菜备好，烤肉上桌，一大家子人坐在一起开始吃饭。

王建国看着一家人整整齐齐，心里头挺高兴的。他想，孩子们关系不好，让他们时常凑在一起吃个饭，不失为一个好办法。

赵晴环视四周，嘴角勾起一抹笑："吱吱，听说你这次成绩全班第三？"

吱吱摇摇头说："不，是全班第二。"

赵晴笑得更得意了："爸，吱吱是厚积薄发，现在成绩越来越好了。以前老师跟我说，孩子小的时候别太在意成绩，要追求全面发展，到时候，孩子会给你惊喜的。你看，吱吱就给了我们惊喜。"

王建国呵呵一笑，见其他人都面色不佳，他尴尬不已。

王君凝面色铁青，赵晴说出的每一个字都在讽刺她。子音从小到大成绩拔尖，是让人羡慕的孩子，如今成绩下滑，她的心情已经很糟糕了，赵晴还在众人面前火上浇油。

季永想到这次是子音做错了事，便笑笑说："每个孩子都是惊喜，你们三个要相互学习。"

赵晴不屑地笑了笑。

王君凝注意到了，狠狠地捏紧筷子。

王建国为打马虎眼，招呼众人快吃饭，让这件事赶紧翻篇，免得再生

第六章　三代人的纠葛

事端。

"在我眼里，你们每一个都好。君平性子好，君凝做事厉害，君安情商高，你们每一个人都是我的指望。"

赵晴不管不顾地说："爸，吱吱最近语文成绩进步很大，我猜这孩子以后考个北大清华不成问题。孩子嘛，最重要的不是争一时的风头，而是一直优秀下去。我们吱吱就是实在，从不搞乱七八糟的，一直是实打实地努力。"

赵晴被压抑太久了。如今孩子成绩好了，她感到自己扬眉吐气了。再加上子音发生了这种事，可不得在家里多多炫耀？

王君平知道赵晴的脾气，也知道她忍了太多，多次想阻止她，但一次也没成功。

他想，大家应该都能理解，这只是一个长期想炫耀却次次都没炫耀成的女人的发泄。

王君凝骄傲惯了，怎么可能忍得了这事？她阴阳怪气地说："吱吱是优秀了不少，但是骄兵必败，一时的风头只是一时的，长期稳定才最重要。"

赵晴似乎抓住了什么把柄，笑着说："长期稳定？难不成像子音一样稳定？"

子音的脸色瞬间变白了，她觉得全世界都在嘲笑她，心想：你不行，你真的不行，你是最没用的人！

忽地，子音站起来，捂着耳朵大喊："对，我就是那个作弊的人，你们笑我吧！都笑我吧！"

王君凝紧张地站起来说："子音，没事的，一切都会过去的！"

子音泪流满面："过不去，一切都过不去了！他们都知道了，我就是一个作弊的小孩，我这辈子都毁了！可我不是故意的，我真的不是故意的！"

季永忙上前抱住子音："没事，在爸爸眼里，你永远是最优秀的。"

季永将季子音抱到院子里。王君凝盯着赵晴，眼里泛着一簇火："你够了吗？"

赵晴只是虚荣，想炫耀一把，却没想到子音反应这么强烈。她不免心虚，低头说："是她心虚，这事跟我有什么关系！"

王君凝猛地拍了下桌子："孩子还小，你竟然故意刺激她！赵晴，以前我是高看你了，没想到你是这种小人！真是卑劣！"

王君平为赵晴说了一句："她就是那性格，喜欢炫耀，喜欢虚荣，我以为你早就知道，她是无心的！"

王君凝道："我可真佩服你啊，赵晴是什么货色，你到现在还看不出？之前你但凡有点问题，她就闹着要离婚。吱吱呢？她一天也没管过，现在孩子成绩好了，就往上贴，非说是自己的功劳。王君平，我知道你懦弱，但也不能懦弱成这样吧？这种女人你都容忍，我看你也没什么活路了！"

王君平虽然懦弱，但也要面子，王君凝在这么多人面前把赵晴贬得一无是处，就等于打他的脸。

"王君凝，你够了，我不想再听你多说一句！"

王建国看着三人争吵，头都痛了。

王君安和祝梓玉冷眼旁观，反正事不关己。

"大哥，要不是赵晴，你现在也不一定会欠下八十万，还不是赵晴逼着才让你误入歧途的？你以为的好人就真的是好人吗？我帮了你这么多，你们家是怎么对我的女儿的？赵晴，在你们家最难的时候，是谁帮的你们？你现在恩将仇报？"

赵晴自然记得王君凝的帮助。但人有时候很奇怪，危急时刻，可以连面子都不要地去求别人，但人家帮了忙之后，又想寻回所谓的面子。

尤其是赵晴这种虚荣的女人，她甚至想，当时要是王君凝不帮自己，求父母也能度过危机。谁让王君凝帮忙的？导致自己一直被她踩在脚底！

王君平心里没有赵晴那么多弯弯道道，他纯粹只是不满王君凝的蛮横不讲理。赵晴固然有错，但她王君凝就没错吗？他相信在场的所有人都知道赵晴的性格，又何必斤斤计较？

第六章 三代人的纠葛

王建国看着两个家庭争吵，王君安一家子则漠不关心，他们是一家人，现在却处成了敌人，顿感心寒。

沈玉芬在世的时候，所有矛盾都由沈玉芬处理，在王建国还没回过神儿来的时候，她就已经处理好了，他看不到子女之间的怨恨和矛盾。现在沈玉芬没了，所有人都想发泄情绪，看似是现在的矛盾，实则积怨已久，甚至能追溯到儿童时期。

王建国捂着脑袋，喊道："我头疼，头好疼……"

王君平孝顺，顾不得眼前的争吵，连忙将王建国扶到房间里去了。赵晴为了躲避王君凝的"机枪"，也跟在王君平身后进了房间。

王君凝看出王建国不过是为了化解矛盾，讥讽地撇了撇嘴。

房间里，王建国本来没头疼，但经过这么一折腾，头确实疼起来了。王建国瞧了儿子一眼，看上去为人和善，儿媳也不是不讲理的人，怎么就能和王君凝闹得那么凶，仿佛仇人一般？

王建国坐起来，王君平紧张地说："爸，你感觉怎么样？"

王建国眯了眯眼睛，看上去毫无生气："好是好些了。君平，爸跟你说，对待君凝你就多让让，她毕竟是你妹妹。你们两家何苦闹到这个地步？"

赵晴不满："爸，你没看到王君凝有多嚣张吗？"

"你闭嘴！"

赵晴一怔。

王建国说："君平，爸想跟你聊聊，能让她出去吗？"

话音未落，赵晴愤愤不平地离开了。她也是父母捧在手心里的宝贝，凭什么被王建国吼啊！

"爸，赵晴就这脾气，她心眼不坏……"

王建国说："爸知道赵晴心眼不坏，但为什么一定要跟君凝攀比呢？我们都知道子音成绩好、能力强，虽然这一段时间作弊了，但不可否认她是优秀的。现在吱吱成绩上来了，大家更应该高兴。可如果是夸一踩一就不对了，一家子应该百花齐放，而不是一家踩着一家。再者，君凝帮你是

239

真，你以为八十万是这么好拿出来的吗？谁能一下子给你八十万？君凝对你有情有义，只是她心里别扭，才说话不好听，你是哥哥，为什么不能体谅一下妹妹？你想想，她小时候不也挺可爱的，跟在你身后，叫着你哥哥？我记得有一次，你被同班同学拦下来，人家差点儿打了你，君凝看见了，拼命保护你，还和他们打起来了，打得浑身是伤，回来还觉得自己很厉害，保护了哥哥。她没有你想的那么糟糕，她一直以来都在以自己的方式关心这个家。或许说话不好听、态度不好、脾气暴躁，但她永远是你妹妹，是你的亲人。"

王君平内心受到触动。王君凝小时候是很可爱，那时候老跟在他身后屁颠屁颠地喊哥哥。也不知道从什么时候起，兄妹俩开始不对付了，谁都看不上谁。他们永远都是一家人，这句话触动了王君平。是啊，王君凝再怎么样，都是他的亲妹妹。

"爸，她应该收敛……"

王建国将头靠在床边，说道："君凝跟你妈妈很像，不是吗？一样好胜心强，一样为了家里人，一样讲话不好听，一样有权威，即便君凝内心不愿意承认，她也跟玉芬一模一样。你要体谅她，孩子和母亲是很像的，这种像是很难改变的。爸这一辈子都没能改变玉芬，你和君凝还不是夫妻，你能改变她吗？"

王君平沉默了。

王建国说的每一个字都有道理，他无力反驳。

王建国也不急，很多事需要孩子慢慢领悟。

王君平出去的时候，王建国让他把王君凝喊进来。

王君凝一进来，坐在一旁，不冷不热地说："身体不舒服这事，你还要装几次？"

王建国疲惫地说："如果我真的身体不舒服呢？即将离世，你会怎么样？"

王君凝笑了："爸，你开什么玩笑？别人生病那是真，你生病可太

第六章　三代人的纠葛

假了。你说说你，平时比谁都注意保健，爱好锻炼，早睡早起，你能生什么病？"

王建国苦笑了一下，有时候命运就喜欢捉弄人。

"君平的事情，你别太计较，他们夫妻本来感情就不好，你再加上这把火，迟早要烧没了。"

王建国对王君平的偏爱是有目共睹的，生病了就想到王君平，高兴了还是想到王君平。王君凝心里本来就不平衡，怎么着，现在还要她让着王君平？她到底哪里比王君平差？

"爸，你看赵晴那德行，干什么什么不行，炫耀第一名。"

"君凝，在我眼里，你是很优秀的人，她确实不行，娇娇女。但她毕竟是你大嫂，很多事情无可奈何。你的优秀不需要建立在贬低别人的基础之上。在她心里，已经认为自己不行了，所以吱吱稍有起色，就开始四处炫耀，这何尝不是自卑？越自卑就越想炫耀，自己不行，就炫耀自己的孩子。"

王君凝自然知道赵晴自卑，但同样，一个人不能因为自己有问题，就应该得到所有人的原谅。

"那我呢，爸？谁能包容我呢？一直以来，我都是那么努力，就是为了挣一份面子。关系不是靠体谅维系的，而是靠努力，让所有人看见你的高度，这样别人才不会随意踩你一脚。赵晴如果努力奋斗，比我强，我当然不会说什么。"

这种成功论，听上去似乎有点道理，但实际却让人极为焦虑。王建国不喜欢，甚至有些厌恶。

"君凝，当年你努力成就自己，结果你妈妈绝口不提；你所有的努力都想让你妈妈看见，可你妈妈视而不见。人生，不是只有努力而已。你知道吗？你站得越高，只能说你在外人面前越有地位，但在家里，不能用这个来衡量。我始终认为，我们是一家人，家人之间需要的是体谅，而不是攀比。"

"爸，你在跟我开玩笑吗？体谅？妈妈什么时候体谅过我？在她眼里，我的梦想不是梦想，只有王君安的才是。王君安即便是个废物，在她眼里也是优秀的，可以一直扶持。而我呢？我再努力她都看不见。你说得对，我们家确实不需要这种比拼，因为单在性别上我就输了，因为我是女孩子，就不受你们待见。而你那两个废物儿子，做什么都有父母的帮助，只要他们想要，张张嘴，妈就会尽力满足。而我呢？我全得靠自己打拼，苦了累了也不敢说，生怕被妈妈笑话。她给我安排的路不是我想要的。虽然很多父母都会为孩子安排自认为好的路，但妈不是，妈是为了王君安的未来刻意牺牲我的幸福。我现在一想到这些事情就感到窒息，凭什么这么对待我，我究竟做错了什么？而爸你呢，你从头到尾一声不吭，没有一点想法。当时你要是能站在我这边，帮我说说话，或许就能改变我妈。但你没有，你什么都没说！"

王君凝瞬间将王建国带到了过去，他想到了那段时间王君凝的崩溃。其实他跟沈玉芬说过，既然孩子不愿意，那就不要勉强了，但沈玉芬却说，君凝做事考虑较为周全，出国对她是一个好的选择，邻居家的女儿出国赚了不少钱，顺便她也能帮衬一下君安。

沈玉芬对君凝是了解的，她这人能接受挑战，对待新事物适应能力强，让她出国，相信能有一番作为。所以当时王建国没有说什么，他认为沈玉芬说的有道理。

怎么到了王君凝眼里，就变成这样了？

也对，当时她们母女吵得不可开交，沈玉芬一开始只是建议，后来跟王君凝的矛盾越来越深。结果王君凝误会成沈玉芬是要她帮王君安，沈玉芬却懒得解释，或许沈玉芬是想惩罚王君凝，所以不想说出自己心底真实的想法。

不得不说，母女俩是一个性子——刀子嘴豆腐心。

王建国不知道怎么跟王君凝解释沈玉芬的良苦用心，让她出国不过是沈玉芬的一个美好愿望，但在执行上出了问题，再加上沈玉芬讲话不好

第六章　三代人的纠葛

听，很多时候好心办了坏事。

王君凝见王建国不说话，以为被她说中了，心中更为恼怒。

他们父女俩，说到底是谁都没有走进彼此的内心。

"爸，妈妈对我的所作所为，我一辈子都记在心里。但我不恨她，正是她的忽视和给我的不公平待遇，才让我比他们俩混得都好。"

王建国闻言，深深地叹了一口气："越说没有就越有。你啊，太偏执了。"

王君凝一怔，随即开门离开了。

王君凝找到王君平，思索了一下，随即说道："我改主意了，这个钱你最好马上还，我等不了那么久。"

王君平被王建国劝说后，正思索着要好好对待王君凝，结果王君凝一出来竟是这种态度，令他恼火不已。为了面子他不得不说："你以为我没钱还你吗？"

王君凝笑道："能还自然是最好的，我等着。"

不远处，季永看着这一出闹剧，不知道该不该劝阻。王君凝越发"丧心病狂"，似乎把所有人都当成了她的敌人。

赵晴一听要他们还钱，在一旁假装没听见，反正全家没有一个人说她好，她也懒得再说什么了。

王君安临走时，让柠柠和王建国告别。忽地，王建国像是想到了什么，将柠柠喊到自己身边，偷偷地问："你和你妈妈现在回去了吗？"

柠柠摇摇头说："我们没回去。"

王建国纳闷了，王君平不是说两个人和好了吗？怎么回事？

柠柠说："可能爸爸妈妈再也不会和好了。"

这孩子怎么会说这种话？王建国笑笑，安抚着她。其实柠柠这孩子极为早熟，把很多事都看在眼里，但她不点破。她隐隐感到，父母之间的关系已经破裂，但今天两个人又和和气气地来吃饭，不知道葫芦里卖的什么药，或许是想证明彼此的关系还好。

柠柠说:"爷爷,我知道你喜欢吱吱不喜欢我,如果我以后跟了妈妈,就不会来碍你的眼了。毕竟吱吱是好孩子,我是坏孩子,没有人会喜欢一个坏孩子。"

"孩子,你是不是误会了?在爷爷眼里,你和吱吱是一样的!"

王建国自认为对柠柠很好,一点不比吱吱差。逢年过节,他给吱吱多少,也会给柠柠多少,为什么柠柠会有这种误会?难道自己跟王君平走得近一些,就让所有人误会,从而影响了孩子的想法?

"柠柠,很多时候,不是听别人说什么,而是要用心去体会。爷爷是什么样的人,你要自己用心去感受。"

柠柠没说话,离开的时候又看了王建国一眼,但依然没说话。王建国内心沉重,又想起王君安和祝梓玉的关系。现在想想,今天吃饭的时候,两人虽然出双入对,但感觉像是两个陌生人,尤其是两人没有一点交流,而且中途王君安给祝梓玉夹了一块肉,祝梓玉放在碗里迟迟不动,最后直接夹给了柠柠。

季永回到家,守着子音睡着了,心想,考试作弊这事已经成了子音心中的魔障。和王君凝掩耳盗铃的做法不同,他认为主动面对才是关键。隔壁的王君凝已经敷上面膜,靠在床头休息,这次季永想尝试自己做一次决定,不再理会王君凝。最近王君凝将所有事情都搞得乱七八糟,他早已不胜其烦。

早上季永送子音去上课。季永开着车,耐心地对子音说:"你认为作弊这事,该怎么处理?"

季子音蹙眉,心怦怦直跳,心想这事不是已经过去了吗,爸爸怎么还揪着不放?她知道自己错了,难道这还不够吗?

季子音思来想去,眼眶红了:"爸,什么怎么办?"

"在爸爸眼里,子音永远是最优秀的,一两次作弊埋没不了你的优秀。你从小成绩就好,这次作弊只能说明你对自己突然没信心了。爸爸想跟你一起找回自信,找回最初的子音,你说好不好?"

第六章 三代人的纠葛

季子音低下头:"那我该怎么办?我现在只要一想到考试,心里就慌,我真的很慌。爸爸,我不知道该怎么办。试题我一个字都看不进去,就怕自己考不好,被你看不上,被妈妈看不上,到时候你们都不要我了。"

季永大声呵斥道:"你胡说什么!不管发生什么事,你永远都是爸爸妈妈的宝贝,爸爸妈妈永远不会不要你!子音,不要给自己太大的压力,现在你的主要问题是心态,只要调整好心态,其余的都不是问题,爸爸相信你的能力。你能告诉爸爸,为什么心态不好吗?"

季永的话,仿佛触动了季子音内心最脆弱的地方,她猛地摇头:"不知道,我真的不知道!一开始我只是想让妈妈关心我,如果我成绩不好,妈妈是不是就会关心我?但后来我发现,成绩不好以后,妈妈也没有关心我。只要我不说成绩,妈妈就不知道,时间一长,当我再想努力的时候,发现自己已经不行了。我真的不知道是怎么回事,成绩一落千丈。我越是想好好读书,发现自己越不行,我是走投无路才去作弊的。我怕成绩太糟,所有人都会笑我。爸爸,我疯了对不对?我真的不知道自己怎么会变成这样!"

季永沉默了。子音内心很复杂,她需要别人的关注,又怕被嘲笑,这种两难的情绪,也只有子音会有。她性格强势,内心柔弱,需要家人的关心。如果忽视她的需求,她很容易走极端。

季永摸了摸季子音的脑袋说:"子音,如果爸爸让你去跟老师承认错误,你愿意吗?考试只是测试能力的一种手段,不是拿来攀比的。你看一直以来,身边的人都在给孩子打鸡血,而爸爸妈妈没有,全靠你自觉,但你总是带给爸爸妈妈意外惊喜。爸爸相信,这次你能主动承认错误,战胜自己的心魔。记得爸爸小时候,偷拿你爷爷昂贵的紫砂壶去跟小朋友玩,还不小心砸碎了,为此很担心。回到家连着好几天都闷闷不乐,直到你爷爷问起,我才硬着头皮承认了,被爷爷一顿好打。但承认之后,我心里就踏实了,松了一口气。心想,这几天的惴惴不安真是没意义,还不如一开始就主动承认,被打一顿也没什么,毕竟自己做错了事。子音,任何事情，做错了，就要承担后果。人生不怕犯错，就怕犯了错也不承认，一直错下去。你还是个孩子，将来可能会面临比作弊更大的事情，如果你连这点小困难都克服不了，那将来怎么办呢？"

子音把头靠在车窗上，这阵子她太压抑了。家里人都知道她作弊了，她连头都不敢抬，极为自卑，跟以前判若两人。她也想回到以前，只是不知道该怎么办。这一刻，她痛恨自己，当时怎么会鬼迷心窍想去作弊？

"爸，你可以给我一点时间考虑吗？"

季永眉开眼笑："可以，你可以考虑。到时候爸爸陪你一起去跟老师承认错误，好不好？"

季子音摇头说："不，我想自己去，我还是以前那个季子音，可爸爸你要让我想想该怎么说。"

"对对对，还是子音考虑得周到，爸爸相信你。谁都会做错事，下次避免就好。我们要活出自我，而不是活在成绩里。"

季永送完子音，在开车去单位的路上想，子音一直以来给了自己太多的惊喜，别人家的小孩补习不断，而自己家孩子的补习只是锦上添花，孩子给了他们自由，他们应该知足了。

谁家的孩子都可能出问题。面对子音的问题，他应该更加有耐心。他脑子里又蹦出子音说的那句"妈妈的关心"，这让他很伤脑筋，王君凝忙得连基本的关心都给不了子音，这才让孩子误入歧途。但他又解决不了，王君凝可比子音难沟通多了。

一个人在儿童时期缺乏关爱，导致其长大之后要不断努力才能让自己安心。但王君凝不断努力也不顶用，她依然不安。

如今这一切又在子音身上上演了，子音也是如此，她正在步王君凝的后尘。

季永握紧方向盘，他绝对不会让王君凝影响到自己的孩子。

即便……

季永正在办公室忙碌。

第六章　三代人的纠葛

忽地，办公室门口来了个熟人。季永一怔，是自己的母亲陈久斐。

她的工作比他还忙，不知今天是什么风把她给吹来了。

陈久斐保养得很好，体态优雅，看不出真实年龄。她优雅地坐在沙发上，让季永给她泡了一杯大红袍，她端庄地抿了一口。

母子俩话不多，陈久斐做事喜欢端着，对待孩子自然也是这种态度。

"最近家里怎么样？"

季永被问得莫名其妙，低头回道："一切都好。"

陈久斐不冷不热地笑了："王君凝似乎对事业极为热衷，一副不当副总不罢休的架势。"

陈久斐向来和王君凝不对付。陈久斐第一次见到王君凝时就跟季永说，这个女孩野心不小，跟你性子不搭，你们最好不要在一起。

当时季永哪听得进这话，一门心思要跟王君凝在一起，陈久斐很是头痛。

对于事业，在结婚前两人谈过。王君凝表面上云淡风轻，表示一切随缘，并不会强求，实际是个"电动小马达"，孜孜不倦地工作，企图在职场中打拼出一片天地。

不论陈久斐给予她金钱上的资助，还是言语上的"攻击"，她都不为所动。王君凝丝毫不关心他们家是否富裕，只关心自己的前途。

这种儿媳搁到一般人家，会被认为是几世修来的，毕竟儿媳给力，全家人都会跟着享福。可他们家不是一般人家，他们只希望儿媳能在家庭中担当重任，一心一意照顾孩子和家庭，而不是整天在外舞刀弄枪，家里又不缺钱。

陈久斐夫妇曾为王君凝的举动吵闹过，但都被季永拦了下来，他完全站在王君凝那边，陈久斐说再多也没用。

"妈，你也知道她的性子，她喜欢做什么就让她做好了，你又何必拦着呢？"

陈久斐随即说："喜欢什么就做什么？那是十八岁的姑娘！她都多大

了，还这么任性？"

季永见老太太在气头上，一时之间说什么都是错，还不如不说："妈——"

"我听子音说了自己成绩下滑的事。我和你爸商量过了，这次绝对不能再让她出去疯狂加班了，看我的宝贝孙女都变成什么样了！我们不是不通情达理的人家，她想出去上班，可以，但要干轻松的工作，而不是疯狂加班！我们家有钱，而且这个钱以后就留给你们，你们何必为了事业，牺牲家庭呢？"

季永傻眼了，没想到季子音会将这事告诉陈久斐，他搞不清女儿的脑子里在想什么。

"妈，这事我会处理好的。子音是孩子，思想有一定的局限性，你就不要过度关心了，免得把家里搞得乱七八糟。"

陈久斐提高音调说："你们家现在就乱七八糟，自己的女儿作弊了，都不关心一下，还一直忙工作，我看王君凝是疯了吧？为工作而疯！"

"妈，事情不是这样的……"

"好了，这事没有商量的余地，我会用一切办法停了她手头的工作。其他的我也不想多说，反正为了我孙女的未来，她必须回归家庭！还真当自己是男人，可以出去打打杀杀吗？这些事，以我们家的财力，不需要她去面对。"

季永相信陈久斐是有这种能力的，会说到做到。他连忙向陈久斐示好，表示肯定会好好跟王君凝沟通，让陈久斐等等，等他们沟通好了，王君凝自然会回归家庭。

陈久斐不信，他们夫妻这么多年，要是能劝早就劝好了，还用等到今天吗？但她什么也没说，她不想在这个问题上争执。她绕了一圈，忽地说道："行，下周三之前，你给我一个答复，不然我就采取强制措施了。"

季永有苦难言，只能硬着头皮答应。别说下周三了，就是这辈子，王君凝也不会妥协的。

晚上，王君凝照常加班，季永让钟点工阿姨别过来了，他要带着季子

第六章　三代人的纠葛

音出去吃，父女俩去了一家精致的餐厅。

季子音点了自己喜欢的糖醋排骨、红烧鱼、鲫鱼豆腐汤等。面对一桌子丰盛的饭菜，季子音却提不起兴致。季永知道季子音心情不好，尤其是面对作弊的事情，她一时半会儿想不明白，甚至还告诉了陈久斐，闹得家里一团糟。但这些事他是不会告诉孩子的，孩子懂什么呢？她不过是正常跟奶奶诉苦罢了。

"子音，你作弊的事情跟奶奶说了？"季永问道。

季子音拿着筷子搅动着碗里的饭，随即手一抖："爸，我……我不是故意的。那天奶奶刚好打电话过来，我一直心情不好，奶奶就问我到底发生什么事了，我就告诉她了。爸爸，我说错什么了吗？是不是让你和妈妈丢人了？"

"不，你没有让爸爸丢人。爸爸问你，你跟奶奶说完之后，心情好些了吗？"

季子音摇摇头说："没有。我当时想说，但是说完之后又后悔了。我知道奶奶不喜欢妈妈，要是让奶奶知道我不优秀，她会责怪妈妈的。但我真不是故意的。"

季永闻言，又给季子音夹了一块排骨说："没事，这都是小问题，你不要放在心上。爸爸希望你放宽心，对一切都淡定一些，兵来将挡、水来土掩。子音，现在爸爸问你，你愿意跟老师承认错误吗？"

季子音思绪很乱。今天在学校，她想了很多。如果她承认了，面临的将是一大堆的质疑；但如果不承认，她的内心会一直煎熬，吃不下、睡不着。

"爸爸跟你说一些事情，可能比较凌乱，你要耐心听。"

季子音眨了下眼睛，随即点头。

"你外婆以前是个优秀的小学老师，对自己要求严格，对子女要求更是面面俱到。她内心要强，什么事都要做到最好，只要稍稍有一点逊色她都会感到不舒服。在她的要求之下，三个孩子性格各异。你的妈妈算是遗传了你外婆的所有特质，但她表面不承认。你妈妈在上大学的时候，为了论文里的一句话，反反复复看书查资料，特别较真。但你妈妈和外婆一样，她不会当一个愿意倾听孩子想法的妈妈，只会当一个严格要求孩子的妈妈，我想你已经有所体会。以致你的妈妈对外婆抱有怨恨，外婆的强制让她感到不公平。但更让她痛苦的是，她越来越像外婆了。这是无法改变的，原生家庭的因果，总是在一代代中轮回。你妈妈很痛苦，但也很无可奈何。子音，世界上只有爸爸妈妈是不需要持证上岗的，我们有很多缺点和不足，你要原谅我们。你需要妈妈关心，爸爸认可，那我们一起努力好不好？让妈妈也得到成长。同时，你也要成长，要比妈妈更优秀，但不要再循环其中了好吗？外婆和妈妈的主要问题是，她们要强，太要强。外婆要强的原因爸爸不知道，但你妈妈要强就是为了让外婆和外公看得起，因为她一直受到不公平的对待，所以她想扬眉吐气，通过不断努力来赢得他人的尊重。但你看看妈妈，她这些年已经做得很好了，但她真的赢得两个舅舅的认可了吗？没有吧？他们依然矛盾不断、争吵不断，并没有解决本质问题。子音，你也要强，爸爸知道你要强一个是性格问题，另外一个是你想得到妈妈的认可，所以成绩一旦下滑，你就十分慌张，就觉得自己会失去一切。孩子，不会的，你是爸爸妈妈的孩子，爸爸妈妈一辈子都会守在你身边。爸爸有一些自己的看法：读书和学习是自己的事情，你不会因为成绩好就得到亲情，也不会因为成绩差就失去亲情，这是两码事。学习是为了让你能站在更高的角度看世界，这才是问题的关键。一两次作弊不算什么，只要你肯承认错误，正视问题，那么你一定会成为更好的孩子。"

季子音咬唇沉默。

"当一件事想不通的时候，你就想想未来，那么这件事就微不足道了。比如说你五岁的时候还尿床，我记得你当时很慌，觉得天都要塌了。但现在想来只觉得好笑。现在你觉得作弊是一件很严重的事情，是心里的一道坎，但以后你可能会觉得，正是这件事激励你更加努力学习，让你懂

第六章　三代人的纠葛

得了学习是为了自己，让你获得了成长。"

季子音抬起头，眼里充满希冀："爸爸，我真的可以吗？其实你说得对，你说得很对，都说到我的心坎上了。"

季永点点头。季子音低头思索了一番，随即抬起头说："爸爸，你明天可以陪我一起去跟老师承认错误吗？我怕……"

"爸爸陪你去，只要你勇于面对，爸爸会帮你的。"

季子音松了一口气，长久以来的压抑感少了许多。她像是又想到了什么："爸爸，我没有伤吱吱，当时只是太急了，所以才会威胁他。"

"爸爸知道。一直以来你和吱吱的关系都比较紧张，但这种紧张不是你造成的，爸爸不怪你。周六我带你和吱吱一块儿去游乐场玩好吗？"

季子音一听要去游乐场，顿时眼前一亮。但一想到要跟吱吱一起去，心中不禁犹豫起来："爸，我和吱吱……"

"没事，爸爸会安排好一切的。"

季永这样说，季子音只好硬着头皮答应了："好，好吧。"

第二天，季永就带着季子音去学校认错了。季子音成绩一向很好，是韩老师眼中的好学生。听到季子音说这几次考试作弊，她心中一惊，随即又想到季子音成绩严重下降，似乎明白了什么。

季子音态度诚恳、有一说一，韩老师问完之后，就让季子音回教室去了，留下了季永。

临走之前，季子音紧张地看着季永，季永投去一个肯定的眼神，季子音咬唇离开了。

韩老师没有暴怒，也没有生气，只是让他多关心孩子的身心健康。季永作为父亲，点头如捣蒜。

最后，韩老师才说会跟领导汇报这件事。一直以来她对子音相当满意，这孩子认错态度好，她会说情的。

季永再三感谢。任何事情，既然做了就要勇于面对结果。

忽地，韩老师问："一直以来都是你管孩子，子音的妈妈呢？"

季永一怔,没想到韩老师会问这个,他忙解释道:"比较忙。"

韩老师推了推眼镜,意味深长地说:"生了孩子,就要对她负责,这是父母的担当。如果父母没有担当,那不是孩子的问题,是大人的问题。"

季永瞬间明白了韩老师的话,连连点头。

王君安开公司的动作很快,公司已组建完成,虽然还存在诸多的不完美。

在王君安眼里,人脉大于一切。在公司组建完成之后,他让员工们上班,自己则宴请朋友大吃大喝。对内宣称是扩大人脉,提高公司的知名度,实际请的都是一些酒肉朋友。当他受到朋友的夸奖时,不禁沾沾自喜,沉浸在自己依然是大老板的美梦之中。

每当人家说让大老板请客时,只是想让他付钱,无论是去吃饭还是去KTV、按摩店消费。

王君安知道人家的想法,但他想,自己是大老板,让人家享受一下又有什么关系?人生的追求不过如此。

于是,虽然他知道自己的钱都是借来的,但为了过当老板的瘾,他总是会爽快地结账。

之前有祝梓玉拦着,他还稍有节制,现在两个人离了婚,他便肆无忌惮起来,成了一匹脱缰的野马。

这天,王君安的饭局里有一位是王建国单位的驾驶员,叫吕岭伟,他和王君安年纪相仿,见王君安在饭桌上如此豪气,不禁想起节俭的王建国,这让他感慨万千。

老父亲省来省去不过是为了儿子,却没想到儿子花钱如流水。

吕岭伟听说他们家混得最好的是王君凝,混得最差的是王君安,怎么混得最差的反倒像是混得最好的?

世上的事情就是一个巧字。隔天下午,王建国恰好用车。

吕岭伟是个藏不住话的人,直接跟王建国说起了王君安的事。他收入

第六章　三代人的纠葛

不高，习惯了朴素，在他看来，桌上吃饭的三教九流，谈不上有什么用，根本没必要请客吃饭。

王建国本来正和柳军乐呵呵地聊天，一听到吕岭伟的话，不禁变了脸色。君安之前虽然不靠谱，但也不至于这么不靠谱。他也懂，一个人能做好生意，靠的不是那些花里胡哨的东西，而是实实在在的能力，谁的学习能力强，谁就能有所成就。而王君安显然没有什么能力，一脑子的旁门左道。

但在外人面前，他只能说："孩子有孩子的想法，我们做大人的，不好干涉太多。"

在一旁的柳军和王建国接触比较多，了解王君安的底子，心里想劝劝王建国，告诉他不能再纵容孩子了。王建国已经接济了王君安不少钱，这些钱对王君安来说连塞牙缝都不够，可对王建国来说，每一分都是省出来的血汗钱。

柳军和王建国处理完事情之后，在路上柳军拉着王建国谈了自己的看法。王建国是要面子的人，一会儿被驾驶员说，一会儿又被老同事说，感到十分难堪，四两拨千斤般撑了回去："孩子嘛，多大开销多大收入，我们不要干涉，不要干涉！"

柳军觉得王建国不可理喻，好说歹说不听，像极了一意孤行的当事人。看来当局者迷，谁都不例外。

柳军头一回觉得王建国不讲道理，心中甚是不快。

王建国懒得理会柳军的不快，自己都快烦死了。

回到家中，王建国没顾上吃饭，迅速给王君安打了电话。他猛地想起柠柠上次说的话，记得以前祝梓玉是会拦着的，难不成是因为两人关系破裂，导致王君安破罐子破摔了？

相比于王建国这边的冷清，王君安那边则是热闹非凡，他在外面正好有个饭局。为了接王建国的电话，他来到了门口，声音拉高了不少。

王建国一听就觉得不对劲："君安，你又在外面吃饭？你消停一点行不行,你这是做生意的样子吗?整天在外头吃吃喝喝,到底在搞什么!钱就是这么被你浪费掉的!你能不能学学别人,看看别人是怎么做生意的!"

王君安喝了一点酒,微醺,听到老父亲的话,内心极度不满,自己都多大了,还被王建国教训?

"爸,这是我自己的事情,你就放心吧,没什么事!"

"听说你整天在外面花天酒地,你到底想干什么?难道你还嫌自己欠的钱不够多?"

"爸,我这都是为了工作,生意场上的事你不懂!"

"你少给我狡辩!今后我不会再给你一分钱,之前给你的钱你赶紧还给我!"

王君安立马挂了电话,跟老头子讲太多对自己不利。

王建国听到电话挂断的声音,心情一落千丈。

他不死心,又打了祝梓玉的电话。祝梓玉本来不想接,但又怕王建国怀疑,无奈只好接了电话。

王建国说了王君安的事,这一切都在祝梓玉的预料之中,但两人已经离了婚,她还能说什么呢!她现在在一家专卖店做销售,养活自己和女儿已经很不容易,不想再掺和王君安的事。

"爸,君安那都是重要饭局,你就别担心了。"

"我怎么能不担心!他的钱能这么乱用吗?"

面对王建国的质疑,祝梓玉说:"爸,我觉得你有点莫名其妙。当初钱是你给的,王君安出了问题你不指责他,现在他乱花钱你又来指责,每次你的指责都像拳头打在棉花上,一点都没用!我们真求你帮忙的时候,你说自己帮不上,倒在一些无所谓的事情上指指点点。爸,对自己的孩子你要么就做到不闻不问,随便他怎么样;要么就好好管管,有点成效。"

祝梓玉自从离婚之后,清醒了很多,对家里的事情也看得很清楚,讲得也有理有据。

第六章 三代人的纠葛

王建国沉默了。

王建国本来就不善于处理家庭关系，一来是有心理障碍，二来是被沈玉芬管了那么多年，现在自己想管也不知从何入手，总是在不断犯错。

他倒是想如祝梓玉所说，什么都不管，或者抓住重点。但说起来简单，做起来太难了。

见王建国不说话了，祝梓玉冷笑了一声："爸，我还有事。君安这种人，即使他负债累累，被人追着跑，你也别管！你只要不借给他钱就行！"

祝梓玉的话让王建国心中一惊，想来两人的关系依旧很糟糕。如果和好了，她不会讲这种话。但王建国不知是否该问。

王建国自认为为别人解决了许多麻烦，是个办案能手，但面对孩子们的问题，他真是一个头两个大。

之前他不管，被孩子们埋怨；现在他管又被孩子们埋怨，他真不知如何是好了。

"爸，君安已经无药可救了！你不要对他抱太大希望。君凝能赚钱，君平孝顺，你关心这两个就行了。我们家的事，你就别管了！"

王君凝正在开会。会上她严厉指出，这个季度的营销力度不够，销售成绩不理想，让每个人制定一套补救方案。

她本身是做销售出身的，自然容忍不了这一块有一点瑕疵，即使所有人都觉得已经差不多了，在她看来还是不够完美。

会后，王君凝离开，会议室的人也都陆陆续续离开了，一个个脸上带着不悦，他们觉得王君凝做事太较真了。

王君凝突然发现手机落在会议室了，她急忙回去拿，却听见有人正在议论，她本来想推门而入，又听见自己的名字，于是在门口停了下来。

"你说的是真的？王总监的女儿竟然作弊？"

"当然是真的，我的亲戚就是他们学校的老师，她偷偷听见的。孩子爸爸和孩子一块儿去认的错。一开始我还不相信，王总监不是自认为很优秀，教出的女儿也很优秀吗？谁知道她女儿是这个德行！"

"有钱人的世界嘛，就是这样。听说王总监家里挺有钱的，不然她怎么能做到这个位置？有钱人家的女儿不一定能成才，谁知道用的是什么旁门左道。不像我们，整天只知道加班，只要她喊一喊，我们就得快马加鞭。有钱可真好，可以为所欲为！"

王君凝回到办公室，心绪不宁。她没想到季永竟然不顾一切，带着女儿去认错！女儿一旦承认作弊，就将自己以前所有的成绩都抹杀了，大家只会盯着她的缺点。

季永啊季永，你真是疯了！难道为了所谓的诚信，就置前途于不顾吗？

女儿的错误连累了她，公司是个流言传播极快的地方，相信到了明天，所有人都会知道她女儿作弊的事，连带着会否认她的努力。

她靠没靠家里，全凭他们一张嘴，甚至可以说，只要她的背景够硬，那么她的努力就显得微不足道。

因为众人只会认为，你是靠家里才得到的资源。

婆家的钱是婆家的，她从没有花过一分一毛！

晚上，王君凝提前回到家，看见季永和季子音正在吃饭。

季子音心情不错。因为今天爸爸夸奖她勇于承认错误，而她承认错误之后反倒松了一口气，没有了焦虑，也没有了彷徨，放下了心中的石头。

季子音一看见王君凝，忙说："妈妈，快来一起吃饭！"

王君凝径直走向季永："过来，我有话跟你讲。"

季永一脸莫名其妙，放下碗筷，跟着王君凝走进卧室，还特意嘱咐季子音吃完后记得写作业。

在房间里，王君凝如机枪扫射一般质问季永。季永听完眉头紧蹙。

他说："我认为这事我做得没错，子音必须好好面对自己的错误，你应该为她现在的行为感到欣慰。一个孩子，能坦然面对自己的错误，这对父母来说是莫大的荣幸。"

"荣幸？什么荣幸？季永我告诉你，现在公司都开始质疑我了！"

第六章　三代人的纠葛

"你有多努力,大家都看得见,不是几句闲言碎语就能抹杀的。倘若他们的闲言碎语就能将你打败,那么是这家公司有问题,而不是你有问题。君凝,女儿不是你炫耀的资本,你该认可她的行为。"

"认可?这有什么好认可的?这对子音的打击有多大你知道吗?我都跟你说了,子音承认作弊之后,众人会连带着质疑她以前的成绩。季永,你认为的结束仅仅是开始,到时候子音内心的压力会比现在大一百倍!"

"你想多了,你真想多了,你要相信我们的女儿!"

"相信?季永,很多事不能用相信来判断,我会预判结果!"

季永感到很崩溃,他和王君凝说话简直是鸡同鸭讲,王君凝想的是如何掩盖问题,而他想的是如何面对问题,他们俩就没想到一块儿去。

"季永,你知道我过得有多辛苦吗?我一路摸爬滚打想爬上去,却一直被一些人拖后腿,你让我怎么办?"

王君凝第一时间想到的永远是自己。结婚之后难道不该承担一些家庭责任吗?正如韩老师所说,既然为人父母,就必须承担责任,而不是只为自己而活。王君凝现在的举动,实在是太过分了。

"王君凝,我以前只觉得你爱自己,现在才发现你会自私到这种地步!"

王君凝气愤不已:"自私?什么叫自私?季永,你们家的人才真的自私!你知道吗?你父母跟徐总说,让我好好顾家,所以我本来有机会坐上副总的位置,却总是不能如愿。要不是你们家的人在背后搞小动作,我用得着这么辛苦吗?人家的婆家都是尽可能地帮儿媳,我的婆家就专门拖我后腿!"

季永没想到自己父母会做出这样的事,但想到自己母亲说的期限,心中焦急,心想不如现在就把问题摊开:"君凝,我妈说到底是为我们好。她的钱最后是谁的?还不是我们的?你为什么每次都这么较真,这对你有什么好处?既然我父母这么做了,你不如趁早听从他们的安排。一家人,总是需要互相妥协,哪能事事随心所欲?你看我,不是也在不断地妥协吗?同样,你也需要自我牺牲一下,为家庭也好,为子音也罢。许多事,

257

没有你想象的那么完美，高处不胜寒，不如趁着现在让自己放松一下。我们总不能等到一把年纪了再去享受人生，趁着现在有钱有闲，何必非让自己那么焦虑？"

季永给王君凝描绘了一个美好的未来，但王君凝内心对此充满不屑。在她眼里，唯有工作是正经事，其他乱七八糟的她都不感兴趣。

"季永，以前我认为你懂我，现在才发现，我以前瞎了眼了！"

王君凝的歇斯底里让季永感到不可思议。

是的，王君凝无非是想保住自己和子音的面子。但人生不仅需要面子，更需要成长。倘若王君凝替子音掩盖错误，那才是最糟糕的事。

这一刻，季永似乎什么都明白了——

为什么王君平和王君安是这个德行，他们从不承认自己的问题，或许就是因为他们的母亲经常帮他们掩盖。而王君凝受到母亲的庇佑最少，她内心渴望成为那样的孩子，因为手足之间总会攀比。

她自己没能成为那样的孩子，却想让子音得到那样的保护。

原生家庭的问题最难以评说，这不仅是她的价值观，更是她长久以来的信念。

夫妻俩吵吵闹闹，各持己见。季永觉得王君凝不可理喻，气得要带季子音离开。王君凝也不甘示弱，不准他带子音走，他可以走，女儿不可以。

两人都急眼了，闹到子音房间里去了。

子音本来正在写作业，听到两个人大吵大闹，想到自己做的事，不禁撇撇嘴。

面对父母的质问，子音陷入深深的沉默。一定要选择吗？在她眼里，爸爸也好，妈妈也罢，都是一家人，为什么非要闹到这个地步？难道是因为自己作弊？

季永对子音说："来，跟爸爸一块儿回老房子住。"

王君凝冷冷地说："这里离你学校多近，去老房子住，你就得起大早，你起得来吗？"

第六章 三代人的纠葛

子音瞧了王君凝一眼，低头道："妈妈，我想跟爸爸住一阵子……"

王君凝眼中透着不可置信。一直以来，子音都有赖床的习惯，不拖到最后一秒绝不起来。她宁可跟着季永去老房子住，也不待在这里，足见这对父女的关系要比她们母女好许多。

这会儿她脑子里乱哄哄的，平时杀伐果决的她，此时竟不知如何是好。

她失望地回到自己的房间，一言不发。

在教育孩子的问题上，她很难走进孩子的内心。

很快，王君安的美梦醒了一大半，他发现偌大的公司并不赚钱，原因是流量不够。即使在各种搜索软件、聊天工具上打广告，也没能引来流量。另外一个团队在淘宝开店，同样没有流量。

王君安纳闷，他前期做了调研，也写了策划书，自认为本地的土特产足够有名气，只要搭好班子，钱就会源源不断地进来。现在才发现，买的人寥寥无几。

万事俱备，只欠流量。

恰好今天是蒋旭来公司参观的日子，尽管一切都很糟糕，但王君安做足了面子工程。

蒋旭和秘书来到公司，四处参观了一番，随即两人问起了销售额。王君安只说现在公司刚起步，需要时间，待时机成熟，会赚到钱的。

蒋旭倒也不慌，安慰了王君安几句，还说相信他。

王君安顿时生出一种感激之情，认为蒋旭这人仗义，说话有理。

过了一会儿，蒋旭就和秘书驱车离开了，王君安这才松了一口气。

车上，秘书恭敬地说："蒋总，这个公司一看就不赚钱，白拿了我们五十万。"

蒋旭冷淡一笑："这对我们有什么损失吗？"

"蒋总的意思是……"

"我和他表面上是合作，实际签了借款协议。能赚钱最好，赚不了钱也无妨，他欠我们的钱是赖不掉的。我是个生意人，不会因为所谓的友情就干赔本的生意。放心，他们家有的是钱，他跑得了和尚跑不了庙。"

秘书笑道："蒋总高啊，真是高！"

周六，季永调整好心情，按计划带着子音和吱吱一块儿去了游乐场，他觉得答应女儿的事情一定要做到。他因为和王君凝理念不合，现在带着女儿在老房子里住，两人暂时处于分居状态。

王君平和赵晴本来是不愿让吱吱去的，他们两家已经闹成这样了，何必再有过多牵扯？但季永在电话里说，大人之间的矛盾不应该影响到孩子。

这让王君平无话可说。虽然王君凝脾气不好，极为嚣张，但季永是个好人，一直以来与自己家并没有矛盾，让孩子跟季永去也无妨。

季子音一大早起来并不高兴，她认为是因为自己父母才分居的，一直心存愧疚。后来吱吱上车后，两人的话也不多。

吱吱也同样不高兴，在爷爷家的那一幕他也看到了，姑姑一直骂自己的父母。

季永见两个孩子都提不起精神，先带他们玩了海盗船、云霄飞车。孩子毕竟是孩子，玩得不亦乐乎。紧接着季永又买了冰激凌，三个人一块儿吃着，之后又玩了许多其他项目。不仅子音高兴，吱吱也激动不已。

吱吱之前来过游乐场，但赵晴和王君平一直怕吓着他、怕伤着他，大部分项目不让他玩，他只能在旁边看着。今天可算是尽兴了，能玩的都玩了。

虽然旁边是他讨厌的子音，但这丝毫不影响他的好心情。

午饭是在游乐场里的餐厅吃的，吱吱享受到了梦寐以求的汉堡配可乐，眼睛里都发光。吃完之后，他满足地说："姑父，你真好！我爸爸妈妈总不让我吃这些。"

季永笑了笑，耐心地给他擦了擦嘴说："今天看你和子音都这么开

第六章　三代人的纠葛

心，姑父也很开心！以后你要经常跟子音一块儿玩。其实子音平日里没有什么交际，大部分时间都在看书，或者上补习班。"

吱吱看了季子音一眼，今天看她倒是顺眼不少，只是脑海中依然会冒出子音威胁自己的场景。他没吭声，倒是子音先说话了："爸爸，我不需要跟他玩，我自己玩也很开心。他就是个两面派！我觉得吱吱就是表面听话，实际一肚子坏水！"

季永摸了摸子音的脑袋："那子音你真幸运，你们俩是一家人，什么事吱吱都会帮你的。有吱吱这样一个好帮手，就不会有人欺负你了。"

子音一下子被绕进去了，一时之间竟无力反驳。

"吱吱，你说对吗？"

吱吱眨巴眨巴眼睛，是个识相的人："姑父，我和子音是一家人，我从来都没有欺负过子音。"

季永笑了："那你们俩以后要相互帮助。吱吱，子音遇到问题，你要帮助她。子音，吱吱遇到问题，你也要帮助他。"

吱吱和子音今天心情都不错，再加上季永的循循善诱，两个人逐渐和解了。

子音嘟起嘴说："好吧，那我们是好朋友了！"

吱吱也不甘示弱："我承认你是我的好朋友了！"

两个孩子一直玩到天黑才回家，吱吱极为兴奋，回到家还哼起了歌。

赵晴出来招呼季永和子音，见吱吱如此高兴，心里头舒坦多了。作为母亲，她有很多失职的地方，但对孩子，也是打心眼里爱。她很少看见吱吱这么高兴，不免心中一动。

赵晴对季永说："你倒是比王君凝想得周到，知道带孩子们出去玩玩，也知道如何化解孩子们之间的矛盾。"

"君凝有君凝的处理方式，我有我的。"

"呵，也是。既然你们两次上门来道歉，我也不能不识时务。行了，这次的事情就算过去了！放心，我们会帮忙隐瞒子音作弊的事情，这事就算翻篇了。"

季永很惊讶,慢慢消化了赵晴话里的意思:"君凝来找过你们?"

赵晴一怔,难道季永不知道王君凝来过?不对吧,她记得他们夫妻感情一直不错,怎么现在有事都不商量了?但她没细想其中的原因。

"找了,我没同意。不是我不讲情面,是她一直高高在上,令我不满。"

季永脸上带着笑,与赵晴说了自己的教育理念。他认为孩子需要的是认识自我,同时他说子音已经向韩老师承认作弊的事了。

赵晴有些诧异,没想到季永考虑得如此周到。可这么一来,他就没必要带吱吱出去玩了。

季永听了,摇摇头,随即说:"难道孩子们之间相处必须有什么目的吗?不,这样太累了。"

这会儿反倒是赵晴不好意思了,她误会了季永。

季永和季子音同吱吱告别,临走之前他们还特意说下次还要一起玩,吱吱显得尤为兴奋。

季永离开之后,赵晴若有所思。这截然不同的一对夫妻,还能搭伙过日子,也真有意思。

赵晴对季永的家境有所了解,他家比自己家更有钱。对他而言,衣食无忧,可以尽情挥霍。不像自己,活得束手束脚。

大方总有大方的原因。

如此一想,刚刚的不好意思,顷刻间消失了。

季永在带子音回家的路上,心中颇为烦乱,他没想到王君凝下手如此之快,而自己还被蒙在鼓里。这是第一次,季永对两人之间的感情产生怀疑。他想,自己一直以来的努力根本没用,他永远叫不醒一个装睡的人。

晚上,王君平回到家,见吱吱乐呵呵的,细问之后才知道今天他和子音去游乐场玩了。他问道:"王君凝这是演的哪一出,太阳打西边出来了?"

赵晴冷冷地说:"人家季永家有钱,爱去游乐场就去呗!"

第六章　三代人的纠葛

赵晴没别的意思，只是纯粹感叹人家有钱，但听进王君平的耳朵，就不是那么回事了，他以为王君凝是在刻意跟自己炫富。

"呵，你懂什么！"

赵晴感到莫名其妙，心想，王君平这是吃错药了？

王君凝回到家，脱下鞋子，发现客厅灯亮着，心中惊讶：难不成是季永带着子音回来了？

谁知，一走进客厅，看见一个熟悉而又陌生的人——陈久斐。

陈久斐坐在沙发上，脊背挺直，姿态端庄，缓缓抬起头。婆媳俩对视了三秒，王君凝心中隐隐有种不好的预感。陈久斐向来无事不登三宝殿，今天来肯定有事，而且是大事。但转念一想，即使陈久斐不来找自己，自己也会去找她。

"妈，让你大老远跑来看我，真是不好意思！最近太忙，也没时间去看你。"

陈久斐淡笑道："有没有空我不知道，不来看是真，你真有空也不会来看我的。"

王君凝的笑容僵住了。陈久斐就没给过她面子，以往季永在的时候，还能帮她挡一挡，今天季永不在，陈久斐可不得使劲挤对她。

婆媳俩相互猜疑，王君凝不知陈久斐是否知道季永已经搬走的事，若是知道，她为什么不问？若是不知道，今天她来的目的是什么？

一团疑问在心中盘旋。

陈久斐来了这么久，一直没看见季永和子音，心想这俩人去哪儿了？

她本来可以先打电话给季永，但距离两人约定的时间还有四天，于是她忍着，免得季永又说自己多管闲事。

现在陈久斐不知道两人谈到什么程度了，她这次来不过是想打探一番。要是王君凝不肯，定要让她尝尝苦头；要是王君凝妥协了，那么大家和和气气还是一家人。

陈久斐就不明白，儿媳脑子有毛病吗？放着阔太太的日子不过，非要出去折腾。

陈久斐转了一下眼珠子："子音在写作业吗？怎么没见到人？"

王君凝松了一口气，想必陈久斐什么也不知道，季永还算是男人。

"妈，子音去同学家写作业了。"

陈久斐点头，并不怀疑。

陈久斐坐了一会儿，忽地说道："君凝，在公司怎么样啊？工作辛苦不辛苦？你一个女人也真不容易，不在家里享福，非要出去打打杀杀！你趁着年纪不大，该出去体验体验生活，让子音也高兴高兴。到了我这把年纪，已经折腾不起了，吃不香、睡不好，旅游又怕累。"

"妈，人各有志。"王君凝皮笑肉不笑。心想老太婆把自己的价值观强加给她，言语上说说也就算了，还要闹到徐总那儿去。"妈，公司里一切都好，未来很有前途，只要没人存心阻挠，我想要的都会得到。"

陈久斐虽然不知季永说到什么程度了，但听王君凝的话，两人并未达成共识，王君凝还知道自己曾插手她工作的事情。她不禁恼羞成怒，自己原是为他们夫妻好，怎么王君凝这么不识好人心！

两人都憋着一股怒火。

王君凝说："妈，如果没别的事，我不送了。"

陈久斐瞪大眼睛，不可置信地说："你这是赶我走吗？"

"妈，我是想，既然子音和季永都不在，我们俩也没什么好说的。我说多了，你不喜欢；你说多了，我也未必喜欢。倒不如我们俩都别说了，各自安好。"

王君凝哪有半点示弱的样子，她的气焰比谁都嚣张。这让习惯了控制他人的陈久斐无法接受，什么玩意儿啊，敢在自己面前嘚瑟！

"好，好，很好！你有这种见地，我很欣赏，我们走着瞧！"陈久斐火再大，她都咬紧牙关，表面依然客客气气的，但背后的深意却令人胆寒。

王君凝不动声色："妈，我送你。"

"送？我可不敢当！"

第六章　三代人的纠葛

即便陈久斐这么说，王君凝依然将她送到门口，婆媳矛盾和礼貌是两码事。

黑夜中，王君凝看着陈久斐的红色奔驰消失在远处。

王君凝脱下高跟鞋，坐在台阶上，盯着月色自嘲地笑了笑。是的，面对婆婆的威胁，她没有一点切实可行的办法。

但即便她内心很怕，也要装出无所畏惧的样子，这是她的个性。

现在所有人都消失了，她暂时可以不用面对这一切了。

她蜷起身子，将头放在手肘中。疲惫，一种持续的疲惫遍布全身，眼前是光还是暗她已经不知道了。

尽管公司的账上已经出现赤字，王君安依然沉浸在幻想中，觉得能赚大钱。尤其是祝梓玉的离开，让他如愿打开了新世界的大门，再没有人阻挠。

第二天到公司之后，当财务告诉他账面难看、下个月工资发放困难时，王君安才如梦初醒，大喊道："怎么可能？不是有五十万吗？怎么花得这么快？"

王君安不相信财务的话，他认为可能是公司有人挪用了钱，也有可能是财务算错了。于是，一整天他都在算账，但算来算去，王君安发现确实如财务所说，公司的钱不多了。原因太多了，零碎的开销、无用的采购……但真正使公司陷入困境的是这生意不赚钱。

王君安瘫坐在椅子上，心想，难道他的好日子这就到头了？

临近下班时，财务找到王君安，表面上恭敬，内心则十分鄙夷。在王君安开公司的这段时间，他没干出一件有成效的事，一直是吃吃喝喝。他本想找一份稳定的工作，如今来看，这份工作估计是到头了。这会儿，他十分后悔自己辞了上一份工作："王总，账目都核对好了吗？"

财务问这些，犹如撕开了王君安的面子，顿时令他恼火不已："你下班就下班，问这么多干什么！"

返聘

财务马上闭了嘴，摇了摇头离开了。心想，能力不行，脾气还这么差，公司迟早会倒闭！

王君凝自己的事已是焦头烂额——婆婆的干预、季永与她分居，无疑是想让她妥协，回归家庭。她不解，也不想。

隔天早上，她再次来到徐平的办公室，徐平言语之间，无非是劝王君凝跟家里搞好关系，陈久斐过来说过多次，他是看在王君凝工作能力极强的分儿上，一直帮她遮掩、阳奉阴违。

这会儿，王君凝也不掩饰："徐总，我敬重你，但如果你真的保护不了我，我也只能说声抱歉。"

徐平闻言问道："你的意思是……"

"徐总，我就跟你打开大窗说亮话，ABC跟我婆婆家关系向来不好，我想他们很愿意让我做副总，之前赵贵频频找我，我没同意，是顾及跟你之间的情分。其次，赵贵的离开是公司的巨大损失。我知道你有心栽培小副总，但事与愿违，他的那些个歪门邪道毕竟难当重任，我想你是思考过的，所以才会架空小副总。你信了我的话，所以将范煜放在一个不死不活的岗位上，这充分表明你是希望公司越来越好的，不是吗？你不想得罪我婆婆，又想让我当副总，无非是想两头做好人。但徐总，现在你只有一个选择。"

徐平沉默了。论才华、能力，王君凝绝对能胜任副总，但他又不想失去王君凝婆婆这个合作伙伴。他确实想两全，但现在王君凝提出自己的想法，她要么走，要么升，这让他犯了难。

王君凝给了徐平思考的时间，云淡风轻地笑着离开了办公室。

王君凝知道婆婆肯定会采取行动的，与其坐以待毙，不如先发制人。

徐平经过思考之后，一个电话打到了陈久斐那里，表示家事不能与工作混在一起。公司不是他一个人的，还有其他股东和副总，他有心无力，只让陈久斐好好处理自己的家庭关系。

第六章　三代人的纠葛

徐平本想在陈久斐那里留下个好印象，以促成日后的合作，但如今看来，只能先顾及当下。

陈久斐一听，被气炸了。她眯了眯眼睛，给王建国打了个电话，说明晚两家人一块儿吃个饭，好久没聚了。

王建国接到电话，一时震惊。这个亲家向来不好相处，恐怕没什么好事。但去总是要去的，人家都邀请了。

王君凝是最后一个知道的，见所有人都答应了，她也不得不答应。陈久斐此举无疑是想给王君凝一个下马威，让她知道自己是什么身份，他们家是什么身份。王君凝想了许久才给徐总来了个釜底抽薪，没想到陈久斐又唱这一出。

王君凝打电话给王建国，话里话外的意思是，如果他忙可以不去吃。王建国听懂了王君凝的意思，但依然要过去。

王君凝气得挂了电话，这老头儿以前啥都不管，现在什么事都要掺和！

王建国有自己的考虑，他听懂了邱鸿的那一句"顺其自然地纠正"。要是以前，他能避则避，如果不是什么好事，躲开即可。可如今他已经没有未来了，清净未必是一件好事，还不如直面现实。

年轻人的事当然需要年轻人自己解决，但有些事年轻人自己都看不懂，这就需要他帮忙了。

近来在办案过程中，他总结出新的经验：所有矛盾，抓住根源很重要，抓住根源才能长治久安。

偏执的人真的偏执吗？在遇到其他事情的时候，他们十分淡定，只有在面对自己的事情时才偏执。

所以陈久斐邀约，肯定是他们家出事了。

他们约在一家高档餐厅。王君凝、季永夫妻虽然最近关系不好，但为了面子，依然要装一装，并且叮嘱季子音不要乱说。子音希望父母能和好，点头如捣蒜。

他们接了王建国，王建国穿了一件比较正式的新衣服，要知道平时他都是去王君平、王君安家淘旧衣服穿的。

王建国不太注重穿着，反正上班有工作服，下班怎么节约怎么来。王君凝送了他不少名牌衬衫，王建国都放在衣柜里舍不得穿，生怕自己不小心弄脏，还是穿旧衣服安心。

王君凝曾经笑话王建国，说以前有个人买了一块豆腐，舍不得吃，放发霉了，然后炸成了臭豆腐吃。人要及时行乐，而不是这个不敢、那个舍不得，最后自己什么都无福享受。

王建国依然故我。孩子们可能都忘了当年的艰苦，可他依然记得。他觉得无论何时生活都应该节约。

可今天不同，他要去给女儿撑场面，自然要穿戴整齐一些。

王君凝瞥了王建国一眼："那件是我去年给你买的吧？就没见你穿过。"

王建国一怔，不好意思地笑笑："头回穿，崭新的。"

王君凝愣了半晌才说："一大把年纪了，还省什么啊，钱就是用来花的。合着我给你买的衣服就适合挂在柜子里？"

王建国摇头："不是啊，我用上了。"

王君凝说："你什么时候用上了？连洗都没洗过。"

"老张儿子结婚的时候，他没件像样的衬衫，到我这儿找了一件。后来君安开公司，知道家里有名牌的衣服，拿了几件。前些日子，有个给山区捐衣服的活动，我给山区人民捐了一些。"

王君凝听了前面两件事，已经微微有些火了。老张结婚，帮邻居；君安开公司，帮儿子。到后面连灾区人民都帮上了。人家都是捐旧衣服，他倒好，直接拿着新衣服捐了。真不知道王建国脑子里是怎么想的，反正全天下的人都配穿好衣服，就他王建国不配。

王建国见王君凝脸色不大好，立马改口说："没捐很多，就三四件……"

季永笑了笑，安抚道："爸，衣服给你买了，你想怎么处置就怎么处置，这是你的自由。要是君凝连这点事都在意，她怎么管得好一个公司？"

王君凝被噎得哑口无言。

第六章　三代人的纠葛

　　饭桌上，陈久斐、季封已经落座，见四人来了，陈久斐显得极为热情。子音喊了一声奶奶，陈久斐看着挺高兴，摸了摸子音的脑袋，对着她一阵夸。

　　服务员开始上菜。陈久斐知道王建国又回法院上班了，皮笑肉不笑地说："我们整天盼着退休，你退休了却还往法院跑。"

第七章　理解

　　陈久斐这话是说给王君凝和季永听的。因为王君凝不愿意帮忙，季永也不愿意接管，他们家的企业迟早要外人来接管，对此他们夫妻不甘心，所以直到现在还牢牢把控着。

　　陈久斐虽然认可王建国的工作，但毕竟赚不了什么大钱，没想到退休了又回去上班，一家子果真是一个模子里刻出来的。

　　王建国淡笑道："我是穷忙，不像你们能赚大钱。"

　　季封一门心思经营自己的生意，对于这些鸡零狗碎，他不想理会，也懒得理会。他觉得儿子已经娶妻生子了，顺其自然比较好。但他若不来，陈久斐恐怕会在家里闹上一通，最后只好硬着头皮来了。

　　陈久斐不是个省油的灯，她直接问子音："子音，现在是妈妈陪你的时候多，还是爸爸？"

　　季子音正在吃菜，一听到这话，下意识地看了季永一眼，没敢吭声。

　　陈久斐慈爱地摸了摸子音的脑袋："你不说奶奶也知道，是爸爸。你妈妈事情多，很忙，没时间顾及你。唉，我可怜的孙女，连妈妈的疼爱都得不到。"说完，对王建国说："人家家里都是男主外、女主内，安排得妥妥当当。我儿子家就不一样了，女主外、男主内，安排得一塌糊涂。也不知道能赚几个钱，我们家又不缺她那点工资。"

　　王君凝知道陈久斐会放招儿，却没想到这么直接："妈，既然人家家

第七章　理解

里也是父母中的一个关心孩子多一点，我们家也是，这不是一样吗？"

陈久斐知道已经说不通王君凝了，便问王建国："你见多识广，你说说，这事……"

王建国知道王君凝为工作花了不少时间，也知道子音缺少母亲的陪伴，但这两者是不能兼得的。这让他想起年轻的时候，由于工作忙，没时间管孩子，他以为孩子们长大后会理解自己，到最后却全是对自己的埋怨。

王建国现在后悔不已，当时自己如果能多陪陪孩子，现在孩子们兴许能听他的话，不至于闹得这么僵，谁都不理会谁。

王建国怎么着也不能当着众人的面说自己的女儿，但眼看陈久斐和王君凝之间战火弥漫，这事他必须有个态度。

王建国放下筷子，对陈久斐说："好了，你们别吵了！我身体不舒服，要回去休息了。"

陈久斐傻眼了，她要王建国表个态，王建国怎么是这个德行？难怪把女儿教成这样。

她气得让王建国走了，自己则去了卫生间。

正当她从卫生间出来的时候，迎头看见王建国过来了。她正在气头上，出言不善："哟，怎么着，你不是身体不舒服吗？怎么还不回家？"

"我有几句话想单独跟你说。"

陈久斐不认为王建国能说出什么，便双手抱拳，让他说。

"这件事是君凝做得欠妥，我会帮忙劝说的。但你也知道，君凝热爱工作，她只能稍作改变。希望你也能退一步，不要对她要求太多。"

陈久斐见王建国的话还有几分意思，问道："这些话，你怎么不在饭局上说？"

"我知道你只是想让君凝多顾家，多关心孩子，我会帮忙劝说的，又何必闹得那么僵！"

陈久斐一时无言以对。

吃完饭，王君凝送王建国回家，季永带着季子音送父母回家。

路上，王建国直截了当地跟王君凝说了那天发生的事，他认为王君凝如果不想将来后悔，就要做好当下的事。

王君凝沉默了许久，然后抬起头说："爸，你后悔了吗？"

王建国靠在椅背上说："人生是有得有失，年轻时需要的东西和晚年需要的是不一样的。君凝，我只希望你不要重蹈我的覆辙。子音的问题，你我都知道，她需要你的认可和关心，可你顾不上，如同当年的我一样。也许冥冥之中我们走上了同一条路，一条看似正确却对孩子伤害最大的路。"

王君凝想起小时候，每次需要爸爸为自己主持公道的时候，爸爸永远不在。又想到妈妈的各种偏心，这简直让她崩溃。所有往事犹如连环画一般在脑海里闪现。

车子停在了王建国所在的小区门口，王建国没有下车，而是问王君凝："你想成为爸爸这样的人吗？"

王君凝闭上眼睛，猛地拍了下方向盘。

王建国说："饭局上，爸爸没说什么，主要是怕伤了你的面子。"

王君凝心中一动，一股暖流涌上心头。但她不甘心："她是赢了吗？这个饭局安排得很好，我无法拒绝。"

"我们作为长辈，都是为了孩子们好，现在子音需要妈妈。她不是让你全然放弃工作，而是希望你多陪陪孩子，多给她一些关心。子音是你的孩子，我想你比任何人都希望她好。爸老了，很多事也说不上话。我只是尽量劝劝你，至于听不听关键在你。我的三个孩子，没一个听我的话。君平浑浑噩噩，君安不死不活，我连他家里发生了什么都不知道。唉，唯有你是最上进的，但也免不了有许多问题。我是你们的爸爸，比任何人都希望你们好，即便我们之间有许多隔膜、许多的不理解。"

王建国说完就下车了，王君凝看着王建国苍老的背影，在月色下显得尤为落寞。她捏紧拳头，陈久斐到底是赢了，她知道自己最怕什么。

第七章 理解

第二天，王君凝就找到徐总，表示他不需要左右为难了，自己已经决定不跳槽了，而且愿意暂时留在营销总监的位置上。同时希望能把工作稍稍分出去一些。

听了王君凝的话，徐平自然同意，这样既能将王君凝留在公司，也能维护好跟陈久斐的关系。徐平虽然欣赏王君凝，但他们这行，更重要的是客户、合作伙伴。

徐平对王君凝感到惋惜，却也无可奈何。

王君凝下午请了假，去学校了解了季子音的事，季子音最终没有受到惩罚。一是因为子音认错态度好，二是因为子音向来是尖子生。

韩老师推了推眼镜说："子音向来是个品学兼优的孩子，希望你们大人好好辅导，不能再让她做出这种事了。"

王君凝点头，略感心安，但子音作弊的事情已经传出去了，这恐怕对孩子不利。她将自己的想法跟韩老师说了，韩老师则说："我们老师只能尽量隐瞒，但有些人消息灵通，我们也没办法。子音做错了事，必须为此付出一些代价。这段时间你们注意观察她，倘若发现有什么不对，要及时告诉我们，我们会跟孩子进行沟通。"

为今之计的确只能如此，王君凝心情沉重地走出学校，隐隐约约看见不远处的吱吱。她想，这件事要不是赵晴搅来搅去，怎么会闹得尽人皆知？

自己在王君平最艰难的时候帮了他，换来的却是他们攻击自己的孩子，她的付出真的值得吗？

这个问题，她不止一次地问过自己。如果没有子音的这件事，或许一切都能如愿，只是现在……

什么狗屁兄弟，不过是拖她的后腿！

正在这个时候，王君凝接到王君安的电话。太阳打西边出来了？王君安打电话干什么？

王君凝接了："喂！"

王君安笑盈盈地说："君凝，最近怎么样啊？"

273

王君凝沉默了一会儿说："有事？"

　　王君安笑笑："也没什么，就是我遇到一点事，手头暂时周转不开，想跟你借点钱。"

　　王君凝纳闷：王君安以前的高傲呢？他明知道打过来会被自己骂成狗，依然要开口，这事恐怕没那么简单。

　　"没钱！"王君凝无心顾及他。她帮了王君平，落了个什么结果？王君安的事情她不想再掺和了。

　　"别！君凝，我是暂时周转不开，你借给我，我下个月就还给你。"

　　虽然现在王君凝很烦，但对于王君安的事，心中依然隐隐有一丝好奇，又想到王建国说的那些话，难不成他们夫妻真出了什么问题？

　　之前有祝梓玉在，她会阻止王君安干许多混账事，他们俩虽然也欠了债，但没那么离谱，一般不至于找她借。

　　"行啊，你让祝梓玉跟我借。你就算了，你的信用早破产了，我实在不想借给一个欠债不还的人。王君安，你想想，自打你做生意以来，所有人都在帮你。爸妈给你启动资金，然后你又向朋友借同学借，又从银行贷款，就算是阿斗都该扶起来了。你可真有意思，做一行亏一行，现在又要找我借钱，你以为别人的钱都是从天上掉下来的吗，要多少有多少？"

　　王君安放低姿态，恳求道："君凝，我知道以前我做错不少事，你就大人不记小人过，帮我这一次，这辈子我都感激你！"

　　"别，你就别感激了，我跟你们兄弟俩掺和就没好日子过。我借给君平钱以后，他狗咬吕洞宾，不识好人心，就子音那么点小事都不帮我。我帮你，对我有什么好处？我现在不会自寻麻烦了。"王君凝又说，"你让祝梓玉来找我吧。"

　　王君凝知道老头子心里在意王君安的婚姻。虽然她对王君安感到气愤，不想帮忙，但为了老头子，她得搞清楚这对夫妻到底怎么了。

　　王君安这边的日子不好过，他连工资和房租都付不出，借钱只是想维持现状。他相信以后会赚钱的。倘若借不到钱，公司倒闭了，那么蒋旭会

第七章　理解

讨要那五十万，他将面临巨大的压力。

王君安的眼眶都黑了，好几天没睡好觉。他不知道自己怎么会沦落到这个地步，明明一切都想得很好，却没想到会面临如此困境。

王君安没辙，只能硬着头皮去求祝梓玉。祝梓玉一开始不同意，但最终妥协了。没办法，他是孩子她爸。

祝梓玉去了王君凝的公司。王君凝见祝梓玉来了，倒是客客气气地招呼她坐下。

王君凝客气了一番，随即问道："梓玉，我想问你一个问题。君安从来不跟我借钱，生怕被我笑话，现在情况怎么不一样了？"

祝梓玉按照王君安事先教她的说辞说道："我们现在走投无路了，所以才跟你借，你就行行好借一次。"

王君凝给祝梓玉倒了一杯茶："你跟我说说公司的情况吧，这钱是怎么没的，你们现在借钱是想做什么？"

祝梓玉一怔。王君安没说钱是怎么没的，他从不提这些。至于借钱要做什么，王君安只说是要周转，也没说其他的，这让她怎么说？

"不是我不相信你们。上一回，我帮你们介绍了范煜，结果被反咬一口。这次，我不知道你们又会捅出什么娄子，所以我想了解清楚事情的原委，再借给你们。我这么做，没什么不妥吧？"

祝梓玉低头："没、没什么不妥，你说的都对。但我不知道具体情况，君安没有让我参与太多，所以我不清楚。"

"这不可能吧？你们俩一起弄的，你怎么会不知道？"

"这事是他背着我弄的，具体情况我真不清楚。我只知道他跟蒋旭签了一个协议，上面约定如果公司破产，他就要赔蒋旭五十万。君凝，君安的性格你了解，很多事都由着自己的性子来，旁人想阻止也阻止不了。"

"可是，他最近可没做别的事情，只专心做这个，你不可能只知道这么一点。"王君凝凑近祝梓玉，"除非，你们俩压根没在一起。"

祝梓玉猛地抬起头——

275

时间停滞了。

王君凝笑笑："梓玉，看你的表情，我就知道我猜对了。"

祝梓玉明白了，王君凝让她过来，不过是想试探两个人的关系，并不是真的想借钱给他们。她就知道王君凝不会帮王君安的，两人明明闹过那么大的矛盾。

祝梓玉不想自取其辱，正欲离开，王君凝拦住了她。

祝梓玉恼怒不已："你不就是想看我们夫妻的笑话吗？你达成所愿了，我们俩离婚了，你高兴了吧？我知道，我们之前得罪过你，你怀恨在心。但你想想，我一个人抚养女儿有多累，你何必为难我呢！"

王君凝以为两个人只是分居，没想到竟离婚了。

祝梓玉气冲冲地离开了。

王君凝坐下来，慢慢消化刚才听到的。王君安要是在她这里借不到钱，肯定会去找王君平以及王建国，到时候在他们面前上演家庭大剧。

本来她借钱给王君安，让他们夫妻不离婚，也不是不可以。但现在两人已经离了，王君安一人又能成什么大事？不过是尽情挥霍罢了。借给他无异于肉包子打狗，何苦？但不借，家里可能会出更大的问题。王君安的问题已经不仅仅是他个人的问题了。唉，两难。

祝梓玉在王君凝那里吃了亏，回去把王君安骂了一顿，随即表示两人不要再联系了。任王君安怎么说，她都不予理会，说急了，她说："我们俩都离婚了，你还想逼我到什么地步？"

王君安这才反应过来，王君凝不是想帮他，只是想套话罢了。

只是他现在真的很难，无暇顾及王君凝的用意，只想赶紧借到钱。既然王君凝不行，那就去找王君平或王建国，总会有人帮他的。

王君安首先想到的是王君平。上次王建国已经在电话里放下狠话，再想找他要钱，恐怕困难。

晚上，王君安去找王君平。王君平对于他的突然到访感到意外。

赵晴懒得理会，王君安来准没好事——不，王家任何一个人来都没好

第七章　理解

事。但她又有些好奇，便坐在沙发上偷偷听着。

王君安说："大哥，我临时需要一些钱周转，你能不能借给我一些？"

王君平自己都穷得叮当响，还欠着王君凝八十万，有点钱都还债了，哪里还有钱？

赵晴瞪大眼睛，她就知道没好事，瞧瞧，又是借钱！真是可笑，王家人是越来越离谱了。

"跟我们借钱？你是在开玩笑吗？我们哪儿来的钱？君凝一不高兴就跟我们要那八十万，我们烦得都头皮发麻，一瞧见君凝就跟耗子见了猫似的。我们有这么大的窟窿，让我们怎么帮你？"赵晴已经非常不高兴了，声音越来越大。

"我知道，但你们俩不是有季度考核奖吗？应该挺多的，能暂时借给我吗？我下个月就还给你。君凝有钱，压根就不差你们这点，我十万火急，就先借给我吧！"

季度考核奖？王君安知道的还挺多，他们夫妻面面相觑。王君平比赵晴平静许多，随即问道："你需要多少？"

"五万十万都成，看你有多少。"

赵晴翻了一个白眼，五万十万？当我们开银行的啊！

赵晴把水果端到他面前："吃点水果你就走吧，我们不送了，大家都早点睡！"

王君安怔了一下，随即说："大哥大嫂，你们可不能见死不救啊！大哥，想想小时候，我跟在你身后，我们玩得多开心，你能眼睁睁看着我去死吗？"

赵晴冷淡地说："我们欠了八十万，你也没帮我们啊！君安啊，不是我们不帮你，是我们没钱，兜里干干净净。更何况我们还要养活吱吱，压力很大，你就别跟我们借了。王君凝有钱，你跟君凝借，或者你跟爸借，爸的钱也不少呢！"

"赵晴，你胡说八道什么，爸能有什么钱？"王君平呵斥道，"爸上次的钱都给君安了，一分钱都没拿回来，这次又要五万十万，接下来指不定还要多少呢，爸欠我们吗？我都不知道你嘴里说的是什么风凉话！"

王君平是真没钱，他要有钱会借给王君安的。赵晴不顾王君平的反对，直接将王君安推到门口："这事，我们无能为力，你也别去找爸，爸也没钱！"

被推到门口的王君安气恼不已，咬牙切齿地在心里怒骂。

王建国早上刚调解完一起邻里纠纷案，说话说得口干舌燥，猛地喝了一口水，内心成就感满满，这才去楼下食堂就餐。吃完之后，看见手机上有十几个未接来电，全是王君安打来的，顿时一惊，这是又出什么事了？于是将电话打过去。王君安表示他就在法院附近，想见王建国一面。

两人在法院不远处的树下碰面。王建国觉得奇怪，王君安究竟有什么事这么急？

王君安上来就哭哭啼啼地跟王建国承认自己没钱了，现在公司面临倒闭，希望王建国能帮忙周转。

又是借钱，王建国只感到头晕，身心俱疲。

王建国气得手抖："你不是跟蒋旭合作吗？钱呢？"

王君安低头说："公司盈亏不是很正常吗？"

"那是人家，你从来都没盈过，尽是亏！亏得跟无底洞一般！君安，我怎么会生出你这种孩子！"

"爸，这次你真的要帮我，不然蒋旭会找我麻烦的，我现在连房租和员工工资都付不出了！"

王建国瞬间抓住问题的关键："我借给你五万十万，你就为了付房租和员工工资？那你最多只能维持一两个月，然后呢？然后你怎么办？继续四处借钱？君安，你知道你在做什么吗？你就是个无底洞，无穷无尽地亏钱！"

"爸，我会有办法的，你只要借钱给我周转，我一定会有办法的！"

第七章　理解

王建国怒不可遏，看着眼前的王君安，只觉得自己站都站不住了。

这不是父子俩第一次吵架，却是王建国第一次感到王君安已经无药可救了。

之前的接济无非是一次次地对他抱有希望，可王君安一次次地让人失望。他不奢求王君安有一天能还钱，只希望他能越过越好，不再成为别人的负担。

王建国因为这事气得不行，晚上翻来覆去睡不着。他想不明白怎么会教出这种混账儿子，就会赔钱。但如果不帮他，他会不会想不开？

王君凝为自己的事都焦头烂额了，根本不想管王君安的事。

王君凝放弃了副总的位置，想让自己闲下来，但实际并没有，许多事情她仍脱不开身。这时候，她想起王建国说的话：许多事并没有那么简单，不是自己想怎么样就怎么样，更多的还是无可奈何。

季永很快知道了王君凝的改变，正琢磨着是否要回家。

陈久斐打电话给季永，让他赶紧回去，免得王君凝再改变主意。季永知道这一切都是陈久斐的操作，他想到王君凝的难处，不禁说道："妈，以后我们家的事情，你能不掺和吗？"

陈久斐感觉自己受伤了。自己努力帮儿子，却遭到儿子的埋怨，这让她怎么能接受呢？

"我不管你谁管你？你看看王君凝是怎么对你的！"

"妈，君凝不喜欢你这样。君凝有自己的想法。这次我感谢你，但希望没有下次了！"

陈久斐气得差点儿背过气去，什么叫有了媳妇忘了娘，说的就是这种儿子！王君凝都把他贬到尘埃里了，自己好心帮忙，却引起儿子的反感，还嫌她多事！

季永思索了一番，随即带着女儿回去了。季子音不解地问："爸爸，我们为什么要回去？"

"妈妈离开我们太久了，她会孤单的。"

"妈妈都没来看我们,她真的需要我们吗?"

"妈妈的脾气就是这样,不善于表达。我们回去好好表现。"

季子音并不知道发生的这一切,她只知道季永一会儿带着她离家出走,一会儿又要带她回去。

"我们回去才能看见妈妈的改变。爸爸知道,你内心是需要妈妈的。如果妈妈这次知道自己错了,改正以后,你要原谅她。"

"有道理,不然我都不知道妈妈在做什么。爸爸,我们回去吧!"

季子音和季永回到家中,感觉好像阔别了许久。家中的钟点工阿姨恰好过来烧饭,见他们父女回来了,随即烧了三人的饭。

王君凝回到家,看见父女二人,感到十分意外。她本来还在想找个什么由头让他们父女回家,没想到他们自己回来了。

王君凝一想就知道季永知道了所有的事,所以回来让她有个台阶下。

不得不说,季永在情商这方面真的没话说,他永远知道做什么能让她最舒服。

即便两人之前闹过那么大的矛盾,他依然能比较客观地看待问题。反观自己,做不到那么冷静客观,她甚至拉不下脸让他们回来。

王君凝知道自己有问题,但她改变不了,或者说无力改变。

这顿饭是有史以来吃得最融洽的。王君凝耐心听季子音讲学校里发生的事,季子音挺开心的,侃侃而谈。饭后季子音回房间写作业,夫妻俩坐在沙发上,季永看书,王君凝看电视。

事实上,王君凝晚上本来是要去加班的,但一想到季永和季子音回来了,只好老老实实待在家里。

夫妻多年,两人似乎达成一种默契,那便是不管谁犯了错,对方一旦示弱,便让这件事过去。

但今天,这件事似乎很难过去。

季永瞥了王君凝一眼,问:"今晚不加班?"

"拜你妈所赐,我放弃了那个位置。你该知道了啊,所以才带着女儿

第七章　理解

回来了。"

"君凝，你可以反对我妈，但你没有，这是不是表示你……"

"不，你妈找了我爸，我爸动之以情、晓之以理，我没法反对。"

季永知道，王君凝的内心对王建国有一份尊重，只要王建国开口，许多事王君凝都会妥协。

"我只能尽量，你知道公司许多事都等着我。"

无论怎么样，这是一个好的开始。

过了一会儿，王君凝抬起头说："我就是想不通，为什么古往今来，男人出去奋斗，不顾家，所有人都认为理所当然；而女人想奋斗，就被指责不顾家？似乎女人的天职就是照顾家庭。无论这个女人在外面做得多好，只要在家里没做到尽善尽美，就不合格。"

"君凝，陪伴是无价的，奋斗也是无价的，这个天平无法达到绝对平衡。或者说没有人拥有绝对幸福的生活。手头没钱了，肯定要努力赚钱，让一家子过上好日子；手头有钱了，就要适当享受生活，让一切变得更有意义。每个阶段的需求不一样，每个人应对好当下的需求就是成功。"

"所以这就是你为你妈找的好理由，堂而皇之地介入我的生活？"

"不，我已经跟我妈说了，不准她再干涉你的生活。如果一件事，所有人都反对，那么你就应该想想是否需要停下来。君凝，难道你想让子音成为第二个你吗？"

王君凝沉默了，低下了头。

"你是公司需要的人，同样你也是子音需要的妈妈。"

王君凝眼睛湿润了，她转过头去："好了，我知道了，我这不顺了你们的心意？"

"是，可你也要顺自己的心意。"

"我现在很乱，你让我好好想想。"

"好，我给你时间。"

王建国对王君安这事心里没底，趁着中午去找王君平商量。王君平兜里空空，能有什么办法？

在一旁的赵晴心思沉重，提议道："君凝不是有钱吗？为什么不找君凝？"

赵晴心里不喜欢王君凝，以前王君凝在各方面打压她，借给他们钱之后，尾巴更是翘上了天。家里出了事，不能光让他们家烦。

"这个问题不是钱的问题，是君安自身有问题。"

赵晴两手一摊说："人的问题，我们也改变不了。爸，你就别心烦了，君安心思那么活络，他自有办法。"

王君平也安慰道："是啊，他会找到出路的。"

王建国猛地叹了一口气："他要是有出路，怎么会来找我借钱？君平，要不你把君凝喊过来商量一下？"

王君平听了老头子的要求，也不敢反抗。不过他和王君凝的关系也不怎么样，不知道能不能喊来。他只是随意说了句：老头子在这儿，有要事商量。王君凝破天荒地过来了，她说自己就在附近。

王君凝见赵晴、王君平、王建国都在，不用问就知道是为王君安的破事："爸，如果你今天是为君安的事，我认为没什么好谈的。君安都已经离婚了，并且欠了债，你就是想帮也帮不了。"

王君凝的话犹如一颗炸弹，他不可置信地问："什么？君安离婚了？"

"是，离婚了，祝梓玉亲口跟我说的。你说一个男人，没老婆没小孩，一个人能做什么？拿了钱继续糟蹋？呵，我认为没必要救了！"

王建国怎么都想不到王君安会离婚。他之前一直认为王君平和赵晴感情不好，一直担心他们俩。

王君平说："爸，王君安一直挣不到钱，祝梓玉跟他离婚也是有可能的。"

王君凝冷冷地说："王君安跟你借钱，你千万别借，你借就是害了他。他做什么错什么！要我说，对他这种人最好就是谁都别理。"

以前，王建国也许会选择不理，但现在，他希望每个孩子都好，总想

第七章 理解

帮孩子们解决问题。

王君凝见王建国沉默，问道："爸，你不会是还想救他吧？"

王建国失魂落魄地说："这事让我想想。"

王君凝觉得最近老头子不对劲，似乎越来越关心自己的孩子了。以前他可是事不关己，高高挂起。

"爸，你最近精神不对！"

王建国摇摇头："年纪大了，总归是想让你们每个人都好。"

王君安的问题，岂是大家讨论能解决的？再者，大家的心都不在一起，赵晴有自己的看法，王君平有自己的掂量，王君凝有自己的考量，王建国又想着能皆大欢喜。与其说这是在解决问题，不如说是在制造问题。

赵晴笑笑说："君凝，你不是有钱吗？你再帮帮君安，反正这个家你混得最好，帮一个是帮，帮两个也是帮。"

王君凝都后悔帮王君平了，赵晴又说这些，岂不是火上浇油？

王君凝顿时怒不可遏。想想自己当时帮了王君平，但王君平夫妻是怎么对待女儿的？

她是欠谁的吗？他们俩出了事，为什么要她来兜底？

"说什么风凉话？赵晴，你先把你借的钱还给我吧！"

王君凝简直无法理解赵晴的逻辑。

赵晴是大小姐当久了，一直被父母捧在手心，才一如既往地按照自己的性子来。

"还钱？还什么钱？我们不是说好分期还吗？哪有你这么不讲理的！爸，你说说，君凝动不动就拿还钱的事威胁我们，这不是看不起我们吗？"

王建国又被拉到了战火中间，他看了赵晴一眼，又看了王君凝一眼，深深地叹气："你们的事情，我真的管不了，管不了啊！"

王君平要面子，这样被王君凝催，脸上都挂不住了："又不是不还你，说好分期的，你催催催，到底是什么意思？我都怀疑你是不是故意让我难堪！"

"对！我就是故意让你难堪，我恨不得让全世界的人都知道你欠我钱，尤其是妈！她心心念念维护的好儿子，到头来都是废物！王君安是废物，你也是废物，你们活着就是为了证明妈的教育有问题！"

王君平气得发抖，赵晴早就看王君凝不爽了，悄悄从后头递给王君平一根擀面杖。

王建国正靠在沙发上思考王君安的事情。

随着君凝的一声声废物，王君平有点失去理智了。

一抬头，看见王君平在用擀面杖打王君凝，擀面杖结结实实打在了王君凝的肩膀上，王君凝痛得大叫一声："啊——！"

看见王君凝倒下，王君平才明白自己做了什么。他赶紧松开擀面杖，忙不迭地上前，惊慌失措地说："你……你没事吧？"

王君凝本就很疲惫，再加上被重重一击，昏了过去。

王建国慌了，连忙联系了救护车过来。

王建国跟了过去，临走之前他问了赵晴一句："你递擀面杖，这是想要君凝的命吗？你们俩有这么大仇吗？"

赵晴的眼泪滑落，哽咽地说："我不知道会这样，我只是想让君平吓吓她。你知道的，君平干不出这种事，我也没有想到……

"爸，我真的什么都不知道，你要相信我！"

王建国沉重地叹了一口气，原本想讨论王君安的事情，没想到君凝和君平闹上了，这都是什么事啊！

到了医院，王建国跟着王君平忙前忙后。

王君凝做了一个很长的梦，梦中有自己，有王君安，也有王君平。

三人正要一块儿去池塘玩，但王君安和王君平不想带她，嫌她娇气。于是两人想了个辙，走到一半的时候，王君安故意绊倒她，让她摔了一跤。她哭着闹着要找爸妈，王君平说："那你赶紧回去找，我们等着！"

王君凝信以为真，气冲冲地去找爸妈，妈却说："他们只是在跟你开玩笑，你别在意！"无论王君凝怎么控诉，妈只是安抚她，丝毫不提要去

第七章　理解

找那俩兄弟算账的事。直到晚上兄弟俩高高兴兴地回来，她才从只言片语中得知，两人本就不想带她。

虽然妈说了他们，但都是轻描淡写，兄弟俩嘻嘻哈哈就蒙混过去了。

这一刻，王君凝觉得自己不是这家的孩子，为什么大家都在互相帮助，却没人帮自己？

后来，爸回来了，她又不死心地去找爸告状。结果爸还沉浸在白天办的案子中，根本没空理她，只是随口说："有事跟你妈说！"

她的问题就像皮球一样被踢来踢去，王君安更是欠抽地跑到她面前炫耀："爸爸是我的，妈妈也是我的！"

她坐在地上哇哇大哭，却没人理会她。

忽地，她醒了，猛地坐起来，发现自己在医院里，才知道原来是梦。

季永连忙上前："君凝，你怎么样了？"

王君凝感到肩膀很痛，这才记起是被王君平打了。

"肩膀，很痛。"

季永担心地说："检查报告明天才出来，今天就先在这儿住一晚。"

王君凝点头，看见一旁同样焦急的王建国，她想到刚才的梦，心中不快。

季永对王建国说："爸，子音晚上住你家，麻烦你照顾一下。"

王建国说："子音是我外孙女，我照顾是应该的，没什么麻烦不麻烦。"

王建国在一旁削苹果，王君凝扭过头说："我不想吃，没胃口。"

王建国只好作罢。

"王君平呢？怎么打了人就跑了？"

王建国说："君平一直在门口待着，是我不让他进来碍你的眼。"

王君凝看了季永一眼，冷笑道："不，不碍眼，让他进来吧。"

王建国诧异，这不像是王君凝的风格，但他还是出去叫了王君平。

王君平急忙进来，人显得很憔悴："你好些了吗？"

"挺好的，没被你打死！"

王君平低着头，诚恳地道歉："我不是故意的，我当时是气昏了头，所以才……"

"王君平，是不是气昏了头就可以做任何事情？爸，你审过那么多案子，是不是因为情绪伤了人，就可以被原谅？"

王建国左右为难，他知道这时候说什么都是火上浇油。

季永不想为王君平说什么。王君平现在的脾气怎么跟王君安似的，一点就着，还打人？他听说之后，简直不敢置信，以为自己听错了，应该是王君安而不是王君平。

"君凝，对不起……我真不是故意的。"

"晚了！你那一棍子打下来，一切就都晚了。别的我什么都不想提了，这次你伤了我，我不报警，也不大动干戈，算是给爸一个面子。但一码归一码，我借给你的钱，你这个月之内准备好还给我，不还我就去法院起诉！还完钱之后，我们就老死不相往来，我这辈子都不想跟你这种人有任何联系！"

"君凝，我慢慢还，你冷静点！"

"我不冷静，我不想冷静！你和赵晴就是忘恩负义的人，万一哪天翻脸不认账，那也是有可能的！"

"我们是兄妹，何必闹得这么难堪，你一定要这样吗？"

"赵晴让你打我的时候，你想过我是你妹妹吗？你没有！子音作弊那事，你会站在子音的角度想吗？你不会！一切的一切都是赵晴想怎么样就怎么样。现在你不当我是你妹妹，我也不会当你是我哥哥，我们之间没什么好谈的，要么你还钱，要么我拿着借条去告。赵晴家不是有钱吗？让他们家帮忙还啊，反正把钱还给我就行！"

王君凝很清楚，当时赵家人不肯借，现在同样不肯，要是惹急了赵家人，恐怕他的婚姻都保不住。但王君凝已经顾不上这些了，她顾及别人，但谁顾及她呢？

他是可以一次性偿还的，不过是卖车卖房。但无论卖什么，赵晴都会

第七章　理解

闹得鸡飞狗跳。

王君凝想到自己为别人的事落得如此下场，她为什么一定要守护别人和平？想来都觉得好笑。

正如小时候，他们为了玩，想方设法设计她，她凭什么事事为别人考虑？

"王君凝，你简直不可理喻！"

王君凝一脸冷漠："你可以走了，赶紧去筹钱，我不想跟你多废话！"

兄妹对视了三秒，王君平气恼地离开了。

王君平走后，王君凝让王建国早点回家休息。王建国想为王君平说一两句，但欲言又止，不知该如何开口。

王君凝受伤是王君平害的，但没必要非要讨债，让一家子难堪。王君平已经感到愧疚了，若硬逼王君平，只会让矛盾越来越深。

王君凝看出老头子的犹豫，她抬起头说："爸，是不是要等到他们打死我，我才能反击？为什么从小到大，他们欺负我，总是有很合理的理由，而我告状就被认为是无理取闹？为什么？为什么？为什么？爸，我受不了了，谁欺负我，我就要欺负回去！我不管他是谁，是哥哥也好，是弟弟也罢，咬我一口，我都要咬回去！"

"君凝，我不是这个意思，我只是不想让矛盾加深。我们是一家人，应该和睦，而不是互相较劲！"

"如果一家人是他伤害我的理由，那我宁可不跟他当一家人！陌生人伤不了我，能伤我的不就这俩兄弟吗？爸，我帮君安，他不分青红皂白反击我，差点儿让我在公司待不下去。我帮君平，君平夫妻又恨我入骨。反正怎么着都是我的错！你还要帮他说话，你不觉得自己太偏心了吗？"

"君凝，我知道你委屈，但很多事总是要有人受委屈才能成全大局。"

眼泪从王君凝的眼角滑落："这种大局我宁可不要！什么家庭，什么兄弟！"

王建国离开医院的时候，思绪很乱。

王君凝的控诉里同样也包括他，只是没有明说。无非是说他包庇两个儿子，导致她过得很痛苦。

但一般情况下不都是这样？没能力的需要能力好的关照，一家子才能融洽。而王君凝的想法是：凭什么自己帮了两个兄弟，还招来他们的忌恨？

忌恨，不过是因为她高高在上，态度傲慢。

王君凝从小被教育要顾及两个兄弟的感受。她的内心是矛盾的，既想关照他们，又想贬低他们，无非是想彰显自己的不可替代。

或许她只是想找存在感，但她的举动让别人无法接受。

王建国心里七上八下的，所有事情越来越糟糕，王君安负债累累，王君平和王君凝又闹出这场风波……

季永看着床上的王君凝，递了一杯水给她，问道："有必要做得这么绝吗？"

"你是老好人当惯了，都不在乎我的感受了吧？王君平跟你是什么关系，我跟你是什么关系？"

季永不想为这事跟王君凝吵架，王君凝本来就受伤了，情绪容易激动："随你，随你，反正借钱的时候你也没问我，现在还钱的事我也不想掺和。"

季永只随便说了一句，但听在王君凝耳朵里却尤为刺耳。季永这是什么意思，难不成是在奚落她自作自受？

"够了！我想休息了。"

季永觉得王君凝的状态很差，也不想说太多。

王君安跟家人借钱不成，只能找几个朋友借，但都没有下文。人家也不傻，知道王君安这些年除了赔钱就是赔钱，没人愿意当冤大头。

王君安心想，这些人在他有钱的时候，饭局、酒局一次也不缺席。现在他没钱了，所有人都表示自己困难，没钱借给他。

这群朋友都是王八蛋！所谓的友谊都是假的！

第七章　理解

王君安还想缠着王建国要钱，电话一打过去，王建国声称自己正烦着呢，不想过问他的事情，君凝还在医院，一家子乱哄哄的。

当他得知王君凝被打进医院后，脑子灵机一动，于是挂了电话，立即买了果篮到医院去看望王君凝。

王君凝是轻伤，本来第二天就可以出院，但拗不过季永，两人准备在医院观察一周再说。

当王君安提着果篮出现在王君凝的病床前时，王君凝就知道王君安是来借钱的。

季永找了个护工照顾她，自己则去上班了。此时房间里只有王君凝和护工。

"听说你被大哥打伤了，我来看看你。大哥真不是个东西，怎么能打你？回头我帮你好好骂他，也太过分了！"

王君凝身子半靠在床头，挑眉说道："行，也别回头了，你现在就打电话骂，使劲骂，狠狠地骂！"

王君安讲的都是客套话，没想到被王君凝抓住不放。他怎么会去骂王君平，这不是成心给自己找不痛快吗？

"呵呵，改天，改天，你看现在正是上班的时候，他不一定接我的电话。再说了，在电话里骂没用，要当面骂，才能让他打心底里后悔。"

"没事，你现在就打，他那份工作可清闲了！"

"君凝，你看你现在正在气头上，做什么事都不理智，我们先稳稳，一切慢慢来。"王君安头皮发麻，王君凝怎么还逼着他去骂？

"你是不敢吧？"王君凝冷笑道，"王君安，你知道我最讨厌你什么吗？你太虚伪，实际什么都做不成。"

"君凝，我好心好意来看你，你怎么说这种话！我们好歹是姐弟！"

"你今天真是来看我的？"

王君安点头："是啊，我就是来看你的。你看你，不识好人心。"

"成，你的好意我接受了，你现在可以走了。"

289

"君凝，你……"

"怎么？还有话要说？"

"君凝，我们是姐弟，你这拒人于千里之外的态度，真让我寒心。你受伤，我也心痛！大哥这次，真是不应该！"

"不，你不寒心，大哥打我，你别提多高兴了，因为你也干过同样的事情。还记得你上次打我吗？不照样没把我当你姐姐？"

今天的王君凝就跟吃了炸药一样，控诉着王君安的所作所为。

王君安一时之间不知如何开口提钱的事，要不是为了钱，他也不至于这么低声下气地跟王君凝说话。

"君凝，我知道我以前做错了，我打你是我不对，我在这里给你认个错，希望你大人不记小人过，原谅我不理智的行为。"

王君安的道歉听在王君凝的耳朵里，就跟说了句"今天天气真好"抑或"今天是阴雨天"般平常，没有一点诚意。

这种道歉不仅没让王君凝释然，反倒激起了她心底的怒火，这就像给了她一巴掌再给她一颗糖，又好像随意踹了她几下又轻描淡写地安抚。

她冷漠地看着眼前的一切，只觉得这种道歉宁可不要。

"君凝，我今天来看你还有一件事……"

王君安见王君凝没说话，继续说："上次梓玉不是来找你了吗？你没有任何态度。我们不是说好，只要梓玉来找你，你就会借钱给我吗？你可不能说话不算话。这次我是真陷进去了，需要你的帮助。你放心，这个钱我肯定会还给你的。你是我姐姐，你的钱我一准第一时间还，我给你写欠条，让你安心。"

王君凝不作声。

"君凝，你对这事有什么别的想法，说出来听听。弟弟真是没路可走了，才来找你帮忙的。"

"你和祝梓玉都离婚了，我还帮什么？我肯借钱是看在你们俩还是夫妻的分儿上，梓玉能管着你。你们都离婚了，我找谁还钱啊？找你吗？你

第七章 理解

靠谱吗？你跟爸借的钱，还过吗？借钱给你就像是肉包子打狗——有去无回！我凭什么要借给你？"

"君凝，你听我好好说。你是我的姐姐，又不是人家祝梓玉的姐姐，为什么要看在她的分儿上？我们是亲姐弟，我能骗你吗？爸的钱，我承认，我有一点私心，我觉得那是我爸，可以先欠着。但你不同，你放心，等我有钱了，肯定第一时间还给你。"

"不，即便你有钱了也不会还给我，因为我是你亲姐，不会把你怎么样。即便是真闹矛盾了，你也有办法跟爸去哭，闹得我家无宁日。所以，王君安，你这个算盘打得好。"

"君凝，我跟你保证，我写借条，借条总不会假吧？你要拿不到钱，就可以去告我。"

王君凝简直气炸了："合着让我告完王君平又告你？我这不是自找没趣？你认为爸会容忍我告了一个又一个吗？到时候你的账就是烂账，借条有什么用？你跟王君平不一样，人家王君平有财产，你有什么？你的财产全做了抵押，事实上你就是个穷光蛋！"

王君安被王君凝骂得一句话都说不出，但他骨子里始终认为，不是自己的问题，他只是时运不济。

对于王君安，王君凝是不会再帮他了，不过是在嘲弄他。他气恼不已，但不想再与王君凝多言，于是起身离去。

王建国到了单位，一个早上都心事重重。柳军虽然上次跟他闹得不愉快，但见他心情不好，还是不断开导着，讲一些趣事，王建国这才笑了笑。紧接着他接到一个调解的案子，是一起民间借贷案。

原告孙艺和被告孙烨是一对亲姐弟，姐姐孙艺2007年至2011年期间，数次借给弟弟孙烨钱，合计二百万元，均是从银行转账过去的。孙艺起诉无非是想讨要这二百万，同时孙艺声称弟弟有钱有车有房，有能力偿还这二百万。

王建国找来双方进行调解。孙艺是一家民营企业的中层，穿着打扮极为简约；孙烨是个私营企业老板，名下有数家公司，穿着打扮较为花哨，红裤子配黑花衬衫，梳着一个油头。

此时王建国心情并不好，思绪也较为混乱，但依然敬业，想尽快将这个案子调解好。

王建国先问了孙艺大致的情况。照孙艺的说法，诉状写出的不过是冰山一角，实际情况更为复杂。

孙艺从小生活在一个重男轻女的家庭，一切都是弟弟优先，所以她生活得极其压抑。后来好不容易谈了个对象，但对象家境不好，拿不出二十万的彩礼。

孙艺父母十分不满，尽情搅局，最终导致两人分道扬镳。通过父母的介绍，她认识了现在的丈夫，他收入好、家境好，各方面都不错，于是两人结了婚。

父母拿着丈夫给的二十万彩礼钱帮弟弟开了公司，因为做得还可以，又迅速开了三家。但由于过度扩张，导致公司出了问题。

孙艺认为自己的婚姻被彩礼左右，已经够可怜的了，之后便对这个弟弟不闻不问，无奈父母为帮弟弟频频上门求助，甚至还拿自己给他们的钱贴补孙烨。

这几年她打给孙烨的钱有二百万，算是借给他的。今年听说孙烨发展得不错，不仅把欠别人的债务还了，还买了一辆车、一套房，孙艺这才要求孙烨偿还债务的。

孙烨表示自己会还钱，只是暂时没有。当孙艺质问起车子、房子时，他又支支吾吾地说不出话，是典型的有钱不想还。其母亲更糟糕，谩骂孙艺凭什么要让弟弟还钱，弟弟有儿有女有老婆要养，为什么要让弟弟难堪？

孙艺感到不公平，难道自己不养家吗？自己为弟弟付出得还算少吗？

于是一怒之下告到了法院，非要孙烨还钱。

第七章　理解

王建国听完，有些恍惚，仿佛看见了王君凝、王君平、王君安，这与他家的情况有些相似。

半天他才回过神儿来，问孙烨："对此，你有什么想法？"

"冤枉啊！这破事是这样的：当时我困难嘛！找我姐姐借钱，她借给我了，我很感激她。但现在我没钱，叫我怎么还？我要是手头有钱，肯定会还她。"

"那你怎么有钱还别人？"

"就是因为还了别人才没钱还我姐了，我这生意刚有点起色，姐，你就别找晦气了。我跟你保证，等我有了钱一定还你，我现在手头紧，你逼我也没用。"

"从小到大，我为你付出了多少，爸妈对你偏心到什么地步了？我借给你钱的时候，你信誓旦旦地跟我说，只要手头有钱，一准还我，绝不拖延。你别以为我不知道，你有钱之后，先是还了别人，然后又买了车、买了房。我跟你要，你一分不给，你这是什么意思？难道别人的钱是钱，我的就不是吗？"

"这事我问过妈了，妈说了，别人是外人，你是我亲姐，你的钱可以拖一拖，反正姐夫家有的是钱，你又何必咄咄逼人？你能过上富太太的生活还不是因为爸妈给你介绍了好对象？你要听妈的话，赶紧撤诉，我们俩依然是好姐弟。法官大人，你也好好劝劝她，都是些芝麻大的事情，有什么好告的？等我发达了，肯定会让你跟着吃香的喝辣的，你急什么！你急我可就一分钱都不还了！"

孙艺气得直咬牙："爸妈这辈子只想着自己的儿子，从来没想过我。当时我跟男朋友谈得好好的，父母为了你拆散我们，你知不知道为此我整天以泪洗面！为了你的幸福，让我变得不幸！那二十万毁了我一辈子。然后你又跟我借了二百万，我是看在爸妈的分儿上借给你的，结果你还说这种话！我看你就是不打算还了，故意拖着，然后这事就不了了之了！"

孙艺跟王建国哭诉："为了那二十万彩礼，你知道吗？我被迫和我男朋友分手，嫁给了现在的老公，导致我婚姻的不幸！老公整天出去花天酒地，回来还看不上我，说我不漂亮、不温柔。我家境不好，拿了他们家不少钱，他们家人嘴上不说，心里却都在笑话我！我的自尊被他们家的人践踏在脚底下。我爸妈从不关心我，我在他们家是死是活都不闻不问，只要我拿出钱来就好。我受不了了！我真的受不了了！简直要疯了！我跟爸妈说这事，爸妈说你弟弟困难，你就该帮帮他，你跟那边是一家子，他们不会太为难你的，你大不了就放低姿态，给他们骂几句，都没什么，你要帮你弟弟扛过去！好像我就是为弟弟而活，我存在的意义就是为了借给弟弟钱！"

面对孙艺的控诉，孙烨有些不耐烦了，原本坐着的他，站起来走来走去："姐，你这么做，难道不怕爸妈寒心吗？"

"寒心？是你和爸妈让我寒心才对！从小到大，我什么都让着你。你爱吃肉，我绝不跟你抢。你已经有跳跳蛙了，但你还喜欢玩具车，爸妈宁可什么都不给我买，也要满足你，比起你的玩具，我的玩具屈指可数。长大之后，爸妈为你结婚花了多少钱，为我结婚收了多少钱？比起来该寒心的是我！我得罪谁了？难道我这辈子就该为你而活吗？"

"哦，妈说了，这事她会找你谈的。"

"谈？没什么好谈的！反正这笔钱你必须还！"

听了双方的对话，王建国心中大致有数了。但这个案子与自己家的情况太相似了，张艺的控诉与王君凝如出一辙。当然王君凝绝对不会如张艺一般柔和，她向来态度强硬。只是她们的本质都一样，即对现实感到不满，对兄弟充满怨恨。

王建国正欲说话，孙艺接到一个电话，她下意识地看了孙烨一眼，匆匆走出办公室。

孙烨走到王建国身边，递给他一根烟。王建国摇头："我不抽烟！"

孙烨不以为意地笑笑："她就是瞎折腾，回头这个案子得撤，你得帮我说说情。我们也不想浪费法院资源，都是家里鸡毛蒜皮的事。"

第七章 理解

此时，门外传来断断续续的怒骂声，这正是孙艺的母亲，目的就是想让她撤诉。

这个案子相对来说比较难调解。首先孙烨认为姐姐肯定会撤诉，对欠下的这二百万想不了了之。这种自信来自两个方面：一是父母的纵容，父母频频纵容孙烨占有孙艺的东西；二是他多次获得成功，认为姐姐不过是在瞎胡闹。

站在孙艺的立场上说，如果她这次不坚定，那么就别谈以后了。

此刻，王建国是同情孙艺的，生在这种家庭，孙艺的遭遇是很悲哀的。同时他也想到了王君凝，虽然她没孙艺这么凄惨，但王君凝的内心何尝不是在煎熬。

"帮你？"王建国摇头，"这不可能，我会客观公正地调解你们之间的事情。"

孙烨冷笑道："老头儿，我这是在帮你，我姐姐这事要是继续闹下去，恐怕会牵扯出一大堆事，无穷无尽。"

王建国知道，孙艺不是在和孙烨打官司，而是在和孙烨及其母亲打官司，一家子会给她施压。

他想，孙艺选择调解也是出于无奈，否则难防悠悠之口，会说她不讲情面。但选择调解，无非是给了孙烨及其母亲更多的时间，在这期间，他们会不断地动摇孙艺的心。

王建国盯着孙烨看了一会儿，目光犀利，瞧得孙烨头皮直发麻。

他想不通，明明是位上了年纪的大爷，怎么有这么强大的气场？吓得他半天不敢动弹。

"你该知道，这事对你不利。毕竟你借款是真，不还钱也是真，你名下有资产更是真。"

孙烨眼珠转了一下说："这……反正我请了律师，他会帮我处理，具体情况你们俩谈。这些乱七八糟的事我真不懂，我每天要操心公司的事，没她那么清闲。要我说，这事她撤诉，大家都省事，要不然搞来搞去浪费人力物力财力，真不知道我姐到底是怎么想的！"

怎么想的？

还能怎么想，不过是为了争一口气。在重男轻女的家庭中长大的孩子，性格中往往带着偏执和软弱，似乎她们最大的问题是该强硬时不强硬，该软弱时不软弱，导致自己的内心常年在反抗与妥协间摇摆。

孙艺接完电话，急急忙忙回来，对着孙烨一阵痛骂，随即表示自己现在状态不佳，需要先回家。王建国同意后，孙艺像一阵风一般离开了。

面对孙艺的谩骂，孙烨丝毫不放在心上，他对王建国说："看吧，我说的没错，我姐会软化的。"

孙烨离开后，王建国仔细品了品孙艺话中的意思。

"烂人，竟然让妈威胁我，你以为她真的能威胁得了我吗？这次我是不会妥协的，我一定会让你好看！我是疯了才会借钱给你这种人！"

这次孙艺会轻易妥协吗？不好说。之前孙艺的婚姻比较稳定，而现在不一样了，风雨飘摇，她对母亲以及孙烨的态度会有所不同。

王君安急得像热锅上的蚂蚁，谁都对他不信任，谁都不想借钱给他。他已经到了穷途末路，但他想不通自己到底哪里不好，不过是没挣到钱罢了，大家何必这么嫌弃他？祝梓玉和柠柠看见他像见了鬼一样，他们之前好歹是一家人，为了钱闹得家不成家，他心里相当受伤。

他甚至想去借高利贷，又怕到时真的还不上，被道上的人追着跑，弄得自己很难堪。他最终没有铤而走险。只是现在不去借高利贷，他又能怎么办呢？

思来想去，他又想到了王建国。毕竟是亲爸，不至于见死不救吧？

王建国刚下班，看见家里灯火通明，吓了一跳。他匆匆上楼，发现是王君安在忙里忙外，做了一大桌子好吃的。

王建国知道王君安来干什么，脸色并不好看，表情极为严肃。

王君安视若无睹，让王建国赶紧坐下来吃饭，随即不断地给王建国夹

第七章　理解

菜："爸，你太瘦了，多吃点肉补补。"

王建国确实是家中最瘦的，倒不是他不爱吃，而是他过于劳累，平日里压根闲不下来。

相反，王君平和王君安比较胖，尤其是王君安。

王建国不予理会："现在都以瘦为美，我吃那么多干吗？"

王君安哈哈大笑起来："爸，瞧你说的，还挺赶时髦！"

王建国没吭声。

一顿饭下来，父子俩没说几句话。

王建国懒得理会王君安。

王君安笑眯眯地说："爸，君凝和君平是不是经常给你生活费？"

王建国一怔。

王君安说："我是手头真紧。我也不要你的钱了，你把他们给你的生活费借我用用。我知道你向来节俭，不会乱花钱的。爸，你就借我这一次，我肯定会发财的，以后不会跟你借钱了。"

王建国只觉得脑子嗡嗡直响，一股气涌上心头。

他没想到，自己的儿子竟然卑劣至此，连君平、君凝给自己的生活费都想要，这个孽障啊！君凝骂得对，他就是个扶不起的阿斗！

王建国扶住桌子，勉强坐下，他怕控制不好情绪，就被活活气死了。

"钱，我给你的还少吗？之前两万三万是常事。上一回，你刚和梓玉跟我要过钱，怎么又要？我看你不是想要钱，是想要我的老命！"

"爸，爸，你听我说，我真的是运气不好，等我运气好了，钱会还给你的。我还要给你买大别墅住，这房子太破旧了，委屈你了！"

王君安又来这一套，王建国一句都不想听。

想他王建国这辈子做人做事光明磊落，怎么会生出这么一个专门算计自己家人的儿子？人家都是算计外面的人，给家里赚钱，他是算计家里人，帮外人赚钱。那些钱啊，都不知道是怎么没的，反正王君安只要一做生意就亏本，亏本之后就借钱，无休无止。他想起王君安做生意这事，只觉得头大。他天天在家吃吃喝喝，也不至于亏掉那么多钱！

突然，王君安扑通一声跪倒在王建国跟前，声泪俱下："爸，我真的无路可走了，你帮帮我好吗？如果公司倒闭，我就彻底完了！我所有的钱都在里面，蒋旭那五十万也投进去了，到时候我真的……"

王建国没吭声。

王君安又说："爸，反正以后你的钱也是我的，就当提前给我了。我求你了，我真的求你了，你可怜可怜我好不好？"

王建国抬起头，仿佛苍老了十岁："给你？呵呵，我可不止你一个孩子，还有君平、君凝，我都给你了，他们怎么办？"

"君凝……君凝有钱，君凝怎么会看得上你的财产呢？君平是铁饭碗，虽然现在欠着钱，但人家工作好，只要不被开除，这辈子衣食无忧。爸，就是我，工作工作不好，又没钱，家里人肯定都得帮我啊！不然我真的要喝西北风去了！爸！我求你了！"

王建国扭头不予理会，眼眶都红了，想不明白自己的儿子怎么会变成现在这样子，如此不成器。

"爸，你听我说，妈妈生前最担心的是我。爸，你就算不看我的面子，也要看妈的面子。我可是你的亲儿子啊！你就借给我一点钱吧，帮我度过危机，我这辈子都会感激你，求你了爸！"

沈玉芬生前最宠爱他，因为王君安最善于哄人，经常逗得沈玉芬眉开眼笑。

如今看来，沈玉芬是大错特错了。王君安自以为凭一点点哄人的技巧就可以骗东骗西，可谁都不是傻子。

王建国坐在椅子上，双手捂住脸，一言不发。

王君安是着急，却从未见过王建国这副模样，不由得有些心慌。

要是逼得太紧，老头子万一有个好歹，那他……岂不是要被君平、君凝责怪一辈子？他都能想象出君凝谩骂和讽刺他的样子，心中不由得害怕起来，随即说："爸，你仔细考虑一下，回头我再来找你，我们好好谈谈。"

第七章 理解

王君安说完就跑了。王建国待了一会儿，随即将头靠在沙发上。面对一个频频跟他要钱的孩子，他该怎么办？

沈玉芬生前曾明确表示君安不行，以后大家要多接济他。王建国心里虽然知道不对，但也按照沈玉芬所说的做了，惹得王君凝、王君平不满，自己也越陷越深。

王君安就是个无底洞，再加上他现在和老婆孩子分开了，花钱更是大手大脚，做事没分寸。

隔天，王建国买了水果和补品去看祝梓玉和柠柠。

祝梓玉一开始不肯告诉王建国她的住所，在王建国的再三恳求下才说了。

王建国到的时候，柠柠正在客厅看电视。见到一阵子没见的柠柠，他笑眯眯地说："柠柠，爷爷给你买了水果。"

柠柠抬起头，想说什么但没说出口，于是听祝梓玉的话，老老实实去洗水果了。

这个房子是租的，虽然不大，但布置得很温馨。他甚至看到了墙上母女俩的合影。王君安他们俩走到这一步，是王建国想不到的。

王建国不紧不慢地说："你们的情况，我到今天才知道。君安那个不成器的，我真不知道该怎么说……让你们母女俩受委屈了。"

祝梓玉看着王建国说："委不委屈，这日子也都过来了。以前相信君安的承诺，等着他让我过上好日子，现在靠自己的双手赚钱，感觉也没那么难。他放不下的面子，我放下了；他做不到的事情，我做到了。我可以打工养活孩子，不必看别人的脸色。君安总是为了所谓的面子活着，老板当久了，再去打工，他认为不体面。实际上没什么不体面的，话是别人说的，日子是自己过的，怎么高兴怎么来，这与别人无关。要是身边有人看笑话，那就少联系，不就那么回事嘛！"

祝梓玉比之前消瘦了很多，离婚之后，她看淡和看清了许多事。之前两人迟迟不敢面对不赚钱这件事，就是怕丢面子。现在离了婚，逼得她不得不独立，该丢的面子也都丢完了，没什么她不敢面对的了。

"我一直以为你们俩能好好过，当时只知道君平和赵晴吵得凶，你脾气好，我以为你们俩肯定不会出问题，没想到……"

这话似乎戳中了祝梓玉的心，她猛地抬起头："君平再怎么差劲，对你是好的，对吱吱是好的，不过是不上进罢了。而君安看似聪明，实际都是一些小聪明，我是看透他了。不瞒你说，我和柠柠搬到这里之后，君安压根就没来看过我们母女俩，好像我们跟他没关系似的。后来因为要跟君凝借钱，君安才出现。我不知道面对这样一个人，我还能有什么期待。"

王建国原本抱着希望过来，指望能帮上两个人的忙。但听了祝梓玉的控诉，他知道这事十有八九没戏。柠柠是王君安的孩子，但王君安心里压根没这个女儿，更别谈其他的了。

表面上是王君安看不上柠柠的成绩，所以不喜欢她。可实际上是他缺乏责任心。对柠柠都如此，更别提祝梓玉了。

他不知道究竟是哪里出了问题，导致王君安变成了今天这个样子。

王建国问："你住这边，你爸妈知道吗？"

祝梓玉眼角泛着泪花："不，他们暂时不知道，我也不想让他们知道。我和君安离婚毕竟不是什么光彩的事，知道的人越少越好。本来我都不想让你知道……肯定是君凝告诉你的。和君安结婚是我咎由自取，离婚倒是一种解脱。王君安来不来看柠柠，其实无所谓，柠柠不需要这样一个爸爸，他不来，我们反倒清净。爸，王君安是个无底洞，我们俩跟着他迟早要喝西北风，还不如提早离婚，你也别想太多。"

王建国看着柠柠，从兜里掏出一千块钱递给她说："爷爷下次再来看你。"

祝梓玉连忙阻止道："爸，你这是干什么！"

她连忙把钱塞到王建国兜里。王建国却说："这是我的一点心意，这是给柠柠的，你就别塞回来了。"

两人争执不下，最终祝梓玉妥协，收下了王建国的钱。

第七章 理解

柠柠看着钱，心里很不好受。王君安明明说过，爷爷不喜欢自己，为什么还要来看自己，给自己钱？

王建国走了几步，柠柠上前问道："爷爷，我读书很差，你为什么还要对我好？"

王建国一怔，没想到柠柠会问这种问题。

"柠柠，看一个人不能光看成绩，还要看其他各方面。你是成绩不好，但你可以通过努力改变，这没什么。爷爷看得出，你是一个心地善良的好孩子，没有比这更重要的了。"

王建国摸了摸柠柠的脑袋："成绩是一时的，人品才最重要。"

王君安曾经和柠柠说过，因为她成绩不好，所以王建国才不喜欢她；因为她成绩不好，所以她的一切都被否定了。但王建国却这样安慰她，她忍不住哭了。

为什么自己的亲生父亲要如此贬低自己，为什么？

她到底做错了什么？

赵晴在王君平打了王君凝之后，怕极了，她找到赵宥之商讨对策，赵宥之让她赶紧上门认错。这事可不能拖，一拖拖成仇。

赵晴心里极不情愿，但又怕王君凝以后找自己算账，于是想让王君平跟自己一块儿上门。谁知王君平压根不去，王君凝在医院对他的态度已经让他寒了心，他为什么还要上门自讨没趣？

两人在家里为这事争论不休，王君平冷淡地说："事情都已经发生了，她本来就看不上我们，你又何必呢？"

"难道你不怕王君凝报复吗？她会催债，然后告我们！"

王君平何尝不怕，他想了想说："不如你去跟你爸借钱，把王君凝的钱还上，然后我们再慢慢还你爸。与其一辈子受王君凝的气，不如我们自己想想对策！"

"我爸？"

赵晴不是没想过这个主意。早在一开始，赵晴就想让她爸爸出钱，但赵宥之这个人精着呢，女儿女婿借钱，要是不还，他也没办法，还不如让他们跟王君凝借。

赵宥之是爱女儿的，但他的爱不是完全无私的。他想着自己辛辛苦苦培养大的女儿，不仅没有让自己过上好日子，反倒让自己事事倒贴，这让他心里极不平衡。本来女婿要是成才，自己脸上也有光，但女婿就像一条咸鱼。对女儿女婿都不满意，他压根就不想借。

但赵宥之跟赵晴说得冠冕堂皇："他们老王家的事，让他们自己处理，有我们什么事？"

赵晴已经被赵宥之拒绝了，哪还开得了口？"上次你不听我爸的，又跑去炒股，已经让他大为恼火，借钱的事恐怕不行。"

"我们又不是不还，这钱我们肯定会还的。他是你爸，为什么不行？"

"每个人都有自己的想法，我又做不了我爸的主。就像你爸，为什么肯借给君安钱，却不肯借给我们？"

"我爸能有多少钱？他是真没钱。让他安心养老吧，我们就别折腾他了！"

王建国借钱给王君安，王君平虽然气愤，但想到王建国一直以来的不易，他也没把这事放在心上。

王建国在他心中的地位是很高的，谈到借钱，他说不出口。

"这不行，那不行，我们俩还是赶紧去给君凝道歉，兴许人家心一软，就不会对我们怎么样了。"

王君平想到王君凝在医院里的态度，压根就不会接受他们的道歉，只会不断地奚落他们。想到这里，他感到头疼，索性不去了，随便王君凝怎么样，她爱告告去！

赵晴心乱如麻，心想自己怎么会嫁给这种废物老公？每天不思进取也就算了，遇事只想着逃避。王君凝是他亲妹妹，他都搞不定，还能指望他干什么！

第七章　理解

王建国刚从祝梓玉家出来，赵晴的电话就打过来了。她在电话里口口声声说着王君平的不是，尤其是王君凝这件事，本来大家和和气气地还钱，现在都闹成这样子。

王建国听出赵晴话里的意思了，她无非是想让他去找王君凝说情。只是这是他们兄妹之间的事，他掺和进去算什么？手心手背都是肉，他压根不好说什么。

王君凝现在就是一个随时随地会爆炸的炸弹，动不动就想起小时候，认为父母对她不公平，七拐八绕总能绕到亏待她的这事上。这让他怎么说？好像说什么都会得罪人，他有心帮忙，但这问题岂是那么好解决的？王君凝、王君平都不是好说话的人。

王建国摩挲着手机，支支吾吾说不出话。

赵晴心里一沉，知道老头子帮不上什么忙，于是说："爸，我们倒是无所谓，只怕会影响到吱吱。万一我俩真成了被执行人，或者有案底，影响到吱吱怎么办？我们的人生可以被人嘲笑，但吱吱是无辜的。爸，君凝说到底是你的女儿，只要你开口，君凝肯定会听的，到时候我们在旁边敲敲边鼓，将这事大事化小、小事化了，对大家都好。"

赵晴知道王建国向来疼爱吱吱，她这个儿媳妇是外人，孙子总归不是外人吧？

王建国不傻，他心想，当时如果不是赵晴递给王君平那根擀面杖，事情怎么会闹到这个地步？说来说去是赵晴的问题，才导致后面的一系列后果。她自己不反思，反而让他去帮忙擦屁股。

"这事，你让我考虑一下。"

"成，爸那你就好好想想，我和君平就靠你了！"

王建国挂了电话之后，叹了口气：这一家子，没一个让人省心的。

王建国好几天都没回信。眼看王君凝就要出院了，赵宥之再次催促赵晴去看王君凝，免得事情越闹越大。

赵晴想再催催王建国，但被赵宥之阻止了："王建国要是有心帮你，不会迟迟不给你回信，你还是准备好自己上门道歉吧！"

赵晴一怔："爸，难道他就不能管管他的女儿吗？"

"王君平又不是独子，老头子心里门清，想帮你也是有心无力。"

"爸，我是独女，也没见你借钱给我。"

赵晴的这句话，说得赵宥之哑口无言。

"你要是像王君凝一样有出息，我借给你没问题。如果你每天只是买买买、跟同学攀比，我劝你最好死了这条心。我们家有钱是有钱，但也不是开银行的，经不起你这么折腾。等我百年之后，这些钱留给吱吱也未尝不可。你和王君平已经让我伤透了心，我不想再帮你们了。"

面对亲生父亲的绝情，赵晴无语。

又是王君凝，为什么所有人都喜欢王君凝？她不就是能赚一点钱吗？其他的还有什么优势？

无论赵晴怎么不情愿，在赵宥之的劝说下，她还是同意去医院看望王君凝。当然王君平是打死都不肯去的，于是赵晴一人提着果篮去了。

王君凝正在锻炼身体，一转脸，看见了赵晴，两人四目相对。王君凝出奇地平静，招呼赵晴坐下。

赵晴撑起僵硬的笑容："看你恢复得挺好。"

王君凝假笑了一下："拜你所赐，在医院疗养了一周，还挺好的。我难得能放空自己，在这里悠闲自在，没人烦我。"

"君凝，上次的事情，纯粹是意外。"

"意外？我看不见得。要不是你递擀面杖给王君平，他不至于拿棍子打我。赵晴，我知道你不喜欢我，但你做事也太没分寸了，你真的这么恨我吗？你走吧，你的好意我也不敢收，万一被毒死了怎么办？"

王君凝的嘴巴真毒，让赵晴都不知道怎么接话。

递擀面杖的事，她是有责任。但她当时只想着威胁一下王君凝，让她下次不要这么嚣张，谁知道王君平一气之下会真打。

"君凝，你对我有误会。我一直都很羡慕你，也很崇拜你，哪来的害

第七章　理解

你之心？你哥也是，虽然表面上对你不好，但心里希望好。"

"哟，今天太阳打西边出来了？向来骄傲的你，竟然会对我服软，我没听错吧？"

"君凝，你就大人不记小人过，这事就翻篇吧？我和你哥都不是故意的！"

王君凝站起身，拨弄了一下旁边的花朵，这是季永早上带来的。她摘下一片花瓣说道："这事，还真就翻不了篇。"

赵晴脸色一黑。

"我记得当时我找你，跟你说子音的事，请你翻篇，怎么劝你都不听，恨不得把我踩死。如今你来找我，能体会我当时的心情了吧？而且我们俩有本质上的不同。我之前是有恩于你，你依然恩将仇报。我就不同了，之前的事情我都可以不计较，但这件事我必须坚持到底。"

赵晴眯起眼睛："王君凝，你当真六亲不认？"

"不，不是我六亲不认，是你们做得太过分了。我求你们的时候，你们毫不留情；现在轮到你们求我了，我只是以其人之道还治其人之身。"

赵晴猛地站起身，她总算明白王君平为什么不肯来了，面对这个母夜叉，谁都说不通，还不如不来。

赵晴一气之下离开了。刚出门口，就看见旁边的季永，她更为气愤，心想夫妻俩都不是好东西，一个骂人，一个看戏，绝配！

季永走进病房，见王君凝心情不错，正在摆弄花朵。

季永想到刚才赵晴的愤怒，忍不住说了句："君凝，既然人家低声下气地过来道歉，你又何必如此绝情？"

王君凝想到季永刚刚在门口，并且听到了所有的话，她嘴角一撇："你刚刚听清楚了吧？我曾经上门找过他们，他们就是这么对我的。"

"君凝，子音那件事，其实我们有更好的解决办法。再说事情一码归一码，我们不着急用钱，这钱让他们暂时用用也无所谓。再者，打官司需要大量投入，你为什么一定要杀敌一千自损八百？"

305

"为了这口气，我可以杀敌一千自损一千！季永，我老实跟你说，我和王君平的那点恩怨，小时候就埋下了种子，这件事不过是导火索。我在家里没地位没尊严，他们兄弟俩永远高高在上，做什么都是对的。我以前懊恼，我怎么老是犯错，后来才发现，犯错的不是我，而是我的性别。我如果是个儿子，就不会受这种待遇了。现在我好不容易可以扬眉吐气了，怎么能放过这个机会？他们恨我也好怨我也罢，这件事我都要坚持到底。凭什么让我受委屈？我这次就要让大家都难堪！爸不是要面子吗？我就让他没面子。王君平不是想当咸鱼吗？我就让他闲不下来！"

季永诧异，他知道王君凝的内心深处有一处黑暗的地方，却没想到积怨如此之深。

"为子音出气，其实子音也感受不到。你不是为子音，而是为你自己。君凝，家和万事兴，你折腾来折腾去对谁都没好处。其实子音不需要你的帮助。父母永远不要当孩子的帮手，而要做孩子的引导者。君凝，你该放下过去，妈去世了，一切也该烟消云散了。爸对你还不错，他不像妈那样偏心，你为什么一定要把事情闹大？这不是让爸难堪吗？"

"是，爸是没有像妈那样偏心，但爸肯借钱给王君安那个废物，却不会如此帮助我们，爸一碗水端平了吗？"

"爸只要自认为端平了就好，我们做子女的，不必在意太多。君凝，现在家里头你混得最好，这无疑是最好的证明，难道不是吗？"

"不，你不理解。"

两个人曾无数次就这个问题争论不休。王君凝不想放下，倘若如此轻易地放下，那么之前她的坚持会变得十分可笑，甚至自己都会鄙夷自己。

她想坚持自己是对的，让别人给她道歉。但事实上，她也不知道自己想要的到底是什么，是公平吗？

王君安从老头子那边借不来钱，一时之间手足无措。长这么大，他头一回感到自己捅了大娄子，而且这次没人给他兜底，所有人都对他置之不理。

第七章 理解

他求王君凝，王君凝嘲笑他；他求祝梓玉，可人家已经和他离婚了，压根不想管他的破事；他求王建国，王建国对他感到痛心疾首，好像他做了什么坏事。

这能算坏事吗？不过是生意经营不善而已。

他凭本事赚钱，现在只是一时周转不灵，为什么所有人都如此对他？

自打沈玉芬去世之后，家里的气氛一下子变了。以前老太太一直站在他这边，倾力帮忙。但老头子不一样，老头子向来不管家事，没有一点老太太的魄力。

王君凝能赚钱，恐怕在老头子心里，她才是最重要的人。但他和王君平才是家里的男丁，难道老头子不明白这一点吗？

蒋旭再次来到公司，这次他主动去了王君安的办公室。

对于蒋旭的到来，王君安心里七上八下的，他不会是知道了什么吧？

王君安不动声色地跟蒋旭侃侃而谈，天南地北地瞎聊，就是不提工作上的事。他想，如果蒋旭要看账目，就让他看，如果真查出什么，就跟他保证以后会好好做。

蒋旭瞅了王君安一眼，笑笑说："这边的房东是我的朋友，听说你支付房租都有些困难？"

王君安一怔，没想到最近频频催房租的房东和蒋旭认识。不过想来也正常，江市就巴掌大，谁认识谁都不意外。

王君安显得很尴尬："都会有困难的时候……"

"也没什么，你公司的事情我不掺和。不过请你记住，如果没有任何经济效益，我的那笔钱肯定要连本带利收回，我这人你知道的，说一不二。"

"我也不想公司经营不善，有时候老天爷不开眼，我能有什么办法？我们好歹是发小，你又何必咄咄逼人？公司我会继续经营下去的，至于盈利，有的话我肯定会给你，没有的话我也没办法。你看哪个创业的不是先亏本、后盈利，哪有轻而易举的事？如果这么容易，谁都能创业成功了，不是吗？"

王君安善于狡辩，但这种狡辩在蒋旭眼里压根不算什么。蒋旭早就做好了准备："成，如果公司破产，这五十万你必须还，我只是好心来提醒你！"

王君安笑道："你放心，公司会经营下去的。"

蒋旭思索了一下说："其实我对你有所了解，你之前可是欠了不少钱，后来做的生意虽然又多又杂，但实际都不怎么样，你欠的债只会像滚雪球一样越滚越大。"

"那你为什么还要和我合作？"

"首先，你说过，我们从小一块儿长大，我出于对你的情谊；其次嘛，干这事我也不亏。你要好自为之，千万别辜负了我的好意。"

"这你放心！"

王君安明白，蒋旭出钱不过是图利，可不是出于所谓的情谊。他是商人，哪里有利可图，钱就往哪里投。

如果他真的出于情谊，肯定会想办法帮他站起来，而不是迫不及待地想看他破产。

蒋旭离开之后，随即约了王君凝见面。王君凝刚出院，本来就忙，蒋旭的到来着实让她感到意外。但她不动声色，笑着接待了蒋旭。

蒋旭一过来，就对着王君凝一阵夸，说她工作有前途，现在是天之骄女，让王君凝起了一身鸡皮疙瘩。

王君凝并不喜欢蒋旭，打小就不喜欢。蒋旭这人是个利己主义者，不是善类，两人玩不到一块儿去。比起蒋旭，她更愿意和王君平待在一起。

蒋旭在王君凝的办公室看了一圈，随即谈起王君安的事情，言语之中尽是担忧，眼睛却直直盯着王君凝。

王君凝听出了蒋旭的弦外之音，他无非是想让她出面。但这事只要她出面，就要承担王君安的债务以及利息，她压根不想为这个没脸没皮的人花一分钱。

王君安一来医院，她就知道这事没那么简单。

第七章　理解

她这两个兄弟，有好事想不到她，有坏事就疯狂地上门找她。

"君安这事，我也没办法，更何况我们两个人好久没联系了。你找我商量，我也说不出个所以然来，没办法啊，能力有限。"

蒋旭早就料到王君凝会这么说，于是威胁道："君凝，如果王君安破产了，还不上钱，后期他肯定会追着王伯伯要，到时候他不是让王伯伯拿出所有存款，就是让王伯伯卖房。这件事会影响到你，你想置身事外，恐怕很难。"

王君凝冷笑，心想，确实如蒋旭所言，王君安无论是找爸借钱，还是逼爸卖房，这事她都躲不开。

"那随便吧，反正我是不会帮王君安擦屁股的。爸的钱是爸的，又不是王君安的。好了，我要忙了，就不送你了。"

蒋旭见王君凝不以为意，正想说什么，又抑制住了："成，那我们来日方长。君凝，我早就欣赏你，今天看来，我真没看错人！"

"你看没看错人我不在乎，别给我添堵才最重要，毕竟谁的钱也不是大风刮来的，花出去心疼啊！"

"哈哈，君凝你是越来越幽默了。"蒋旭笑了笑，站起身来，"成，今天先跟你打个招呼，下回我们详谈。我就喜欢跟你这种聪明人打交道。"

"你走好，我希望没下次了。"

"不，肯定会有的。"

蒋旭离开之后，王君凝的肺都要气炸了，怎么什么破事都找她？王君安这个混蛋！

晚上，王君凝回到家，见季子音还在摆弄玩具，忍不住说道："这都几点了，还不早点睡觉！"

季子音看了王君凝一眼，低低地应了句："哦。"

虽然王君凝放下了不少工作，相比之前不那么忙了，但她跟季子音之间，总是有着莫名的距离感。她不知道这种距离感来自哪里，是自己没当上副总，心怀埋怨吗？

抑或是因为季子音独立惯了,丝毫不依赖她?

王君凝想起小时候,她很喜欢某样玩具,但家人迟迟没给她买,当她再看见时,就故意装作不喜欢,从而抑制住了自己对所喜欢的事物的渴望。

子音会不会也是如此?因为被忽略了太久,她选择了冷漠对待一切?

但她没在这个问题上停留太久,王君平、王君安的事情已经让她很烦了,她进屋去找季永。

季永早就听到屋外的动静,他对王君凝说:"那是奖励她的,她的成绩慢慢好起来了,所以我买了个礼物奖励她。君凝,你下次说孩子的时候,起码要先问问情况。你知道孩子今天多高兴吗?她成绩提高了,而你却对此视而不见。"

王君凝压根不知道这些,心里很愧疚。但她又非常生气,不知是气自己,还是气子音。她犹如机枪扫射一般将这股子气发泄出来:"我为你们父女做得还不够多吗?被你妈害得连副总的位置都没了,要不是她作弊,这一切都不会发生!"

"你看看你说的这都是什么话!合着你到现在还对这件事耿耿于怀?那算了,我也不拦着你,你去当你的副总,反正孩子是我一个人的,与你无关!"

王君凝知道自己说错话了,一时沉默。

"君凝,你讲点道理好不好?子音作弊是她的错,但她这么做是为了什么?为的是不让我们失望!后来吱吱的事情,她也不是故意的。她主动跟老师承认了错误,也跟吱吱和好了,这是最好的结果。君凝,人都会犯错。子音很优秀,没让我们失望,你也很优秀,也不会让我们失望,不是吗?孩子为父母、父母为孩子,这都是正常的付出,不像你所说的,谁做得够多不够多。"

王君凝没说话,似乎在认真思考季永的话。

过了一会儿,王君凝说:"现在新问题出现了,王君安的破事找上门

第七章　理解

来了。你会分析，你给我分析分析。"

但王君凝完完整整说完王君安的事情后，季永顿时语塞，这显然是个死结。

蒋旭对这家人太了解了，知道必然会有个人出来处理王君安的事，到时候王君安是没事了，可那个背起重担的人心里却不平衡了。这个人可能是王建国，也有可能是王君凝。

"我是不成熟，但你看看王君安是什么德行！总不能王君平的债务让我分担，王君安的债务也让我分担吧？合着他们俩都没事，遭殃的全是我。我是造了多大孽，这辈子才跟他们成为一家人！

"我去帮他们，谁来帮我？子音那么一点小事，我去找赵晴，结果赵晴对我是什么态度？家庭和睦是什么，我这辈子都不知道，反正我永远活在无休止的家庭混战中。以前妈在世的时候，跟妈战；现在妈去世了，跟兄弟俩战，我累不累啊！我也想摆脱这一切。

"季永，你理想主义，那是因为你有那样的爸妈，他们给了你无忧无虑的生活，你不用跟谁去争去抢，因为一切都是你的。我不一样，我什么都没有，我只是为他们兄弟二人服务的。你说生在这种环境中，内心能不扭曲吗？"

"君凝，你该比他们有见地。"

"好了好了，我现在脑子很乱，你别再跟我说了。王君安的忙我肯定不会帮的，我不相信王君安的为人。至于王君平，我肯定会让他付出代价的！"

季永放下杂志，他心想，不管怎么样，王君安的事情太多了，没办法管。至于告不告王君平，就看王君凝的态度，若是阻止她，恐怕会越闹越大，还不如冷眼旁观。

季永一把将王君凝扯到床上，搂住她说："你说了算，你怎么做都行，我全力支持你。"

王君凝打了他一下，说道："别以为我不知道你在想什么，你这只老狐狸！"

　　季永笑道："对了，万一王君安找爸呢？"

　　王君凝沉默了一会儿说："爸活到这个岁数，经历的比我们多。他不是管不了儿子，是舍不得管。或许我冷眼旁观，能让他有机会管下去，没准事情会出现转机。"

　　季永挑眉："真心话？"

　　"是，真心话，我不管了，你满意了吧？"

　　"满意，满意，我非常满意！"

第八章　钱

　　王建国第二次约了孙艺、孙烨见面，孙烨带了一个律师过来，正如他之前所言。

　　孙艺的情绪比上次更为冷静。王建国看着双方，除了叹气还是叹气。这个案子跟自己家的情况太像了，自己家虽没到这个地步，但也差不多了。

　　孙艺依然索赔二百万，一分也不能少。

　　孙烨急了："妈的话你都不听吗？我现在拿不出那么多钱，不是故意不还。姐，你可是我亲姐，你得帮帮亲弟弟！"

　　"法官，她现在连我的电话都不接了，我好心好意跟她商量，她都懒得理会我。"

　　孙艺笑了："你不提妈还好，你一提妈我一肚子的火！妈口口声声说什么你现在困难。我就想，你困难怎么还开着保时捷四处跑？你每次都以我亲弟的名义跟我要钱，可我要一个只会要钱的弟弟做什么？妈跟我说了，人家的姐姐还给弟弟买房买车了呢，才二百万，我给你就给你了。听妈的语气，这钱压根就不想还了！今天我就想问问，这钱你准备什么时候还？分期也行，你有钱付律师费，怎么就没钱还我？"

　　孙烨一时无话可说，他瞪了身边的律师一眼："你说！你口才好，我不懂。"

孙烨找的不是什么知名律师，是一个新手。王建国猜想，或许在孙烨眼里，这点事没必要找律师，只是被孙艺逼得没办法了，才找了一个普通律师。

律师推了推眼镜，一板一眼地说："孙小姐，你的心情我可以理解，但你不能胁迫你弟弟还钱，至于分期……"

律师看了孙烨一眼，孙烨连忙摇头。律师接着又说道："他暂时没这个能力，等他有能力了再还你也不迟，你们毕竟是一家人。"

孙艺冷淡一笑："多久？你给我说个期限，不可能是一辈子吧？"

律师又看了孙烨一眼，孙烨恼怒不已："让你说，你怎么老看我？"

律师十分委屈，这是家事，可不是要看他？具体协商主要是听从他的意见。

此时，一直沉默的王建国说话了："她说的有道理，钱不可能一辈子不还。你有能力请律师，这点钱肯定能还得上，不如你们俩签个分期偿还协议，你慢慢还。"

孙烨一怔。

律师连忙说："如果签了协议，万一你还不上，到时候协议上加一句'如不偿还，可申请立即执行'之类的话，那就……"

王建国笑道："对于这位大老板来说，不至于还不上吧？"

孙烨听出了里面的门道说："这不行，这绝对不行！法官你可要公平公正，怎么尽帮着我姐说话？我也很冤！"

"你的心情我可以理解，但欠债还钱，天经地义。我不是帮你姐说话，我是站在理上说话。如果我今天跟你说钱你不用还了，反正欠的是你姐的，你是高兴了，可你姐呢？这对她公平吗？她也是一个和你一样的人，不是赚钱的机器。"

孙烨笑了笑说："你说得对，钱我肯定会还的。姐，这你就不用担心了。"

话音刚落，一位头发花白的老太太走进来，冲着里面喊："还钱？还

第八章 钱

什么钱？"

孙烨嘴角上扬，恰巧被王建国看见。

这位老太太是他们两人的母亲。老太太上来就对着孙艺破口大骂："你是怎么回事，良心给狗吃了吗？你弟弟不过是借了你点钱，你就闹到法院，你对得起我吗？难不成是要气死我？"

孙艺顿时委屈不已："妈，他借了我的钱，我让他还，这有什么问题吗？"

"有问题，有大问题！你说说，你现在生活得这么好，是谁的功劳？是我！没有我，你怎么会衣食无忧？你现在日子过好了，竟然跟你弟弟要钱来了！我告诉你，这钱啊，你弟还不上，也不会还，你趁早死了这条心！我就奇了怪了，我怎么会生出你这种孩子？人家的孩子给弟弟花钱买房买车，一家子和和美美。你呢？你是怎么对你弟弟的？一点小钱就斤斤计较，我没让你给你弟买房就不错了！"

老太太此话一出，众人皆是一惊，立案庭的人都进来瞟了几眼。没见过这种母亲，要不是女儿跟老太太长得很像，众人都要怀疑女儿是不是她亲生的了！

王建国让老太太坐下，老太太不肯，嚷嚷道："我要骂醒她，她是怎么回事？一天天只知道跟弟弟要钱，说出去都让人笑话！"

"够了！"王建国呵斥道，掷地有声，"他们俩都是你的孩子，你这样区别对待也太过分了吧？弟弟可以占有姐姐的一切，你觉得这样对吗？"

"女儿为儿子付出本来就是天经地义，我们家那边都这样！这是很正常的事情！有什么不对啊？"

王建国揉了揉眉心说："你有弟弟或哥哥吗？"

"我有一个哥哥。"

"你也为你哥哥付出这么多吗？"

"这你不用管。"

"我就问你，如果你没为你哥哥付出这么多，凭什么要求你女儿为儿

315

子付出这么多？"

"你怎么知道我没有？"

"哦，那你有？"

老太太想起往日的种种，眼睛湿润了："当年我们家里穷，我读书成绩不错，但为了让哥哥读书，我只能在家务农。后来我早早去温市打工，做得很辛苦，自己只留下吃饭的钱，省下来的都交给了父母。我以为父母会给我攒着，却没想到，那些钱都变成了我哥的彩礼。我当时哭啊闹啊，最终还是认命了。所以我一心想生个儿子。你看，儿子我生出来了，可我哥只生了个女儿。"

老太太后面的话有些颠三倒四，没有任何逻辑性。

她从一开始的抵抗，到后来成为"接班人"，这显然是一种悲哀。

如果说沈玉芬只是轻度重男轻女，那么眼前的这位，已经是重度了。

老太太把自己的悲哀又强加到了女儿身上，甚至还在拼命地暗示她：谁让你是个女儿？

她已经被这种价值观压迫了一辈子，这也固化了她的这种价值观，所以对于女儿的苦楚，她视而不见。

这个时候跟老太太谈人人平等，她压根听不进去。

王建国思索了一番，问道："如果当时你没把钱交给父母，而是握在自己手里，或许你已经有一笔不小的积蓄了。是你自己把钱交出去的，不是吗？"

"不，不是的，当时所有打工人的钱都是交给父母的。"

"为什么？"

老太太愣住了。

这老头儿的问话很好笑，所有人都这么做，她也这么做，这很正常，哪有那么多为什么！

"让我想想，你是不是认为，既然他们都这么做了，你就应该这么做？但他们做得就一定对吗？我记得有个很好玩的事情。我们村里，有一

第八章　钱

年有好几个人得癌症死了,他们说是因为吃了板栗。所以那一年,全村人都不敢吃板栗了,就怕生癌,我们家也不例外。这个现在听来觉得是个笑话,但在当时,所有人都害怕,每个人都扔了家里的板栗。我想说的是,任何事情,我们都要理智对待,而不是一味人云亦云。你当年去温市打工,从某种意义上说已经脱离了家中的束缚,你只需拿一些生活费给父母即可。我听你说,你身边的人也都把钱给了父母,我想问,她们给父母的钱是不是很多都买了嫁妆,所以你才会给?"

"你……"老太太一时之间无力反驳。

"我是这么猜的。其实把整件事连起来,应该是这样的:你以为这些钱会变成你的嫁妆,所以你才放心交给了父母,因为你身边的人都是这么做的。可后来你才发现,你的钱变成了你哥的彩礼,你哭闹,你崩溃,都没用。其实从不让你读书这件事上就能看出,你的家庭和别人的不同。"

老太太回忆起当年的事情,心中异常悲愤。或许王建国说得对,但她暂时接受不了,她低头道:"我不知道你在说什么,这些大道理,我听不懂,我只是一个没文化的老太太。"

"既然你听不懂,那么子女之间的事你也不要掺和。你女儿想告就让她告,这是她的权利,你阻拦什么?"

一听到女儿和儿子之间的事,老太太拎得门清,扯着嗓子喊:"你这个老头儿,竟然撺掇我女儿告我儿子,你安的是什么心啊!"

老太太转头对孙艺说:"你傻愣着干什么,赶紧撤诉,你弟弟是你能告的吗?"

孙艺盯着自己的母亲,眼眶红了。她曾经一度怀疑自己是不是亲生的,为什么要被这样区别对待?

儿子几乎拥有了所有,女儿则什么都没有,就这样女儿还要不断为儿子牺牲。

孙艺的眼泪滚落下来:"妈,难道我就不是你亲生的吗?你为什么要这样对待我?"

老太太对孙艺的眼泪视若无睹："你就帮你弟弟这一次，等你弟弟有钱了会还给你的。这有什么好哭的？我都没怪你没给你弟弟买房买车，你就知足吧！"

王建国实在看不下去了，一个老太太跑到这里搅局，无疑是在一旁冷眼旁观的孙烨的杰作。

王建国严肃地说道："现在说的是他俩之间的事，你不要掺和了，她有权利做自己想做的事情！"

老太太瞪大眼睛："权利，什么权利？她是我女儿，就得听我的，不要跟我讲什么权利！"

说完之后，老太太便躺在地上打起滚来，哭喊道："你今天要是不撤诉，我就赖在这里不走了！"

众人又是一惊。

王建国看着老太太，强压着心中的怒火。

孙烨嘻嘻哈哈地说："姐，你看妈都这样了，你就别让妈为难了。不就二百万嘛，你承受得起！你婆家有的是钱，你何必非要跟我要？再者，我们是一家人，别因为这点小事伤了和气。"

"你弟弟说得对，你就得听他的！"老太太又带着哭腔说道，"你要是不从我，我就死在你面前！"

王建国悄悄联系了门口的保安，让两个保安一左一右架走了老太太："老太太，你先到门口冷静一下，等冷静完了再进来。"

老太太怒骂道："我不走，我不走，我说什么都不走！"

"荒唐！这里是你胡闹的地方吗？"

保安带走了老太太，王建国看着孙烨，态度极为严肃，说道："是你喊你妈过来为你助阵的吧？"

孙烨无辜地说："这事，我妈早晚会知道的，我们是一家人，姐姐告我，我妈肯定得知道啊！"

孙艺骂道："你这个孙子，我就知道这是你的圈套！"

第八章　钱

王建国随即说道："看你姐的态度，不像是会妥协的，要是调解不成，进入诉讼阶段，到时候判下来，就由不得你了。执行阶段的事情，你可以咨询你的律师，包括冻结存款，查封房产、车辆，限制高消费等。你与其在这里耍小聪明，还不如妥善解决这件事。即使你让你妈住到法院门口，该执行的还是会执行。法院讲的是公平，不会重男轻女。"

律师在孙烨耳边窃窃私语，孙烨一时之间不知所措。

王建国将孙艺叫到一旁说："你要相信我们，只要你想告，肯定能告下来。只是到时候你妈肯定不会罢休。她可能会跑到你们家闹，闹得鸡飞狗跳！你们是一家人，这件事不能按普通的民间借贷来处理。"

孙艺委屈地说："我实在没办法了。我和老公的关系不好，他在外面有人了，我们俩的婚姻实际已经破裂了。他所有的财产都是婚前财产，我们俩协商了数次，他压根不理我，最终只说了一句，我弟这里还有二百万，拿回来就是我自己的。我因为这二百万承受了太多，婆家看不起我，老公看不起我，连我自己都看不起自己。法官，我拿回这二百万不是为了自己，而是为了把这二百万还给他们，这样我就不欠他们的了，我想堂堂正正地做一回自己。从小到大我都要强，却栽在了这件事上。可你看我妈，不仅不包容我，还说出这种话。我累了，我真的累了。正如法官你所说，倘若有一天我独立了，就要跳出这个牢笼，再也不能让这种复杂的家庭关系伤我一分一毫！"

孙艺的骄傲，让王建国仿佛看见了王君凝。事实上，孙艺很可怜，如果不是婚姻破裂，想来也不会去索要这二百万的。

在自己调解的纠纷中，这种人比起那些为了钱而丧失自我的人，更值得同情。

王建国本想让孙艺少要几万块钱，使这事能调解成功。但她是个可怜的人，少要的钱也会自己补上，他顿时没了这种想法。

"这事，我需要做你弟弟和老太太的思想工作。你先回去，让我想想怎么办才好，你回去也好好想想。"

"好！"

另一边，孙烨也表示要回去合计一下。想必律师已经跟他说了，他这事有转账记录，并且他自己也承认，想推翻很难。他要是一开始就死不认账，没准还能打打官司。但孙烨太过自信了，自以为能让孙艺撤诉，所以他说错了话，现在为此懊恼不已。

两人离开之后，柳军拿着保温杯笑呵呵地对王建国说："老王，这事不好搞，一个偏激的老太太，一个狡猾的弟弟，一个满腹埋怨的姐姐。"

王建国也觉得很烦，但他无可奈何，只好说："走，吃面去！"

"成，那你请我。"

"你啊，就不能像年轻人AA吗？"

"老王，钱省下来做什么，给子女挥霍吗？请吃一顿面而已，别抠抠搜搜的。"

王建国想起自己家里的事，更加心烦："好，请你就请你！"

王君安只是嘴上说得好听，实际他压根借不到一分钱，所有人都对他感到失望。正当他焦头烂额之际，房租已经付不起了。

当时他为了排场，租了江市一个较大的写字楼，价格偏贵。他说在好地方办公，必定会事半功倍，实则还没开始，就已欠上债了。

王君安已经没钱了，他身上只剩下一千块钱。无奈之下，他来到祝梓玉家门口，见里面没人，就靠在门口休息。

等到祝梓玉下班回家，看见王君安一脸落魄的样子，就知道他十有八九又没钱了，跑到自己面前哭穷来了。王君安就是这种人，有钱的时候想不起她们母女俩，没钱的时候，赶都赶不走。

王君安一看祝梓玉回来了，急不可待地站起来，勉强撑起了一个大大的笑容。

这个笑容祝梓玉婚后再也没见过。祝梓玉脸色阴沉，一语不发，带着王君安进了门。

第八章　钱

王君安一进来，也不拿自己当外人，一屁股坐在沙发上，笑盈盈地问："柠柠呢？"

祝梓玉放下钥匙，没好气地说："柠柠去同学家写作业了。"

"梓玉，我有个事想跟你商量一下。你这是什么表情？我们俩以前是夫妻，你对我的脾气还不了解吗？"

祝梓玉冷笑，正因为太了解，所以才不抱希望，难不成王君安是过来给自己送钱的吗？简直是荒谬！

过了一会儿，祝梓玉嘴里蹦出俩字："你说。"

"我知道你一个人带着孩子很辛苦，赚钱也不多。我帮你想了一个好办法，你可以接管我的公司，股份我分给你一半，你觉得怎么样？"

"哦，免费的？"

"那肯定不是免费的，你给我十万块钱，我把股份分给你一半……"

合着王君安是换了个方法来骗钱的。十万块钱？她连一万块都拿不出，哪里来的十万？即便真有十万，也不会买那破股份。祝梓玉气得浑身发抖，自己辛辛苦苦带着女儿，还要被王君安坑，她上辈子是造了什么孽！

"你知道我这房租一年是多少吗？我和柠柠一个月的开销是多少吗？我一个人养着孩子本来就很难，你不帮我也就算了，还来算计我？我没钱，一分钱都没有，就算有钱，我拿去喂狗，也不给你！王君安啊王君安，你怎么会变成这副德行？家里人的钱你都想骗，你是脑子不好使吧？都骗到我头上了！柠柠就算归我抚养，你作为他的爸爸，难道不应该时不时给她买点东西、看看她吗？你到底是不是个人啊！虎毒不食子，你呢？将自己的孩子置于什么境地？遇到困难了，拿柠柠来说事；没有困难，你压根就不会理会柠柠。柠柠是个活生生的人啊，不是工具！"

祝梓玉不知道王君安听进去没有，她已经不奢望王君安对自己怎么样了，只希望他对女儿好些。王建国都知道来看看柠柠，还给了一千块钱，但王君安从没来过，他没从她这里拿钱就已经不错了。

王君安见祝梓玉顽固不化，他脸色一变，站起来说："柠柠是我的亲生女儿，我自然会对她好，你就不用说教了，烦不烦哪！"

"王君安，你这是什么态度？怎么，我不给你钱，你就翻脸不认人了？你算什么东西啊！哦对，你简直不是个东西！你爸妈人挺好的，怎么会生出你这种混蛋！你冷血、无情、六亲不认、四处骗钱，做人连一点点同情心都没有。我以前真是瞎了眼！自打柠柠出生之后，你对她不闻不问。如果她成绩好，你肯定会在外人面前夸她，可那只是为了你的面子；如果她成绩差，你就恨不得把她塞回我的肚子，眼不见为净。王君安，你太虚伪了，一切都为了自己的面子。可你的面子值钱吗？值个屁钱啊！你想要一个好女儿，你却是最差劲的爸爸，最丢人的爸爸！你配吗？我和柠柠都不敢在外人面前提起你，我们怕丢人，怕被人耻笑！一个四处骗钱请客的冤大头，你以为人家傻吗？人家奉承你，不过是想蹭蹭饭局，说点场面话，实际心里都当你是个傻子！我想想都觉得可笑，最爱面子的人却成了最丢脸的人，真是造化弄人，造化弄人啊！你活该落得这种下场！你等着破产吧！你不配有老婆，也不配有孩子，你就蹲到山里去，永远不要见人了！"

王君安被气得不轻。以前在家里，他是最有权威的人，祝梓玉对他百般尊重。离婚之后，祝梓玉怎么会变成这样子？他作势要打祝梓玉，结果被祝梓玉瞪了一眼："你打啊！你打啊！我现在已经不是你老婆了！你打我，我就报警。要是打得严重，你就等着判刑吧！让你去牢里待一辈子，省得在外面丢人！"

王君安的手迟迟没有落下。他是想打，但胆子小，知道自己无法承担后果。于是放下手，说道："不合作就不合作，你骂什么！我是看你可怜，一个人带孩子辛苦，所以才提出这种要求，既然你不愿意，就当我没说。"

"你给我滚！"

王君安没有要走的意思："对了，你身上还有钱吗？"

祝梓玉被气得不行："你想干什么？"

"借我一点钱，过两天还给你。"

第八章　钱

祝梓玉知道，若不是身上没钱，王君安肯定说不出这种话，他肯定是穷困潦倒了。

祝梓玉想了一下，回房间拿出一千块钱，这钱是王建国给她的，她本就不想花，准备买一些水果或补品送回去。今天王君安过来了，就施舍给他。想想真是可悲啊！

她把一千块钱丢给王君安："这是你爸来看柠柠时给的，你拿走，你们家的钱我一分都不想要！"

王君安一怔，没想到王建国来看过柠柠了。

"你爸比你有良心多了。你就是一个没心没肺的人，只想着自己，完全不顾及他人，活该混得这么差！"

王君安数了数是一千元："我爸就给了一千？"

"你给我滚！以后不要再出现在我家，看见你都觉得倒胃口！真恶心！我骂你都嫌脏了嘴！"

王君安拿起钱走了："我想跟你好好沟通，你看你，这都是什么话！行，我走，我走还不成吗？"

王君安刚走出门口，祝梓玉砰的一声把门关上了。

祝梓玉靠在门上，呜呜地哭起来。她的命怎么这么苦，遇到这么不靠谱的男人，到如今还来要钱。

要搁以前，王君安肯定看不上这点小钱，但现在没办法，蚊子肉也是肉。

赵晴以离婚威胁王君平去求老头子。王建国不忍心看儿子妻离子散，于是两人一块儿来到王君凝家中。是季永出来开的门，一看是这两个人，便热情地把他们迎了进去。不过，一见到这两个人，季永就猜到，今天肯定是为了那八十万来的。

两人在客厅坐了一会儿，王君凝从书房里走出来，看见王君平便气不打一处来，但因为王建国在，她也不好发作，只是冷淡地说："你来做什么？"

王君平笑了笑说："你恢复得怎么样？还有哪里不舒服？"

王君凝看到沙发旁的补品，她笑道："你让我怎么回答你呢？我说舒服，你是不是觉得那一棍子还不解气？我说不舒服，你是不是会很有成就感？你的这些补品我不吃，万一被毒死了怎么办？"

王建国连忙说："这补品是我买的，君平付的钱，你放心吃，放心吃！"

季永连忙帮腔道："医生说我这阵子身子虚，刚好需要补补。爸、大哥，你们这补品买得真是及时！"

王君凝瞪了季永一眼，他可真会迎合。

王建国和王君平面面相觑。

王君凝站起身子："如果没别的事，我就去公司了。爸，你去哪儿？我顺路送你！"

王君平忙说："等等！君凝，我这次来，是有事找你商量。"

王君凝眨巴了一下眼睛："哦，你说。"

"就是钱的事情，我可不可以继续分期付？我肯定会还，不会让你亏的。"

"亏？我都亏大发了！我这八十万放在银行，一年有多少利息？我去买基金会有多少收益？我去买套房，兴许还能涨。我借给你，不过是原数收回来，都没收你利息，这对我来说就是亏本，你跟我说不亏，我觉得很好笑。十年前的物价和现在能比吗？"

王君凝挣得王君平都快说不出话了："是，你一直在帮我，我很感激你，真的，我打心底感激你！但我现在困难，你能不能再帮帮我？"

"帮？我帮你太多了，但我得到的回报太少了，我现在懒得帮了。"王君凝想了一下又说，"不仅没得到回报，还挨了你一棍子。你就是白眼狼，不比王君安好多少。我累了，你们兄弟俩，不是坑我的钱，就是让我受伤！"

王君平看了身边的王建国一眼，王建国咳嗽了一声说："君凝啊，这事是君平做得不对，我已经狠狠地教训他了。打人就不对，不管打谁。他

第八章　钱

很愧疚，真的！"

王君凝瞅了王建国一眼，心中越发不平衡。她被王君平打了，结果王建国带着王君平上门来求情，怕她真把王君平告到法院去。

王建国此举，无非是不想丢面子。自己的女儿将儿子告到法院，这算什么？

"爸，这是我和君平之间的事，你教训归教训，我原不原谅他是我的事，总不能你教训了，我就必须原谅。"

王君凝的一番话，让王建国的脸不知往哪儿搁，一时之间竟无力反驳。

"爸，我知道你的难处。但你仔细想想，我借给王君平钱，他不知感恩，还打我，把我打进了医院，我没报警把他抓进去就不错了！你公平一点好不好？他是你儿子，我也是你女儿啊！为什么儿子犯了错你就亲自出马，女儿吃了亏你却不闻不问，这心偏得也太厉害了吧？"

王建国仿佛看见孙艺在对其母亲进行控诉："妈，我也是你女儿，为什么要为哥哥奉献一生？"

太像了，实在太像了！

王建国只是沉默，一言不发。

王君平见老父亲低下了头，心中怒火中烧。王君凝竟然教训自己的父亲，有必要这样吗？

王君凝也是父母辛辛苦苦养大的，父母没有功劳也有苦劳。她一直埋怨，总觉得自己吃的不如兄弟俩，用的不如兄弟俩，各方面得到的照顾都不如兄弟俩。但父母也没对她多恶劣，不是也供她念了大学，这难道还不够吗？

"王君凝，你就是个白眼狼！妈去世了，你就可劲地欺负爸，说爸这个不行、那个不行。我问你，你对自己的孩子足够关心、足够公平吗？你一味地指责别人，却从不反省自己。你不也是忙于工作，把孩子扔给季永管吗？你又比爸好多少呢？在我眼里，你不比爸高级多少，爸起码还会反思，而你只一味地认为自己是受害者。谁害你了？没有爸妈，你能上大学

325

吗？没有爸妈，你能进入这么好的公司吗？他们是跟你理念不合，但最终都从了你的心愿。君凝，你要告，随你。我是恶劣，我是小人，我炒股亏了，是我的问题。但你也不比我好多少。你比我幸福吗？不，而且以后你也未必会比我幸福。起码吱吱是我一手养大的，他和我有很深的感情。而你呢？子音跟你关系真的很好吗？我不相信。爸有爸的问题，你也有你的问题，总是埋怨别人，你一辈子都不配拥有幸福！"

王建国猛地呵斥道："君平，她是你妹妹，你不能这么说她！"

王君凝傻了，愣在原地。

王君平扭头看着王建国："爸，你总是这个不敢说，那个不敢说，大家以和为贵，我也跟你一样。但很多事不说出口，每个人都以为自己是最好的，可实际呢？爸，君凝想告就告，随她。但我想告诉她，即使她把我告下来，让赵晴跟我离婚，那又怎么样？她的人生不会因此变得更好，她的不满永远在，她太偏执了！"

王君凝回过神儿来，气急败坏地说："我见过会推脱的，却没见过你这么会推脱的。合着你打了我，就一点责任都没有？你幸福？我呸！到时候赵晴跟你离婚，带走吱吱，我看你能幸福到哪儿去！婚姻破裂就是人生最大的失败，这点你怎么跟王君安一样看不透！

"成，我也不想跟你多废话，我会准时告你的！"王君凝瞥了王建国一眼，"爸，为了不让你为难，这事我们就这么办。你也别再为王君平跑来跑去了，没意思！"

王建国想到王君平要是离婚，到时候吱吱就成了单亲家庭的孩子，这是他不想看到的。他说："君凝，万一赵晴和君平离婚，他这辈子就毁了，毁了！"

王君凝冷笑道："我的人生也快毁了，怎么不见你关心过我？"

王建国一怔："君凝，你家庭美满，怎么会？你就当可怜可怜君平！"

王君平怒道："爸，你就别跟她求情了，她就是个内心扭曲的偏执狂。"

王君凝拿起包说："是，我是偏执狂，我这个偏执狂也不想和你多说

第八章 钱

了。爸，你看君平这态度，即使我想帮他，也有心无力。你别担心，赵晴家有钱，万一赵家大发慈悲把钱还了，也是有可能的。"

王君凝头也不回地离开了。

王建国猛地打了王君平一下，生气地说："你就跟你妹妹认个错，也没什么，这可是八十万的事！"

王君平说："爸，你看君凝是什么态度？一副你错了、我错了、所有人都错了的样子，合着全世界就她自己对！她有钱，我认可；她对，我不认可。算了，告就告吧，随便她，我累了，不想奉承她，做一些违心的事情。我是个人，不是任人摆布的木偶，她爱怎么样就怎么样吧！"

季永在一旁一直沉默。事实上他认为王君平说得有点道理，难怪君凝像是被踩住了尾巴，直接跳起来。

这一家子可真有意思，自己家都过得一团糟，却都能看清别人家的问题。

季永说："爸，你也别太担心，我会劝君凝的，或许后面事情会有转机。"

王建国看了季永一眼，对他完全不抱希望。王君凝哪次肯听季永的话，不全都当耳旁风？

王建国和王君平离开了，路上，王建国沉重地说："改天我自己来。"

王君平摇头："君凝心里觉得不公平，压根不买你的账，你再来只会增加她的怒火，没必要。没事的爸，走一步算一步，你不要过于担心。"

王建国无言，这事怎么能不担心哪……

王建国家中事情虽然很多，但他依然没有放弃调解的事情。

他也曾为此纠结，自己家里的事都管不了，反倒去管一些外人的事。

但转念一想，这件事和自己家的事极为相似，或许能给自己一些启发。

他通过朋友，找到了孙艺母亲的住址。毕竟江市就那么大，想找一个人并不难。

他朋友的朋友和孙艺母亲关系尚可，从他的只言片语中得知，这个老太太是个可怜之人，从小生活在一个重男轻女的家庭，长大之后，一心一意为了儿子。别看她的儿女都混得不错，自己却省得不行，专门去菜市场和超市买一些半价菜。所有钱都给了儿子，只图儿子能给自己争口气。前些年儿子混得不行，老婆差点儿跟他离婚，老太太又出钱又出力，每个月都给儿媳钱，这才挽留住了她。这两年儿子混好了，生活才好起来。

据说老太太的付出并没有得到儿媳的回报，人家依然当她是个提款机，要钱时找她，没事压根不理她。老太太是个死心眼，一心一意为了儿子，不管儿媳对自己好不好，都要为儿子鞠躬尽瘁。

王建国听说老太太早上去买菜了，于是就在楼下等着她回来。果不其然，八点十分的时候老太太回来了。

老太太一看见王建国就一脸警惕："你来干什么？还想把我拉到门口去？"

上次被保安拉到门口的事情，她还记得。

王建国笑盈盈地说："找你谈谈。"

"没什么好谈的。"

"你儿子和女儿的事情，需要你的一个态度。"

老太太沉思了一会儿，随即带着王建国上了楼。一进门，他发现虽然这个小区房子很贵，里面装修得却极为简陋。

老太太放下菜："这事，我会继续跟我女儿说的，我不会让她这样欺负自己的弟弟。"

王建国坐下："老太太，这房子是你儿子买给你的吗？"

老太太想了一下说："这房子是我卖了老房子买的。前几年老头子去世后，我就卖了楼梯房，又让女儿给了我一些钱，买了这套房。"

看来孙艺所追讨的不过是冰山一角，实际老太太和孙烨索取的可能更多。

第八章　钱

王建国笑笑说:"你女儿真孝顺啊。你儿子呢?装修是他出的钱吧?"

老太太摇头:"哪儿啊,女儿给了我三十五万的装修费,那时候我儿子的生意不好,我就转给儿子二十万。这房子是花了十五万装的,不过还能住,我很满意。"

"既然你女儿对你这么好,你为什么还要站在你儿子那边呢?"

"老头儿,说你不懂,你还真不懂。女儿的钱能是我的吗?还不都是别人的?但儿子是我们家的,儿子赚的钱才是我的。"

"老太太,你姓什么?"

"我姓郑……"

"你儿子姓孙,按照你的道理,你儿子跟你也不是一家人。老太太,我说句实话,不管是儿子的钱还是女儿的钱,你都是活着的时候才用得上。谁知道以后他们会怎么样,如果你儿子生了女儿,那你们家岂不是又会换成别人的姓了?只要是亲生的就好,何必重男轻女呢?你也是这个观念的受害者,现在又去害下一代,这对你不公平,对你女儿也不公平。"

"你等等,你说得我脑子都乱了。"

"没什么乱不乱的。我再问你,你儿子有没有像你女儿一样,给你钱、给你东西?"

老太太一时之间无言以对。她想不起儿子给过自己什么,基本都是自己给儿子。如此想来,女儿对自己是极好的,逢年过节都给自己礼物和钱,自己要买房、装修,女儿二话没说又拿出钱来。反观儿子,他赚了钱,但依旧在自己面前哭穷,说自己没钱。她想,只要儿子不从自己这里拿钱,她就已经很知足了,儿媳也从没给自己买过什么东西。

老太太绞尽脑汁,最后轻描淡写地说:"儿子儿媳也不是没有付出,他们经常来看我,我已经很知足了。"

"是来看你,还是来跟你要钱?"

老太太绷着脸没说话。

王建国知道自己说对了。如他所说,老太太每月都要给儿子补贴钱。

老太太无话可说。上次王建国敲打过她之后，她听进去一些。

"你有没有儿子？"

"有两个儿子、一个女儿。"

"那你应该能理解我的心情。儿子总归是儿子，女儿总归是女儿。你说说，你以后的财产是留给儿子的多，还是留给女儿的多？肯定是儿子。说到底，儿子才是根，女儿不过是泼出去的水。"

"如果你被人说成是泼出去的水，你会高兴吗？老太太，你作为一个女人，怎么比我还歧视女人？在我眼里，儿子女儿都一样，都是平等的。"

老太太思绪很乱，她不知道该不该相信王建国所说的，于是捂住耳朵："不一样，就是不一样！你别劝我了，我不想听！"

王建国见老太太顽固不化，摇摇头，哑然失笑。

每个人对自己的价值观似乎都有一种执念，让其改变，如同割骨刮肉。

王建国想了想，说道："不如我们试试你的儿子和女儿，看看他们是否能让你满意？"

老太太一怔："试什么？"

"你就跟你的儿子和女儿说，你得了癌症，化疗需要很多钱，还要请保姆，看看他们的态度。"

老太太同意了。她现在虽然看着很健康，实际常年吃降压药，还要补东补西，以后的日子是看得见的。听了王建国的话，她觉得试一试倒也无妨。

但老太太嘴硬："我考虑一下。"

王建国见她态度有所转变，便笑眯眯地说："好。"

晚上，老太太很快给儿子、女儿打了电话，让他们赶紧来家里一趟。孙烨不想来，说有应酬。但老太太不想放过他，放下狠话：你今天要是不来，以后就别想从我这儿拿钱了！

孙烨万般不情愿，也只能临时打车去了老太太家。

相比于孙烨，孙艺则一口答应，来之前还问："妈，你身体不舒服吗？"

第八章　钱

老太太支支吾吾，只让她赶紧过来。

此时老太太感慨万千，两个孩子，态度截然不同。这事都让王建国猜中了，接下来是什么结果，猜都猜得到。但她内心还是对儿子抱有隐隐的希望。

想到自己在法院那样对待孙艺，她顿时觉得有些不好意思起来。孙艺从小到大都是如此，无论自己骂她骂得多凶，第二天，她对自己的态度依然很好。这个女儿极为贴心，她却永不知足。

姐弟俩一前一后来到老太太家。孙烨到的时候，看见孙艺坐在沙发上，心想不会是老母亲说服孙艺撤诉了吧？果然还是亲娘疼儿子。他立刻变得雀跃起来："妈，你找我有什么事？"

老太太靠在沙发上，看着都奄奄一息了："唉，我今天找你们俩过来是有急事。"

说到这里，老太太停顿了一下："我今天去医院，医生查出我有……我有……唉……"

孙艺紧张地问："妈，有什么？"

孙艺虽然跟母亲关系不好，但也不能接受她出事。母亲是自己在这个世界上唯一的牵挂，要是母亲出了事，那她该怎么办！

"医生说我脑子里有一个肿瘤……恶性的……"

此话一出，两人皆是一惊。

孙艺先回过神儿来，咬唇道："妈，没事的，明天我带你去做个详细的检查，到时候我们跟医生商量一下，看看有什么好的治疗方案。现在医学这么发达，你会好起来的。"

老太太叹气："医生跟我说，可能需要化疗、手术什么的，我也不懂。后期还要请保姆照顾，我不能一个人待着了。这可能需要很大一笔费用。我今天找你们过来，主要是想问问，保姆给我请吗？费用你们怎么分摊？"

孙烨瞧了老太太一眼："妈，这事你就别担心了，你只管养好身体，其他一切由我和姐负担,对吧姐?"

老太太这会儿也不迷糊了:"你是出一半还是全出?如果你全出,让你姐在医院照顾我。如果你出一半,这保姆的钱……"

"妈,看你说的,我姐有钱,让我姐出大头;我钱少,出一些意思一下就行。你放心,我会好好照顾你的。"

老太太听了这话,心寒了。儿子曾无数次承诺好好照顾自己,但来看自己的次数屈指可数,还不如女儿来得多。她本以为可以听到儿子说:妈,你去看病,所有费用我承担!

毕竟自己把这辈子攒的钱都给了他,女儿还给了他二百万,现在他发达了,应该回报自己了。

她知道儿子有钱,女儿的钱他可以不还,但怎么可以不管自己呢?

"儿子,我之前给了你那么多钱,你应该比你姐多出一些。"

这话要是搁以前,老太太肯定不会说,让女儿出就行,但今天不知老太太吃错什么药了,非要自己出,他是百思不得其解。难不成上次那老大爷随便说了几句,老太太听进去了?

"妈,我姐有钱,我哪儿来那么多钱?你该知道,我连那二百万都还欠着呢!"

老太太怒气冲冲,开始口不择言:"你有没有钱,骗得了她,还能骗得了我吗?你以前告诉我,等赚了钱一个月给我十来万都没问题,又说给我买别墅。我现在等到你有钱了,你什么都没兑现,一个月十来万我没看见,别墅我也没见着。倒是你老婆,衣服一套一套的,提着很贵的包,但当时你老婆可是要离你而去的,是我辛辛苦苦才留住了她。现在你发达了,让她享福,而我呢?我得到了什么?"

"妈,是不是有人给你灌了迷魂汤?我是你亲儿子,能不管你吗?"

"行,那这钱你出,你姐出请保姆的钱,你们俩有没有异议?"

孙烨算了一下,万一治疗需要上百万,自己岂不是亏了?

"又或者,你姐出住院的钱,你请保姆。"

第八章　钱

孙烨又一想，万一老太太命长，岂不是会把自己拖死？

孙烨在不停地盘算到底应该怎么办。

老太太见孙烨犹犹豫豫，估摸着是在盘算，看怎么样对自己有利。

他从小就这样，很会算计。但他算计外人也就罢了，算计家里人算什么？

老太太怒道："我辛辛苦苦把你们养大，等到让你们掏钱的时候，你们竟这样对我！"

孙烨狡辩道："妈，我没有！我刚想起来，你不是有退休金吗？可以用退休金去请保姆，我和姐一起负担住院费用，你看怎么样？"

老太太顿时感到心寒。

孙艺在一旁烦躁不已："妈，这个钱，我来出吧！"

老太太猛地转头，看了孙艺一眼。她想起自己对孙艺做的事，感到心虚，舔了舔嘴唇："你出？"

"是，我出，保姆也由我请，以后你就跟着我吧，我会照顾你的。"

孙烨如释重负："姐，你早说嘛，看把妈气的！"

老太太重男轻女，一切都为儿子着想，无非是想让儿子以后给自己养老。

如今看来，这个儿子对自己不管不顾，甚至到了冷漠的地步，最终还是一直被自己嫌弃的女儿管自己。

她的眼眶红了，我这是造了什么孽啊！

为什么被自己捧在手心里的人这样对自己，被自己嫌弃的女儿却如此包容自己？

老太太问孙烨："是不是对你来说，我只是提款机？"

孙烨连忙摇头："妈，怎么可能，我永远尊重你！"

老太太嘶吼道："那为什么你有钱，却全部让你姐出？"

孙烨长这么大，第一次见老太太对自己怒吼，之前她都是骂孙艺。

"妈，你消消气，现在你这身体，不能生气！这事我没法跟你解释，你只要知道我是你儿子就行了。妈……你最疼的不就是我吗？"

"是，以前是，但你让我极其失望！"

孙艺在一旁阻止道："妈，你别太生气了，你的报告拿给我看看，我发给我省里的同学，他们有认识的医生。"

说完她准备进房间找报告。

老太太沉默了一会儿，随即抬起头对二人说："没报告！"

孙艺有点奇怪："没……没报告？"

"对，没报告，是我骗你们的，我压根没长肿瘤！"

孙烨松了一口气："妈，你说你，跟我们开这么大的玩笑干什么！"

老太太心酸："我不试试你们，哪知道你对我如此绝情？从小到大，我对你最好，好的都给你，连你姐的东西也给你。而你呢？在我出事后却是这副德行，真是让我心寒！难道你的命重要，我的命就不值钱吗？就因为我是个没用的老太太，没有任何利用价值了？我以为你会站出来说：妈，你安心治病，一切费用我出。结果你却支支吾吾，跟你姐算来算去，自己一点亏都不吃。当初我把钱给你的时候，可没想那么多，对你真心真意，你的良心是喂狗了吗？"

孙烨被老太太骂了一顿，反驳道："妈，我是独子！你就该为我考虑！"

老太太一直告诉孙烨，他是儿子，全家人都会为他让路。话虽如此，但这话从儿子嘴里说出来，竟那么伤人，她感觉心都要碎了！

"我这辈子干得最蠢的事情，就是把你宠得忘乎所以，瞧你都变成什么样了！"

孙烨不想和老太太啰唆。还装病？考验自己？这都是什么事！他被骂得很惨，心里很不舒服："妈，要是没别的事，我还着急回去！"

老太太骂道："你滚，快给我滚！"

孙烨懒得理会："妈，我走了，你保重身体。"

孙烨走后，老太太和孙艺两人四目相对，一时之间，老太太竟不知道说什么。

第八章　钱

过了一会儿，老太太像是想起什么似的，闭上眼睛，沉重地说："你和你弟弟的事，我再也不掺和了！"

孙艺心喜，如果妈不掺和这事，那大部分问题都会迎刃而解。

"那兔崽子，我帮了他一辈子，如今对我竟是这个态度，想想都觉得心寒。我不想帮他了，让他自生自灭吧！这些年，都是你在帮我，我卖了老房子，是你给我钱让我买新房、装修，你偷偷给钱补贴我。这些钱，我大都给了你弟弟。现在我老了，在他眼里却是个负担！人都说养儿防老，可那兔崽子就知道吸我的血，知道我没利用价值了，就把我丢在一边。幸亏我没生病，如果我真生了病，他早就躲了。对你，我除了要钱，就是骂你，你为什么要背负那么多？"

"好了妈，别说了，你是我妈，我会养你的。"

老太太心里很感动，但她不想表露出来，她不善于表达："好了，知道了。你弟弟那事，你爱怎么处理就怎么处理，我不掺和了。我实话告诉你，你弟弟有钱，最近资金充足。我想，只要没有我阻拦，你催紧一点，他会还给你的。"

"妈，你怎么知道的？"

"跟你弟弟合股的那个人的妈妈，我们经常在菜市场碰面，她跟我说，自己儿子赚了很多钱，分给她不少，还买了一套别墅给她住，问儿子给了我多少。我当时不好说啊，我儿子一分钱都没给我，还老来我这里哭穷。所以要催钱你就趁早，万一他又去投资别的，你就很难拿到钱了。

"我现在想明白了，儿子，说到底只是个面子！我帮了他一辈子，但一生病，还不是遭他的白眼？这样的日子过得真没意思！"

孙艺惊讶于母亲的改变。在她眼里，母亲一直顽固不化，一直重男轻女，如今是一百八十度大转弯了。

"妈，你真想明白了？"

"其实我自己也是在重男轻女的家庭中长大的，我知道你的苦。我就是被蒙蔽了双眼，才那样对你的。今天我想开了，孩子，这对你不

335

公平！"

孙艺主动打电话联系了王建国，告诉他母亲不再干涉此事。她问王建国这事他有没有帮忙，不然老太太怎么会幡然醒悟？

王建国笑笑，没有说是，也没有说不是，只是说了一句："你猜呢？"

孙艺没有继续问下去，而是问接下来该怎么办。

王建国想了一下说："我今天找你弟弟过来谈一谈，你迟一点过来……"

孙艺感激不尽："谢谢，真是谢谢你！"

王建国打电话叫来了孙烨和律师。孙烨本以为孙艺也会过来，却没想到只有自己和律师，不知王建国是什么意思。

王建国看出他的疑惑，解释道："待会儿孙艺会过来，我们俩先谈。针对你这个案子，我想你是个通情达理的人，肯定想解决问题，而不是把问题越弄越复杂。"

孙烨点点头。

"这些年，你姐姐帮了你不少，你的生意做得风生水起，跟你姐姐的帮助有很大关系。现在人家不求回报，只想拿走自己的本金，她连利息都没提！你算一下，她如果把这二百万存在银行该有多少利息？"

"她是我姐姐，帮我是理所应当的，凭什么跟我要回报？"孙烨转头问了下律师，"哪条法律规定，姐姐帮弟弟，必须得到回报？"

律师只是摇摇头，没有吭声。

"老大爷，我姐帮我，是她自愿的，不求回报。至于这二百万，我是因为没钱才还不上。我也不是不讲道理的人，我跟你保证，等我有了钱，肯定会还她的。你就跟她好好说说，让她撤诉吧。"

王建国摇头："她明确告诉我，这钱她肯定要拿走。我帮你分析一下接下来可能发生的事：你姐姐会告你，如果法官认可了她所有的证据，那么这钱你就必须还，你若执意不还，你姐姐可以申请强制执行。后期一系列的措施都会上，包括冻结你的银行账户等。如果你的账户有钱，我们会

第八章 钱

直接扣走。你也别想着把财产转移到别人账户上,万一弄不好,还要被移送拒执。你的房产车辆,执法人员会根据情况查封,也可能评估拍卖。最后,你会被限制高消费、纳入失信名单,你坐高铁是没戏了,高档酒店也住不了,这对你而言有多大影响,你心里有数。你是个做生意的人,四处跑是肯定的,更别提后期还可能会被曝光。你知道,做生意的人最讲究诚信,你一旦成为老赖,让你的合作方知晓,或多或少会让人家产生怀疑。你姐是你姐,你认为你姐为你付出是应该的,但法律不会因为你是弟弟就手下留情。我跟你说了这么多,无非是想让你知道,不要走弯路,弯路的尽头是回头路,还不如现在就解决问题。我说的这些,你不信可以问你的律师。"

孙烨和律师嘀嘀咕咕,两人又探讨了一番。

对律师来说,眼前的调解员说的没错,基本在理。上次王建国就已经提到这个问题了,他已经和孙烨解释过了,但孙烨依然心存侥幸。今天调解员又旧事重提,律师不厌其烦地重复上次的话:"对,他说的基本没错。"

"那这事最好的解决办法是什么?"孙烨问道。

律师说:"这个问题,我也跟你说过,如果你姐撤诉,这是最好的结果。如果真到了审判阶段,我作为律师肯定会站在你这边的,尽量为你找对你有利的证据,这你不用担心。"

孙烨不耐烦地说:"我不是要找对我有利的证据,我要胜诉,胜诉你知道吗?"

律师说:"任何一个案子都不可能百分之百胜诉,我作为一个律师,是不会给你打这种包票的。"

孙烨问:"那我胜诉的概率大,还是我姐胜诉的概率大?"

律师沉默了一会儿,随即缓缓说道:"按照现有的证据,对你姐更有利。但请你放心,我会尽全力帮你的。"

两人说话虽然很小声,但王建国还是隐约听到一些。他说:"看你们俩谈得这么高深，我就简单跟你说一下。这事太简单了，你有钱，我没钱，我跟你借钱，你没收我利息，我一开始很高兴，等你要我还钱的时候，我就不高兴了！但欠债还钱，天经地义，不要你利息你就该满足了。"

孙烨激动地说："大爷，她是我姐！"

王建国笑了："对啊，她是你姐，又不是你爹妈。要不，你求你妈帮你？我看老太太为你这事挺上心的。"

孙烨想起上次老太太装病的事，因为自己没关心她，她很生气，今天给她打电话，会不会挨骂？

但转念一想，自己是她唯一的儿子，老太太不至于让自己太惨，自己只要哭几声就行。

孙烨走到门口，立马打电话给老太太说了这事，结果老太太把他痛骂了一顿："这事你找我干什么？你账户上不是有钱吗？该还多少还多少！要是你还有余钱，再给她点利息，她这些年也不容易。"

孙烨气急败坏，没想到一直站在自己这边的母亲如今竟是这副嘴脸："妈，就因为你生病我不肯出钱，你就不心疼我了吗？"

"我心疼你多少年了，你有没有心疼过我？当时淼淼要跟你离婚，是我千方百计留住她。我想着，如果你们俩离了婚，你就没家了。淼淼嫌你没钱，我拿出我的退休金来补贴她。但我知道，她拿了也不会花在家庭上，不过是给自己买买东西罢了。我这不叫心疼你，怎么样才算心疼你？你姐拿来给我装修的钱，我又拿了二十万给你们夫妻俩，就是希望有朝一日你们能有出息。然后我又要挟你姐，让她拿了二百万给你。这还不算，你姐的彩礼钱不也进了你的腰包吗？妈这辈子没亏待过你，接下来，你好自为之，我不想帮你太多了。你们发达了，从没想过我，淼淼甚至跟别人说，我这个老太太不中用了，万一以后中风了，你们俩肯定不会照顾，一定会让你姐管。我当时很难过。现在想来，以后我真出了什么事，不仅淼淼不管我，你也不会管我，你们夫妻俩一个德行。妈不管你了，再也不管你了，管不起了！"

第八章　钱

老太太说到动情处，哽咽得差点儿说不出话："你从小到大，我亏待过你吗？你十岁的时候生病，半夜发高烧，当时没有车，我背着你走了半小时才到医院，连续一个星期不眠不休地陪着你。孩子，妈就差把自己的心掏给你了！其实那次之后，我因为疲劳过度，自己也病了好久。"

孙烨心里对老母亲是存有一份爱的，被她这么说了之后，瞬间感到自己不应该。

从小到大，老太太从未亏待过自己，让自己吃香的喝辣的，上次的事自己确实不应该。

他在老太太的纵容下，茁壮成长，如今老太太不管他了，他破天荒地开始反思自己了。

"妈，对不起。上次的事，是我不应该！"

"你知道就好！榨干你姐，对你没有任何好处。你要真有钱，就还给她。你姐自己没跟我说，但身边有人告诉我，你姐夫在外面有女人，你姐在家的日子不好过，而且又为了你拿了婆家那么多钱，你觉得她的日子能多好呢？我之前一直没告诉你，是怕你心里有压力。现在……你自己掂量着办。"

挂了电话之后，孙烨心情沉重。想到自己和孙艺从小玩到大，从记事开始孙艺就让着自己，他一直认为这一切都是理所应当的。谁让孙艺是个女儿，自己是个儿子呢，自己有天然的优越感。

孙烨回到办公室，王建国对他说："你妈怎么说？是不是要来帮你？"

孙烨纳闷，这老大爷怎么跟在这儿看戏似的！他摇头："没，没有，我妈让我有钱就还。"

"哎哟，你妈真是深明大义！我说我怎么在你身上看见了睿智，原来是从你妈那儿遗传来的。"

没了老母亲做靠山，孙烨显得很没底气："二百万太多了。"

"你姐借给你的时候，你都没嫌多，怎么还的时候就嫌多了？你瞧你，我刚才还说你睿智，怎么现在又糊涂了？"

"要不你跟我姐谈一下，看能不能少点？"

"这事……不是我不帮你，明理人都知道，这年头借钱是有利息的，把这二百万存在银行利息是多少？你是做生意的，这点肯定比我清楚。你姐没跟你索要利息，已经很仁慈了。再说了，你们俩是亲姐弟，你难道真的想为了少几万，闹到彼此老死不相往来吗？

"有时候钱很重要，但我们也不能成为钱的奴隶。钱是为了更好地生活，但你欠钱不还，还能更好地生活吗？"

孙烨低下了头。

这个时候孙艺过来了，姐弟俩互相看了一眼。王建国对孙艺说："你有什么苦衷，都可以说出来，自家兄弟，没必要藏着掖着。"

孙艺看着孙烨，犹豫了一下，随即说道："其实这些年你姐夫出轨，我已经习以为常了。我被他爸妈看不起、被他们家笑话，他们家最常说的一句话就是：你妈怎么跟卖女儿一样，用彩礼给儿子娶了媳妇？我知道妈宠你，半辈子都在宠你，我对妈已经不抱任何希望了。但我现在实在忍受不了了，我和你姐夫可能马上要离婚了，我不想再被他们看不起了，我要和他们一刀两断。欠他们的我会还给他们，他们欠我的，我也会要回来。我知道你这两年生意做得不错，你把钱还给我，我才有底气。不然他们每次都会拿这二百万说事。我活得压抑，我真的很压抑，每一秒都想去自杀！我前男友因为拿不出彩礼，我们被迫分手。一开始我不理解爸妈为什么要那么多彩礼，原来是为了你。如果你还当我是姐姐，认可我这些年的付出，就把钱还给我吧！我求求你了！我真的很难！我之前不说是为了自己的面子，不想在你和妈面前丢人。实际我的生活幸福感不及你的十分之一，我是在苟延残喘！"

孙烨感到震惊。他一直以为自己的姐姐生活幸福，不愁吃穿。如今看来，她为了钱，甚至放下了尊严。

姐弟俩感情很复杂，孙烨自己可以欺负姐姐，却无法容忍别人欺负。他一股火冒上来："姐，我去教训姐夫！"

第八章　钱

孙艺看着孙烨摇头："打他？骂他？算了吧，免得自己被拘留。我只想和他离婚，但在这之前，我要把自己的尊严找回来。他们一直嘲笑我拿不出这二百万，说这钱是肉包子打狗，有去无回。我偏要拿回来，然后我会提出离婚，是我的我会拿，不是我的我也不要。结婚这么多年，我最大的感悟是：别人的钱，没那么好拿。你看我，为了彩礼，放弃了前男友，嫁给一个有钱人，我幸福吗？我快乐吗？不，我压抑！我宁可没钱，但我要自由的空气和快乐的人生！这二百万确实不是我的，我拿不出这么多钱，是我婆婆拿给我的，她没让我还，却为了这事不断地笑话我，不让我离婚。你认为的有钱的姐夫也没那么有钱，不过是靠父母罢了。"

"姐，你从来没跟我说过这些。"

"以前你的生意不行，你姐姐跟你说这些只会增加你的压力，现在不敢跟你说，是怕你看不起她、笑话她。她的人生很惨。你姐以前帮你，你现在就要帮她，因为你们是亲姐弟，是手足，永远是一家人。我年轻的时候，以为亲人不过是有血缘关系罢了，大家可能都流着相同的血，但除此之外，就再没什么了。活到这把年纪我才知道，亲情是斩不断的，无论自己曾经怎么反抗，最终都要回归。试想一下，老了之后，你最希望陪在身边的，肯定是亲人，能真正帮你的也是手足，亲人之间以后的联系会比现在更多。"

王建国也是通过处理这个案子想到这些的。之前他一直认为亲情是无须维系的，自己本就跟家里人关系不好。但他没有考虑到这一层，看见孙艺一直为家人着想，他并不理解。一开始他认为这是重男轻女的思想所致，后来才发现并不是这样，而是因为每个人都背负着一个家庭的枷锁，没有人能逃离。

如女儿君凝一般，骂兄弟骂得再凶，最终依然会帮兄弟。孙艺也是，心里头再恨，但最终还是会帮助自己的家人。家是自己的根，也是组成自己生活的一部分，没有人能割舍。

越是反抗，越是在意，越会将自己和家联系到一起。

想来自己越想逃离家庭的束缚，越是逃不掉，还不如从源头上解决问题。

之前一直是沈玉芬处理家庭问题，如果当时他就对沈玉芬重男轻女的问题进行纠正，也不至于让问题这么严重。可是他选择了无视，导致孩子们现在都不如意。

孙烨的脑子里跳出很多想法。他感动于亲情，是的，亲姐不遗余力地帮助自己，甚至牺牲了自己的婚姻。他该回报点什么呢，起码要把那二百万还了。

但又有诸多不甘心。这二百万放在自己手里，还能源源不断地挣钱，如果还给姐姐，她就会还给那家人，姐姐最终也一无所得，这真的值得吗？

他仍摇摆不定。

王建国看着孙烨一直没说话，心想，他肯定是舍不得还那二百万。于是他加重语气说："你姐帮你的时候毫不犹豫，而你却在权衡利弊。你认为，这对你姐公平吗？如果此刻你伤了你姐的心，你认为下次她还会帮你吗？"

孙烨低下头，随即又抬起："好，这个钱我还！"

孙艺激动不已，没想到弟弟肯还钱了。

王建国为避免夜长梦多，赶紧让人做好了调解书。

律师就在一旁，即使有什么想法最终也没说出口。王建国看出他的心思，说道："我们做这份工作，最主要的是正义，不是吗？"

律师笑了一下："你说得对，我这不是没说什么吗？"

这个案子顺利解决了，王建国着实松了一口气，双方都向他道谢，尤其是孙艺。她一直认为会闹到打官司的地步，没想到能在调解阶段解决。

王建国悄悄对他说："这证明你弟弟对你有情有义，只是他一直生活在重男轻女的家庭中，理所当然地认为你要为他奉献一辈子。现在你妈说了，你也表态了，他也稍稍收敛了。我认为不能一直忍让，接下来你和你妈要适时地表达自己的需要，才能让你弟弟有所改变。"

第八章　钱

孙艺听进去了，不停地感谢王建国。

王建国又拉着孙烨说："你姐和你妈都不容易，以后你要好好对待她们。"

孙烨点头："我知道了，老大爷。我妈我姐对我的付出，我都看到了。"

王建国笑了："你果然遗传了你妈的睿智。"

"老大爷，看你又逗我。其实这一阵子，我心里也不好受，胸口这儿堵得慌。我姐跟我要钱，我也知道应该还，但心里总觉得我姐的钱就是我的，没必要还。你以为不还钱我心里高兴吗？我不高兴，我也受到良心的谴责。每一天我都备受煎熬，既认为自己是对的，又认为自己不对，很迷茫。我现在打算还钱了，心情也一下子变得舒畅了。"

王建国点头："任何时候，只有当被告认罪后，他才能真正获得解脱。一旦做了违反道德的事，很多人都想掩盖过去，但终因受不了良心的谴责，有的人发了疯，有的人崩溃了，有的人一夜白头。良心作为我们的底线，它才是最重要的。你很好，你做得很好，真的。"

孙烨不好意思地挠了挠头："谢谢你，老大爷。你比我爸教我的还多，你家孩子肯定很幸福。"

孙烨的无心之言，让王建国陷入了沉思。

他家的孩子幸福吗？

一点也不。

唉……

王君平回到家，对赵晴说王君凝顽固不化，不用做什么工作了。赵晴气疯了，心想怎么让他办点事就这么难？

她想，要是王建国出马这事都办不成，那就真的办不成了。她没办法，又打电话询问赵宥之。

赵宥之没想到王君凝会这么强硬，一时之间也没想出什么好的对策。赵晴顺势提出了借钱的要求："爸，要不你借给我们，到时候我们还你？"

343

赵宥之肯定不愿意，谁知道他们什么时候还。女儿嚣张惯了，到时候直接说不还也是有可能的。于是摇头："爸手头也没那么多钱。"

赵晴岂是好糊弄的？她一怔："爸，那这事该怎么办？你可不能不管我们啊爸！"

"这事怪谁？只怪你嫁了一个没本事的老公！当初我说让你找个好点的你不肯，现在尝到苦果了吧？要钱没钱，要前途没前途，现在还欠了那么多债，这事能怪我吗？"赵宥之砰的一声挂了电话。

赵晴越想越生气。是啊，王君平这么没骨气，早知今日，何必当初？

晚上，王君平回到家，赵晴不分青红皂白就对着王君平一通臭骂。这让王君平很不理解：赵晴怎么突然间脑子不正常了？

"你怎么还这么悠闲，万一君凝告我们怎么办？"

"什么怎么办？应诉！车到山前必有路，你别太担心了！"

"律师费呢？律师费也需要一大笔！"

在王君平看来，一切顺其自然即可，没必要如此担心。

赵晴是一朵温室里的花朵，承受不了一点风险，一听君凝要告她，怕得要死，更怕别人知道，到时候自己的面子往哪儿放？

自己顶着天之骄女的名头，又嫁了体面的丈夫，现在负债累累，传出去岂不是会成为笑柄？

"王君平，这事你要是解决不了，我就带着吱吱跟你离婚！"

王君平被赵晴搞烦了，气愤不已："离婚？可以。但你认为你带着吱吱能嫁给更好的人吗？你挥霍无度，吱吱上学也需要钱，带着吱吱只会影响你的生活质量。让吱吱跟着我，对你而言，是一件好事！"

王君平知道赵晴爱慕虚荣，喜欢奢侈品，更爱潇洒的生活，带着吱吱她不会好过的，她犯不着为了吱吱毁掉自己的生活。

赵晴根本没有离婚的想法，她只是随便喊喊，王君平却在认真规划，甚至都帮她安排妥当了。这让赵晴接受不了，合着王君平早就想离婚？

她怒骂道："你是不是在外面有人了？"

第八章　钱

"不是你说要离婚吗？"

"我说要离婚，你就真离吗？"

"不然呢？我让你别急，君凝告就让她告去。到时候大不了请个律师打官司。真的要还钱，我想把房子卖了，然后买一套便宜的。这对我们而言也不是什么解决不了的事。可你非要火上浇油，我也没办法。"

"卖房子？王君平你疯了吗？这是我的房子，不准你卖！"

"但是房子写的是我们俩的名字，如果真的欠了钱，还有别的办法吗？"

赵晴眼眶红了，哭哭啼啼地说："如果卖了房子，你叫我以后怎么在姐妹面前撑面子、怎么在同学面前抬得起头？大家会认为我落魄了，肯定会在背地里嘲笑我！王君平，你去求君凝好不好？让她千万别上诉！我真的受不了！"

王君平叹了口气："如果有别的办法，也不至于卖房子，但我们没有。你爸肯定不会借钱给我们，他把手头的钱攥得紧紧的，不会让我们占一分便宜。"

赵晴刚想反驳，忽然想到："你爸不是还有房吗？让他卖掉，回头跟我们一起住，还会剩下一大笔钱，让他慢慢花。"

"胡扯！我爸的房子不能卖，那是他唯一的住所！妈的房子已经被我和君安卖了，现在又想卖我爸的房子，我是不是疯了？"

"你爸以后可以跟我们住，反正还有一个客房。他要是住不习惯，还可以跟君凝、君安住。他有三个孩子，怎么可能没地方住？"

王君平怒骂道："以前我只认为你自私，现在看来，你不仅自私，还无情无义！我爸对你不错，你竟算计到他头上了！你爱离婚就离婚，爸的房子绝对不能卖！"

赵晴被王君平骂得很惨，大哭道："离就离，你以为我不敢吗？我真是瞎了眼才会嫁给你！"

赵晴气得又去整理行李准备回娘家，王君平不慌不忙，态度很是冷淡。对此，他已经厌烦了。

他甚至想不起自己到底喜欢赵晴什么，她一直是个自私的人，从未改变过，他以前怎么会觉得赵晴好呢？

在赵晴出门的那一刻，王君平平淡地说："这次走了，就别回来了。"

赵晴眼眶红了，咬着嘴唇，一字一句地说："你放心，我没那么贱！"

王君平夫妻还没在如何还钱的问题上谈妥，王君凝就起诉了。她并不是在开玩笑，而是真的委托律师去立案庭立案了。

立案庭的小年轻隐约知道王建国的女儿叫王君什么，儿子好像也叫王君什么，但如果是王建国的女儿起诉他的儿子，岂不是打他的脸？

"应该不是一家人，现在同名同姓的太多了。"他不想给自己找麻烦，顺口跟自己身边的小郑唠叨了一句。

小郑现在不做立案了，转而做信访。一听到这句话，想到平日里王建国对自己不错，教了自己不少东西，觉得应当知会一声。

中午，王建国刚吃完饭，小郑就跟在他身后笑眯眯地说："老王，借一步说话？"

王建国不知其意，纳闷地跟着小郑来到车库，小郑小声将此事告诉了王建国，当然她只是打趣说名字是一样的。

王建国心里一惊，他以为王君凝只是说说，没想到真告到法院了。

小郑知道那两个人正是王建国的女儿和儿子，但她很聪明，不想让王建国难堪，于是说："老王，既然你也不知道，那我先走了，我中午出去还有点事。"

王建国心事重重地点了点头，却也感谢小郑给他留了几分脸面。

晚上，王建国一个人在江边游荡。他心里很难过，孩子们的问题该怎么解决呢？

君凝嘴巴硬，性子软，她能告过来，证明她真的生气了。

王建国想起她小时候，小小的，圆圆的，跟在他身后不停地叫爸爸。现在她长大了，父女之间的话越来越少。君凝感觉对他负有一份责任，所以老给他钱花，可除此之外，再也没别的了。

第八章　钱

君平、君安不成器，一直都在拖后腿，但他知道，他们成为这个样子和家庭教育是分不开的。

王建国蹲下，对着江边，回忆着过往的种种。

江边万籁俱寂，忽地，王建国大哭起来，声音在江边回荡。

他成年以后，从未流过一滴眼泪，如今他是真的扛不住了。他后悔自己没有教育好孩子，更为自己在这种关系中的无力而感到无可奈何。

从一开始的不想管，到犹豫自己是否该管，到想管但无能为力，直至今天他尝到了苦果。

不知过了多久，王建国拖着疲惫的身体回到了家。

他虽然疲惫，脑子却异常清醒，想起自己从发现癌症到现在已经一年了。

这一年里，他努力让家人之间的关系变好，实际却越来越差，甚至到了糟糕的地步，他不知道自己到底是怎么走过来的。

再过一周，就要过春节了。君凝和君平已经闹到了法院，君安也负债累累，这一家子能平安度过这个春节吗？

自己呢？自己还能活多久呢？

突然，他猛地从床上坐起来。

不行！他不能就这么不明不白地走！

一定还可以为孩子们做些事情！

他不甘心，他调解了那么多纠纷，不可能连自己家里的这点事都解决不了！

一定可以的！

什么过去，什么原生家庭，都去他的！

只要他想做就一定可以做到！

他处理不好家庭关系，甚至害怕处理家庭关系，所以让沈玉芬全权处理，这才是整个家庭悲剧的根源。

王建国找到孩子们矛盾的源头，下决心一定要让这一切有所改变。

第二天，王建国刚起来，就接到一个陌生电话。

那头是个年轻人，他恭恭敬敬地说："王伯伯，我是蒋旭。"

王建国一惊，心想，蒋旭打电话来肯定没好事。

果不其然，蒋旭说王君安的公司已经运营不下去了，人不知道跑哪里去了。如果一直找不到人，也不还钱，他就准备起诉了，希望王建国做好心理准备。

蒋旭的这通电话哪里是让王建国做好心理准备，而是让他准备好钱。

这个电话犹如晴天霹雳，王建国整个人都蒙了。

他不知道自己是怎么挂断电话的，感觉整个人都晕晕乎乎的。

无奈之下，他只能先给王君安打电话，但手机提示已关机。

王建国又一一通知了王君平和王君凝，让他们留意王君安的行踪。

王君凝骂了王君安几句，直接挂断了电话。

王君安的失踪，将王建国鼓起的勇气泄掉了一半，孩子们的危机远比自己想象的严重。

该怎么处理呢？

王君安在公司破产之后，决定破罐子破摔，一走了之。但他手头没钱，哪儿都去不了，无奈之下又去了祝梓玉那儿。

为了面子，他说是去看柠柠的，从兜里掏出一百块钱给了柠柠，这是他仅剩的一点钱了。

祝梓玉纳闷，王君安这是太阳打西边出来了？怎么想起女儿了？

熬到晚上十二点，王君安还留在祝梓玉家中。

王君安知道自己肯定不能回家了，家门口有蒋旭的人，他决定留在祝梓玉家。

祝梓玉关掉电视，看了王君安一眼："你知道现在几点了吗？你整天醉生梦死的没关系，我明天还要上班，你赶紧回去，别在这里待着了。"

王君安笑着说："你去睡觉，我坐在沙发上看电视。"

祝梓玉感觉自己要疯了。他们现在离婚了，住在一起会惹人说闲话的。

第八章　钱

"你赶紧滚，别在我眼前晃，看得我心烦！"

外头吵吵嚷嚷，柠柠压根睡不着。柠柠打开房门，看到祝梓玉正拿着扫把准备赶王君安走。

祝梓玉放下扫把说："柠柠，妈吵到你了吧？"

柠柠摇头说："妈，你让他留下吧，都半夜了，赶他走怪可怜的。"

王君安连忙说："是啊，女儿都这么说了，你就让我留下吧！"

祝梓玉听了柠柠的话，放下扫把："你明天赶紧给我滚！"

深夜，王君安在沙发上翻来覆去睡不着。一是冷，二是知道自己是个负债累累的人，不知道明天会怎么样，下一步该如何走。

柠柠从房间里出来，拿了一床被子盖在了王君安身上。

王君安看见柠柠，一时之间感动不已。

"爸，虽然我不知道发生了什么，但我知道你应该是落难了，你离开这里就无处可去了吧？"

"你……"

"你遇到好事的时候，是不会想到我和妈妈的，只有困难时才会想起我们。爸，你休息吧！"

柠柠的一番话，让王君安哽咽了。是啊，他好的时候从来没想过她们，现在身无分文，第一时间就想到了她们。他坐在沙发上哭了起来。

今年春节一家子都不好过。往年君凝会把一家人叫到酒店，今年君凝告了君平，两人凑不到一起，君安又下落不明，谁都找不到他……

腊月二十八，王君凝打电话让王建国去她家过年。今年只叫了他一个人，王建国心中十分落寞。王君平也打电话过来，说他买了菜给王建国烧。

王建国最终决定中午去王君凝家吃，晚上和王君平一起吃，双方都同意了。

王君安发来一条短信，说他人在外地，一切都好，勿挂念。

老父亲怎么可能不挂念？

大年三十那天中午，王建国来到王君凝家。她家张灯结彩，看起来很有过年的气氛。

吃饭的时候，一家人其乐融融。

王建国对于王君凝告王君平的事情，一句都没问，这让王君凝很是诧异，难不成老头子还不知道？王君凝夹了一口菜，突然说道："我告了王君平。"

季永一怔。季子音虽然年纪不大，但对众人的情绪感知到位，她知道这不是一件好事，便不吭声。

王建国的筷子停了一下："哦，告了就告了，你跟我说什么！"

"爸，我以为你会给王君平当说客，说服我撤诉。"

"那对你不公平！"

王君凝心中诧异，这难道是老头子的缓兵之计？

"爸，你赞成最好，我怕你想不开。"

季永插话道："吃饭，都吃饭。大过年的说这些干吗！"

王建国不动声色："对，吃饭！"

王君凝本可以什么都不说，但她还是说了，无非是想试探一下王建国的态度，然后刺激他的情绪：你们最爱的儿子，到头来还不是混成这样？

王建国很想劝王君凝，但对于一个偏激的人，他只能先顺着。

饭后王君凝坐在沙发上看电视，王建国坐在她身边说："君凝，我知道这些年你委屈。"

王君凝看着电视里热闹非凡的场面，缓缓开口道："我记得以前我最不喜欢过年，你知道为什么吗？"

王君凝继续说："妈每年都会给哥哥弟弟买他们喜欢的新衣服。妈每年都因为预算不足，给我买我不喜欢的衣服。

"爸，很多事情，一开始的不公平就已经注定了现在的结局。不是我要怎么样，是我必须这样做，如果不这么做，我就对不起自己。"

王君凝堵住了王建国的嘴，王建国只能叹气，别无他法。

在某种程度上，王君凝跟自己竟有几分相似——因为受到不公平对待

第八章 钱

而选择了努力成就自己。

他们都是家里最不起眼的人，都以自己的方式努力着。这一瞬间，王建国理解了王君凝。

"爸，既然你说对我不公平，那就别阻止我了。"

与今日的热闹相比，王建国的内心如同寒冬一般凛冽。

王建国临走之前，照例塞给子音一个红包。

这是他对孩子的心意。子音悄悄凑到王建国耳畔说："外公，妈妈一直很不开心，你能不能别说那些事了？"

王建国看了子音一眼，这孩子……他哽咽了，顿时说不出话。

季永本来是要送王建国回家的，但他执意要自己回，说吃得太饱了，走路消消食。

无奈之下，季永只能同意。

王建国离开后，季永摁了摁王君凝的肩膀："你们啊，从来都不说心里话。你就不能跟爸说一声，你为了跟他一起吃午饭，拒绝了我爸妈的安排？这种贴心话，多说几句不就能缓解父女之间的关系吗？非要扯到王君平那破事上，让爸很难堪。"

"我又不是王君安，不会谄媚。"

季永了解王君凝，她只会挑最难听的说，从不会说贴心话，是个极不善于表达感情的人。

正如她知道王建国过年不会收红包，所以每年她都会提前塞到王建国枕头底下。

当王建国问起时，王君凝总会说，哦，刚好手头有钱，你凑合用吧，也不是很多。

王君凝总是掩饰自己的感情。

季永去倒了两杯红酒，给子音倒了果汁："今年我们家经历了很多，大家都成长了、成熟了，希望明年会越来越好。"

"干杯！"

"妈妈、爸爸,干杯!"

王君凝抿了一口。谁说不是呢?今年她放弃了副总的位置,成为一个让别人满意的人,但说到底她心里是不高兴的。但迫于各方面的压力也只好作罢。不过,对于孩子,自己有了更多的时间陪伴她,能慢慢去了解她。

通过这一段时间的相处,她发现子音比她想象的更为成熟,想来作弊的事情,不过是一时糊涂。

她对子音的失望,也慢慢消失了,她认可了季永的看法:孩子犯错,是她成长的一部分。她没有承认自己错了,但她认可了季永的行为,这对她来说,已经向前迈进了一大步。

她突然想起季永所说的,人和人之间的矛盾,大多是因为不了解、不能设身处地为他人着想而产生的。对于子音,她认可这一说法,但对于那兄弟二人,她认为是因为相互间过于了解,所以才让自己受伤的。

她想起生活中的圆满和不圆满,将红酒一饮而尽。

王建国回到家,王君平已经把菜买好了,正在厨房里忙活,锅里还炖着排骨。

王建国见赵晴没来,漫不经心地问:"赵晴呢?吱吱呢?"

"吱吱现在跟着赵晴,待会儿他自己坐公交车过来。赵晴就不来了,她要陪她父母过年。"

往年赵晴也会过来意思一下,今天连脸都没露,其中原因,王建国知晓了大半,两人的关系随着王君凝的起诉而变得紧张起来。

"君平,你先别忙活,跟我出去一趟。反正我们三个人吃得也不多。"

王君平一怔:"爸,你要干什么?"

"你跟我走就是了。"

王君平纳闷地跟在王建国身后,大过年的这是要去哪里?

今天应该谁家都不欢迎外人吧?

此时,王君安正在祝梓玉家准备过年。王君安这几天跟软皮糖一样粘

第八章　钱

在祝梓玉身上，甩都甩不开。

祝梓玉打听到消息，听说王君安的公司破产了，现在外面的人在到处找他。她应该赶走王君安，让他自生自灭。但她于心不忍，最终没有那样做，只是装作不知道，让王君安天天下楼去买菜。

门铃响了。一家子正在吃饭，顿时一惊。王君安以为是债主找上门了，紧张不已："是不是你的朋友来了？我去躲躲，免得让大家误会。"

祝梓玉知道王君安的心思，点头，让他进了房间，立马收拾了桌子上的碗筷，随即跟柠柠说："我们家就我们俩人，知道吗？"

柠柠不知道父母在搞什么名堂，只是点头。

祝梓玉去开门，没想到是王建国和王君平。

大过年的他们怎么来了？

王君平这才知道，原来老父亲这是来王君安家，说来说去，他是放心不下自己的小儿子，所以跑来看看。

王建国进门后笑眯眯地说："大过年的，你们在家吃饭哪？"

祝梓玉很尴尬，点头："对，对，没什么好菜，我给你们拿碗筷。"

"不了，不了，我和君平一会儿就走，我们来看看柠柠。"

王建国笑着说："柠柠越来越漂亮了，跟妈妈长得一模一样。"

"爷爷，我爸爸说漂亮没用，得读书好。我这次考试进步了，现在在班里是中等。"

柠柠言下之意很明确：以前都是子音和吱吱比，现在自己总算进步了，也可以跟他们比一比。

王建国笑了："成绩好是好事，漂亮也是好事，都是好事，没有厚此薄彼一说。哈哈，在爷爷眼里，你永远是独一无二的。对了，柠柠，你爸让爷爷给你带了个红包，今年他出差去了，但心意一定要到！"

这话一出，柠柠和祝梓玉皆是一惊。柠柠想说爸爸在房间里，刚说出第一个字，祝梓玉马上说："这钱，我们不能拿。"

王建国塞给柠柠，说："这钱，你们必须拿。君安对你们有愧，他对

353

不起你们。以后我会督促他好好赚钱，一有钱就让他给你们。"

祝梓玉眼眶红了，她不知道该说什么。

王建国又拿出一个红包塞给祝梓玉："这是君安给你的，钱不多，也没法改善你们的生活，但总比没有好。我还是那句话，君安有错，他对不起你们，这钱你们一定要收下。"

祝梓玉攥紧钱，不忍心打破王建国的谎言，这个谎言太美好了。

房间里面的王君安，听到王建国的话，眼泪不听使唤地滚落下来。他想出去看看王建国，但没有那个勇气。

王建国又坐了一会儿，就跟王君平离开了。

两人走到小区门口，王君平说："爸，你辛苦了！"

王建国笑笑："不辛苦，辛苦什么？只是苦了孩子。父母离婚，肯定对孩子打击很大。君平啊，离婚看似是夫妻两人之间的事情，实际对孩子影响更大，需要慎重。"

王建国看似在说王君安的事，实际说的是王君平。这话王君平听懂了，他沉默着，心中很难过。

祝梓玉敲了敲房间的门，里面没动静。她和柠柠打开房门一看，王君安正坐在床上哭，眼眶都红了。

是啊，还有什么比这更悲哀的呢？

父亲过来，自己却不能出来见一面，生怕被催债的人发现。

王君安在某种程度上，比自己更可怜。

祝梓玉把红包递给王君安："给，你爸给的。"

王君安哽咽道："这是爸给你的。"

"哦，你住在我这儿，难道想白住吗？必须付出点劳动！拿着，你买菜用。"

王君安想：祝梓玉压根不会对自己这么大方，除非她知道自己破产了。他盯着祝梓玉问："你都知道了，对吗？"

祝梓玉冷笑道："知道什么了？"

第八章　钱

王君安不好意思在孩子面前自揭其短："没……没什么。"

祝梓玉说："走到这一步，谁都不想。君安，你该知道自己错得有多离谱吧？但你错到这个地步，你爸依然愿意帮你，这份恩情你要记下。"

王君平做菜的手艺不错，每一道菜王建国都尝了尝，感到非常满意。两人将菜端到桌子上，等吱吱过来。

晚上，三个人坐在一起吃年夜饭。这对王建国而言，是一顿难忘的年夜饭。王君凝一家子不在，王君安一家子不在，赵晴不在，只有他们仨一起过。

王君凝的年夜饭吃得很不开心，面对公婆，她只能带着僵硬的笑容。

往年过年，还可以推说赶自家的年夜饭离开，今年连走的理由都没有。

忽地，她想起王建国，借口外出有事，拿着包离开了。

王君凝来到王建国家，吱吱和王建国正在看电视，王君平醉倒在沙发上。

吱吱乖巧地喊了一声姑姑，王君凝从包里拿出个红包递给他："新年快乐！"

"谢谢姑姑！"

然后，王君凝坐在另一个沙发上，解释道："我家断电了。"

王建国问："那子音呢？"

"子音陪着我公婆。"

王建国不再多问，很明显，王君凝的话漏洞百出。

虽然父女俩没说什么，但待在一起，王君凝的情绪渐渐平复了，和大家一起沉浸在电视机热闹的氛围中。

晚上十一点半，王君安翻来覆去睡不着，独自来到王建国家楼下，想起往年大年三十和家人聚在一起时的情景，忍不住泪流满面，一个人在楼下号啕大哭。

人生落魄到家都不能回，这才是真正的悲哀。

电视机里开始倒计时。随着主持人说到最后一个数字，十二点到了，新年的钟声敲响了，四周尽是烟花，电视机内外无处不在喝彩。

王君凝靠在沙发上，看着亲人，内心感到一阵温暖。是的，她再怎么别扭、再怎么毒舌，到最后，依然想回家过年。

季永懂她，所以包容她的不同寻常。

吱吱抱着王建国睡着了，在梦里还吧唧嘴，王建国很满足地抱着小孙子。

王君平一直都在睡觉，或许梦里才是他的解忧之地。

王君安坐在楼梯上，看着绽放的烟花，他陷入了迷茫。明年，不，今年会更好吗？

一切都会朝着好的方向发展吗？

新年是辞旧迎新的时刻，所有人都期望新的一年能有好运气，这份期望就像是满天的烟花，撒落在世界的每一个角落。

新年假期只有七天，王君凝准备带着子音去附近的度假山庄玩。王建国突然打电话过来，问她假期怎么过，她如实回答。

原以为王建国只是问问，却没想到王建国表示自己也要一起去。老头子辛苦了一辈子，说要跟着去度假，王君凝怎么也不能拒绝，于是就带上王建国一块儿去了。

他们先在酒店住下，第二天一大早，季永就带着一家人上山了。

他们坐上缆车，王建国看着自己被拉上去，慌得不行，根本不敢往下看。王君凝说："爸，没事的，我们都系着安全带。再说了，缆车速度很慢。"

比起王建国的胆怯，季子音则是欢呼雀跃，显得兴致勃勃。

到达山顶后，王建国才松了一口气。看着空中的吊车，他吓得两腿发软。前面还有玻璃栈道，不远处有好多滑翔伞掉下来，没有一样是自己喜欢的。

季子音嚷嚷着要去玩，于是他们兵分两路：季子音和季永一块儿去体验各种项目，王君凝和王建国一块儿去四周逛逛。

两人走了一段，来到一道瀑布下。王君凝给王建国拍了几张照片，王

第八章 钱

建国看起来兴致不错。

王建国想了想，对王君凝说："君凝，要不你去陪孩子玩吧，我一个人没关系的，待会儿自己下山。"

王君凝看了下地图说："没关系，他们俩玩就行了，我陪着你。待会儿下山，我们有两条路可以走，一是滑玻璃滑梯，二是走路。"

玻璃滑梯？

王建国心里打鼓，又是个高危玩意儿，他不喜欢。

王君凝带着王建国来到滑梯处，看到一群人纷纷穿好衣服，然后依次进入玻璃滑梯，王建国只觉得自己头痛、胳膊痛，浑身哪儿都痛，于是说："君凝啊，我喜欢走路下山，走路锻炼身体。我们走走，或者我自己一个人走？"

王君凝看出王建国的恐惧，她自己也害怕。于是，她告知了季永，随即跟王建国一块儿下山了。

下山的路不好走。王君凝原以为上山下山都不需要走路，她没有换运动鞋，而是穿着普通的单鞋，稍微有点跟儿的那种。

才走了十来分钟，王君凝已经累得气喘吁吁，坐在旁边的石凳子上休息。

王建国也满头大汗，看起来很累："最近走动少，很久没这么流汗了。"

王君凝也是，常年坐在办公室，哪里这么累过？

"君凝啊，这让我想起以前，我和你妈带着你们兄妹三人一块儿去爬山。当时你累了，君安也累了，可我只能背一个。幸好君平说他可以背轻一点的你，我就背着君安，我们一家子一块儿下了山。"

"对啊，妈说自己都走不动，谁都不背。"

"哈，你妈就那样。你妈在体力上真的不行，她是什么运动都不喜欢。不过想想那时候真美好，我们一家子很开心……"

王君凝想起那时候的时光，微微有些动容。三兄妹打打闹闹，日子却过得有滋有味，不像现在，和哥哥、弟弟势同水火。

"爸，我们走吧。"

第九章　冰释前嫌

　　王君凝一抬脚，一不留神踏空，从楼梯上滑了下去。

　　王建国惊呼："君凝！"

　　王建国连忙来到王君凝身边查看情况："君凝，你没事吧？哪里痛？"

　　王君凝滑了两个台阶，感觉自己的脚扭了，其他地方没有受伤。她痛苦地说："爸，脚扭了。"

　　王建国挽起她的裤脚，发现脚踝红肿不堪。

　　四周没人，大家都去走玻璃滑梯了。

　　王建国马上拨打季永的电话，竟然关机了。

　　王君凝想起昨晚季永打游戏，忘记给手机充电了，这会儿十有八九是手机没电了。

　　两人焦急不已。王君凝说："爸，你先下山去跟景区的人说，让他们上来救我。"

　　王建国说："不行，这四周连个人都没，我刚看到警示牌上写着附近有蛇出没，万一有个好歹怎么办？"

　　"爸，没事的，你别担心。你拿上地图下山，千万别走错了。"

　　王建国犹豫了一会儿，一把背起了王君凝。

　　王君凝惊呼："爸，你年纪大了，身体吃不消的！"

　　王建国笑着说："没事，爸身体好着呢！稳住了，我们走！"

第九章　冰释前嫌

王建国不顾王君凝的反对，背着她慢慢下山。

王君凝趴在王建国的背上，仿佛回到了小时候，她嘴角勾起淡淡的笑，心里一阵温暖。

约莫过了十分钟，王建国累得气喘吁吁。王君凝说："爸，你赶紧让我下来！"

"没事，爸没事，我们待会儿就到了，你放心吧！"

"爸，其实我没事！"

"傻孩子，你一个人在山上，我也不放心啊！没事，下山就可以休息了。"

"爸……"

又过了十来分钟，两人总算下来了，王建国慢慢放下王君凝。

王君凝紧张地说："爸，你怎么样？有没有不舒服？"

王建国累得不行，脸上都是汗："没事，爸没事，你放心。"

王君凝连忙在旁边买了水，递给王建国，王建国咕咚咕咚喝了大半瓶，看起来是真渴了。

王君凝的眼眶红了："你真不该背我下山。"

"说什么傻话啊！你是我的孩子，我不会把你留在危险的地方的。现在我们都下来了，你看，我什么事都没有。"

"爸，谢谢……谢谢……"

许久之后，季永和季子音才姗姗来迟。知道在山上所发生的事后，季永自责不已。

季子音嘟着嘴说："妈妈，对不起，要不是我非要玩玻璃栈道，我们早就下来了。"

王君凝笑了："没事，妈妈没事，不过是脚扭了一下。"

"妈妈……"

季永带王君凝去医院了，去之前王君凝要王建国一块儿去检查一下身体，王建国死活不去，非说自己身体很好，再爬十座山都没问题。

老头子倔强起来谁都管不了，只好顺着他，由他带着子音回酒店。

王君凝在医院包扎好伤口，随即也回了酒店。

晚上大家都在酒店休息。王君凝翻来覆去睡不着，让季永把自己扶到王建国的房间。

此时，王建国正在看电视，见王君凝夫妻过来，他连忙让王君凝坐下："你这孩子，受伤了就在房间里好好待着，跑到我这里来做什么？"

王君凝淡笑："我没事，轻伤。我过来看看你。"

季永眼珠一转说："子音要我带她去吃点心，我待会儿过来。"

父女俩在房间里待着，王建国跟王君凝讲了一些过去的事，大多是自己年轻时发生的。

王君凝躺在床上，眼皮在打架，但她坚持不让自己睡着。

她以为王建国会问起王君平的事，如果这个时候王建国提起，或许她会心慈手软放过他。可等来等去，王建国硬是没提这茬。

王君凝经历了一天的惊心动魄，已经撑不住了，缓缓地睡着了。

王建国见王君凝睡着了，会心一笑，给她盖了盖被子。

晚上十点，季永过来，将王君凝抱回房间。季永离开之前问道："爸，你提君平的事了吗？"

王建国摇摇头："你不是说君凝认为我偏心，所以我一直不敢提，怕让她伤心。"

季永欲言又止："哦，爸，那晚安！"

季永抱着王君凝走出王建国的房间，将她放回自己的床上，刚一放下，王君凝就醒来了。

"子音呢？"

"子音已经睡着了。"

"那就好。"

季永坐在床边："你是什么时候醒的？"

"在你抱起我的那一刻。"

夫妻俩沉默了片刻，王君凝抬起头："季永，你问爸那话是什么

第九章　冰释前嫌

意思？"

"君凝，你看出爸对你是多么小心翼翼了吧？他怕你委屈，所以丝毫不敢提君平的事情。我认为爸太不容易了，对三个孩子做到一碗水端平，简直不可能。"

"那是他欠我的……"

"不，他不欠你。他给了你生命，给了你相对良好的物质生活和教育，对爸而言，他不欠你什么。你的委屈来自你和哥哥、弟弟的比较。你爸妈是人，不是神，不可能把每一个苹果都分得一样多。如果你能想到这一层，就能体谅他们的苦衷了。如果我们不止子音一个孩子，未必能比你爸妈做得好。"

"好了，你别说了，我心里很乱。"

"爸是爱你的，他那么小心翼翼地对你，你该知道你在他心里的重要性。"

王君凝低下头："那他为什么不阻止妈妈？为什么？"

"君凝，很多事情是阻止不了的，也可能爸他有自己的难处，这些我们也不知。比如上次子音作弊的事，你主张掩盖过去，我认为应该面对，我们彼此互不相让，你认为我能阻止你吗？妈在世的时候，家里的事爸几乎什么都不管，全部交由妈处理。爸有缺陷，他不是一个完美的人，但他是一个好爸爸。"

季永的话不断敲打着王君凝的心。他之前的不作为、后来的反思以及现在背自己下山，王君凝能明显感觉到王建国变得不一样了，变得更有人情味、更体谅孩子们了。

王君凝没有回答季永，而是躺下睡着了。

季永淡淡一笑，心想：君凝爱面子，只要她不反驳，这就表示认可自己的说法了。

春节假期转瞬即逝，一家子度完假回到家中。

季永先把王建国送回家。王建国到家后，心中颇感失落。本来跟王君凝出去是想帮王君平说情的，结果季永那么一说，自己反倒无法开口了，这让他烦躁不已。

冰冻三尺，非一日之寒。孩子们之间的矛盾没那么好调解。

跟王君凝沟通，王君凝认为自己对兄弟们过于偏爱，她越发偏激；跟王君平沟通，王君平认为这已经是个死结，没必要解开了。在他眼里，王君凝在看自己的笑话，赵晴虚荣，他索性躺平，什么都不理会了。

既然王君凝那边他暂时做不了什么，只能先从王君平这边下手。女儿性子刚硬，许多事还要让她思考一番；儿子这边他再加把劲，绝对不能让君平跟君安一样，闹到离婚的地步。

过了三天，王建国打电话给王君平，问他明天有没有空带自己去看看沈玉芬。

王君平先是纳闷，但很快就反应过来，明天是妈妈的生日。

第二天，王建国就跟着王君平一块儿来到沈玉芬墓前。

两人各自献上一束花，王君平问王君凝怎么没来，王建国摇头："我没通知她。君凝前几天脚崴了，我不想让她再东跑西跑了。"

王君平点头，心里却一点也不爽。

王建国坐在墓前，跟沈玉芬说着贴心话："玉芬哪，一转眼你已经离开这么久了。我和孩子们都好，大家都很想念你。下下一代，吱吱、柠柠、子音，每一个孩子都不差，这个家唯独少了你。"

"爸，你节哀……"

王建国瞥了王君平一眼，擦了擦眼泪说："只有我不好，我没教好他们。君平和君凝闹得不可开交，君安直接人间蒸发了，人都找不到。是我没用，你离开后，这个家全乱了。以后，我都没脸去见你！你捧在手心里的孩子们，一个个都不如意，这是我的失职，都是我的错！我有时候想，自己活得这么失败，不如一死了之，财产还有一点，分给他们没准还能还债！玉芬哪，我对不起你，也对不起孩子们！"

王君平的心里像是被扎进一刀。王建国明明什么都没做，却把所有责

第九章　冰释前嫌

任都归到了自己头上。老父亲还想一死了之，然后把财产分给他们，那怎么可以？老父亲这辈子辛辛苦苦，没享一点福，老了还要为孩子们操心，想到这里，王君平内心尽是悲哀和愧疚。

"爸，爸！是我对不起你，你不要这么说自己！你千万要保重身体！千错万错都是我的错，我罪大恶极！"

"不，不，是爸没有教好你，是爸的问题！爸太没用了！君平啊，你有什么气就冲我来，你骂我，你骂骂我，我心里才舒服，你妈都看着呢！我要让你妈知道，都是我的错，你千万别有压力！"

"爸，你这是做什么！是要我愧疚死吗？"

王建国用双手捂住脸："那……那你说怎么办？赵晴要跟你离婚，君凝跟你讨债，你过得不好，我这心里七上八下的。想为你做点什么，但我年纪大了，什么都做不了。孩子，爸对不起！"

王君平本想破罐子破摔，让一切顺其自然。但老父亲的话，让他猛地清醒了不少。

母亲这辈子偏爱自己，把最好的东西都给了自己，如今自己混成这个样子，实在愧对于她，也愧对于自己的父亲！

他们含辛茹苦将自己养大，自己却无以为报，还让他们操了这么多心。

他的眼泪落下来，哽咽地说："爸，总会有办法的。我相信只要我想解决，这一切都能解决。你别担心了！"

"君平，我说句不中听的话，你想想是不是这个理。君凝借给你八十万，你拿走之后，你们夫妻做了什么？只要有机会，就尽情挤对她！我想如果她不是你妹妹，是个外人，你可能都不会如此对待她。为什么？也许你会说，君凝总是高高在上。可她有错吗？她真的有错吗？君平，是你不甘心，你不甘心自己拥有爸妈的宠爱，比君凝有更好的资源，却比君凝混得差。同样，赵晴也是，但赵晴的错大多是你纵容的！你作为一个男人，首先要摆正自己的姿态。你纵容赵晴，才导致你和君凝的关系越发紧张！如果当时你在赵晴针对君凝的时候，第一时间站出来阻止，我想后果也不至于如此糟糕！君凝一开始就在帮你，倘若没有她这八十万，赵晴早就跟你离婚了。她只是说话难听，却打心底把你当兄弟，这份情是实打实的！

"再说赵晴。你们俩谈恋爱那会儿，赵晴就爱慕虚荣，这一点大家都很清楚。但那时候你觉得赵晴好啊，所以才娶了她。赵晴逼你上进，你拒绝了。为此你们俩都付出了很大代价，但她也没离开你，足以证明赵晴不是你想象中的那种人！她只是矫情、虚荣、爱面子，内心是善良的。她要是真看重钱，一开始就不会嫁给你了，她有更好的选择，不是吗？爸是过来人，爸知道，婚姻不能追求完美，夫妻之间要相互体谅、相互理解。君平，你有没有想过，赵晴动不动就离家出走，看似无理取闹，实则是缺乏安全感。她想以这种方式让你慌张、让你妥协。同样，我认为赵晴的很多行为，就是你纵容的结果。比如在君凝的事情上、在吱吱的事情上，如果你态度强硬，赵晴也不敢怎么样！说到底，你既要柔软，也要强硬，体谅她是你应该做的，她做得不对的时候你也不能妥协！"

王君平坐在一旁的石头上，低头沉思，一句话都没说。

王建国叹气："君平，打小你成绩就好，足够优秀，你妈尽心尽力地培养你，你从不让我们失望。"

王君平想起以前的事情，眼眶红了："不，以前都是我妈让我做什么我就做什么。我妈说学习好是值得骄傲的事，我就努力学习；我妈说考个大学好找工作，我就认真考大学。但这些都不是我自己想要的，我甚至都没想过将来要做什么，只是不断地满足我妈的期待。反观君凝就不一样了，她一直知道自己想要什么，并努力去争取。她比我更懂得如何经营自己的人生。爸，这都是命！"

王建国哑然。王君平的言论，只能说是"只缘身在此山中"，看不清事情的本质。王君凝并不是有目标，而是在这种重男轻女的家庭中长大，使她变得急功近利。为了证明哥哥、弟弟能做的事情，她也能做，她比他们更勤奋、更上进，并不是为了事情本身，而是希望获得母亲的认可。

第九章　冰释前嫌

反之，倘若沈玉芬平等对待三个孩子，王君凝不一定是这副模样，君平、君安也未必这般懦弱。一切都是因果。

王建国这人不太信命，他认为命运大多是人造成的。只有无能的人，才喜欢借此表达自己的无力感，并掩盖一些罪恶感。

"君平，你知道的，我从不信命，我信的是人定胜天。也许你妈在教育你时给了你方向，却没给你讲需要这么做的道理。那我现在就告诉你，好好读书不一定有好结果，但不好好读书，结果更坏，你要付出的努力更多。所以即便你不知道自己想要什么，也要先确保自己能糊口，在糊口的基础上，再去追求自己喜欢、让自己有成就感的东西。血缘是一种很奇妙的东西，人活到最后，终究要回归到血缘。君平，一个人生活在这个世界上是很孤独的，你需要家人，整整齐齐的一家人。你和君凝之间的问题，其实就是你们的关系没处理好，所以君凝才不肯放过你。你要成长，首先要以良好的心态去处理这些问题。君平，爸终有一天会离开人世的，不可能帮你们一辈子，你和君凝、君安就是我这辈子最大的安慰，你们好我才能安心。"

王建国说的要离开人世的话，是王君平不敢去面对的："爸，你别胡说！这段时间，你怎么净胡说？"

"没，只是随便说说罢了。"王建国看着沈玉芬的墓碑，想到了人生无常，一晃自己已是迟暮之年，心中竟感到无尽悲凉。"君平，你看你妈突然就去世了，毫无征兆。人这辈子真的很短很短，珍惜现在拥有的才最重要。你有老婆有小孩，还有手足，爸只想看着你们和睦。整天吵吵闹闹的，让我九泉之下怎么跟你妈交代？"

王君平的思绪很乱。

"没事，你要是不愿听，爸就不说了，爸最多难过一下。这事需要你从内心认可，如果你不认可，天王老子也劝不了你。"

王君平沉吟片刻："爸，我同意。你说得没错，赵晴有错，但我的错更大；君凝有问题，但没那么严重，我需要摆正心态。"

"你这不是在敷衍我吗？反正我是个老头子，以后也帮不上大忙，你不用敷衍一个没用的人！"

王君平瞬间被逗笑了："爸，你这阵子怎么总说胡话呢？我是真心诚意的。你说得对，君凝是对我好，只是她那脾气过于嚣张，我才会……唉，纵容赵晴，说白了，我只是想挫挫君凝的锐气。至于赵晴，当时我追她的时候，觉得她身上全是优点，现在看到的全是缺点。这个我应该反思。再者，如果离了婚，吱吱没了妈妈，势必会给他带来伤害，孩子是需要妈妈的。"

王君平打心底对孩子好，纵使赵晴有很多缺点，但因为她是吱吱的妈妈，所以一切他都能忍受。虽然这种忍受，有时候不一定对。

"爸，你放心，我会好好处理这件事的，不会再逃避了。"

王建国心中大喜，却不动声色，他说："那你准备怎么做？"

"我去求君凝，无论她说什么，我都要取得她的原谅。君凝是这件事的关键，只要她撤诉，我相信赵晴会回来的，她不过是怕被人看不起。赵晴一直如此，年轻的时候爱美、爱慕虚荣，现在依然是。"

王建国赞许地点点头："你能这么想，我很欣慰，希望一切都能往好的方向发展。"

"爸，还有妈，我跟你们保证，我会努力争取君凝的原谅的！"

"好，好！"

王建国悬着的一颗心总算放下了一些。只要王君平肯迈出第一步，一切都会往好的方向发展。

孩子们需要的是父母的点拨，而非代他们解决矛盾。如果替他们解决了所有问题，那么他们还是无法成长。

虽然他们都四十多岁了，但在他眼里，孩子总归是孩子。如今要让这些孩子们成长，需要他们自己去解决一切矛盾。

王君平一连找了王君凝好几次，但王君凝一直避而不见。她想起与王君平的口角，感觉心情不佳，倒不如不见面，免得再起争执，让王建国

第九章　冰释前嫌

伤心。

这天晚上，王君凝下班后去车库开车，看见车前面蹲着一个人。她仔细看了看，发现竟是王君平，顿时一怔。

王君平看见王君凝过来了，立马跑上前去，生怕王君凝跑了。

王君凝叹了一口气。车库里人来人往不好谈事情，她只好带着王君平来到自己的办公室。

王君凝靠在椅子上："找我有什么事？赶紧说！"

"我找了你好几次了，你该知道的。"

"知道，但是我不想见你。每次见了都不欢而散，没意思。官司的事情，你跟我的律师沟通，我全权委托给他了。没别的事情，我就先走了。"

"王君凝，你何必这么绝情呢？"

"不，不是我绝情，是我看透了。以前我也想倾力帮助家人，但没一个人领情。算了，我已经不想再帮了，大家就平平淡淡做个亲戚，挺好。"

王君平走到王君凝面前，一字一句地说道："君凝，我们从没忘记你对我们的好。只是……"

"只是什么？说啊！"

"你的嘴巴太毒了，明明帮了我们，却一定要加一句伤人的话。你该知道，每个人都有自尊心，我有，赵晴也有。你帮我们，我们很感激，但你的话让我们无法接受。你以为我们很高兴、很开心吗？不，我们只觉得压抑、喘不过气来。"王君平接着说："君凝，我知道你心里委屈，主要是因为小时候爸妈对你不公平。但你能不能不要抓着这些事不放？不然对谁都是伤害，不是吗？"

这些话刺痛了王君凝的心，她猛地站起来，嘶吼道："王君平，你有没有搞错？小时候父母只对你们兄弟二人好，而我呢，我每次只能沾你们的光，我已经够委屈的了。长大之后，你们混得不行，我还要一次次帮忙，我招谁惹谁了？我怎么这么命苦？还说我抓着不放！你那么厉害，所有事情你自己处理就好了，还让我帮什么忙？"

王君平火了:"君凝,你为什么要一而再、再而三地提这些,一说起这些你就跳脚,这是不是你心里的坎儿?"

"呵,你知道的可真多!"

王君凝又要走,王君平急了,立马从一旁拿起一个花盆。

王君凝愣住了:"你不会是又要砸我吧?别,别过来,再过来我就报警了!"

王君平将花盆交给王君凝:"你不是气我上次打了你吗?你拿着这个花盆,重重地砸回来,砸我的头。我不知道你想要的公平是什么,似乎怎么样都达不到。君凝,小时候的事已经过去了,现在我们都长大了,很多事很难补偿你。你要是真生气,就对着我的脑袋砸几下,我绝对不会多说一句话。"

王君凝没有接花盆,尖叫道:"你疯了吧?快拿开,快拿开!"

"你不砸吗?"

"不,我不砸,不砸!"

王君平一把将花盆砸到了自己头上。

咣的一声。

王君凝被吓到了,着急忙慌地问:"你……你怎么样?"

王君平是个文人,从没干过这种事,捧着自己的脑袋说:"疼!头……疼……"

王君凝连忙送他去医院,眼泪唰唰地流下来。心想:自己想要的公平到底是什么?这次自己是不是做得太过分了?王君平又不是不还钱,只是分期还,用得着闹到法院去吗?搞得一家子难堪,何必呢?

在医院,经过一系列检查,最终医生说只是砸出一个包,瘀青了,开了点药。王君凝这才放下心来。

两人走出门诊,王君平苦笑道:"是我对不起你!"

王君凝咬唇,像是下定了决心:"算了算了,我不告了,没意思,真没意思!"

第九章 冰释前嫌

"君凝,你……"

"我什么啊!我不告了,行了吧?你也别自残了,等下爸又要骂我了,说我没事瞎折腾,搞得一家子不得安生。"

"你心里这个坎儿,是真过去了还是糊弄我呢?"

其实在王君平往自己头上砸的那一刻,王君凝心里就一阵恐慌,她竟然害怕失去王君平。此时她才真正明白,兄弟就是兄弟,无论有多大的怨气,一旦兄弟出点差池,自己会非常担心。

既然如此,她就没必要再偏执,不如放过他。

正如季永所说,子音的事,她有很大的责任,只是她不愿意承认。

王君平夫妇一路走过来也不容易,自己没必要一次次逼人家。

"君凝,要是你还有气……"

"难不成你再砸自己一次?算了吧,我不计较了。"

王君平拍了拍自己的脸,感觉像是在做梦,王君凝竟然放过他了?

两人说话之际,王建国、赵晴、吱吱都赶过来了。王君平纳闷,转而看向身边的王君凝。

王君凝说:"我怕你有什么事,通知他们都过来了。"

王建国一接到电话,被吓了个半死,赶紧打车过来了。赵晴和吱吱也是。一看王君平好好的,并且他不断解释只是轻伤,众人这才稍稍安心。

王君凝坐在一旁,正拿着手机发呆。

王建国坐到她身边,递了一瓶矿泉水:"累了吧?喝一口。"

王君凝打开抿了一口,嘴里泛苦。

"爸,你不怪我吗?"

"君凝啊,趁着今天,我跟你道个歉。从小到大,你妈很强势,而我又不愿管家里的事。爸有自己的苦衷。你看我不仅不管你们,跟亲戚们的关系也很淡。这是我偏激。你妈一个人管家,肯定会有欠妥的地方,本来需要我互补的,但我缺席了。我对你们是有愧的。君凝,千错万错都是我的错,你别怪任何人。我以前甚至想过,每个家庭都有杂七杂八的事情,很多父母压根不理会孩子,孩子不是照样长大了?比起他们,我好太多了,为什么一定要修复关系,为什么一定要做点什么?后来我才发现,我错了,所有关系都是需要经营的。君凝,爸是个活得很失败的人,但爸从心里希望你们好,也在努力做一个好爸爸。爸这辈子光明磊落,不贪一丝一毫,唯独对你们,我这心里有说不出的愧疚和不安。"

王君凝的眼泪不断落下:"爸,你……"

王君凝从未想过有一天王建国会诚恳地跟自己道歉。是啊,正如王建国所说,许多父母都有问题,但父母从不会跟孩子承认自己的错误。因为父母认为,生了孩子已是最大的功劳,其余的都可以被原谅。而王建国的所作所为,让王君凝极为诧异,他竟主动跟自己认错。作为一个父亲,他能放下架子,这确实难能可贵。

"爸,你别说了,我也有错。君平……不,大哥说得对,我总是揪着过去的事情不放,并以此为借口责怪别人。做人应该往前看。我也有错,爸。"

王建国拍了拍王君凝的肩膀:"我想起一句话:父母都在等孩子说一句谢谢你,而孩子都在等父母说一句对不起。"

王君凝撇了撇嘴巴,眼泪抑制不住地涌出来,在原地痛哭。

从小到大积累的不满,在这一刻全部发泄了出来。

"爸!爸!我……"

王建国安慰道:"别说了,什么都别说了,我们心里明白就好。"

医院里的灯忽明忽暗,映在王君凝挂满泪痕的脸上。王建国的眼睛也是红的,但他拼命抑制住自己。在王建国看来,在孩子们面前流泪,总归是不好的。

离开医院后,王君凝送王建国回家。王君平、赵晴、吱吱一块儿打车回家。临走之前,王君平想对王君凝说点什么,但想来想去还是没说。

王君凝喊住王君平:"大哥,我说到做到,我会撤诉的。"

王君平内心万分激动,千言万语汇成了一句"谢谢"。

出租车上,赵晴问:"君凝真的不告你了?"

第九章 冰释前嫌

王君平看着夜色,心中思绪万千,点了点头。

回到家中,赵晴先让吱吱回房间睡觉。夫妻二人坐在客厅里,赵晴四处看了看,冷哼一声,说道:"我不在家的这段时间,家里都变成狗窝了。怎么着,钟点工没打扫吗?"

王君平坐在沙发上说:"哦,不是你不在家嘛,可能没人管着,她就瞎糊弄吧……"

赵晴内心想法很多。在家,父母不断劝说自己,说离婚对她不好,以后万一再嫁人,一把年纪还要生孩子。她都四十多岁了,再生恐怕对身体不好;要是不生,又不能算是一个完整的新家。

父母前后不同的反应,让赵晴很为难。倘若父母一直支持自己,那大胆离婚即可。可现在连父母都反对,只剩她一个人唱独角戏了。她狠话都放出去了,绝对不会再回那个家。正当她焦虑之际,没想到王君凝打电话过来了,让她有了去看王君平的理由,她马上带着吱吱一块儿去了医院。现在王君凝又表示不告了,她再这么折腾,就显得没意思了。

屋里一阵沉默。

赵晴不想在这里自讨没趣,想想还是离开,免得丢人。是的,在赵晴眼里,所有东西都比不上自己的面子。

王君平喊住她:"你等等,我有话跟你说。"

赵晴停下脚步,转过头:"你说……"

王君平叹了一口气说:"这些年,你跟着我也不容易。本以为我们结婚之后,会幸福美满,有钱有闲。可现实给了我们沉重一击。我喜欢平淡的生活,而你喜欢花花世界;我对你心生埋怨,你也对我心生埋怨。但我仔细想了想,我以前追你的时候,承诺给你好的生活,只是随着时间的流逝,我变懒了,认为活在当下挺好。许多事,我总是说你错了,但更多时候,我也错了。离婚的事情,我希望你慎重考虑一下。我可能暂时给不了你很好的物质生活,但我能确保你衣食无忧。不过……你也知道,我不喜阿谀奉承,工作上的事,我只能尽力。上次我炒股是因为太急功近利了，这次我学乖了，不会再有下次了。你想要什么，我可以省出来买给你，只是时间慢一点，你可以接受吗？"

赵晴知道自己和王君平是半斤八两。赵宥之分析得对，自己离婚之后，如果带着孩子，恐怕嫁不出去；如果不带孩子，以后孩子跟自己不亲怎么办？

嫁人是个难题，生娃也是个难题，日子不会比现在好过。而且赵宥之表示自己不会一直养着她，这让她犹豫起来。

没有父母做后盾，她什么胆子都没了。再说王君平也没干什么太出格的事，事情已经解决了，再加上他比较节俭，其实大部分钱也都给自己花了。

赵宥之劝她，人啊，不能要求过多，也要看看自己多大了。如果是二十几岁的小姑娘，风华正茂，那是有点本钱。可她已经四十多岁了，要钱没钱，要本事没本事，出去一点竞争力都没有。赵晴无力反驳。

既然王君平给了自己台阶下，自己就下来，免得闹得一家子难堪。

赵晴缓缓点头："既然你诚心诚意认错，我就勉强原谅你了。"

王君平没想到赵晴这么好说话，顿时激动不已："你真的原谅我了？"

"对，我明天搬回来住。为了你，为了吱吱，我应该回来。"

王君平一把抱住赵晴："谢谢你，谢谢！"

赵晴见王君平如此真诚，又对自己的斤斤计较感到愧疚。他们本是一家人，何必呢？

赵晴也抱住王君平，心中感到一阵温暖。

赵晴望着家中的摆设，心想自己家终归是自己家，回来就有一种归属感，留在父母家，总觉得不踏实。

门缝里，有个小脑袋悄悄地关上门，欢快地钻进被窝，心情好极了。他开心地想，明天又是整整齐齐的一家人了。

王君凝很快就让律师撤诉了。她坐在办公室里，感觉从小到大，心里从来没有这么舒坦过。

过了一会儿，王君凝接到季永的电话。

第九章　冰释前嫌

他说下周又是子音的小主持人比赛，问王君凝能不能来。王君凝说这次她绝不会再让女儿失望。

在她没有感受到温情的时候，她认为失望是一种常态。现在她感受到了一丝丝温暖，她猛地意识到，不能再辜负别人的期望了。

王建国连着几天都是乐呵呵的，自己总算处理好了儿子和女儿的事情。但君安依然杳无音信，谁都不知道他的下落。

虽然君平和君凝已经尽全力了，但没人知道君安在哪儿。

蒋旭几次打电话过来，明里暗里说的都是这件事。王建国如实相告，说自己什么都不知道，不知道王君安到底去哪儿了。

蒋旭表示自己要告上法院，希望王建国做好心理准备。

王建国无话可说。

王建国感觉美中不足的就是王君安，他一想起来就头疼。

中午，王建国又走路去了王君凝的公司，他去和王君凝商量王君安的事。

王君凝听到王君安的事，除了头痛，还是头痛。

王君安除了借钱惹事，就不会干别的了。

办公室里，王君凝安慰王建国道："爸，君安不小了，你不要过于担心。爸，任何事情都不会完美，你该放手，让君安自己去承担责任。"

在他的三个孩子里，就属君安嘴巴甜，也最会来事。一想到君安要是出了什么意外，他这颗心啊，真是……

"君安他真的没联系你吗？"

"真的！爸，君安的脾气你是知道的，他不想让人找到，那谁都找不到。"

王建国蹙眉："会不会去找梓玉了？"

王君凝咬唇："我和祝梓玉没联系，要不你去问问？但我想，他和祝梓玉都离婚了，没脸再上门了吧？"

王建国想，自己曾两次去祝梓玉家，都没看见王君安，想来王君安应该没去祝梓玉那里。

"爸，你要是心烦就请假，或者出去度假，整天在法院待着也无聊。那些当事人来来往往也挺烦的，处理的也都是一些烦心事。"

"我还好，我总是想着怎么去解决问题，面对他们，我真没感到烦。"

王君凝笑了："爸，你可真是鞠躬尽瘁，死而后已。"

"不，我没那么伟大。我只是觉得在家闲着无聊，去那儿上班挺充实的。你不知道，一个人，最怕活得没有价值。我现在对所谓的养老有不同的看法，有些人养老养着养着就变成等死了，碌碌无为，整天不知道干什么。我觉得，养老也要有个目标，比如写毛笔字、旅游都可以，要让自己成为一个有价值的人。不然为什么一些人退休后去写诗？无非是在寻找价值感。爸觉得现在这样挺好的，晚年生活能这样过我很知足，只是……"

王君凝一怔："只是什么？"

只是不知道自己还有多少时间。王建国心中略感悲凉，但他没有让王君凝发现。他摇头："没什么，我觉得这样挺好的，我很开心。"

"爸，你高兴就好。"

王建国虽然担心王君安，但找不到人，他也没什么办法。

王建国的身体越来越糟糕，这次调解结束之后，他感到很疲惫，而且越来越不舒服。想到医生说的那些话，他也是胆战心惊的。唉，谁不怕死呢？

晚上，王建国正在家看电视。他最近感觉身体不舒服，一点都不想出去逛。

忽地，门被打开了，很久没见的王君安来了。

王建国为之一惊，心中激动不已："君安，你回来了？这阵子你去哪儿了？大家都很担心你！"

与王建国不同，王君安愁眉苦脸的。他这阵子住在祝梓玉家，虽然过得很平静，但毕竟不是长久之计。他忧心忡忡，尤其是发现蒋旭告了自己之后，他更为紧张，再在祝梓玉家住下去，恐怕一切会越来越糟。

王君安不断地求王建国帮自己，让他出面去求王君凝。王建国掂量再

第九章　冰释前嫌

三，最终决定去询问王君凝的意见。

王君凝自是不同意，道理说得王建国无力反驳。

王建国以为王君安会就此消停，然后自己去想别的办法，谁知他竟冒出一句："爸，你这房子能卖吗？"

王建国以为自己听错了，不可置信地问："什么？"

"爸，你年纪也大了，可以把这房子卖了，帮我一把好吗？君凝君平混得都很好，你可以住到他们家去。或者，以后我买了房，你跟我一块儿住。"

"哦，多余的钱给你做生意对吧？"

王君安不好意思地说："那怎么好意思，君平和君凝不也有份吗？爸，你自己也要留点养老的钱，给我二三十万做生意就行了。"

如果说上一秒王建国还觉得对王君安有一丝愧疚，这一秒他心里已经尽是怒火。

王建国没想到王君安竟然要卖了自己的房子去抵债！他和王君平卖了沈玉芬的房子才多久，这又要卖自己的房子！

这可真是自己教出来的好儿子，只为自己考虑，竟能想出这种办法！

王建国想骂死王君安，但他控制住了。他缓缓地说："我打电话叫君平君凝过来。"

王君安认为王建国是找他们俩商量，心中大喜，果然还是亲爸疼自己。

王建国一直绷着脸，不和王君安说一句话，任王君安说什么，王建国就是不搭理。

约莫过了半小时，王君凝和王君平一前一后过来了。他俩不知道王建国叫他们过来做什么。王君凝瞟了王君安一眼，心中有数了，只是不知道王建国会怎么选择，帮还是不帮。

王建国让他们两个坐下，盯着三个人说："君安被蒋旭告了，欠了人家五十多万。现在君安提出要卖了我的房子给他抵债，剩下的钱，分给君凝一些，分给君平一些，给我留一些，还要给君安留一点做生意，你们觉得怎么样？"

王君平瞪了王君安一眼："我欠了那么多钱，都没敢跟爸提卖房子，你才欠了多少钱？再说了，这房子是爸的，又不是你的，你有什么资格卖？"

王君安皱眉："大哥，我要不是欠了钱，无路可走，能走这一步吗？再说了，把爸的房子卖了，也会分给你一些，难道对你没好处吗？"

"好处？这是爸的房子！"王君平又转头对王建国说，"爸，这房子我不同意卖。这是你的房子，我们作为子女，没资格要求你卖。"

王君凝在一旁沉默，没说一句话。

王建国问道："君凝，你怎么看？"

王君凝说："哦，你们三个决定就好，这个房子我没有决定权，只要你同意，我没有任何异议。"

王君安见最难搞的王君凝都破天荒地同意了，心想，现在只要搞定王君平即可。

王建国严肃地说："你们三个都在这儿，我就直接说了。这房子，我不准备留给你们了。"

众人皆是一惊，尤其是王君安。前一秒爸还说要卖房子，怎么下一秒就不留给他们了？

"我在世的时候，房子不能动。接下来我会立遗嘱，去世之后，把房子卖了捐给山区。君凝，你混得很好，也不缺这钱。君平，你妈的房子已经被你们兄弟俩卖了，你都没折腾出什么，还欠了君凝八十万，我认为把钱留给你们不一定是好事。君安，我知道我做的这个决定，你会记恨我，但为了你的将来，你记恨就记恨吧，爸这次不会再给你兜底了。你欠蒋旭的钱，必须自己想办法还。家里谁都不会帮你了，你要自己承担起责任！"

王君安一听情况不对，慌了，立马下跪，苦苦哀求道："爸，就这一次，你帮帮我好不好？我保证没有下次了！我也不容易，现在身无分文，连梓

第九章　冰释前嫌

玉和柠柠都看不上我。爸,你可不能见死不救啊!求你!求求你了!"

王建国心中很沉重,没想到自己的儿子竟沦落到要求自己卖房子的地步。之前把沈玉芬的那套房子卖了,对兄弟俩没一点好处,反而让两人负债累累。自己的这套房子,他是铁了心不卖。

只是君安毕竟是自己的孩子,看着他如此落魄,王建国心底生出一丝不忍。

王君凝看出了王建国的心思,她站起来说:"君安,爸妈帮你的还少吗?妈补贴过你多少次,你心里有数;妈去世后,爸补贴过你多少次,你心里肯定也有数。可你还是一无所有,这是你的错还是我们的错?这个家对你够好了,现在你还要卖爸的房,我想问问你,是不是要搞得家破人亡你才满意?"

王建国看了王君凝一眼,他知道最后这话十有八九是说给自己听的。

王君安成为今天这个样子,自己难辞其咎,自己有责任帮助他。只是卖房给钱无疑是最差的方式,这只会让他越陷越深。

王君安没听进去,嘶吼道:"王君凝,我跟你有什么冤什么仇,你为什么不借钱给我?你都借给大哥了,为什么不借给我?我们难道不是姐弟吗?"

"是,我们是姐弟。但大哥有钱还我,你有吗?钱只要到了你手里,就有去无回,谁敢借给你?借蒋旭的钱,你必须自己还,家里谁也帮不了你。到时候如果判下来,你该还钱还钱,该坐牢坐牢,不会有人帮你的。君安,你就是个无底洞,你有什么资格要求大家再帮你?你不是一直运气不好,你是有运气把握不住!"

王建国虽然心中难过,但也必须面对现实,君安的今天就是大家纵容的结果。

"君安,你自己承担吧!"

但王君安依然不依不饶,疯狂地恳求王建国,流着泪说:"爸,爸!你再帮我一次好不好?我求求你了,求你了!"

王建国无奈地说:"爸老了,爸能力有限,真的帮不了你!"

王君安心如死灰,看着众人,心中愤愤不平:"为什么,为什么你们都混得好,就我混得差?为什么?"

王君凝冷淡地说:"我们读书的时候,你偷偷出去玩,你这是小聪明;我们疯了一样地准备高考的时候,你经常假装肚子疼逃课,这是小聪明;我们凭自己的双手赚钱的时候,你从父母那里提来了第一桶金,这是小聪明。你自以为很聪明,我们全是蠢人,所以你总是用自己的小聪明欺骗众人,这是没有远见。君安,你是被你的小聪明害了!"

"爸,我说得对吗?"

王建国走到王君安跟前,说道:"君安,这次没人帮你了,你好自为之。爸绝对不会卖房子,君凝也不会借钱给你。如果你能处理好这些事,你还是一个有希望的人;如果不能,你沉沦下去,那也是命!"

王君安痛哭道:"爸,爸……"

这一晚,王建国怀着愧疚入睡,但睡得异常安稳。

王君安始终是他心中的一根刺。所有人,包括王君平,他们都有独当一面的能力,唯独王君安,是最让他不放心的,他如同一颗炸弹,随时会爆炸。

如今自己将他推开,是死是活,就看他的造化了。

王君安没有王建国的帮助,王君凝又对他置之不理,他颓废地躺在祝梓玉家中,整天闷闷不乐,心里想着,被执行就被执行,反正谁都不肯帮他。

祝梓玉知道了王君安的遭遇,但她认为王建国做得对,给王君安钱就是害他,他这辈子真没赚过钱,倒是亏了一大把。

现在她学聪明了,不表态,故作不知。

忽地,王君安接到了王君凝的电话,王君凝问:"你在哪儿?"

王君安一怔。

他冷哼一声,说:"怎么,现在还想看我的笑话?"

"帮你解决问题,怎么,不愿意吗?"

第九章　冰释前嫌

王君安一下子从床上坐起来："帮我？真心的吗？"

王君凝说："十点，古清咖啡店，我迟点还有个会议。"

王君安马上从床上跳下来，打车去了王君凝楼下的古清咖啡店。

他到的时候，王君凝正在喝咖啡。她抿了一口，见王君安过来了，看着手中的文件头也不抬："坐！"

王君安坐下，双手不断地摩挲："君凝，你肯借钱给我吗？"

他觉得不可思议，王君凝不像是这么好说话的人，怎么会帮他？

王君凝缓缓抬起头，递给他一张名片。

王君安一看，上面写着一家房地产公司总经理的名字和手机号。

"这是我朋友的一家公司，现在正在招聘销售人员。我已经跟他沟通好了，如果你愿意，随时可以去上班。"

王君安诧异："君凝，我需要马上还钱，你这远水解不了近渴。"

"房产销售的提成不错，如果你好好卖，一个月破万不成问题，怎么就远水解不了近渴？王君安，请你摆正态度。首先你已经破产了，不是所谓的大老板了。你现在唯一的出路就是赚钱还钱，否则谁也救不了你。我替你想过了，你可以跟蒋旭协商分期付。我相信以你的口才，这事肯定能谈下来。"

"那我……那我要还多久？"

"五十万加利息，如果你好好干，会很快。君安，你觉得你还有别的出路吗？"

王君安低头思索，现在大家都不肯帮他，这确实是最好的出路。

他心里有股子怨气，为什么大家都不帮他？明明可以马上还钱，非要费劲去赚。但现在他没资格说什么。

"再跟你说句实话，其实我才不想管你，这个工作是爸去找他同学，帮你找的。爸不想卖房，你该尊重他的选择，但他没有对不起你。"

"为什么爸不亲自跟我说？"

"爸说了，他不卖房你肯定会怨恨他，他不想再碍你的眼，所以就让我跟你说。君安，爸这一辈子都省吃俭用，你看他穿的衣服哪一件是新的？他吃过好东西吗？你怎么忍心卖掉他的房子？这是他最后的栖身之所，别说他不同意，我和大哥也不同意。房子是爸的，他想怎样处置就怎样处置，我们都无权干涉！你吃大餐的时候，有没有想过爸，有没有想过自己的老婆小孩？没有，你落难的时候才会想起大家！所以我已经对你死心了。这份工作，你爱去就去，不去拉倒！"

王君凝走后，王君安看着名片发呆。

王建国奋斗了一辈子，没吃过好的，没穿过好的。他小时候总是跟王建国说，爸，我以后长大了，要给你买大别墅住，给你很多钱，能装满整个房子。现在他长大了，父亲依然节俭，他却在不断地索取、索取。他也不想啊，他也想赚大钱！

王君安拿着名片哭了，不知是因为愧疚，还是对自己的无能感到无力！

小时候所有的梦想，成年之后会一一被打碎。现实就是现实，所谓的梦想不是三言两语就可以达成的。

王君凝走出咖啡店，在拐角处给王建国打了电话，告诉他已经把名片给了王君安，至于怎么选择，就是他自己的事情了。

"爸，你别太担心了，人不被逼到绝境，永远不知道自己的潜力。"

那头，王建国深深地叹了一口气："希望如此，希望如此！"

"君凝，不是爸自私……"

"爸，房子是你的，你有决定权。你不想卖就不卖，你想捐就捐，我都支持你！家里不缺你这点钱。"

王建国感到一阵温暖："君凝……你能这么想，爸真的很开心。"

王君安在家想了两天，终于打通了名片上的电话，他想去应聘房产销售，两人约了见面时间。

王君安在去之前对祝梓玉说："我这么大年纪了，不知道能不能做好。"

祝梓玉低头吃饭，没吭声。

在一旁的柠柠说："爸，只要肯努力，你做什么都行！"

第九章　冰释前嫌

王君安眼眶湿润了，没想到自己最嫌弃的女儿，竟是最支持自己的人。

"好，爸爸会努力的！"

他走出家门，祝梓玉喊了一句："加油，你是最棒的！"

王君安声音颤抖地说："好！"

这天中午，王建国调解完案子，和柳军一块儿去老地方吃面。

忽地，柳军说："对了，老王，前天我看见你小儿子在房产公司门口发传单，他……"

王建国一想起王君安，心里很不好受："唉，如果这次他能爬起来，也算是一条好汉，否则谁都救不了他。"

柳军点头："可不是嘛！老王，你真是跟以前不一样了！"

王建国望着碗中的面发呆。许多人都需要经历才能改变，他的三个孩子都经历了大起大落，希望以后会越来越好。

"老王，吃面吃面，吃是大事，其他的都先放在一边。"

王君安在房地产公司起初并不适应。自己年纪偏大，人家都是小伙子、小姑娘，一开始有些不待见他。

以前都是他使唤别人，现在被别人使唤，他心里颇感难受。但想起自己的失败，以及祝梓玉、柠柠，他再不争点气就没有活路了。所以即使再难，他都要咬牙坚持。

他主动联系了蒋旭，说了自己的难处。蒋旭本来是想让他本钱利息一并还的，一开始怂恿王君安卖老头儿的房子，王君安道出王建国不肯卖，他又提议让王君凝、王君平帮忙，都被王君安一一否决了。

"我可以分期还给你，利息你按照合同上的算。"

蒋旭很为难，本以为马上可以赚一笔，没想到还要分期。

"对你而言，不亏，时间越久，利息越多，这不正是你想要的吗？"

蒋旭笑道："你这话说得倒是有理。也行，既然你态度好，也肯主动联系我，这钱我可以让你分期偿还。我先去法院撤诉，你要是跟我要什么花招，我一定会让你好看！"

王君安说："你已经让我好看了，不是吗？"

"别这么说，我是念着我们之间的情谊，才借钱给你的。"

王君安此时此刻才明白，蒋旭是个不可交之人，亏自己以前还那么相信他。但许多苦果只有自己尝到了才知道苦。

对他而言，现在唯有赶紧赚钱还债才最重要。

又过了两个月，王建国想让一家人聚聚，但没有什么理由。他的身体每况愈下，他心里越来越怕，很想在活着的时候多跟孩子们在一起，离开之际才不会感到遗憾。

他把自己的想法跟王君凝说了，王君凝想起现在正是春暖花开之际，可以约上君平、君安两家一块儿去春游。

这次他们倒是很爽快地答应了。王君凝将地点定在附近的江边，大家把帐篷、野餐用具都提前准备好了。

晚上，王君凝给孩子们准备好了玩具。季永在一旁看着说："君凝，我发现你现在越来越有爱了……"

王君凝蹙眉："什么？"

"可不是嘛！你以前是一个成天只知道工作的机器，现在不仅约了他们出来野餐，还给孩子们准备了玩具，这不是越来越有爱了吗？"

王君凝将手中的东西丢给季永："少说风凉话！你要是闲，你来弄，我去休息会儿……"

季永笑眯眯地说："别啊，我什么都不会。"

他知道王君凝羞于表达爱。

王君凝这段时间确实改变了不少，对子音更加关心，对王建国更加贴心，也不事事较真儿了。她虽然表面上不关心兄弟，背地里却介绍了不少朋友去王君安那儿买房。

周六，三家人一块儿去春游，美中不足的是祝梓玉没来，王君安只带着柠柠过来了。对祝梓玉而言，他们俩已经离婚了，再出现恐怕不妥。

第九章　冰释前嫌

王君凝和王君平心知肚明，不提这茬。赵晴有点没心没肺地问了一句："梓玉过来大家热闹啊，怎么不带她过来？"

听到王君平咳嗽了一声，赵晴才知自己说错话了。

王君安只是尴尬一笑。

柠柠眨巴了一下眼睛说："哦，我妈妈今天去外婆家了。"

柠柠的话及时缓解了尴尬，大家一笑而过。

柠柠、吱吱、子音在季永的带领下在一块儿做游戏，三个孩子玩得不亦乐乎，大人们则在烧烤，煮番薯、玉米。

王建国感到身体不舒服，靠在一旁休息。

王君凝看着王建国日渐消瘦的脸庞，忍不住问道："爸，你最近是不是吃得不好，怎么瘦了？"

王建国最近食欲不佳，老是呕吐，腹痛难耐。但他不想在这个时候扫了孩子们的兴，于是笑眯眯地说："你们年轻人减肥，我们老年人也减肥，三高问题不容忽视，我最近吃蔬菜比较多。"

王君凝扑哧一声笑了："爸，瞧你说的！"

王建国扭头见三个孩子和季永正玩得开心。过了一会儿，三个孩子各自拉上自己的爸爸一块儿玩游戏，六个人笑得不亦乐乎，赵晴在一旁当裁判，也被他们欢乐的氛围给逗笑了。

"君凝，在你心里，还怪季永的爸妈不让你当副总吗？"

王君凝又给王建国添了茶水："爸，说不怪是假的。你知道我的脾气，我很要强，事事都想做到最好。我离胜利就差一步了，为了家庭，我就要放弃，这事搁谁身上都不能释怀。但当时，我迫于婆婆的压力，没办法，只能放弃……后来徐总让我多陪伴家人，我跟子音接触了一段时间后，发现她敏感、要强，许多事比我更想不通、更激进。我忽然觉得，原来她就是我的翻版。我似乎理解了她作弊的原因，也理解了她同意主动道歉的原因。因为，她和我很像，我们都太要强，但我们最终都守住了底线。这事季永做得对，他很清楚要让子音认识到自己的错误。如果是我，我可能会因为要面子而伤害子音……爸，我不甘心，但我不能一辈子都不甘心，那我王君凝岂不是太没用了？这还是我吗？我花了许多时间去消化这件事，去和子音好好相处，这也是我努力的一个方向。对我而言，如何在不顺中找到舒服的生活方式，才是当下的目标。任何人都不会事事如意，要妥协，也要坚持。"

王建国欣慰地笑了："君凝，你比以前看得更开了。"

王君凝摇头："不，是我开始明白，我不能再任性了。我还有一个家庭，还有一个孩子，我需要承担更多责任。"

"君凝，爸到现在才明白的东西，你四十岁就明白了，爸很高兴，你比爸有出息。我时常在想，年轻的时候如果多陪伴你们，或许今天就不会是这个局面。但人生只有一次，没法重来，所以我很珍惜当下。你和君平都稳定了，爸很开心。唯有君安和梓玉，唉……"

"爸，君安的事情你更不用担心了，他现在住在梓玉家，如果梓玉对他没一点感情，能让他住吗？君安比我聪明，只要君安能好好赚钱，过一两年，他们俩准能复婚。"

王建国知道自己是看不到了，他跟君凝说："以后如果他们俩真的复婚了，你记得告诉我，爸想知道，想知道……"

王君凝笑着说："爸，你说什么傻话，到时候你肯定会知道，哈哈！"

王建国落寞地笑了："对对，好！"

春游快结束的时候，王建国提议一家人拍一张合影。他们找了一位路人帮着给拍了张全家福。

王建国看了看照片，发现王君安这边少了一个人，便对王君安说："君安，回头你让梓玉给张照片，我听说能把人放进去。"

王君安一怔，"爸，你懂的还挺多。"

"记得给我，我拿到照相馆去弄。听见没？"

"行，行！我记住了。"

王君安虽然心里不肯，但拗不过王建国，只能答应。

第九章　冰释前嫌

时间一晃而过，春去秋来，似乎是眨眼之间的事。又是一年的十一月份，王建国越发消瘦了，出现呕血、黑便等情况。他知道自己时日无多，必须更努力地过好每一天。

这日，王建国在调解完一个民间借贷案件后，倒在了办公桌上，当事人还来不及道谢，王建国就已不省人事。

立案庭的小年轻叫上保安，赶紧把王建国送到了医院，并联系了王建国的家人。

王君凝、王君平、王君安都到了。王君凝焦急地询问医生王建国的情况，当得知是胃癌晚期、情况不容乐观时，三个人都傻了，没想到一向健康的父亲，竟然……

医生说他一直在用药维持，但效果平平，能坚持这么久，已经很不容易了。

王君凝问："他是什么时候发现的？你知道吗？"

医生说："我看了病历，最初应该是在我们医院体检时发现的，一年多了。"

王君凝瘫坐在地上。应该是要去法院上班时，因为他们反对，才去体检的。

为什么？

有病就去治疗，为什么？

"医生，无论花多少钱都要救他！"

"你先别激动，对每一位病人我们都会尽全力的。只是你爸这情况……"

"不行吗？"

"你要做好心理准备，已经是晚期了。"

三人匆匆忙忙赶到王建国病床前，王君平眼眶红了："爸，你为什么不说？为什么？"

王建国虚弱地躺在病床上，插着管子："是爸的错，对不起！我太任性了。我只想完成自己的梦想。对于自己的病情，我是过一天算一天。"

王君凝哭着说："你提早说，我们还有办法。你这样……"

王建国笑了："过程肯定很痛苦，我不知道自己能否忍受。爸这一辈子没生过什么大病，你们就允许我任性一次，好吗？"

王君安一边流泪一边说："爸，你……"

王建国说："爸很开心，真的很开心！你看我，本来是个无所事事的老头儿，整天不知道做什么。现在回去上班了，成功调解了许多案件，我从一个审判员变成了调解员，体验了不同的人生。你们三个现在也和睦了许多，爸这心也算是放下来了，手足之间就该如此，相互扶持，但不是没有底线；相互帮助，但不是没有原则。你们三个让爸很满意，很满意……"

王君凝说："爸，你肯定会好的，一定会好的！爸，我一定会治好你的！"

王建国笑了："好孩子，这病我比谁都清楚，我能活这么久，已经是老天爷的赏赐了。"

三人在王建国的病床前哭作一团，王建国眼角也满是泪花，但嘴角上扬，他感觉很温暖。

王建国生病的消息一传十、十传百，同事们知道后，纷纷来看他。年轻人对他表示敬佩，他一个老人，虽不会用电脑、不会打字，也不善于用科技手段，但他凭借自身经验，把当事人的矛盾一一化解。

柳军和邱鸿一块儿过来，柳军很是痛心，之前还好好的，怎么忽然就得癌症了呢？柳军和邱鸿纷纷落泪。王建国反倒安慰他们说："人生就像一趟列车，总是要不断认识新的人，以及和旧的人告别。"

邱鸿和柳军很敬佩王建国，上班的时候，他始终觉得自己在干一件有意义的事情，丝毫没有一个癌症病人的忧愁。

又过了几日，王建国曾经调解案件的当事人不知怎么也知道了消息，陆陆续续过来看望他，有人甚至拿来了锦旗。王建国看着病房里挂满了锦旗，心里头暖暖的，这一路走来充满坎坷，但最终迎来的是众人的感谢，

第九章　冰释前嫌

他很欣慰。

二〇一四年一月，王建国越来越虚弱，他甚至已经抬不起手来了。王君凝一直守护在他身边，他轻声呼唤："君凝，我想吃饼。"

王君凝一听，马上就跟旁边的护工阿姨说："你先帮我看着我爸，我去买饼。"

王君凝走后，王建国嘴角勾起笑。最近王君凝、王君安、王君平轮流守护在自己身边，赵晴、季永带着三个小辈儿也经常来看望，他很满足，他们每一个人都变得越来越好了。

忽地，王建国的视线模糊了，眼前闪过一道白光，出现了自己所调解案件的当事人，纷纷上前道谢。紧接着王君凝、王君安、王君平三家人，正跟自己欢聚一堂，其乐融融。突然，所有人都消失了，沈玉芬出现了。这是年轻时的沈玉芬，她笑盈盈地望着王建国，伸出手说："建国，我们一起走。"

王建国猛地发现自己不虚弱了，竟然变成年轻时的样子，他伸出手，两人微笑着携手前行……

他安详地闭上眼睛，永远地离开了这个世界。

等王君凝回来时，王建国已经没气了。护工阿姨急急忙忙地说："我刚倒了个水，他就……"

王君凝站在原地愣了一会儿，看着王建国，豆大的泪珠滚落下来。她将饼放在王建国的枕头旁，声音颤抖地说："爸，饼……买回来了！"

王君凝拿出王建国的手握住，发现他手上竟捏着春游时照的全家福，上面还有加上去的祝梓玉。

一时之间，她再也控制不住情绪，痛哭失声。

所有人随即赶来，病房里充满哭声……

一月，王建国同志逝世。

三年后的清明，三家人一块儿去给王建国和沈玉芬扫墓，王君安带上了祝梓玉，两人是手牵手一块儿过来的。

三家人纷纷上前献花，轮到王君安时，他给王建国带了结婚证复印件："爸，我和梓玉复婚了，你在天上就别担心我了。"

王君凝一怔："你带个正本就行了，带个复印件做什么？"

王君安说："烧给爸啊！不然爸不相信……"

王君凝说："放心，爸在天上看得见，不需要……"

王君安气得牙痒痒："你不撑我几句，心里就不爽是吧？"

王君凝说："啊？我撑你了吗？"

众人笑了。王君平看着王君凝和王君安打嘴仗，在一旁平静地说："爸，大家都很好，都很好。你呢？你和妈在天上好吗？"

微风吹过花束，仿佛是王建国给予的回应……